我的曲江巷

薛德华 著

中国文史出版社

回忆是一种相聚的方式。

——纪伯伦

东亭童谣

从前有个巷，

巷里有个庙，

庙里有个灶，

灶上有个锅，

锅里有个盆，

盆里有个碗，

碗里有个碟，

碟里有个瓢，

瓢里有个豆，

我吃了，

你馋了，

我的故事讲完了。

摇呃摇，摇呃摇，

摇到个广济桥。

外婆对我笑，

叫我好宝宝。

糖一包，果一包，

吃呃饼，还有糕。

目 录

序 引

　　这本文字，叙述旧时曲江巷渐行渐远的建筑构架、凡人琐事。

　　曲江巷，是早年里下河地区东亭城中部一条长满苔藓铺满故事的老巷子。前街后河，前店后居，长不过200米。200米贯通2000年，连接着东亭城有文字记载的历史彼端。它的巷头，系挂着新时代变幻风云；它的巷道，弥漫着旧世纪人间烟火；它的巷尾，顺着清亮的玉带河、串场河，连通向东汉初年董永七仙女传说的发源地，连接向矗立在范公堤一侧的唐塔宋寺。它把西郊古镇西溪的海盐文化、仙缘文化、宗教文化、宰相文化、发绣文化，一路牵引过来，氤氲成200米的民俗民居。

　　如果我们继续拓展联想，这条古色古香的石板巷，会不会衔接上东亭城西5000年的新石器开庄遗址呢？这样的链接，朦朦胧胧，断断续续，让人头晕。悠久的岁月，使铺展在麻石板上的痕迹纹理纵横，幽深曲折。顺着旧日蚀痕，可以找见印证里下河千年历史，世代相传的故事源头。浩瀚时空划出的段落章节，由开庄遗址、西溪古镇向东蔓延，由此及彼，由表及里，俯瞰覆盖了东亭城千年岁月，百里构建。

　　如今，曲江巷斑驳苍老的物化形态，已经湮灭在时代的烟尘之中。但是，它从远古文化衍生而来的不朽的灵魂，不老的精神，不乏的传说，不散的情节，一直存留在曾经生活于旧城围的人们心中，祖祖辈辈，年年月月，口口相传，在人们的记忆中，搭建出一条熨帖灵魂的旧时代古董一般的老巷子。

　　在写作《我的曲江巷》的日子里，有二三文友在古镇西溪小聚，提及我曾经撰写的书评《故园沧桑》，这是为东亭城众多的曲江巷们，写下的文稿。知心文友，悉心保存，找出这几页文字。旧作新阅，作为后记，倒也相得益彰。这本文字的开头，从宽广的地域视野，聚焦到一条旧日巷道，那么，这本文字的结尾，则是从曲江巷焦点向外扩散拓展，从时间、空间上，辐射向里下河古老而又广阔的区域。这样呼应，似乎符合中国文字行走的章法，这就有了一种功德圆满的感觉。

　　写到这里，我生出"暂停昨日的寻寻觅觅，故地流连陪你哦——"的感怀。甚至想改动一句延绵许久的里下河地域的西溪广告词，叫作：我在曲江巷等你哟……

壬寅之夏于东亭城

一、黛色老城

下河暮话

　　庚子年，闰五月。到了下晚儿，夏蝉还是不依不饶地，梦呓般在树上鸣叫。河风悄悄过来了，断断续续，痴语般在窗外拨拉枝叶。这些声响和画面，轻而易举地把这座古城的遗老遗少带到褪色的旧世纪，带向躺在老屋天井丝瓜棚架下，看云絮看瓜叶看瓦檐看照壁。带入天光云影深巷老屋间，飘移恍惚的少年时代。

　　苏中里下河地区，特别是下河一带，对傍晚的叫法有好几种。比如：下晚儿，傍黑儿，晏下午呃——太阳从东向西行走，一直走到像鸡蛋黄一样，斜倚在西侧马头墙的小瓦翘角上，到了这种时分，天色浑沌，暮色四合。如果与人的年龄对称，人到暮年，就有下晚儿的意味。《我的曲江巷》开头的话，可以叫作"下河暮话"，也可以叫作"下晚絮语"。

　　庚子年闰五月的某一天，我心血来潮，在手机上敲出"我的曲江巷"几个字。

　　记叙童年、少年时代的曲江巷，梳理沉淀在旧日街巷的情结，是被庚子年夏天催热的念想。这些文字，陆陆续续草拟在微信朋友圈，与天南海北的同乡好友分享，写虚写幻又写实，写人写景又写史。用文字的构架和图画的色彩，留存几节陈年往事、故地远景，追忆日渐模糊的里下河重镇长街曲巷。

在燠热慵懒而又漫长拖沓的夏日，这样的叙述，就像老时光里，斜倚在鬃刷莩荠漆的茶几边，品一壶橙红碧绿的浓茶。隔年话旧，隔空观景，且看它岁月迢遥，渐行渐远，我这里酩酊恍惚，且忆且叙。在暮色中絮絮叨叨，拉开几段镶嵌着旧时代痕迹的框架。

《我的曲江巷》的文字，一端在 IBM 旧式笔记本电脑上，一端在昔日东亭城渐行渐远的长街曲巷间，头脑里泛起的是隔着黄历的旧事物，一切似乎与我们当下的生活脱节。就是这种脱节，显示出文字的某种诱惑和意义。把早年泛黄的场景，一节一节，从旧时光里撷取出来，发给远近朋友，网络彼端，总是有催促的声音："下一节呢？怎么好几天不更新了？"

在这座老城池里，生活得上了年纪的人，噘着嘴说：小时候，就是这样的街巷，这样的人物，这样的风景，这样的故事，转弯抹角，横七竖八，枝杈交错。现在，只有从零散的文字里看到了——有人说，快点写，再不写，以后的青年人，哪个晓得有这座老城，这条老街，这条生长故事的曲江巷了！

这些絮絮叨叨的催促，倒是可以不断督促笔墨的耕播，陆陆续续敲出横竖撇捺，持续而又坚韧地追溯往日的故事情节。有人说，中国文字，很像雕镂线条的砖块，顺着一字一行，一段一节，镌刻岁月轮廓，向老城深处，拓展延伸。依稀可见旧日街巷，带着古老灵魂，矗立世纪彼端。街巷南端，弯弯曲曲的玉带河，驮着几个世纪的阳光，静静流淌，像一条环绕街巷脚下的珍珠项链，清澈剔透，晶莹多彩。

这是邻近南黄海的里下河水乡，按照地理方位，更确切地说，是下河两侧的土地。浩荡季风，东南而来，掠过水面，堆拥成片的涟漪。河面上泛起带着太阳光点的鱼尾纹，隐藏着许多陈旧的往事、美好的想象。这种意味和意境，令人陡生悠然怀古之情。2500年前，孔子站在泗水边感叹："逝者如斯夫，不舍昼夜。"这种心境的渲染，直至今日。像2000年不变的灰褐时空，既流荡而又禁锢，既阔大而又氤氲。

早在20多年前，老城的人们，对房地产开发趋势尚处于懵懂之状。曲江巷和整个东亭城，便在性急的推土机、挖路机轰鸣中，变成一堆堆散发着旧日气息的废墟。那些出生于新世纪的年轻人，对老城老街老巷老屋老人们，已经没有具象的记忆。他们未曾见过旧年深宅大院圈围的场景，没有感受过石板瓦当间流动的磁场。过去的一切，对他们存在着一种无法消弭的时空隔膜感。

这座曾经矗立文昌阁的古城，以文脉悠长著称。一些从旧时代走来的老人，已经从不同侧面，描述过老街老巷的情状，试图开拓一块让后人思绪徜徉的空间。这些描述旧景旧事的章节，从映衬在古老城池的文化背景开始，用文字垒砌青砖灰瓦曲江巷，算是从某一记忆侧面，在这块空间，留存东亭城片鳞只爪的陈年标本，祖先生活的旧年遗痕。

中国传统文化的最高境界，是意会的状态。生活在这座老城池，有心无意之间，都可以留下与时空彼此映照的影像。旧时光影、气味、声息，总是经不住岁月荡涤，稍纵即逝，渐行渐远。被时光镌刻的记忆，积淀于人们的情感深处，钩沉着人们的生活痕迹。一座老城，已经褪色的历史，弥散在这座城市空间散落的碎片里，形成口口相传的集体记忆。这种记忆，有时像岁月一样凝重深远，像童谣一样欢快单纯。一些简洁的语言，欢快的童谣，展示了早年围绕东亭老城凝重而激烈的画面：

城门城门几丈高？

三十六丈高。

骑白马，挎大刀，

城墙底下走一遭，

走进城门砍一刀……

匍匐在键盘上，一座古老的城池、街巷、庭院、河流、树木；天空、大地、记忆、未来，乃至远年的硝烟，斑驳的城门，残损的吊桥，簇拥过来。所有悠长的时空，所有隐约的角落，所有活跃的生命，所有深厚的情感，都可以在屏幕映照下，被唤醒凝聚起来。我们尚可以用清晰的记忆，触摸那些被称作历史的东西。人生意义，原本就不是眼前事物中现成的东西，而是人类情感投入的经历和悠远的想象。要获得生活的意义，不是在固有模式中的占有，而是怀揣美好的回忆和念想，对未来的憧憬和创造。

我与曲江巷，相遇在20世纪下叶。轻风漫雨，春花秋月，性情怡然。有禅无净土，十人九蹉跎。如果人类真的有六世轮回，这一世，唯有这次相遇了。唯愿世界上所有的相遇，都是恰逢其时，世界上所有的邂逅，都能遂心如愿。

法国作家罗兰•巴尔特，一位蜚声中外的社会学家，他富有哲理的语言，经常引起人们心灵深处的共鸣。他说过："我自己是我个人的符号，我是发生在我身上的故事。"这篇表述往年故事的文字，从庚子年闰五月端午节开始，有笔者个人意义，这些会在文字铺展中慢慢道来。现在，先从曲江巷的开端，沿着旧时代的流痕、半个世纪的绪念；顺着巷子里石板路、两侧人家山墙白色的糯米石灰砖缝、高高低低马头墙的几何线条，向巷底河边的玉带河铺写。

源起盐文化

世界上，有很多美好，只适合于一个人，比如思念，比如回忆，比如孤独，比如等待，比如一个人在静默中去翻找过去的风景。

此刻，蜷伏于夏雨后清凉孤寂的记忆里，我们可以把东亭城遗老的集体思绪，拉回金水湾这片静谧的桌面上。在新旧世纪交替边缘，展望东亭老城人文历史位置的大背景，回顾浸润在陈年累月的旧时代，探究曲江巷旧城池的地理生态形状，这种感觉十分美好。

合上泛黄的线装书和褪色的旧岁月，我们便可以理解，许多专家学者和世纪遗老，为什么对这块土地情有独钟。哦，这里是海盐文化发源地，是梵音缭绕的大道场，是仙女流连的老地方，是宰相升迁的高墩子，是一个连接扬泰文化渊源的盐业老镇，是一座通古达今的里下河古城。

万里长江，浩浩荡荡，蜿蜒向东。进入江苏境内，绕过盘桓缠绵悱恻故事的瓜洲古渡，向北铺展出大片平原地带。这幅地块，邻近烟波浩瀚的南黄海，紧依太阳升起的方位，北襟淮河，南依长江。西边，是隋炀帝开挖的大运河，又叫里河；东边，是串连古代盐场的串场河，也叫下河。这方土地，古人给它取个名，叫作里下河平原。

地理学家们对里下河平原，有更为精确的说法。京杭大运河元代全线开通，从北京到杭州共分七段，每一段有一个河名。淮安清江浦到扬州瓜洲渡这一段，叫里运河，简称里河。向东 200 里，从海安至盐城，有一条串场河，由南向北，平行相向而行，因为邻近海边，俗称下河。

里河和下河之间，坦陈一块平原。平原北面，是苏北灌溉总渠，为淮河入海通道；平原南面，是新通扬运河。地理学家说，东、西、南、北四条河之间，总面积达 13500 平方公里的沿海江滩湖洼平原，才是里下河平原。囊括了高邮、宝应、江都、兴化、海陵、姜堰、东台、大丰、海安区域。在几条历史悠久的河流簇拥中，里下河平原穿越历史时空，面向波澜壮阔的南黄海，不断铺展年久日深载入史册的叙事。

1000 年前，一条莽莽范公堤，把下河周围分隔成两片不同年龄的土地。堤西年迈，田园畦垄间，印记着新石器时期以来的 5000 年沧桑岁月；堤东年轻，宋元近千年来，沿海滩涂，每天向大海生长新的土地，向早晨的太阳不断靠拢。西溪老镇和东亭古城，在 1000 年岁月烟云里，通古达今，通江达海，静静端坐在范公堤边。成从连片的土墩台地，在低洼湿地连绵凸起，恰似在历史戏剧的台口，演绎着一出出人类悲欢离合的进化故事。因此，我们的祖先，很亲切地称之为台城，称之为东亭老城。

有人追溯东亭老城的溯源，联系到唐代开国大将尉迟敬德。据传，他曾奉母之命，千里驰骋，来到黄海边，率领民夫渔人，用攻城略地的大手，建造西溪孝母塔，后称海春轩塔。这位大将军，很接地气，他与旧时人家须臾不离，是早年宅院门庭上与秦叔宝对应的门神之一。人们把两位开辟盛世唐朝的将军，视为民间百姓的守护神。因为有了尉迟敬德建塔之说和至今黑将军般巍然矗立的唐塔，这座文气沛然的里下河重镇平添了许多英武之气。

我曾经写过长篇论文，论述范公堤前世今生的人文力量。如雪的白盐，如练的长河，如椽的高堤，构成东亭老城的血脉和骨架。从唐玄宗时代至清朝中叶，东亭沿海便是全国重点产盐区，宋时西溪盐仓监监管东亭、如皋、金沙等八大盐场，东亭得此地利，一跃而为淮南盐区食盐集散地。著名的淮南盐场，占全国产盐总量近一半，盐业税收占全国财政收入三成以上。得益于盐业经济的繁荣发展和"鱼米之乡"的区位优势，宋元明清这里一直是长江以北人口密集的重要镇市。

为了体现朝廷的关注，历朝历代，许多位极人臣的高仕名相，入朝拜相之前，由朝廷委派到此地为官。北宋三宰相晏殊、吕夷简、范仲淹，先后在东亭古城西侧的西溪镇市担任盐仓监，管理盐务。最负盛名的是范仲淹，在这里立下"先天下之忧而忧，后天下之乐而乐"的远大抱负，搁下笔来，动员起数十万民夫，修筑起阻挡海潮的逶迤堤坝，后人称之为范公堤，以纪念这位伟大的先贤。

在进入曲江巷之前，我们可以带着诗意，在兔毫盏醇厚茶香和梨木街清朗古琴声中，穿越千年风月，顺着旧日范公堤，在千年之遥历史光影中停留一会，回顾北宋年代那些风起云涌的景象。

990 年前的春天，是东亭古城西溪古镇一个具有历史记忆的时节。那时正值北宋天圣元年（1023），经济繁荣，文化盛开。在一个阳光明媚、春花满目的季节，33 岁的范仲淹，从安徽亳州节度推官任上，受朝廷之命，前来西溪任盐仓监，负责监督淮盐储运转销。这块土地，是他走向北宋名相的重要阶梯。

当年的范仲淹，乘着一叶扁舟，从唐大历年间黜陟使李承兴筑捍海堰时取土而成的复堆河顺流而下。因堤坝溃败，河道淤塞，这段行程十分艰难。他的前任，北宋名相晏殊，已沿着这条河流溯流而上，到京城做官去了。而另外一位北宋名相吕夷简，正在西溪盐仓监大堂上等着这位名士前来接任。他早就想跟着前任的足迹，离开僻远的海边小镇，到汴梁城做些大事。33 岁的范监吏，时值盛年，他目送吕夷简在复堆河远去的背影，在西溪云烟里，感叹了一番。

当年这条河流，以后随着范仲淹修筑范公堤，而成为串场河。这是一个巨大的历史伏笔，是当年宏伟筑堤工程的发端。这条滋润乡土的人工河流和身边的莽莽堤坝，为这位历史文化名人勾画出创建功业的台口，也成为我们从曲江巷到东亭城再到里下河，追寻故土蕴藏的时光通道。

在已经迷蒙的岁月里，闻名遐迩的扬州盐商们从黄海之滨西溪古镇，从淮南中十场，经过三泰地区，向内地乃至境外，输运晶莹如雪的食盐。在把白花花的海盐兑换成白花花银两的循环往复过程中，他们吸纳了充沛的盐文化，向华夏大地扩散渗透。扬州古城众多悬挂着大红灯笼的深庭大院，众多弯弯曲曲如同曲江巷一样的巷道，就是这片恢宏海滩，这座盐业古镇，这条盐务古道财源的凝结地。

历史上的盐务活动，使里下河一隅的西溪古镇、东亭老城与扬州文化紧密联系起来，与中国的四大古典名著，特别是《红楼梦·大观园》《水泊梁山》以及脍炙人口的《西行取经》的故事联系起来。里下河几座颇具底蕴的城池，遥相呼应，兴衰相连。从历史地理的方位来说，我们就更能理解东亭西溪是扬泰文化之根，是三泰文化主干，是盐文化之源的遥远意义了。

由此说来，在里下河星罗棋布的城镇中，由西溪古镇演绎向东的东亭老城，年纪最长，体量最大，渊源最深，名气最大，便有根据。范公堤、串场河、黄海滩，在盐文化滋润中，千年不辍地点化街市巷陌。青砖灰瓦圈围起一块平静岁月，小桥流水环绕起一方远年风景。犹如陶潜的诗，郑燮的画，亘古悠远，隽永耐读。

这些老诗画，被宋朝以后的斜风细雨，日照月华，抚摸了上千个来回，在 20 世纪末的阳光边缘，小桥流水，已经淡蚀，长街曲巷，已经模糊，好像是月光浸漫过的记忆。随着经济发展，社会形态改变，新世纪的建设者们，在几幢钢筋水泥的建筑上，从反射着太阳光点的塑钢门窗里，俯视这座老态龙钟的城池。从 20 世纪末的一个秋天，开始对它的旧式形态和它的文化内核，进行摧枯拉朽的改造。

旧东亭记

在向曲江巷靠拢的时候，请允许我继续用几段落文字，叙述曲江巷所在旧城池的古老形态，作为曲江巷人间烟火和奇闻逸事的文化背景。

进入东亭城围，范公堤两侧的旷野平畴，聚拢起来，汇集为城区的长街曲巷。深深的窄弄，长长的石板，串连着前街后河。弯弯曲曲的河道上，架设着宋元明清砖石拱桥，河岸边铺排出十里错落有致的建筑。一条抛物线似的长街，被两侧枝叶繁茂的梧桐树缠裹着，由东向西，蜿蜒远去，像迤逦的绿色玉带。

几十年来，走过不少古城，只有一条老街，与东亭长街相似，那是20世纪的皖南绩溪老街。同样被梧桐树阔大的树叶包裹着，不见首尾。这般非凡气势，有如长龙虬曲。绩溪乃龙脉之地，相传东亭城周边亦有龙脉之象。稍一探究，东亭与绩溪，早有渊源。元末明初张士诚的故事，京城伟人的祖传身世，有根有据，可见此言不虚。

旧日东亭城十里长街，是千年古城的地理符号，也是镌刻在祖居台城的人们记忆里的心理符号。曲江巷，是长街中部向南延伸的一根枝丫，一条分叉，或者说，类似百脚的一条足爪。所以，在进入曲江巷之前，这篇文字不厌其烦地叙说这条梧桐枝叶、乌瓦翘脊覆盖的老街。

台城十里长街，从东南方向的陆家滩起步，经过东坝，拉出麻石路面的县府街，向西北延伸。绕过衙门照壁、魁星阁、钟鼓楼，越过玉带河、马公桥，穿过彩衣街、寺街，在金家墩旁，打个逗号，然后转向西南，拐入宁树街。走过大王庙、海大口，跨上海道桥，再接上青砖叠砌、垂柳拂面的三里古道，一直延伸进北宋宰相们构建的西溪街市。站在旧时代修筑的八字桥上，遥望着唐代海春轩塔，老街停住铺展的脚步，完成了它在空间、时间上的十里构建，千年延续。

如果你在旧寻的意念中，穿越漫漫时光，走进东亭老城，也许会隐约听见，从西溪传来粗犷的民谣，就像岁月深处向东迁徙的街巷民居，逾桥而过。那种悠扬浑厚的唱道琴的节律，夹杂着渔鼓和简板的敲击，贯穿十里长街，弥漫在纵横交错的石板路上：

> 春打花鼓才出门，一风刮到东亭城，
> 哎嗨哟，一风刮到东亭城。
> 东亭城来东亭城，元末明初出王君，
> 哎嗨哟，元末明初出王君。
> 王君坐在龙位上，问声娘娘哪里人，
> 哎嗨哟，问声娘娘哪里人。
> 娘娘上前开了口，道琴一唱西溪人，
> 哎嗨哟，道琴一唱西溪人。
> 你说你是西溪人，晓得西溪几条街？
> 哎嗨哟，晓得西溪几条街？
> 几条长来几条短，几条直来几条歪？
> 哎嗨哟，几条直来几条歪？

几条跨过海大口，几条通向县府街？

哎嗨哟，几条通向县府街？

五条长来六条短，七条直来八条歪，

哎嗨哟，七条直来八条歪。

九条跨过海大口，十条通向县府街，

哎嗨哟，十条通向县府街。

早年的东亭老城，就这样从西溪延伸而来，条石铺路，门市相接，店铺林立。八鲜行、南货店、绸布庄、茶酒馆、影剧院，在街边梧桐绿叶后，亮出大大小小的市招。明清年代那些挨挨挤挤的骑楼、庙宇、民居、店面，早年石灰勾缝的门楼、旧墙、照壁、门墩，围成300多条或宽或窄或直或弯的巷弄，巷头朝向街面，巷尾伸向河边，巷中铺设麻黄扁石，青白条石。从巷口望去，曲折幽深，怎么也望不穿，视线里全是青灰色调。两边山墙又高又阔，蓝天成了窄缝，挂在墙头，与旧日梦境吻合。肥厚潮湿的青苔，像一条条波浪形花纹的呢裙，系挂在墙腰上。一声咳嗽，激起满巷夸张的共鸣，似乎是岁月彼端的回音。巷内屋宇大多按"井"字排列，石板路和巷底水码头石级高低错落，鳞次栉比的民居旧宅，粉线高墙，翘檐门楼，漆栏雕梁，构成许多韵味醇厚的旧式版画。

旧日街巷的形状，让人联想起生物的情状。极像一条弯曲的百脚（蜈蚣），街面是百脚躯干，众多粗粗细细、长长短短的脚，从街面向两侧纵向伸展，伸展出许许多多的曲江巷。长街是东亭城的骨骼，巷弄是东亭城的血管，维系着东亭古城的历史命脉。要寻觅一段历史的痕迹，造访一段远去的岁月，可以蹔入深巷，踩着石板，叩响门环。

从东亭城主街上，拐进两侧巷弄，沿着高高低低的麻石板，走向深巷。许多巷子，两侧削面而立的青灰高墙，向纵深推出带有年轮特征的景深。巷子中间，一溜石板路，两边青砖铺接，连接向苔藓抹缝的墙脚。糯米汁石灰浆粘垒的砖墙上，灰白浆线勾缝，像一束束拉长的光线，从年份不明的时空远处，曳引而来，让人感觉置身于时光隧道。巷里间杂着一些大户人家，开着气派的砖雕门洞，水磨门槛。有些人家的院墙，盖着灰黑瓦顶，细密小瓦承接清爽阳光，漾动古老的亮点。

有些巷子，还分成几截，到了中部，迎面横着一堵高墙，以为到了呆巷，原来是人家大院的高墙，向巷中凸出一块，对门人家的院墙，谦让一截，向内凹进一块，让出巷道。曲江巷头的大药房，伸向巷间，很有气势地朝南圈出院墙，便是如此情状。再走下去，拐出一个直角，伸出几米，又拐出一个斜角，向南延伸几十米，就生出许多转弯抹角，移步换景的幽深视觉。再远远望去，巷底傍河砖道上，行人缓缓来去，恍若相隔了几个世纪。

面临街巷，端立着许多寓意吉祥富贵的水磨砖雕门楣，图案有财神、八仙、龙凤、麒麟、花瓶、方戟等仙人神兽、世间万象，表现出宅第主人生活富足，品位优雅，祈求平安通达的精神状态。一些未经修缮的老屋，苔藓苍然，斑驳沧桑，像东亭城脸上古旧的纹理。许多门槛下还依稀可见当年的名号匾额，引领你出入历史文化空间。

百年时光荏苒，不知多少水磨砖雕，老式门廊，拌和着历史典故，温情梦幻，垒砌成数百条街名巷号。苍老的名字，曳着空幽的母音，穿行在街巷。如县府街、鼓楼街、西虹街、宁树街、寺街；儒学巷、文林巷、牌楼巷、茶园巷、五福楼巷、魁星楼巷、浙江会馆巷、京江公所巷。有些街巷，飘溢清香，如丹桂巷、兰香巷、葡萄巷、石榴巷、涌翠巷；有些街巷，历世神秘，没有什么人说得清它的来历，如听雨巷、仿来巷、万缘巷、曲江巷、海曙巷、天泉巷……也许，它们记载着先民雅致情怀，无羁天性、生动想象，与东亭城远年故事、地貌特征，连成一串久远的名号。像一部线装书目录，让后人阅读品味。

　　顺着线装书的页码，读老街一段段天长地久的旧风古景、市井闲情。到了长街西侧，向南拐出圆圆的弯口，接上一块块长条麻石，通连上一座清代石桥。桥面被一代代人踩踏得光滑可鉴，小风吹过，桥身石缝间听得见悠悠回响，传诵着旧年音韵，人们给它取名为仙桥。桥侧长出一棵百年黄桷，树冠浓荫遮覆，裸露的树根，犹如贴在街面上的硕大脸谱面具。俯伏在桥栏上，向东望去，一条绿波连绵数里，东高桥、西高桥连接街巷。小桥流水、薄雾似纱，两侧削岸砖墙，水中木阁倒影，向阳背光的各式墙面，交错形成青幽的几何构图。

　　东亭城里的古旧建筑，在迢迢岁月里，记载着时代的兴衰，尘世的沧桑，家庭的嬗变。它以自己青灰色的身躯，储存着那些愉快的、甜蜜的、散发着脂粉气的，抑或是辛酸的、苦涩的，甚至是充满血腥气的往事，不时被经过的人们，在探寻的目光中勾浮泛起。

并不遥远的记忆

叙述曲江巷，我们可以使用惯常的手法，打开广角镜头，作鸟瞰状，由此及彼，由表及里，聚拢视角，对准焦点，纵深点划。这样，也许能看到这片鳞次栉比砖石宅院间旧时的生存相貌和文化构建。

桌面上，铺展着两张城池图。一张的年份，应在 19 世纪中叶；一张的年份，在 20 世纪末。铺开昔日的图册，我们找到曲江巷在东亭老城的位置，把握这条 200 米的巷道，早年在这座古城里地理上、心理上的坐标。

横亘在老城的街面，长 10 里有余。从东部陆家滩起步，走过两侧林立的店铺、婆娑的梧桐，直至宁树街西侧大王庙。地方史志中，通常把大王庙向西延伸进西溪古镇的三里砖道作为老街的源头。

断砖颓垣的三里路，横越卧在宋代堤坝上，是远年祖先走向现代的路径。人们在繁忙的修缮改造中，一直忽略了它，但它以原生态的苍老容颜，面对西侧的亭台楼阁，东侧的高楼大厦，延绵在时光交错和河沟凸凹的夹缝中，延展出远年串场河岸边的古老形态。他是长者，是前辈，是祖先的化身，是街巷的灵魂啊。对这座古城，它太重要了，它是西溪老镇向东的 3 里延续，印记着祖先迁徙的屐痕。

听长辈们说，由明及清，直至民国，这条老街宽仅 5 米。极像安丰古镇上至今保留的南玉老街。中间是长方形麻石板，覆盖着宽阔的下水道。两侧小青砖铺砌成人行道，再向两边，排列着店铺青石板廊檐台，高高矮矮的闼子门，临街而立。我在长篇小说《狐雕》和《绣禅》中，形容这条老街像一只卧伏在范公堤上的千年蜈蚣。前些日子，翻看东亭地名录，一些古朴的简笔图册，证实了人们对一个世纪前的想象。

东亭城老街，分为三段，东边是鼓楼街，中间是彩衣街，转向西南方向是通向西溪的宁树街。我们追根寻源的脚步，从鼓楼街依次开始，走过东坝、县府街，旧日县衙门、文昌阁和鼓楼遗址，是东十字街。向西延展，过了兰香巷、七弯巷、轿巷，是旧时杨家典当行幽深的大院。再走过中堂巷、丁字街，石榴巷、童家巷、夏家巷、电影院、竹牌巷，是玉带河上的马公桥。过了桥，再向西，为彩衣街。彩衣街由东向西，是人民剧场、三里桥巷、聚东门巷，南侧有座曲江浴室，曲江巷就从这里向南延伸。这篇文字要说的，就是这条前街后河的老巷子。

在记忆中行走，有许多想象的时间、空间，可以走得悠远、从容一些。我们不忙走进巷子，继续沿着抛物线似的老街向西北方向漫步。

经过丹桂巷、缪家巷、新坝，是中十字街。中十字街向东通向马公桥，向西通向西十字街，向南是通往三昧寺的寺街，向北是元宝石和海河边。十字街口，集中了新坝菜场、五交化公司、工商银行、百货公司、糖烟酒公司，乃老城繁华闹市。向西走过吕祖宫巷、洗马池巷、听雨巷，是东台剧场。对面的仿来巷，通向金家墩古民居集聚地。再经过吴家巷、土地堂巷，走到西十字街。向西北是北关桥，北边是高举巨大十字架的基督教堂，转向西南就到了通向西溪的宁树街。

宁树街从北关桥巷起步，经过北关桥巷、文化宫、火星庙巷、裤裆巷、西夏家巷、仙桥、下坝，到大王庙、海道桥。这宁树街，一直到20世纪末，仍然保留着旧日长街的形态，石板街、老店铺、闼子门，举案齐眉似的屋檐口，仙桥边有老字号永泰祥水门汀的花扯布店面，进门一座大清水玻璃镜，引得老老少少的行人伸头晃颈，驻足观望。

宁树街向东的巷弄，通向裤裆巷的医院，向西的北关桥巷，通向教堂改建的中医院。这一带，聚居着许多中医世家。不经意间，透过幽深的门楼过道、镂空的木质窗格，可以望见方方正正的庭院客厅，院落里置放高高低低错落有致且修葺整齐的花花草草。几只造型优美的底座，摆放着结构精巧的盆景。

在这座老城翻天覆地的改造前夕，我们从曲江巷向西，遍访宁树街两侧的古典院落。宅院之内，每个细枝末节，都表露着旧日文人气息。邻近金家墩的宅院，还有几座假山，假山之间，又有小桥流水、壁龛佛像、亭台楼阁、花草植被。几尾锦鲤，在盆景内悠闲自在地游来游去。几座假山，或许是书香世家文化涵养的流露，或许表达着主人厌倦俗世归隐山林的向往，或许向客人显示宅院主人的闲情逸趣。

这些假山花木的主人，大多是从江南或皖南迁徙而来的文人墨客、商贾大户，若想重回故里，免不了跋山涉水、舟车劳顿。庭院景致，便寄托了主人对远方的向往和思念。他们在深宅大院里，用搭建的景观，消融日渐终老的炫耀和幽怨。回望岁月，即便是香车宝马，即便是锦衣玉食，也比不过这一方静谧的庭院对心田的滋养。

旧年的老街，不全是过着宁静婉约的日子，也曾受过战争的纷扰。仙桥的旧石基上，有许多弹孔，有人说是日本人打的，有人说是旧国军打的，也有人说是新四军打的，更有人说是解放军打的，不一而足。我们可以发挥想象当年留下这些战争遗痕的场面。这条古肃宁静的老街，也经受过打打杀杀的惊吓，弥漫过硫黄气味的硝烟。

人们回忆，桥口原来有爿茶叶店，当年有大人物的祖先从安徽绩溪龙川过来，在这店铺里落脚做伙计，积累了从商经验，一步一步西迁，到姜堰开办胡源泰茶叶店。后人接着向西，到泰州求学。自古人无千日好，果然花无百日红，千里搭长棚，没有不散的筵席。所谓"陋室空堂，当年笏满床；衰草枯杨，曾为歌舞场"，世事浮沉，概莫能外。这个话题，我在《过去的月亮》散文集中已经写到，不再赘述。

长街西端，是那座令人心仪的青砖拱桥。桥脊耸起，十分陡峭，似乎高过泰山寺冲天石坊，隐隐有通圣达仙之意。砖桥周围，寺院飘逸出的梵香，黄墙砖缝间的苔痕，河边虬干的老槐，桥堍清幽的竹径，都曾是北宋宰相笔下的诗料。

闲暇之时，背倚映衬过宋代日月的桥栏，顺着汩汩流淌的晏溪河，向东远眺，一条迤逦十里青砖翠藤的旧梦，铺覆在古街上。重重叠叠的屋脊，汇集在一起。阳光下青灰苍老的瓦片，如同凝重的波浪，从无数个檐头瓦当向屋顶斜斜地起伏涌动。还有一些青砖黑瓦，零散颓损地倚立在小风中，残留着不肯逝去的百年记忆。你有闲心，想问它们的由来，街巷无语，深不可测。一条长街，似乎从历史深处，牵引传诵出一溜洞箫陶埙的乐声，融进远近寺院的钟磬，让人们承受古韵交叠而来，层层覆盖心头的感觉。

我们可以这样概括，在渐行渐远的年代，鼓楼街是东亭城的政治中心，彩衣街是东亭城的经济中心，宁树街通向东亭城的历史中心。它们构建了这座城池的底蕴、躯干和生存状态，也构成了十里长街上充满灵魂的故事、传说和动人佳话。这些过往的话题，像云烟、像雾气，时而聚集时而弥散，在灯火朦胧中变换着形状。一条长街，连贯着它悠远而深沉的气场。

巷口的景致

俯瞰了东亭城十里长街，我们在文字中转过身来，一起回到彩衣街上的曲江巷口。

进入曲江巷的时候，如果要增加一些诗情画意，就选择在暮色降临，街巷苍茫的时分。在巷口逗留一会，梳理一下孕育东亭城老巷们的远年气韵，做一些文化视角的铺垫。

这时的东亭城，正在进行夜与昼的交替，罩上了迷蒙的黄昏。回头观望，浑然的墙角屋脊线条，令人蓦然感触。它们正像随着日起日落而来一样，轻轻地随着日起日落归隐而去。当所有白日的色调全部沉落，路灯从远处一排排燃亮，窄窄长长的古街，在月光下蜿蜒如一条青带，又似一根发亮的弦丝，寂寂沉沉。轻轻抚触，便会飘逸出悠长的音响。

巷口橘黄色的路灯下，偶尔有晚饭后散步的年轻伴侣，姗姗来去。路人走动，影影绰绰，映了一地。要在现实中，寻找书桌上旧城池的长街曲巷，即便亮起丛丛簇簇、闪烁炫目的金黄路灯，许多逝去的建筑，也照不见了。逶迤的街面上，尚存的一面面青砖粉线的墙壁，一重重乌瓦斜覆的屋顶，留下一片淡化的风景，向着长天夜空。

东亭城中部这条巷子，为何称作曲江巷，岁月荏苒，时代变迁，已难以考证。只知唐代有曲江皇家园林，把魏晋南北朝曲水流觞的故事引入宫苑之中，曲水循环，宫殿连绵，楼台起伏，风景秀丽。君臣在曲池之畔，作曲江流饮，在曲江胜迹留下人文精神和历史故事。历代文人墨客，为曲江吟诗作赋，把这雅致的名号在大江南北流传下来。

东亭城近 300 条巷弄中，曲江巷与周围的聚东门巷、丹桂巷、缪家巷、天泉巷以及马公桥东的竹牌巷、石榴巷、大堂巷、中堂巷、兰香巷、华家巷一样，是历经陈年累月有些名气的巷弄。这些巷子，不知有了几百岁年纪，有的已经老态龙钟。弯弯曲曲、窄窄长长的石板，高高矮矮、深深浅浅的青砖灰瓦，覆盖着许多琐碎时光。一些端肃气派的宅院，挑檐高脊下，存放着一堆绮华故事。

我们在巷口的记忆中流连，可以看到巷头街面上的旧日轮廓。

曲江巷东侧，依次是曲江浴室门面、水产商店、废品商店、三里桥巷、马公桥，马公桥以后改称新东桥。三里桥巷的巷头，有东风照相馆、宋月江画像馆，巷尾是纪福大桥。当年，这条巷子不知为何叫作三里桥巷。这倒像巷弄里流溢的随意添减字形的迷蒙小调，有了许多似是而非的含义。

三里桥巷对面——马公桥堍，临河一家热气腾腾的汤面馆，青瓷大碗里有饺儿、有面条，面条又分鱼汤面、阳春面、虾油面，大家统称作"饺儿面"。天长日久，店主人和店名被人们忽略，人们就用"饺儿面"代表那个店铺。经常听到曲江巷里有人喊：嗳——到"饺儿面"吃早茶去呃……一阵石板响，人们相跟着走出巷口，直奔"饺儿面"方向而去。

"饺儿面"店隔壁，依次是人民剧场、手工业管理局，这两处是当年东亭城里的重要建筑。人民剧场的三层楼，是老城的制高点，20 世纪 70 年代以前，一直是东亭城最高的标志性建筑。方方正正的三层楼，成了端立在马公桥堍的文化磁场。

　　许多年前，梅兰芳、周信芳、童祥苓、筱文艳等名角到人民剧场登台演出。周围四乡八镇的百姓，乘船到剧场看戏，各种帮船舢板，停泊在纪福大桥下，沿着河边，向西排列，一直拖曳到广济桥边。从三里桥巷到曲江巷、丹桂巷，一时人声鼎沸，接踵摩肩，十分热闹。夜晚散场后，又三三两两地穿巷而过，大声地议论剧情，夸张地长吁短叹，断断续续地吟唱台词曲调，一路石板橐橐作响，奔巷底河边而去。

　　如果我们把东亭城比喻成一个繁复的方块字，过路人流连于晚间的剧情中，吟哦的远远近近的曲调，极像早年从弯弯曲曲的巷道里流溢出字形变换的民谣。它们貌似互不关联，但横竖撇捺的添减，有如旧城街巷的纵横组合，杂乱无序随境而生却别有韵致：

　　　　一字写下一条枪，一日皇帝杨大郎。
　　　　一字中间加一竖，十打公孙武进章。
　　　　十字头上加一撇，千辛万苦赵五娘。
　　　　千字下面加口字，舌战群儒诸葛亮。
　　　　舌字上头去一撇，古城聚会斩蔡阳。
　　　　古字右边加月字，胡进威逼李进章。
　　　　胡字左边去古字，月下张生跳花墙。
　　　　月字左边加日字，明秀单闹张四房。
　　　　明字右边去月字，日闯三关杨六郎。
　　　　口字外边加门字，问计茅庐刘关张。

　　曲江巷西侧的丹桂巷，弯弯曲曲，通向巷尾广济桥，系引着南园上的故事。这是长篇小说《绣祯》落脚的巷弄。丹桂巷头，分布着几家文具店、食品店、日用杂品店，还有一家不大的诊所。早年到诊所看病抓药打针，踩着过道里的木地板，吱吱嘎嘎，一直响到幽深庭院里的注射室，拖下裤子，撅起屁股，忍住刺痛，旁边的伢儿，倒吓得哇哇大哭起来。那种情景，记忆犹新。

曲江巷对面，是聚东门巷。巷头是烧饼店、种善堂药房和迎春饭店。迎春饭店店面不大，店堂很深。让人感到深幽之处，一定储藏着山珍海味。左邻右舍，家里来客，大人就塞出几角钱，支派伢儿捧着大搪瓷缸到迎春饭店炒菜。四角钱的烧南阳，又叫烧杂烩、烧土膘。这菜做得大市，十分可口。选用猪脊皮，晒干油发，炸得膨胀开来，用水泡软，切成小块，加上肉圆、虾米、海带、蛋皮、笋子、茶干、菜头、鸡汤杂烩，富足实在。油发后的肉皮，膨胀起孔，色泽金黄，吸进鸡汤，味道鲜美。这道菜，东亭人家把它当作家宴头菜。

迎春饭店里，集聚着东亭城名菜。有大蚬萝卜汤、红烧五花肉、糖醋脆皮鱼、大鸡抱小鸡等。东亭人喜欢吃鸡，有"无鸡不成席"之说。所谓"大鸡抱小鸡"，就是在一只海碗里，把五香卤蛋整齐铺在鸡肉之上，演绎母子相会的传奇。还有三角钱一盘的酸斋菜炒长鱼。有人说，煸炒方法来自范公堤上梁垛的生炒蝴蝶片，用青椒、洋葱烩炒，起锅后洒上小胡椒、芝麻油，带着香喷喷的气息，端上桌招待客人。在那些饥饿年月，伢儿最喜欢跑到迎春饭店去，可以闻到各种菜肴香味，也可以蹭点油水。

聚东门巷，是七里长街躯干上与曲江巷对应的一条腿脚。它留下两条巷子许多童年、少年的记忆。这些记忆，从巷口笪头烧饼店开始。到了下午，只见笪头师傅站在临街的圆桶炉边，捋起衣袖，腰身有规律地一躬一仰，往炉火熊熊的圆孔四壁沰烧饼。那种姿态，颇像传统舞蹈中的撬荷花。伢儿们围着圆桶炉等烧饼，随着笪头一歪一斜地往炉膛里贴烧饼，摇头晃脑地念着数字：

一二三四五，

上山打老虎。

老虎不在家，

打到小松鼠。

松鼠有几个，

让我数一数。

一二三四五——

数了几个五，热烫烫的烧饼出炉了。笪头烧饼店生意好，到了下午，圆桶炉前总是围了不少人等着烧饼出炉。曲江巷聚东门巷头地带，弥漫着很好闻的斜角烧饼、龙虎斗烧饼葱香味、芝麻味。聚东门巷里，正对巷口一爿谢广茂茶炉子，邻里们经常揣上几分钱，拎着几只竹壳水瓶，在炉边充满开水，这叫作上茶水炉子充茶。一分钱一瓶开水，倒也便当，省得自己费时费煤烧水。

聚东门巷弯弯曲曲，四通八达。过了工人子弟小学，向东有户旧时人家，青砖黛瓦粉墙轩窗，砖石甬道两边，庭院古朴花木扶疏，一围粉白院墙，圈围着旧时代的残梦。听说在 20 世纪 50 年代，这座院落充了公，成为工商联的办公用房。庭院背后，老城里的牛集场和汤家园系挂在聚东门巷的尾巴上。

二、耸色之说

走进曲江巷

曲江的来历，清幽典雅。旧时代文人，附庸风雅，纷纷采用曲江名号。据说，里下河地带叫曲江地名的很有几处。

听老人们说，曲江巷，历史上又叫作太平巷、水巷。到底是因为巷头上悬挂着两盏灯笼的曲江浴室，巷名称作曲江，抑或是因为有了曲江巷名，才为浴室取名为曲江，不得而知。现在，知道这些来由的文化遗老大多驾鹤西去，据说尚剩下零散几位，却也像仙人隐居，踪迹难寻。

至于旧时太平巷之名，有情景可寻。小时候，夜深人静，灯阑月老，爬上床铺，拱进带着阳光气息的被褥，在迷蒙梦乡边缘，依稀听得更夫从河边敲着梆子蹑进巷子。笃笃笃——喡……笃笃笃——喡……厚重的夜色，笼罩着更夫嘶哑的叫喊：

大小人等，火烛小心哟——

各家各户，太平无事呃——

笃笃笃——喡……

声音低暗而沉洪，随着石板路颠簸，由远而近，由近向远，时高时低，如吟如诉，在曲江巷家家户户的瓦檐下萦绕回荡。天长日久，日积月累，大概是这样的夜夜呐喊，喊出了这条太平巷。

水巷之名，亦有来头。这条巷子，开头、结尾都与水有关，巷头有曲江水池，巷尾有玉带河水，巷中又有石槽下水，这样我们可以基本确定——这巷名与水有关。

在许多暗淡泛黄的旧日子里，清晨到中午，一位姓陈的挑水工，哼哼哟哟地把巷尾的河水从石板上挑进巷头浴室，日复一日，挑水工的右肩被晃悠的扁担压起一块肉包，凸起一堆辛劳的痕迹。浴池烧到中午十二点，水温正好，便开汤接客，直到晚上十二点，打烊放汤，池水从石板下的水槽阴沟汩汩流入河中，循环往复，日日如此。这条百米石板巷道，总是水滋滋的。

曲江巷头，西侧是医药公司店面。店堂里摆放玻璃柜台，竖立一排排搭拉着雕镂精美纹饰的黄铜把手抽屉，分门别类盛满各种中西药物。巷口东侧，就是闻名遐迩的曲江浴室门面。原先，浴室的大门楼开在巷子里。顺着麻石板，进巷10多米，右侧是大药房长着瓦楞草的院墙，左侧便是曲江浴室门楼。

据说，曲江浴室的院落早年是一座颇具规模的道观。朝西的拱形石柱门庭，两只大红油纸灯笼迎风摇曳，上面写着粉黄的"曲江"二字。高高的门楣上，有三星高照的浮雕，三位仙人，拱手环立，气宇轩昂。经常让人想起"举头三尺有神明""善若人欺天佑之，恶若人怕天不怕"这些警世通言。

从拱形门庭下，跨进曲江门槛，踏上青石甬道，院落很大，如入幽深仙境。接着，又是一道门庭接引过来，引领你向右拐弯，便是青石铺地的大天井。四围高墙，长满蓬蓬勃勃的瓦楞草。对面条石廊沿上，排列着红色髹漆的落地雕花格扇，显示残留的庙宇道观丰富色彩和肃然景象。据说，格扇中间门道两侧原先有一副许多城隍庙悬挂的楹联，令人悚然凝神：

> 站着！你背地做些什么？好大胆还来瞒我！
>
> 想下！俺这里轻饶哪个？快回头莫去害人！

到了新时代，庙宇道观日渐凋零，曲江道观改建为曲江浴室，格扇里面，人们赤裸着身子，在水雾蒸腾中影影绰绰，迎合市井喧嚣气象，过去静谧森严境界都被雾气遮蔽而去。再以后，临街开出一片店门，通向深庭大院雕花格扇，更少了庭院深深、香火袅袅的意境。

那年月，进入曲江庭院青石甬道，总可以看见一位须发皆白长者，在曲江浴室的仙人浮雕拱门下倚靠在竹躺椅上，打着年代久远的瞌睡。不知道他是浴室里守夜的道士，还是把门收筹的长者。有时，他睡眼惺忪地拍打蓝花布滚边的芭蕉扇，应着扇子节拍，摇头晃脑地念诵劝世箴言：

> 儿孙自有儿孙福，莫与儿孙做马牛。
>
> 祸患每从逞强得，烦恼皆因不忍生。
>
> 贱里买来贱里卖，容易得来容易舍。
>
> 金逢火炼方知色，人与财交便见心。
>
> 去去去——来来来——

在拱门下进进出出的人们，似乎遇见了仙家道人，很虔诚、很肃然地望着老者。只见他扇子一拍，又吟哦一声：一朝时运至，半点不饶人呃……

许多年后，我仍然记得老者吟诵的箴言。那是中国古典小说《金瓶梅》中作者刻画世间乱象，说尽人心，识透人性，总结出的闪光段落。白发长者口中念念有词，却更能入耳入心。被四围砖墙石板反弹着的嗡嗡念诵，似乎为曲江巷铺展出玄幻的开头。

走过曲江浴室大门，进入曲江巷，要经过一条窄窄的夹弄。夹弄东侧是旧日道观高高的围墙，西侧是大药房略低的院墙。东侧曲江浴室围墙上长着蓬勃的瓦楞草，清风明月，做了墙上野草宽敞的背景。那丛丛艾草，就显得毛茸茸的，在清冷的月华中摇曳生辉。

这条夹弄，只有 2 米宽。两边挺拔的院墙，削面而立，高矗入云。听老人们议论，月黑风高之夜，有人从街头回家，看到墙头上挂着绣花鞋。也不知道哪个年代，哪个哀怨的小姐、少妇寻了短见，留下遗物，时不时在墙头上显现，要人们帮助申冤报仇。这样的说辞，在夜幕的映衬下，令人惊悚不安。加上夜猫儿不时在屋瓦墙头窜来窜去，偶尔咪咪嗥嗥地叫起来，如怨如诉，如诉如詈，把许多旧时传说弄出了声响。小巷夹弄的夜晚，更加惊心动魄起来。

童年时代，整个东亭城只有昔日南通张謇在玉带河边留下的几台电机发电，映衬着荡漾的涟漪，给全城照明。深庭大院，也只有一二盏灯泡，零零落落，昏昏沉沉。晚上九点半，灯泡有意味地眨动两下，表示五分钟后全城停电。吃过晚饭，跟着长辈走亲戚，长辈们凑在一块，天上地下，东西南北，嗒呱晏了，街巷便乌灯熄火。从外面回家，伢儿就紧紧地拉着大人的手，瞪着眼，耸着肩，生怕头顶上掉下传说中幽怨的绣花鞋。毛发悚然地穿过夹弄，奔回家里，才定当下来。

当然，更多的时候，曲江巷即便浸泡在墨染般的夜色中，也是平静的。巷子上悬挂着一条被屋檐瓦当切割的暗蓝色带，生出一种隔世的荫凉和宜人的静谧。巷子里的人们，日间带着一脸的希望出去劳作，夜色降临带着牧归般的满足与喜悦，在石板路上橐橐而回。他们默默地出现在巷子里，又无声地消逝在门楼过道间，深深浅浅，进进出出，在巷子流动的夜光中，可以毫不掩饰地袒露着脸上的心思。

曲江巷里的老人，从傍晚时分起，一把竹椅，一张蒲扇，三三两两，聚集在巷子拐角口或门庭过道处，打扑克、下象棋、看报纸、拉家常。巷子里的韵史，老城里的故事，就藏在他们满头白发里，满脸皱纹中，似乎只要他们一说一笑，就纷纷抖落出来……他们在巷子里出生，在巷子里成长，和巷子一起变老。巷里的行人，脚步来去匆匆，不会为了生活中的烦躁侵扰安静的巷道，也不会为了屋檐上流动的月影停留观望。许多年后，人们搬上了高楼，朝着故地远景俯视，反而怀恋起旧时曲江巷的石板和那些承载岁月痕迹的青砖黑瓦。

童年岁月，像是诱人的童话，存留在巷道深处。悠长的麻石板，是童话的背景，笃笃的梆子声，是童话的声响。小伢儿眼中的曲江巷，每一处屋角，每一个院落，都是神奇的世界，有着与长辈们不同的乐趣。

如果说东亭城是一棵大树，许多曲江巷们就是它的根须，细细密密的延伸，枝枝蔓蔓的纠结。幼童时容易在深邃的巷子里迷路，在玄秘的传说中迷惑。不过，那时总有好心的老人指点方向，迷得有底，迷得安心。有一种"吾年幼，年幼无知好奇多。曾问二老儿从何来，二老笑指树中洞"的意趣和玄妙。

曲江道观的仙家

当年，东亭城里的人们，在曲江道观里清理心灵上的污垢，许多年过去了，人们又在曲江浴室水雾里清除身体上的积垢。谁能说得清楚，在一座肃穆的观殿和一泓温暖的池水间，这种精神与物质的变换，心理与生理的蜕变，在这座老城里带给人什么样的时代嬗变、岁月交替的感受呢？

更多人说不清楚，昔日的曲江道观在曲江巷与彩衣街之间的凹弯处伫守了多少年。在童年印象里，曲江浴室的门面，就是道观形态。拱券形门楣上方，悬挂两盏灯笼，三个拱券门组合成庙宇山门，代表三界。门楣上方凹槽之间的仙人，每天在两盏灯笼摇曳的黄色光芒中隐隐约约，浮现百年不变的可掬笑容和超然神态。

早年，修道者不绝于途，络绎而来。跨进山门，算是暂且跳出三界，在钟磬丝弦之声中，走向仙人彼岸。据说，旧日道院之中，有一位道人，身着白衣长袍，头戴道冠，或挽一只绾髻，手执浮尘，仙风道骨，高居道坛。引导浑沌未开的信徒，超凡脱俗，求仙得道。时光荏苒，道人不知所终，留下一座空落落的道院，四围苔藓斑驳的高墙，作早年宗教的见证。

若干年后，曲江道观改成曲江浴室，迎接四乡八镇前来沐浴的人们。当然，从心灵的祭拜，变成体肤的清理，从某种意义上说，有异曲同工之处。浴客们走到拱券门楼下，总要抬起头，露出端肃神色。头顶上，仙人高悬，俯视众生，浴客与仙人们打个照面，有长者虔诚点头，似乎遇见早已安放心上的尊贵偶像。然后跨过户槛，走过青石甬道，拐向条石天井去清理身体的污垢。

当年，曲江道观是东亭城最大的道教庙宇，重檐攒顶，石阶红窗，俨然神仙宫阙。高矗的院墙，与东街县衙的高墙遥相呼应。院内氤氲浓郁的香火烟雾中，不时传出道士吟哦之声，夹杂着钟磬鼓钹，越过高墙上迎风抖簌的蒿草，播撒向曲江巷两侧民宅庭院。让一条巷子的气息，弥漫着神秘意味。人们到这里寻求信仰，倚着天籁之音，释放心境，清理杂念。殿宇重檐之所，曲径通幽之处，就有传闻逸事，沸沸扬扬，抚动人心。

关于曲江道观，一些已经作古的老人留下过许多传闻，在曲江巷流传了几个世纪。有人说，曲江道观里关于子玉的传说，并非空穴来风。曲江巷周边，许多人背地里把长相甜美而又抛头露脸的女人统称"狐狸精"。若干年后，有人说，在曲江巷里搔首弄姿走来走去的王兰芳也是狐狸变的，而且是一只悲情的花狐狸，这是后话。人们在前辈传说中，与许多远年情节谋面，在梦幻般场景中逗留，一代一代，延展着曲江巷衰老的生命。

小时候，在天井丝瓜棚架下，经常听到倚在藤条椅上的外婆奶奶，讲述成堆的旧事。到后来，不管身边有没有听众，她都在嗫嚅讲述。她描述过曲江道观的神奇景况，令人惊悚，却又让人向往。在暮色降临时分，她见过削面而立的西墙之上与袁家房顶交接处有三尺高的白胡子老头，穿着葡萄扣华贵服饰，戴着镶金边的瓜皮帽，颇像那个时代专政对象的老地主。他一手拄着龙头拐杖，一手牵着花团锦簇的幼童，后面跟着弯腰驼背、头发花白的老奶奶，由北向南，蹒跚而行。有时仿佛是在墙壁上走动，走到最南侧顺着孙庄茶水炉墙角拐弯向东就不见了踪影。

家人们质疑道，这是什哩辰光的事情呢？母亲在一边证实，说她和巷子里几个小伢儿，跟在外婆奶奶后面，亲眼所见。那一对老者，穿红着绿，笑容可掬，一个幼童，稚气未脱，活蹦乱跳，十分显眼。

胆小的伢儿，惊慌起来，大声喊叫："没得命呃，怕人子，快点儿溜呃"——抱着头，向巷底河边鼠奔而去。

天色未晚，母亲和外婆，并不害怕。她们两人在墙下仰头观望，沿着脚下的石板路，走到八鲜行大门边，又回过头来，像站在街头上货郎担旁边看西洋镜，指指点点，睃巡眺望。

若干年后，巷里老人，在呆巷口乘凉聊天。都说看到过曲江道观西墙上的小人儿在暮霭飘浮中行走。从巷口进来，向上看去，老者在墙头上徜徉前行。有胆大之人，吆喝道：哎——老先生——老嗲嗲……那老者只顾向前走去，并不搭理脚下的呼喊。有人又放开喉咙，高声呐喊，老者领着一老一小，瞬间即逝，不知所向。

还有人摇着芭蕉扇，讲述一段凄婉的狐仙故事。那些情节，牵引着夏日夜空的奇异光点，闪现在童年记忆深处。

世间万物，多有幻化灵异之处。过去庙堂和大户住宅，镙砖铺地，仄径弯曲。尤其是道观，乃神仙世界，天尊高踞，烟雾缭绕。人们焚香祈祷，与神交汇，表达俗人羽化登仙美好愿望。更有神秘传闻，表达世间婉约悱恻的情感。

大约在清代晚期，曲江巷对面的聚东门有个家境困难的秀才，叫作子玉。这个名字，是不是出自"慧极必伤，情深不寿，强极则辱，谦谦君子，温润如玉"的古训，不得而知。子玉的人生，却走了一段"慧极必伤，情深不寿"的历程。

子玉全家蜗居一间小屋，狭窄逼仄。他喜欢读书，有时跨过彩衣街，到这仙家聚居的经楼玄坛之间，寻个僻静角落，借着香案上的烛光，读书寄宿。这天晚上，道观外一阵喧哗，接着有"吱吱"惨叫声，只见一团玄影，从殿堂前窜进来。子玉抹抹眼睛，定神一看，是一只玄色小狐狸。那狐狸一瘸一拐奔到子玉面前时，停住脚步，眼睛里充满哀怜与乞求。子玉俯身一看，小狐狸后背后腿，鲜血淋淋，一路滴落在砖地上。

道观厅堂间，几个街巷邻里，拿着棍棒竹帚，追赶过来。小狐狸身子不停地颤抖，子玉急忙抱起它，藏在长袍衣襟里。有人闯了进来，问道："你可曾望见一只玄狐？"子玉惊慌失措，喃喃念道："阿弥陀佛……"

人们渐渐散去，小狐狸从衣襟里伸出头，忽闪着眼睛，充满凄美的谢意。子玉扯下头巾，将小狐狸伤口包好，那玄狐连连作揖，吱吱几声，似有让他等待之意，然后消失在夜色里。

从此，子玉竟然思念起这只玄狐，日渐消瘦，形容枯槁。年复一年，子玉老了，仍然孤单一人，那只玄狐却无影无踪。子玉过世前，却有人看到一只玄色狐狸蹲在床前。也有人说每年子玉祭日，坟头都会有金黄色的影子闪现，烧香拜祭。

很多年过去了，不知受到什么荫护，聚东门子玉的旧宅基建起了大宅。一对新人举办婚礼，门里门外，张灯结彩。家中伙计笑嘻嘻地进来说："少爷，花轿到了"——少爷急走几步，跑出门外，揭开轿门，只见新娘一身玄衣，笑靥如花。少爷一阵发晕，新娘的美貌，举世无双，似乎在梦里见过，可就是想不起来。

洞房花烛夜，新娘突然跪倒在地，撩起衣裳，腿上、背上有几道疤痕。新娘流泪道："你是旧年子玉相公转世，当年相救之恩，不能立刻相报，修行经年，变成人身，如今以身报恩。"少爷大惊，只见灯火朦胧，如梦似幻。夫妻同床共枕，极尽鱼水之欢。

这种隔世相遇，极尽凄美，这是续写前世的缘分吗？

写下这段旧时记叙，蒲松龄笔下许多灵异的狐仙，隐隐再现，风情万种，婉约凄美，与曲江道观子玉救玄狐的传说一样，令人感叹。又过了许多年，电视剧《聊斋》推出那段片尾曲，萦绕在 20 世纪 80 年代。凄绵的曲调，倒像是从曲江道观中飘散出来，在曲江巷回荡过几个世纪：

> 我是一只修行千年的狐，
>
> 千年修行，千年孤独。
>
> 夜深人静时，可有人听见我在哭泣？
>
> 灯火阑珊处，可有人看见我在跳舞？
>
> 我是一只等待千年的狐，
>
> 千年等待，千年孤独。
>
> 滚滚红尘，谁又种下爱的蛊？
>
> 茫茫人海，谁又喝下爱的毒？
>
> 我爱你时，你一贫如洗寒窗苦读，
>
> 离开你时，你金榜题名洞房花烛。
>
> 能不能为你再跳一支舞？
>
> 我是你千百年前放生的白狐。
>
> 你看衣袂飘飘，衣袂飘飘，
>
> 海誓山盟都化作虚无。
>
> 能不能为你再跳一支舞？
>
> 只为你临别时那一次回顾。
>
> 你看衣袂飘飘，衣袂飘飘，
>
> 天长地久都化作虚无……

雾气里的传说

曲江浴室，由曲江道观演变而来。深庭大院，格扇敞屋，基本格局，与彩衣街、金家墩、县府街的大户人家庭院类似。里下河地区，雨雾多，湿气重，过去大户人家砌房，用瓮盆砖堆垫高地面，防止返潮返碱。有人说，这是家庭灵气所在，不能磕碰得罪。这块神秘所在，也是大街小巷灵异传说无穷无尽的源泉。

洗澡出浴的澡客，在雾气蒸腾中，说出许多令人惊悚的诡异故事。周围澡客，慢慢簇拥过来。人性中，最深刻的本能，就是对被欣赏的渴望。说今道古的人，看到聚集的听众，十分来劲，抑扬顿挫、手舞足蹈、妙语连珠，惹得一群伢儿，光着屁股，瞪大眼睛，屏声静息，听他们讲述。

当年，澡客们聊得最多的还是狐狸的故事。老人们说，夜晚在巷子里窜来窜去的狐狸，要尊称"狐大仙"。"狐大仙"是有灵气的，千万不能惊惹。曲江巷里，有人血气方刚，并不相信这种说辞，结果出了大事。南园上一个菜农，是个身强力壮的汉子。晚上挑着担子，经过曲江巷，遇见大仙。那大仙和黄鼠狼相似，灰色皮毛，耳朵圆圆的，耷拉在脑袋上。壮汉挥动扁担，鲜血四溅，狐狸当场死亡。壮汉扒开一看，这"狐大仙"肚子鼓鼓的，还怀着身孕。

没过多久，这壮汉邪乎起来，在家说疯话。告诉家人，许多"狐大仙"围在他身边，哭啊闹啊。家人到对河三昧寺请了和尚，摆开道场，咿咿呀呀，念诵祷告，却无济于事。最后壮汉七孔流血，死在床上。抬出来的时候，身下的床板全是他两手的抓痕。

那个年代，关于"狐大仙"和黄鼠狼的故事，层出不穷。一位年老的澡客，擅长讲述"狐大仙"的故事，据他所说，都是他亲身经历或是亲眼所见。

有一年遭遇大旱，曲江巷对河的南园上，农田里菜蔬耷拉着，菜农们没了收入来源。有家姓马的菜农，家中人口众多，四个孩子小雀般嗷嗷张嘴要吃饭，好在岳丈家底殷实，婆娘便带着伢儿到娘家寄居。

外婆爹爹一个人在外面做生意，家里就剩外婆奶奶和小女儿。见到大女儿带着几个伢儿回娘家，自然高兴。

那年刚入秋的时候，大概晚上十点多钟，南园家家关门闭户，乌灯熄火。外婆奶奶一边在灯下做活，一边哄着小女儿睡觉。突然，大女儿在被窝里哆嗦起来，母亲觉得奇怪，问道："你怎呃了？"大女儿指着房梁，颤抖着说："房上有两眼睛，一直盯着我！"

母亲有些惊慌，抬头看去，什么也没有，说："可能是野猫，快点儿睡觉吧。"母亲也准备睡觉，忽然听见房顶有动静，踩得瓦片咯咯啦啦响。她赶紧穿上衣服，跟着响声，走到大门口，只见皎洁的月光下，一个黑影像人一样，直溜溜站在广济桥上，有半米多高，两只绿眼睛亮闪闪的，像是一只黄鼠狼。

外婆奶奶趁着月光，细细看去，那黑影对着月亮，躬身作揖。外婆奶奶惊恐万分，寒毛竖了起来，腿子发软，想溜回家，但想想家里还有四个孩子，陡然生出勇气，顺手在地上抄起一块碎砖甩了过去。那个黄皮子竟然躲都不躲，若无其事地抬头看看月亮，低头看看她。过了好一会，腰身一猫，转眼间就没了影子。

过了几天，又是一个月圆之夜，外婆奶奶和两个女儿从南园上挖了一点蔬菜，提着竹篮正要进院，忽然听见背后有人喊道："喂——"她们回头看了一圈，没有人影，只以为是邻居孩子恶作剧，就没搭理，还没跨进大门槛，又听见一声："喂——"

小女儿玩心大，回过身去找这个人。她放下篮子，往门外走，发现就在离自己不远处有一个小孩似的影子，头上戴片荷叶，一步一步走过来。走得很慢，走路的姿势很别扭，蹒蹒跚跚，歪歪扭扭。

它看见这家的小女儿，站定了，尖声问道："喂——你看我可像人？"

那天大概是阴历十五，月亮又圆又亮，小女儿看清楚了，是"狐大仙"，像人一样站着，两只手拱在胸前，向自己作揖，后背白白的，一直到尾巴尖，大概活了上百年。一片荷叶歪歪地扣在头上，眼睛亮亮地，看着自己。

这家小女儿年幼，不知道害怕，她歪着头，盯着"狐大仙"，心想，这荷叶戴在"狐大仙"头上倒是十分好看，像个"痛宝宝"。

"狐大仙"见她不说话，急忙又问："喂，你看我可像人？"听那声音，嘶哑急切。

小女儿觉得好玩，随口答道："像呀。"又笑眯眯地补上一句："宝宝，要听话，多做好事帮助别人，做个好人……"

"狐大仙"朝她作个揖，转身歪歪扭扭地跑了。

后来外婆奶奶找算命先生，说起这天晚上发生的事情。算命先生说，这是"狐大仙"讨封呗。动物修炼到一定层次，会向人讨封。人是万物之灵，说的话有灵气，如果说像人，那狐仙就讨封成功，修行会跨上一个台阶。如果回答不像人，或者骂骂咧咧的，这狐仙就会损失几十年的道行。

这家小女儿回答得很巧妙，成全了狐仙，让它讨封成功，又给狐仙提了希望，要行善积德，才能修炼成功。

好人好报，这家小女儿后来儿孙满堂，身体强健，一生无病无灾，遇到小坎坷，总有意想不到的贵人出现，帮她渡过困境。嫁给夫家，也是官运亨通，玉带河两岸的人说，这家人有福气，是狐仙报的恩。

老人倚在靠榻上，说着故事，又向围在身边的伢儿强调，做人要厚道，好言一句三冬暖，恶语伤人六月寒。要说好话，办好事，做好人。

还有老年澡客，依照冯梦龙的段落，说一些劝世恒言之类的传说，告诫年轻人，不要贪婪攫取，不要忘恩负义。广桥口的丁二爹，又说起彩衣街上酒家张二房的往事。

刘七巷和洗马池巷口的张二房，是东亭城里有名的酒坊酱园。据说，早年的张二房，生意十分兴旺。张家依照祖传秘方，酿出的酒名扬四乡八镇。有年春上，一个衣衫褴褛的云游道士来到酒家，请求暂住几天。酒店掌柜信奉道教，家中一直供奉三清神像，便收拾出房间给道士暂住。

道士闻见空气中弥漫的酒香，看到院中堆积的酒坛，勾起酒瘾。便向掌柜讨要一壶酒，对着壶嘴一饮而尽，赞道："好酒，好酒啊！"

道士暂住张家后，时常向掌柜讨酒喝，但从未给过酒钱。掌柜家人多有微词，掌柜却不顾家人反对，只要道士要酒，马上到酒坛里舀给他。

道士贪恋张家好酒，不想离开。转眼间，一个月过去了，算来道士已经喝了几百壶酒，掌柜从未提及过酒钱。这天，道士对掌柜说：我喝了你这么多的酒，也没钱给你，我给你家挖口井吧。

道士在后院空地上，施展法术，地上竟然出现了一口井，大家看得目瞪口呆。他打上一桶井水递给掌柜，掌柜接过水桶，却闻到桶中散发出浓郁的酒香，舀出一瓢倒入嘴中，只觉得酒香清冽，回味悠长。道士指着井对掌柜说："这就算抵酒钱了。"说完，飘然而去。

张家酒坊将井中打出的酒装入坛中，卖给以前的主顾。大家愈发称赞酒坊酿酒技艺高超，酒香四溢，酒质醇厚。来酒坊买酒的人越来越多，酒坊卖出酒的数量，竟是以前的 10 倍以上。最让掌柜欣喜的是，不用再雇人费力酿酒，井中自有取之不竭的美酒。

过了几年，那位道士，飘飘逸逸，忽然又来到酒坊。

道士进门问掌柜："井中的酒怎么样？"掌柜笑着说："酒是特别的好，只是有一样美中不足，没有喂猪的酒糟。"

道士仰头大笑，提笔在院墙上写道：天高不算高，人心第一高；井水做酒卖，还嫌猪无糟。扔下笔来，飘然而去。

从此，这口井再不出酒，变成一口普通的水井。这口井栏，一直伫立在洗马池巷深处。

每天晚上，曲江浴室的通铺间，成了热闹非凡的说书场。澡客们争先恐后绘声绘色地扯八五，嚼糟包。人们倚着仰着，伸头竖眼地听着各种传奇。旁边的伢儿们眼花灿烂，前仰后合。看看天色已晚，纷纷提起神来，抻衣蹬鞋，沿着乌灯熄火的巷道，掂量着晚上的各种传说，心跳肉举、惊悚不安地奔回家中。

月亮之上

三、水色如许

曲江浴室

在早年意象里，这座里下河重镇，长街曲巷，摊开来，是岁月烟火，聚拢起，是饮食人间。或者说，一头弥漫着历史风云，一头铺展着人间百态；一头系挂在千年玄秘的传说里，一头拖曳在现实灵肉聚集的构建中。

改朝换代以后，曲江浴室的拱券形门楣，一直悬挂两盏并不燃烛的空壳大灯笼。四乡八村和老城里的男人们，从中午开汤到晚上打烊，用竹篮拎着皂荚丝瓜筋，换洗衣衫，在拱券门下络绎不绝，进进出出。虽然心里清洁与生理清洁，相得益彰，但道观与浴室，毕竟不同，昔日圣洁之地，不免多出世俗羼杂的景况。

东亭城自古经济繁荣，商贾云集，早年浴室（俗称澡堂子）也有几座。由东向西，有城隍庙旁的东台浴室，七弯巷与兰香巷之间的妇女浴室，人民剧场对面的曲江浴室，寺街上的五福堂浴室，西十字街土地堂的清一池浴室，宁树街上的新桥浴室。其中曲江浴室、五福堂浴室和清一池浴室，皆由道观改建，东台浴室则与城隍庙相连。旧日残存的建筑样式，一直存留到 20 世纪末。

那个年代，东亭城近郊的乡民船民，总是早早准备一番，赶到城里洗澡。澡堂子刚刚开汤，乡民便蜂拥而至。城里居民，遵循着饱不洗头饿不洗澡的习俗，吃罢夜饭，一步三摇，悠哉游哉，踱进澡堂子，拱到混浊的池水里。你可不要嫌池水脏，他们自有他们的道理，这世上只有人龌水，哪有水龌人的？人们戏谑道：乡下人洗的是寡落落的清水澡，城里人洗的是油滋滋的养人澡。

东亭城对范公堤两侧的乡民们称呼不一。堤西水荡沟汊的农人，叫作西乡人，堤东生活在海滩成陆土地上的农人，称作海里人。但不管是西乡的人还是东海的人，到曲江浴室洗澡，都像过节一样，慎重而又欢乐。西乡的澡客，早更头，点着油罩灯起床，三三两两，到河汊间撑出小舠板，沿着向东漂流的河水，随波逐流，荡漾进城。东海农人，路近的步行，路远的踏着钢丝车，沿着城郊土路，颠簸而来。有些村舍的男女老少，邀集在一起，摇着挂桨船，西乡人沿着蚌蜒河、辞郎河，东海人沿着串场河、运盐河，络绎进城。在纪福大桥和广济桥下抛锚泊船，顺着曲江巷麻石板，走进券式门楼，带着咯咯的笑声，跳进池水里。

东亭城几爿浴室，曲江浴室规模，数一数二。各家浴室，都未接通自来水。浴室雇佣挑水工，清晨从河边挑水，沿着条石台阶，摇摇晃晃，跨上大灶台，注入灶上高过人头的蓄水木桶。炉灶先是烧草，以后改烧焦炭。烟囱里浓烟滚滚，由东向西飘散。蓄水桶边，有一条管道，通连向隔壁浴池，这边炉膛火苗晃动，那边汉白玉池子里的水温不断升高。

进城较早的乡海浴客，等着开汤，看看时辰未到，先去新坝百货商店或彩衣街日杂商店，转悠一趟，采办花花绿绿的布料，零零碎碎的用品。看着钟点，遛遛逛逛，听得柜台上自鸣钟铛铛提醒，到了中午十二点，估摸浴池开汤接客，便拎起包袱，沿街向浴室奔去。妇女们前往东街妇女浴室，男人们则在开汤的第一时间跨入澡池，洗个清水澡。

东亭城自古与扬州血脉相近，渊源互通，文化互融，习俗互渗，都有早上皮包水，晚上水包皮的生活习惯。城里人把早晨上茶馆吃早茶与夜晚进浴室洗把澡等量齐观，视为生活中两件乐事。城里的老澡客，总是在街口昏黄路灯疲乏眨眼的时辰，打着饱嗝，酒醉肴饱地收拾皂荚筋络，换洗衣衫，逸而当之地跨进浴室门楼，在雾气蒸腾中泡澡堂子。这个时辰，浴室的池水，已经浑浊。如果是节假日，池水有如薄糁粥一般。人们笑道：乡海里的人洗出的垢鱼儿，都到城里人身上了。

曲江道观改建为曲江浴室后，庭院装饰，也有更新。跨入曲江浴室二道门，迎面是一爿曲尺柜台，柜台边堆放着水盆、扁担、茶桶等旧时澡堂的老物件。柜台上拎着一溜排老式篾壳茶瓶，还有几只印着老人头像的搪瓷把杯。澡客进来，掏出三分纸币，站柜的递出涂着一拃长的红漆竹筹飞子，类似剧院的入场券。澡筹飞子按价格分为不同颜色，有红色、蓝色、黄色，代表雅室、普室、通铺。如果你要擦背，还要再加三分钱，又拿得一根竹筹，与洗澡的平头竹筹不同，擦背的竹筹尾子是尖的，以示区别。

柜台后面货架上，有皂角、毛巾、香烟、瓜子售卖。香皂属于奢侈品，偶尔有一两块点缀其间，长久无人问津。澡客拿了竹筹，转头向南，进入厢房。天井南侧，一溜红漆大窗，面北而立。澡客脱衣下池的大厅，铺着水磨石嵌花地面。在落地格扇掩映中，从浴池里上来的人们赤条条的，或倚或坐，或玉体横陈，乘凉收汗。过道间，不时响起跑堂伙计吆五喝六的喊叫。这声音，被乡海里匆匆而来、匆匆而去的浴客们荒废了一个下午。天色傍黑，玻璃格子里，汽油灯白渣渣的光亮，把厅堂映照得一览无余。跑堂的吆喝声、招呼声，随着夜幕降临，特别敞亮："哎——手巾把子来喽——""上水呃——王爹来啦，今呃子早啊——""李经理驾到，稀客稀客，里头请呃……"

一次朋友聚会，有位资深文友说起曲江浴室旧闻逸事，大声叫道：那些呆尻呃，三天三夜也说不完呃——有一回，大家在水雾蒸腾中泡澡，一个十几岁的伢儿，衣服不脱，冲进浴池，神色慌张地呼喊泡澡的人，只见他嘴唇翕动，却喊不出声音。泡澡的人也不着急，叫那说不出话的伢儿，不急不急，乖乖儿，你唱你唱——那孩子顿了一下，竟然流畅地把要说的话唱了出来：拜拜啊，家里失火，烧起来啦！坐在池边抓痒的老子，喊了一声：没得命喽！哪块通到哪块了——起身便跑。人们才知道，有些口吃的人，结结巴巴说不出话的时候，叫他唱就对了。

有人说，到了澡堂，大家总是光裸巴巴，纤毫毕露，无分南北东西，无分贵贱贫富。其实不然，浴室也是世俗社会的缩影。曲江浴室里分广摊统铺和雅座包厢，共有 100 多个客座。广摊统铺是乡海农户、小商小贩、挑箩卖菜的平民脱衣下池的坑位，一长溜柜箱式的统铺，堆放着一摞一摞衣物。旧时东亭城，有富商大贾、名人官吏等头面人物，自然设有雅座包厢。雅座是统铺的双倍澡资，舒适的靠椅茶柜，紫铜茶壶、搪瓷茶盘、木制印花跋撒，显示着那个年代的奢华。

跑堂伙计一边叫喊，一边领着东亭城有头有脸的浴客，经过大厅广摊统铺，走向雅座包厢。那时尚无空调，包厢里却冬天不冷、夏天不热，倒应了挂在包厢里的宋代无门慧开禅师诗句："春有百花秋有月，夏有凉风冬有雪。"雅座的夏天，支着时髦的电风扇，还有召唤凉风的大蒲扇；冬天澡堂自带暖气，窗格外院墙顶上几点雪痕，作了澡客们观赏的隔窗风景。中国几千年传统，尊上蔑下。权势富贵，到哪里总会享受世间的温暖。天寒地冻的辰光，连下池的跋撒，也有人用热水烫温，放在贵宾席口。

贵客坐定，跑堂伙计就会扭头吆喝，泡茶的应着喊声，拎着长嘴铜壶，快步走来。在红漆小几上，放下青花盖碗，一个熟练准确的凤凰点头，扬起又细又长的水柱，冲好半杯茶水，留着贵宾浴罢续茶。来头大点的，跑堂的就蹲下身子，帮助脱去鞋袜，换上跋撒，一路搀扶，送入浴池。回过头来，面对乡海浴客或是老城平民，他们就有主人气势，面孔板肃，昂乎起来。

花式澡

每年365天，东亭城里的浴室，除了大年初一放汤休假，其他364个中午，风雨无阻雷打不动，开汤营业。曲江浴室拱券门楣下，大红灯笼迎着巷风摇曳，深红的穗带簌簌抖动。日复一日，风吹雨打，包裹竹壳灯笼的油纸，已经褪色泛白，但不妨碍它们在门楣下召唤着四乡八镇、左邻右舍络绎不绝的澡客。

走进曲江浴室的人们，经过青石铺砌的过道，跨进拱形门楣下的玻璃格扇，涌进雾气蒸腾的汤池。洗澡时序，往往按照人们从事的职业而定。开汤伊始便来入浴的，多是乡下农户、过往客商，然后是街坊店员摊贩、装卸工人和手艺工匠。晚上八九点钟光景，浴室门前汽油灯疲乏地眨眼的时候，一些喜欢高温蒸汽的老澡客，悠哉游哉前来泡澡。他们认为，这浴池里已经浑浊的水，经过下午澡客浸泡，有了元气，这时候洗澡，更加养生舒适。

曲江浴池的浴区分两道门，第一道门，是擦背淋浴的地方，再进去一道门，进入浴池。浴池里的装饰，是早年道观富丽堂皇痕迹的延伸，白瓷砖、石灰顶、大天窗。汤池子用一色的汉白玉条石砌成，在水雾蒸腾中，泛动着温玉一般的光泽。池子分为两部分，里边的池子有木头条格，外面是敞池。里面池子水温高，年老的浴客，总是先躺在木格上，让热水蒸一会，再下池子泡澡，或是坐在木格子上烫脚丫，蒸舒服了，泡涮清了，烫惬意了，就可以到外间擦背了。

这曲江浴池，十分讲究。池底铺设一尺见方的镙底砖，严丝密缝，既平整又不滑脚。下面设有烟气通道，充分利用大灶余热。池水通过地膛锅，透过池子里糯米砖加热。汤池里水雾氤氲，对面看人，全是光裸巴巴、白白搭搭的身子。肥胖臃肿的，瘦骨嶙峋的，粗壮笃实的，纤弱苗条的，模模糊糊，晃来晃去。

大浴池的门，用厚厚的橡木制成，门上的拉轴，系着粗粗的橡皮筋，通向门角滑轮，再垂挂下来，系着几块大青砖。有人推门出浴，沉重的大青砖坠着门角上的滑轮，收紧橡皮筋，木门十分响亮地"嘭"一声关上，浴池里就水汽不通。澡池里热气蒸腾，云雾缭绕，轻纱一般，渲染着迷蒙的心情。时常有贪恋浴池温热的澡客，一不小心，闷得过头，俗话说晕了澡堂子，像喝醉了酒，脸色苍白，金鱼一般嗫着嘴唇，大口喘气，摇摇晃晃趔趔趄趄着走出来，瘫倒在过道里。有好心人过来，搀扶到统铺上歇息。

浴客中途上来歇息换气的地方，也有古朴气息。带有早年西洋格调的花格瓷砖上，散放几张圆鼓形白矾石墩。鼓墩周围雕饰精美纹饰，包浆浑厚，玲珑雅致，应为清代之物，估计是原道观的老物件。古为今用，洋为中用，到了新时代，恰好摊上了安顿浴客屁股，为人民服务的用场。几条长长的石凳上，或躺或倚，散落着收汗喘息等待擦背的澡客。逢到周末假日，浴池里挤满了人，像汤锅里下饺子一般，满满当当。到了腊月浴室旺季，更是人满为患。常来的贵客，可以在雅座包厢预留榻席，统铺间里来得晚的澡客，就挨挨挤挤地站着等位子，前面的澡客才出池，后面的澡客就忙不迭地脱衣下池。

五月端午或是大年三十，浴池里还会泡上菖蒲、艾蒿、牛耳等中草药，名为百草汤。沁人心脾的艾草味，窜入鼻中，让人有一种舒适、放松的感觉。据说洗了这种汤澡，能祛邪去病，除掉秽气。这种日子，多数人家要带小伢儿去清洗污垢。小伢儿跟着大人洗澡，不买澡筹，不占座位，与家长合挤一个档位。伢儿跳进池水，快活起来，打打闹闹，叫叫喊喊，十分热嘈。

浴池里，澡客们眯着眼睛，赤条条地挤在池水里泡着。老澡客爱这闷气的池口，先奔最里头的热水池边，坐在水池木格上烫脚气。他们把脚翘在池面上，用手巾蘸着脚下烫人的透水，在脚丫间来回抽动，烫得闭眼睛、歪嘴子吱吱吸气，显然十分惬意。嘴里还哦哦呀呀地哼道："比跟婆娘睡觉还惬意哟……"然后四脚拉扒，仰躺在木格上小憩。老年人闷劲儿足，一个钟头过后，大汗淋漓，才拉动橡木门，出去乘凉换气，这时，搓背的拎着小木桶，哼着小曲，晃荡过来。

曲江浴室里，总有几个搓背的，肩膀上搭着手巾，吊儿郎当地走来走去。按照程序，他们侍候澡客在池边长条石上躺下，右手缠裹上手巾，卖力搓擦，再用捣烂的皂荚，慢慢擦抹，冲洗干净，澡客十分舒服受用。擦背的分干擦、潮擦两种，对不大进浴室洗澡的乡海人，下劲干擦，一条条垢鱼儿，蚯蚓一般，纷纷掉落在池边上。潮擦适用于城里年老体弱或者每天光顾的澡客，全身上下轻轻走一遍，过过擦瘾而已。

旧时澡堂，搓背的有讲究、有花头，可列入非物质文化遗产。搓背时，强调个八轻八重，八阴八阳八周到。澡客的耳蜗、腋窝、手指头、脚踝、脚板底、脚后跟、脚趾头，旮头旯儿，全给你搓擦到。再在你的耳朵后头，轻轻刮几下，手丫子、脚后跟转下子，腋窝里揉一下，用搓背的术语说，这叫八怀柔八转弯。

所谓八轻八重，也有说法。搓擦时，面部要轻，额头要重，轻而有度，重而不疼，澡客感觉舒服、惬意就好。腋下内侧肉嫩，要轻，肚子上软囊，里头是五脏六腑，要轻。肩头背后，要下力，要重。八阴八阳，人的背面为阳，内侧为阴，阳面可以重，内侧枵皮嫩肉要轻。八轻八重搓抹下来，身上清清爽爽，通泰顺气。八轻八重整个程序，有一套口诀，被曲江巷周边的老人记叙下来：

五官轻，春风拂花容。

额头重，智开映星空。

喉头轻，君子言凤声。

四肢重，武夫童子功。

腋部轻，汗狐全除清。

肩膀重，勇任家国栋。

五头轻，念母育儿情。

胸肌重，宽怀大爱容。

腹部轻，怕君丢书经。

臀部重，坐稳正山峰。

阴面轻，月美银辉隐。

阳面重，日朗浩光宏。

内侧轻，抚琴动心音。

背面重，击鼓硬雄风。

无湿轻，休闲情逸灵。

有湿重，排毒经脉通。

正面搓过了，澡客翻转身子，叫作翻身发大财。接着烫背排背敲背，背部排去湿气，整个经络疏通软化。再敲起背来，声音十分动听，拳眼巴掌上有鸟雀之声，八哥洗澡，喜鹊登梅，麻鸭淘食，百鸟朝凤，最后凤凰三点头；有风雨之声，小雨和风细雨，雨打芭蕉，暴风骤雨，慢慢转到瓦前滴水，水滴叮咚，滴尽最后三滴，一套拳母结束；更有锣鼓之声，岳元帅校场点兵，梁红玉金山擂鼓，八大锤大闹朱仙镇，接着三声鸣金收兵。

搓背工还会按摩推拿技术，随着轻重缓急富有节奏的敲、捶、拍、捏，不仅可以消除筋骨疲劳，还能捎带治疗落枕、闪筋之类毛病。浴池内外，响声四起，"噼里啪啦噼里啪啦——咚咚咚……""噼里啪啦噼里啪啦——咚咚咚……"有如音乐节奏，捶打得有板有眼。随着力度轻重，捶拍出不同声响。一些老澡客，通体舒畅，兴头上来，即兴吼上几段戏曲："我正在城楼观山景，耳听得城外乱纷纷。旌旗招展空翻影，却原来是司马发来的兵……"戏腔伴随着大池里冒起的蒸气，有节奏的捶背声，在水面上回荡，惹得其他浴客，扭头张望，嗷嗷地喝彩叫好。

在澡客们的吆喝声中，搓背工更加来劲，亮出一手绝活，捶出时高时低的声音。水汽蒸腾的墙壁上，弹跳出沉闷的回音。他们又抓起澡客膀臂，扑扑地捏动麻筋。池子口吊着橡皮筋的木门巨大而沉闷的开合声，池里池外噼里啪啦的捶背拍打声，跑堂的"手巾把子来喽——手巾把子来喽……"嘈杂的叫喊声，雅座里扯着嗓子的喧叫声："来啦——上茶……""来啦——修脚喽……"五花八门的声响，交汇成浴池特有的节奏。

歇澡花絮

冬日严寒，浴客喘着粗气，从澡池上来。贵宾们进入雅座，老师傅在透水里，打好热手巾把子，帮助澡客把后背揩干。接着，拾跋撒儿打风扇的，前呼后拥，来回走动。热手巾把子打个不歇，几块热烫烫的手巾，轮流在脑门上、脸颊上揩擦着。揩头揩脸揩背揩屁股揩脚丫，无微不至。泡茶的伙计拎着长嘴铜壶过来，续水添茶。捏脚修脚的也拎着小板凳，颠颠地跑过来，这捏脚与修脚不同，一般由小徒工用一块干硬的毛巾在澡客的脚丫缝中来回拉扯搓捏，止痒揩干，舒筋活血。

大厅统铺的澡客，出浴上铺，等候多时才有手巾把子从半空中飞来。澡客半空里接住，自己从上到下揩擦。又用手巾在泡得发白的脚丫间搓拭。跑堂伙计转过来，捡起带着脚气的手巾，到池口热水桶边，下水蘸一下，吱儿呵地挤上来，又捂上一个刚出池口的面颊。统铺澡客既不讲究，也不攀比，十分知足。揩水收汗，就在统铺上打盹，享受浴后的惬意。从洗澡开始，擦去烦恼，带着皂角水洗过的洁净心情，闭目养神。

澡客们依乎贪恋浴室里的温暖，不急着回家，靠在卧榻上歇息。这时，就有卖茶叶蛋的，卖豆腐脑的，卖蜜酒酿的，卖酥儿饼的，卖菱角花生的，卖香烟瓜子的，提着小竹篮，在厅堂间来回走动。间或还有卖冰糖球、油炸臭干、菊花琪的，惹得跟着大人洗澡的小伢儿又是叫叫喊喊闹腾一阵。那卖梨糖膏的，挑着小担子，晃晃悠悠走进浴室，在卧榻之间穿行，徉花唱曲，开口吟唱起《十二月吃食歌》《药草膏来药草糖》，惹得一群小伢儿跟在后面嗷嗷乱叫：

正月十五吃元宵，

二月二做饼女儿到；

三月清明吃凉粉，

四月立夏鸡蛋炒；

五月端午吃粽子，

六月初六炒面焦；

七月菱藕新上市，

八月中秋月饼咬；

九月重阳吃大糕，

豆子饭是十月朝；

冬月冬至吃水饺，

腊月腊八把粥烧；

……

位卑未敢忘忧国，赤身亦在议国事。澡客们关心国家大事，大厅里，人们聚拢在统铺上，吊儿郎当地议论广播喇叭里五湖四海的新闻和天上人间的大事小事。相识不相识的澡客，偶尔接上话茬，便聊开了头。上至天文地理、政治经济、战争和平，下至乡风民俗、坊间趣闻、男女私情，风流逸事。还有呐侉兜咱的，以疯作邪的，说嘴卖乖的，荤的辣的，素的荤的，大呼小叫，高吟低诵，把城乡俚事，演绎得活灵活现，热闹非凡。一座老城的风情，都在澡堂里一一铺开。

歇澡大厅里，以老人、小孩居多。人生在世，当数童年和老年时期，最为滋润。童年幼小无知，尚不知道生命中的不完美和缺失，既不会去争蝇头小利，也不懂得计较名利得失，只是怡然自乐地跟着长辈后面起哄；到了老年时期，该争的已经争过，该抢的已经抢过，看透了世界的不公，不再执着于名利得失。没了输赢之心，自然活得快意潇洒、无拘无束。歇澡纳凉时分，想到什么，随嘴便来。

几个老澡客，四脚拉扒，或倚或坐，高喉咙阔嗓子谈天说地，天文地理，阳春白雪，下里巴人，三姑六婆，村话呐侉，淫词秽语，无所不包。谈论最多的，一是女人，二是惊悚传说。南园上的丁二爹，南城上的张六子，三里桥巷的李瘌子，是吹牛嚯咱的高手，几个人一撬一搭，一唱一和，说起荤话。一帮毛头小伙，听得面红耳赤，心跳肉举。心里却又欢喜，不急着穿衣回家，慢慢吞吞地理着衣衫，听那些令人心旌缭乱的黄段子。

丁二爹大声问：“你俫说，人呃，这一世怎呃样子活得快活？”

张六子说：“这还要说呃，男人啊，白天有酒喝，晚上有奶摸，上班睡懒觉，下班拱小道；女人啊，白天有牌打，晚上有鸟耍，上班嘴作淡，下班有人惯……”

李瘌子来劲了，插上来说起了顺口溜：“久久不相嘴，皮肤就变孬；要想皮肤好，早晚要一要；要想感情真，全靠铺上撑；只要能热嘈，其他算个屌……”

张六子哪甘落后，坐起身来，他瘦骨嶙峋，却枵嘴薄舌，说起灵果，过过嘴瘾：

一进疼来二进麻，

三进四进直打滑，

五进六进不让拔，

七闭眼睛八咬牙，

九进十进身体乏。

一朵莲花两边翻，

一条鳝鱼往里钻。

莲花夹住鳝鱼头，

一股清水往外流。

李瘌子来了劲，跟着说道：

独坐书房手做妻，

此事羞于外人提。

眼前荧幕激情戏，

桌上纸卷铺整齐。

一上一下浅入戏，

忽快忽慢眼迷离。

点点滴滴落在地，

子子孙孙化作泥。

莫怪为父不要你，

只因钱少难娶妻。

倚在一边眯眼打盹的丁二爹，睁开眼睛。他到底年长，看到旁边有几个嫩小伙听得龇牙咧嘴，前仰后合，觉得这些淫词艳句，有伤大雅，有点老不正经少不乖的味道。便一巴掌拍过去："你个穷饭嘴，看你这个痨病鬼儿相，真真是吃呃肥呃，说呃瘦呃，就不作兴说得文雅一点呃？"周围澡客，一阵哄笑。

张六子一颤，嬉皮笑脸地说："好好好，说得哲学一点。人啊，就是生理性动物，心在两腿之间，情在高潮之后，誓言在上床之前，分手在激情过后，承诺就像放屁——有些人碰总没碰就爱疯了，有些人爱总没爱就睡够了，有时候一个疯子放弃一个傻子，只是为了一个骗子……"

丁二爹嘀咕一句："是狗，总改不了吃屎……"他拍拍芭蕉扇，打岔道："别说这些没相关的呆戾，把伢儿俫总带呃坏掉。这古当今，眼目下，我俫要记得几句话"：

> 官不入民宅，父不进子房。
>
> 子大须避母，女大须避父。
>
> 近邻不可断，远亲不可疏。
>
> 白天不议人，晚上不议鬼。
>
> 不骑两头马，不喝两头茶。
>
> 不恋一更食，不贪三更色。
>
> 渴了不圆房，大汗不冲凉。
>
> 喜事不送伞，寿辰不送烟。
>
> 老不看三国，少不看水浒。
>
> 女不看西厢，男不看红楼。
>
> ……

统铺那一边，几个喝得醉醺醺的澡客，吟唱起来："酒不醉人人自醉，白酒在瓶里像清水，喝到嘴里味道美呀，进到肚里活闹鬼。走起路来脚拌腿，瞪眼找不到南和北，说起话来还绕嘴，闹笑话没得什哩罪……"

散座上的澡客，听得来劲，拍着巴掌叫好，有秀才模样的文绉绉的澡客，朝这边乜了一眼，不甘寂寞，便摇着芭蕉扇，在一边哼道："几个丫子乌，说这些没相关没料咖的呆戻，你俤可曾看见，这世道的人心乱纷纷，什哩时辰总闲不下来。人浪人，人撩人，人斗人，人糇人，人哄人，人骗人……"

旁边有人搭腔道："怎呃不是的啊！恨人有，笑人无，嫌人穷，怕人富。人前若爱争长短，人后必然说是非"。有人接上话头："门前放根讨饭棍，亲戚故友不上门。不怕虎狼当面坐，只怕人前两面刀"。

对面的散座上，又有人高声应和："相识满天下，知心能几人——最冷不过人心，最凉不过人性。人情似纸张张薄，世事如棋局局新"。

这边散座上的秀才把话接过来："三朋四友朝朝有，急难之时无一人。人穷莫上亲戚门，人穷莫望娘家门人……"

几人比试着嚼糟包，有人拖下茶盅，说："这种乱象，总有道理，它乱它的，我做我的"。话题转换，说起了流传千百年的警世通言：

有人说："做人要外圆内方，绵里藏针。人在事上练，刀在石上磨"。有人接茬："慈不掌兵，义不掌财，情不立事，善不为官"。又有人说："总归一句话，在人之上，要视别人为人；在人之下，要视自己为人……"

秀才周围，澡客们越聚越多，摇着扇子纳凉，听他们一五一十地对着劝世名言。伢儿听这高深言论，觉得无趣，夸张地咿咿呀呀打着哈欠，胡乱地套上衣衫，溜出门去。散席上的人们说得眼花灿烂，也觉得淡漠起来，摇头晃脑，唉声叹气，慢慢穿衣回家。

四、本色年华

情绪的拐弯口

从彩衣街进入曲江巷，道观高矗的风火墙和大药房后院的乌瓦灰墙，把曲江巷的开头夹峙成一条窄窄的巷道。向南 30 米，药房院墙向西拐去。从街口延伸过来的幽深巷道，拐向西南，敞开一围凸轮形的豁口，巷子显然宽阔起来。可以远远望见，玉带河岸边几棵稀疏的歪脖子树，枝叶迎着河风，抚拂着对岸的房舍。河边尼姑庵的篱笆院墙，隐隐约约，高低凸凹，画出悠远的曲线，掩映着另一个世界的事情。

如果我们按照由北到南的顺序，最先看到的是巷道西侧从巷头延伸过来的大药房院落。宅院大门，正对东侧曲江浴室烧水房。少年时代的好友张振东和他父母的同事们，住在这座大院落里。曲江巷几家客籍知识分子，张家是由北到南的第一家。张家爸爸方脸盘，高鼻梁，白净瘦削，温文尔雅，伢儿们称他张叔。张家妈妈干练秀气，待人谦和，可惜在 40 岁上因病早逝，让一条巷子叹息了一个秋冬。

那是一个晚秋，秋风秋雨，秋霜秋意。曲江巷拐弯口，萦绕着一种苦涩的情绪。巷底玉带河边，一阵悠远的笛子声，顺着串巷河风，从南向北。那一定是笛子中的 D 调，深沉悠远，甚至有点凄楚寒凉。大家晓得，那是对河水月庵边的丁老三，按照惯例，站在广济桥上，对着东边的老电厂，摇头晃脑地吹他拿手的《渭水秋歌》。他喜欢吹这类凄清的曲调。有人告诉邻居们，那些曲调，是断情雨、深秋叙之类，这与他坎坷的身世和凄绝的感情经历有关。

少年时代，曲江巷的伙伴们有些小情调。我们和振东站在巷道石板上，迎着从河边刮向街巷的带着凉凉秋意的串巷风，做过少年老成式的交谈。大意是岁月无情，故人不再之类的感叹。谈到几家伤心事，就有"忽忆当年高堂在，也曾灶头烧锅台。恍觉如今形影只，故乡无人诉情怀"的悲凉感觉。记得当时天上几朵铅灰色的云彩，似乎压在曲江巷两侧屋檐院墙上，大家互相拉拉手，就有了一点惺惺相惜、患难与共的意思。

20 世纪 70 年代，几位少年，相继参军入伍，离开曲江巷。我们到了武汉空军，过了几年，振东到了南疆部队。我们的从军经历大体相似，都在部队干部部门工作，时有书信往来。振东以后转业到无锡定居，事业颇为顺利。当然，普罗大众，芸芸众生，所有在人世间的体面，需要经历许多的狼狈许多的艰辛，那些宠辱不惊，去留无意的劝世名言，许多时候是无奈之语，或是仍然站在高处，事不关己的风雅宽厚之谈。

岁月流逝，旧城消逝，少年时代的曲江巷渐行渐远。现在，偶尔站在旧时曲江巷街头，一定会产生人是物非的感觉。过去彩衣街迎春饭店的街对面，弥漫着徐记拉面和湘绝鸭脖带着辛辣气息的香椒味，大家嗅嗅鼻子，唏嘘一番，称之为回不去的曲江巷和彩衣街。

爱屋及乌，爱巷及人。旧时巷弄里，有时会因为一片门，留恋一群人，有时是因为一个人，留恋一片门。时间推移，旧巷旧景旧情旧人，在记忆里贯通互应，气息浓厚。有人说，这个世界，你笑，全世界与你同声笑；你哭，你便独自哭。但是，在过去的岁月里，一些和你一起笑过的人，你也许已经把他忘掉了，和你一起哭过的人，你却不会轻易忘记。即便他已走向另外一个世界，但往日的记忆，还时常萦回在眼前。

斜对着大药房的后门，是袁家朝西的通道。走进门庭，长长甬道幽深的底部，通向一座朝北小门。门庭虽小，门楣、门槛却眉清目秀，水磨青砖，米灰勾缝，十分精致。走进小门，一围玲珑庭院，面东而立。院落里沌着荷花缸，缸里几蓬水浮萍，清润可人。院落两侧，支着几摞青砖，上面搁着几盆花草，廊檐下又有几盆兰竹，庭院就显得雅致起来。

袁家三开间正屋，走马廊檐，嵌花槛窗，古色古香，一派风雅景致。曲江巷伢儿们的童年时代，在东亭城大街小巷走动，由东至西，从西到东，沟河街桥，深院窄弄，四处游荡。特别是夏日，短裤赤膊，足蹬塑料凉鞋，在街巷乱窜，烈日炎炎，光背上晒得滋滋冒油，全然不觉。但这家小院，同在一条巷弄，倒是很少进去。也许因为走进门庭，那条甬道，过于幽长；那座院落，过于安静，幽长、安静得让人心里不踏实。加之它紧邻吊挂着绣花鞋的道观高墙，让大家心存畏惧，有所顾忌。

袁家小院对面，大药房仓库铁皮包门，总是紧锁着。以后住进了劳动局调配科的干部，时常有人点头哈腰地进进出出，铁皮大门有时才虚掩着。从门缝间，可以望见一堵照壁墙，挡着一座偌大的庭院，向右拐弯，是朝南正厅堂屋。计划经济年代，安置调配是热门岗位，掌管人员参加工作、调配工作的权力。这座门庭，就有了权力的象征。不是一家人，不进一家门，几个小伙伴，虽然到处乱窜，但从未跨进过这爿铁门里的庭院。

庭院的建筑，源于古人聚居的形式。在宫为廷，在家为庭，在共同的空间里，不仅是为了安全，更是中国文化里，相互关怀照应、温暖守望的亲情体现。东亭古城的街巷里，伫立着一家家庭院，家族兴旺，人丁众多，庭院就大。如金家墩汪家 21 号，县府街孙家 39 号，北关桥巷蒋家 17 号以及曲江巷 4 号，厅堂有序，就像一棵大树，分枝抽条，开枝散叶，程序分明。传统民居中轴对称、院落重门的格局，千年不变。

站在这爿铁门前，朝南望去，原本狭长的巷道，比曲江巷开头被道观院墙夹峙的窄巷，明显开阔起来。可以一直望见玉带河边的水码头，拎着淘箩板篮淘米洗菜汰衣裳的女人，玉带河对面水月庵的粉墙里，迎着河风披头散发东摇西摆的柳丝。就有一种"慢看人间烟火色，闲观万事岁月长"的况味。也许在这爿铁门里，见多了这种烟火气色和奢华世事，面对世人，就有了不苟言笑的面孔。

铁皮大门的庭院板肃，大铁门内，还有一个与世人迥异的男伢儿。头大身小腿脚短，面孔像那爿铁门，板肃下垂，顽劣异常，不合群，不跟趟，却受到家庭百般宠爱。由此及彼，令人联想起新坝菜场旁西轿巷的矮个子大姐。小伢儿到吕祖宫巷启平小学读书，新坝是必经之地。经常看到过路人，驻足观望，看她奇异体态，笑她蹒跚走动。她便圆目怒睁，大声呵斥道："嘘——啊呸——"有过路人不识相，继续着淡不淡咸不咸的谑笑，她便抄起一盆脏水，哗——向路人浇去，嘴里骂道："啐——个认妈妈的怂头子，望什哩西洋景儿，家去望妈妈去呃……"

看到如此这般激烈壮观的场景，一群小伢儿，感到莫名的兴奋，又忐忑不安。上学放学，远远地绕着走，遇见热闹场合，作壁上观。多年后，大家明白，这是矮大姐受到世人歧视形成的叛逆性格，便生出同情之心。由此及彼，由彼及此，曲江巷里这座门庭里的男伢儿，怪异之处，便可以理解。虽然物理上矗立在曲江巷，心理上却与曲江巷有一层隔膜。庭院内外，似乎还有一种行政权力与平民庸常之间的隔膜。人们进出曲江巷，只是远远地与大铁门打个照面，敬而远之。一直到旧城改造拆迁，巷里的邻居们从未跨进这座庭院。

茅缸边的趣想

曲江巷拐弯口，大铁门向南，一堵多边形的白墙，圈围着一个臭烘烘的大坑，这是巷子里的公共厕所，人们叫它大茅缸。因为它在巷道拐角处，正对着夹弄北边的彩衣街，从巷口就可以看到斑驳的石灰墙。茅缸里七八个蹲坑，分列两侧，对着中间蓄粪池。夏天如厕，气味熏人。可以看到白色蛆虫，在坑壁上蠕动。

每隔几天，有西乡农人撑船过来，停靠在巷尾河边，伸出跳板，搁在河坎上，挑着粪桶，提着粪勺，摇摇晃晃，到茅缸挑粪，回去沤田。听说，这些农人要向清洁管理所缴费，才能到茅缸挑粪。也有西乡农人，不想花钱，就在深更半夜梆子敲响时分，到曲江巷茅缸偷粪，月黑风高，巷子石板上，滴滴洒洒流着粪迹，整条巷子，臭气弥漫，顺着河风流荡。

大概在 9 岁那年，几个伢儿，踏着巷口昏暗的灯光，聚众到茅缸蹲坑如厕，然后乱哄哄提起裤子，边走边系裤带。走到茅缸门口，夹弄北边的街面上，大喇叭在哇哇唱歌："学习雷锋好榜样……"激昂的旋律，随着北风吹进巷里。大喇叭的音响震荡着曲江巷零散昏暗的路灯，那路灯远远地拉长人的身影，走近了，影子短了，浓郁起来，缩在自己脚下；走远了，影子拉长了，纤细起来；再走几步，影子淡了，化为似有似无的纤痕。街头的旋律，还在半空中飘荡，隐约之间，有所触动。这雷锋在世上行走一回，到底留下一点痕迹，在世间口口相传，那么，我们以后会在这世界上留下什么呢？

这样的想法，在9岁伢儿头脑里浮动，似乎有点早熟。

这是一个有些雾霭的下晚，说不清什么原因，小时候，天性中抑郁的成分泛动起来。暗淡的天色、飘浮的云雾，淅沥的雨丝，带来许多联想。抬头四望，雾蒙蒙的天空彼端，一朵云推动另一朵云，一棵树晃动另一棵树，似乎显示着一个灵魂，冲击撼动着另一个灵魂。

半个世纪过去，渐渐感悟。大千世界，虽说须弥藏芥子，芥子纳须弥，但是毕竟沧海一粟，时空一尘。人生不过是一个暂住过程，不要说这是你的，那是我的，我们的一切只不过是暂借而已，到了期限，如数奉还，可能形式不一，却是毫厘不爽。人生一世，草木一秋，皆为过客尔。

记得在院落天井丝瓜棚架下，看过一位知名作家的书，扉页上写道：世上有能挽回和不能挽回的事，而时间就是一种不可挽回的事。也许不负光阴就是最好的努力，物竞天择，适者生存。努力就是最好的自己。在这缤纷世界上，如果留下一点路过的痕迹，也不枉行走一遭。这时候，很容易生出"总有人间一两风，填我十万八千梦"豪迈之感。

街面上的大喇叭，还在震天动地无休无止的鸣叫。大家赶紧提起裤子，踏着一路声响，跑向街头。匆匆忙忙登上人民剧场三层楼房，杉木铺成的地板，踩踏出许多意味深长的声音。站在楼顶露台上，似乎离心目中的天空更近了。远眺东亭城弯街曲巷，密密重重万户灰屋，似乎也润泽了许多。一些房顶的炊烟，也缠绵温馨地出来呼唤学子。檐下几只旧日紫燕，婉转多情地呢喃，又悠然飞起，潇洒的燕尾，在六月的小风中，剪着透明的云絮。

听说少儿偶尔能听到宇宙的声音，所言不虚。一种金属的声音，在天空间飘动，清脆而不尖锐，凝重而不沉闷，像水中涟漪，梦中柔琴，去空中荡漾开来。循着声音，举头望去，是旁边两层木楼檐角下风吹铃动，敲打诗行，把韵味浓郁的祝愿，播撒向脚下密匝的远年遗迹。老街长风，把落叶吹到了路边，激情却没有了归宿。曲江巷白色的茅缸，那些白色的朦胧的想法，竟让人哑然失笑起来。让人有了静看桃李争欢赏，不为繁华易素心的想法。

小巷逶迤，民宅错落，溪河穿城而过，清清地洗涤尘埃，远远望去，犹如一幅幅醇厚的水墨图画，画中有青砖灰瓦的古宅，有敞檐翘角的小楼，有竹影婆娑的院落，有麻石铺砌的深巷。都带着厚重年轮的记忆，带着岁月层累的风霜，显得古朴沉静，亲和温暖。深巷窄弄里的木窗中，散发出许多柔润的光晕，数不清的窗扉，数不清的柔光，编织了无数温情，无数梦幻。连同磣白的臭烘烘的茅缸，都显得温馨起来。

过了曲江巷拐弯口，绕过大茅缸的石灰墙，顺着麻石板，往河边行走，就到了佘大奶奶家。从这里开始，进入曲江巷中部。回头望去，狭长幽深的夹弄，恍若隔世。巷内平静如水，时间仿佛凝固，永远停留在历史坐标的一个令人恍惚的小点上。

进了佘家开在巷里的小门庭，向里走去，是三进大房构成的四进宅院，一个院落接着一个院落，好像是陈年岁月的景深。外面暑气蒸腾，里面却凉气森森。房宅东边，一条细细长长的巷道，与每座房屋相通，东西房舍庭院，形成一个完整体系。又岔出一条窄弄，弯弯曲曲，延伸而去，几座院落相互连缀。也许是窄弄终年不进阳光的缘故，一股浓浓的旧木老砖气息，挟裹着地上潮湿的青苔味，让人生出岁月凝重感。正在为佘家杂院深处曲折犄角的房舍、迂回往复的小径而茫然，一侧厚重的木门，吱吱呀呀地打开，一位白发皓须的长者，颤颤巍巍地迈出门槛，身后掩映着苍茫的重重门洞。

佘大奶奶姓程，与巷子南侧的程大大是姐妹。19 岁入佘家，旧时代妇随夫称，人们就喊她佘大奶奶，辈分小一点的，喊她程姑奶奶。她与长兄程大大一样，头发稀疏，寥寥几根毛发，遮不住头顶，她便把几绺长发很均匀地梳理在头皮上。她平日稍有空闲，便搬出爬爬凳，坐在巷边门口，钉鞋底做针线。

巷里一群小伢儿，嘴巴乖巧，看到门口的佘大奶奶，就朗声喊道："瘌姑奶奶——"喊瘌姑奶奶，是伢儿们的专利，瘌姑奶奶很高兴，笑嘻嘻地答应道："噯——乖乖肉嘎！"那种童声童气的呼叫和略带沙哑的呼应，在石板上飘来飘去，很动人、很亲切。

曲江巷里，小伢儿总是用人们的生理缺陷，称呼长辈。麻耶耶、婆耶耶、瘸嗲嗲、大瘌子大大、红鼻子嗲嗲、瘌姑奶奶——这些生理缺陷，代替了姓氏，在称呼前辍加上生理缺陷，却显得亲热起来。小伢儿的喊叫，奶声奶气，甜甜的，润润的。童真无欺，稚嫩可爱，长者心生欢喜，总是响亮地答应着。

我们从未见过瘌姑嗲嗲什么模样，有人说早就过世了。瘌姑奶奶坐在大门户槛处，做着针线活，偶尔抬起头，一边在稀疏头发上磨着针尖，一边朝巷里来来去去的行人张望，好像在找寻什么，眼神十分迷茫。这种记忆中的场面，至今十分清晰。她就这样一针一针，打发着岁月，把自己从年轻少妇，一针一线，穿插到了满脸皱褶的佝偻老太。

瘌姑奶奶的儿子国成，在供电局工作，大概是外线工，有时全副武装，头戴安全帽，腰束宽皮带，腰带上插满扳子、钳子、锤子一类工具。这身行头，颇似电影里奔赴前线的战士，很有气派。那时东亭城经常停电，巷子里乌漆麻黑时，人们就下意识地朝茅缸旁边的门槛下张望，找寻国成的身影。那个时段，他就是曲江巷人们乃至东亭城人民的大救星。

石板边的枝丫

如果我们把曲江巷石板路比作一棵树干，而从巷内向东北延伸的佘家大杂院，向西南延伸的呆巷，是它的两条不对称的枝杈。

倘若我们对老巷道有足够的兴趣，想要寻觅旮旮旯旯里旧时蕴藏，可以节外生枝，从佘家杂院门口走进去，顺着曲江巷斜伸向东的枝丫，溜达一圈。

穿过佘家光线晦暗的堂屋，东边是一个大杂院。两侧分别是佘家、马家、陈家、徐家的房舍。为了拓展住房面积，两边人家都向天井里扩张了凸凸凹凹的附属用房，许多幼时玩伴就住在这些鸽笼似的房子里。天井是越来越小了，挤成了一条弯弯曲曲的巷道。大大小小几何形块状屋脊，分割着磁白的天空。

沿着房屋的拐角，再向东去，巷道像一条抛物线，朝北拐弯，又是几户人家的山墙，隔成与曲江巷平行的巷弄。巷子两侧的乌瓦屋檐，伸手可及。穿过这条巷弄，就走到彩衣街上，与曲江巷数步之遥的东侧巷口，眼前豁然开朗，让人生出峰回路转，别有洞天的感觉。

　　这条无名小巷，因为两头小、中间大，平时处于封闭状态。拐角空场处，经常有人摆开八仙桌，凑在一起打牌。细长的纸牌，在方桌周围折扇般的展开。旧时纸牌上的花式，对应着扑克、麻将的图案。财仕凤凰，对应大小王炸，空堂洋钱人宝，对应麻将中发白。荤张的梅兰竹菊，素张的饼条万，与麻将无异。

　　几圈纸牌下来，人们困乏了，有人咳嗽一声，呷口清茶，清清嗓子，开始唱起牌经——嗨哟——黄不过一饼呃——，下家打出一张牌，直着嗓子接上来：嗨哟——红不过九条呃——纸牌麻将有荤素之分，牌经也有荤素之分，往事迢遥，印象模糊。前几年，正准备去采访耄耋之年的前辈，一位年少文友，却记起长辈们唱牌经、数胡子的情景：

　　　　　一品当朝官不小，
　　　　　小团长来把兵调。
　　　　　梅家巷子靠石桥，
　　　　　弯弯腿子歇歇再摇。
　　　　　下色货逢人接巧，
　　　　　苦起来就往娘家跑。
　　　　　眉毛不刷要刷糟糟毛，
　　　　　瞧不起人来眼角高。
　　　　　万儿八千往外摆，
　　　　　办事处处要粮钞。
　　　　　……

　　到了麻将桌上，又有各式各样的叫法：一条叫小鸟——小鸟无毛飞不高。二条——横吹笛子竖吹箫。三条就叫火箭炮，发财称为法国鬼子扛大刀。白板叫作白嗒嗒的大腿夹荷包。一饼酷似膏药旗，二饼男人都欢喜，三饼好似花生米，黑漆棺材是八饼，九饼俨然麻子脸。八万张开大嘴巴，牌友称它歌唱家。有时，人们还高高低低吟唱出其他花式：

> 春夏秋冬人人爱，
> 梅兰菊竹接头来。
> 东南西北轮流转，
> 杠上开花双倍算。

牌经唱得花俏起来，荤素搭配，提神醒脑，就有人大声唱出几段荤牌经：

> 四个男人打麻将——无比（屁）快乐，
> 四个女人打麻将——二饼暗杠，胸（凶）多鸡（吉）少。
> 出二饼哦——妹子的奶子不大不小哟——
> 碰白板呃——妹子的屁股白嗒嗒哦——
> 上一条喽——小伙的屌儿直挺挺呃——
> 要二条嗦——裤头子做小了，压屎哟——
> ……

牌经唱词，虽然字不达意，句不成调，但朗朗上口，别有意趣。一个个牌友亮开嗓门，首尾呼应，高低搭配，抑扬顿挫，韵味无穷。麻将桌上，高高低低的牌经吟咏，混合着出牌磕磕碰碰的声响，一个下午的时光，就在牌桌韵味中流淌。

暮色降临，街巷氤氲着薄薄的雾霭，打纸牌、打麻将的人们，深一脚浅一脚跨出门槛，走入曲江巷。偶尔有在牌桌上账未算清的，跟在屁股后面要赌账，有人就出来帮助说话："债多不愁，虱多不痒——屌朝前，卯朝后，要债等到收黄豆……"走在前面的程家大相公，嗓门洪亮，有声乐天赋，这时喉咙作痒，又哼出几段牌经小调。虽然首尾段落并不连贯，但声音浑厚，弹碰在曲江巷两侧灰色砖墙上，回旋出动听的韵律：

> 打出一条一支枪，铁蒿撑船王一章，
> 铁蒿插在大河里，日遭太阳夜遭霜。
> 哎呀茉莉花，哎呀海棠花，日遭太阳夜遭霜。
> 打出二条两条龙，二郎真君显神通，
> 他有一只哮天犬，护法神灵在天宫。
> 哎呀茉莉花，哎呀海棠花，护法神灵在天宫。
> 打出三条三横长，三横一竖本姓王，
> 王字旁边加一点，玉皇大帝坐天堂。
> 哎呀茉莉花，哎呀海棠花，玉皇大帝坐天堂。
> 打出四条四合门，提到包公是忠臣，
> 日断阳来夜断阴，铁面无私包文拯。
> 哎呀茉莉花，哎呀海棠花，铁面无私包文拯。
> 打出五条五彩云，五郎本是修行人，
> 钢刀剃去青丝发，五台山上入空门。
> 哎呀茉莉花，哎呀海棠花，五台山上入空门。
> 打出六条六甲阵，六郎本是上将军，
> 将军身骑银鬃马，长枪挡住百万人。
> 哎呀茉莉花，哎呀海棠花，长枪挡住百万军。
> 打出七条脚下跷，杨门女将冲云霄，
> 飞刀放到乌云里，人头落地不见刀。
> 哎呀茉莉花，哎呀海棠花，人头落地不见刀。

打出八条两边排，山伯访友祝英台，

杭城读书三年整，不曾识破女裙钗。

哎呀茉莉花，哎呀海棠花，不曾识破女裙钗。

打出九条有一勾，隋炀皇帝下扬州，

一心要把琼花看，万里江山一边丢。

哎呀茉莉花，哎呀海棠花，万里江山一边丢。

打出红中穿心过，唐王马陷淤泥河，

仁贵本是忠良将，单枪匹马来救主。

哎呀茉莉花，哎呀海棠花，单枪匹马来救主。

······

我一直认为，这条像牌经一样高低起伏、拐弯抹角的无名巷弄，其荦荦素素的根底，都在曲江巷石板上，它只是曲江巷派生出来的枝丫。扩大点想象，有如过去的西溪古镇与东亭城的关系，又如现在的老东亭城与城东新区的关系。尽管这种想象有点突兀，若不如此，似乎不能显示曲江巷的底蕴和分量。

到了彩衣街，这条由曲江巷叉出的无名巷弄，西侧是一家糖果店，一爿裁缝店，这两家小店铺，在我的印象中，已经模糊。巷弄东侧，是一家颇具规模的水产商店。对这家水产店的记忆，是随着公私合营，我们长辈在这里做助理而来的。三开间的店面，摆满各式各样海产品，春天来临的时候，还有从海边运来一角钱一斤的新鲜春鱼。搁在店铺与人行道之间的椭圆形长木桶，装满了海渣、泥螺、蛤子、车螯、蛤蜊等贝壳类的海货，由东向西的季风，会把这些海鲜味送入街巷人家。

说这家水产店颇具规模，还因为它的里间办公室，放着两张大办公桌，两只大文件柜，作为经理和助理的办公场所。值得一提的是，办公桌上，搁着一台黑色的手摇式电话机，这可是早年东亭城的稀罕之物。

到了20世纪60年代后期，更是换成了拨号机。咯咯咯咯，拨四个号码，圆转盘有节奏地跳转几下，就可以与城乡装着电话的场所通话。这家水产店，似乎就正儿八经单位起来。年幼时，我们一帮小伢儿，常耽于幻想，到底是什么人，拱进这电话匣子，发出喳喳的声音？长长的电话线那头，又是什么模样的人，在哇哩哇啦说话呢？飘飘洒洒的想法，伴随着少年的许多萌芽时节。

水产店再向东，是不少同龄人说过的废旧货品回收店。我们曾经捧着牙膏壳、旧锡壶、旧胶鞋，去换取零花钱。过了宋月江画像馆，剧场正对面有个旧式院落，曾经开辟为说书场。书台上道琴响起，惊堂木声声，穿越七里长街。赫赫有名的扬州评话名家王少堂、费骏良等，都在院落里说过书。间或有板胡、琵琶，悠悠扬扬，把老城街巷的夜色，渲染得激情张扬，声动四方。

八鲜行

从佘家巷弄，再回到曲江巷，向南走，5 米多宽的巷道，保留着旧时格局，可以带你走向民国，走向晚清，走向明末，走向油纸灯笼摇曳和梆锣阵阵更夫笃笃的岁月。旧时代的光晕下，掩映着青黛色的残梦。你会体验到，岁月是一场充满告别的旅程，历经渐行渐远的青春，更能体会时光的流逝。

过了佘家门庭，曲江巷的躯体伸张开来，两侧都是青砖老屋，灰瓦重檐。几户民居门楣下，用大青石砌成四级石阶，石阶两边夹峙着坡形大青砖，象征着步步登高。墙角旮旯，苔藓点点，是岁月留下的笔迹。在这里写下几行文字，倒是可以寄托过去的心路。

这应该是秋日的下午，斜阳点划着石板路，最容易勾起人们的怀旧之情。一棵高大的银杏树，从人家院落里探出头来，斜斜的影子，匍匐在百年老宅斑驳的灰墙上。不知哪家廊檐里，传出二胡"吱吱呀呀"的声响，夹杂着沉郁的洞箫，如吟如泣的倾诉。门檐下站着身着圆领衫的老年人，弯着腰，静静地打量着行人，散漫的眼神，流露出许多市井温情。

邻近佘家，有朝东的黑漆大门，分外显眼，这是早年的八鲜行。"归燕识故巢，旧人看新历"，我们甚至记得他家高高的檐角边，两只温柔的燕子窝。踏上三层台阶，跨进高高的门槛，是八鲜行的四合院。这座宽敞的四合院，怀抱着一大堆沉闷的故事，一大堆迷蒙的谜团，嵌印着那个年代层层叠叠的记忆。

八鲜行院落，呈正方形。中间一个大天井，四周卷拱走马廊檐。朱栏红槛，雕花格扇，整个院子古色古香。走进门楼，东侧一隅，住着汪娘娘、黄大大一家。听说汪娘娘早年嫁入徽商汪家，是这家八鲜行的老板，旧时代妇女，嫁夫从夫姓，所以曲江巷里的左邻右居，有人喊她汪大奶奶。这座院落，是汪家祖产。公私合营以后，汪老板没了，祖产划归国有，留出院子东南一间狭小的厢房，让她居住。

汪娘娘高鼻梁，小嘴巴，金鱼眼，身材纤细，衣着光鲜。在她身上，可以找到古代仕女画的影子，可以想象得出，汪娘娘年轻时的姿色。上了年纪，也打扮得刷清格铮，一看就知道是旧时大户人家的女人。汪娘娘未生育过子女，抱养一个男孩，取名伯勤，跟我们年龄相仿。虽说抱养，但视同己出，平日娇生惯养，十分宠爱。

这伯勤，是曲江巷伢儿们中的一员，在"文化革命"风起云涌的浪潮中，成群结趟，东奔西走，随波逐流，在大街小巷游荡。伢儿们经常溜到他家玩耍，踩得木地板笃笃地响。黄大大不吱声，坐在地板扬起的灰尘中，有滋有味地望着我们，很慈祥地笑，笑容中有一种欣赏，甚至有一点鼓励。汪娘娘可不一样，她嫌烦，朝黄大大狠狠地乜一眼，制止他的笑。然后重重地叹口气，一屁股瘫坐在靠椅上，大眼睛骨碌碌地翻着，一副无可奈何的样子。她并不直接赶我们走，有时颠着小脚，走到碗橱边，小心翼翼地捧出一只珐琅彩陶瓷罐，撮起白白尖尖的手指头，拎着瓷头子，揭开瓷盖子，里面装着令人眼馋的梨膏糖。

拎好瓷罐子，汪娘娘朝我们招手，讨好般地喊道："乖乖肉呃，来来来，快看看，这瓷罐里盛的什哩好呆戾——"

伢儿们涌过去，凑近瓷罐。可爱的汪娘娘，翘着兰花指，用食指往罐里一剜，剜上来一坨梨膏糖。汪娘娘垂下眼，朝挂满梨膏糖的手指上睐了睐，想了想，又把手指垂下去，朝罐子口颠一颠爽一爽刮一刮，梨膏糖顺着尖尖的手指，又滴落进糖罐。汪娘娘又打量着手指，乘着手指上还有剩余的部分，淅淅沥沥，朝挤得最凶的伢儿嘴里一捺，手指夸张地一搅，几滴稀糖搅进小嘴巴。再到糖罐里一剜，如此这般，朝旁边伢儿嘴里一捺，手指又是一搅。用抹布揩揩手，拍着自己的脑门子，叹口气，哼道："疼杀了，疼杀了——哎哟喂，脑门子疼煞呃了——你俫全是好乖乖肉，别厌了，领到外头玩去，啊？"

我们呷着嘴巴，朝她望着，那种疼痛难忍的样子和近乎哀求的表情，令人十分吃惊又十分同情。既然嘴巴里甜滋滋的，便觉得如愿以偿，蹦蹦跳跳地溜到天井里。

八鲜行西侧的格扇里，是一间大办公室。木地板上，挨排置放几张办公桌，靠墙是文件柜、玻璃橱、脸盆架、报架等。向西延伸，是朝南堂屋的厅室，地面上铺着镙底砖，中间搁着乒乓球桌，开会时便用它作为会议桌，周围一圈藤条椅。西边一间，又是铺着木地板的办公室。这间办公室里，搁着各种报纸和《人民画报》的报架。那时学生课外阅读书籍资料匮乏，曲江巷的伢儿们，经常到这里借阅报刊，摊放在偌大的乒乓球桌上，仔细阅读。说不上废寝，也到了忘食程度。直到巷子里一声声呼喊："人拱到哪块去了？天总夜了，家来吃得呃饭了——"伢儿们不再逗留，摆好报刊，奔出八鲜行。

八鲜行院落坐西朝东，对着大门，也是一排落地花窗办公室。大概是财会室、保管室之类，桌面上放着算盘、账簿之类办公用品。几个眉清目秀的女人，衣着整齐清爽，欠着头，坐在桌前认真办公。平时走到院子里，很远就能听到花窗格里发出噼里啪啦的算盘珠儿响，夹杂着女人念诵数字脆亮的声音。

四合院坐南朝北的房舍，中间也是敞厅，东边是办公室，西边房间有一座巨大的窖池，听说过去在这里储存果蔬。我们站在门槛边，踮脚朝窖池底部张望。窖池黑咕隆咚，深不见底，令人悚然。

朝北的客厅中间，也放着一张大乒乓球桌，大梁上挂着吊环。曲江巷的伢儿，经常三个一群，五个一党，聚在客厅里，打乒乓球，拉吊环。有一阵子，一个头发油亮整齐、穿着白衬衫的中年人，经常搬出一张藤椅，坐到厅屋中央。朝我们喝道："家去得嘎了啊——"然后低下头来，翻阅材料或报纸，偶尔很突兀地大声朗读：

伟大领袖毛主席教导我们：要斗私批修！

最高指示：与天奋斗，其乐无穷！与地奋斗，其乐无穷！与人奋斗，其乐无穷！

听到厅屋里朗声诵读，对面朝南的花格窗，有吱呀之声，有人探出头来，朝这边的厅屋张望。白衬衣嗓门更大，宣读道：

革命无罪，造反有理！

阶级斗争，一抓就灵！

接着，听得客厅里踢踢笃笃，砰砰嘭嘭，似乎在扭秧歌，或者在踢正步，伴随着高高低低的歌声：

嗦啦嗦啦哆啦哆，不谢毛主席谢哪个？穿不愁来吃不愁，又得田来又得牛。穷苦人，出了头，掌印把，权在手，一切事情讲民主，翻身当家多自由……

　　在激情的歌声中，一场革命风暴，渐渐蔓延到八鲜行那座深邃的四合院里。

鲜货旧事

　　既然我们的文字，已经跨越时空距离，站到了曲江巷八鲜行台阶上，那么，可以在这里逗留一会。用开篇的叙述方式，变换一些语境，堆积几段文字，植入旧时代历史的广告。记录一下早年这座院落向东亭城街巷、四乡八村拓展的种类和行规。

　　八鲜行，顾名思义，是经营各类新鲜菜蔬的行业。旧时曲江巷汪氏八鲜行，是百年老字号，以批发转售鲜货为主。在东亭城同行业中，是佼佼者，做得最大，信誉最好。在这座青瓦四合的方正院落里，储藏着许多鲜活的话题。至今一些世纪老人，说起早年这家八鲜行，依然滔滔不绝，一往情深。

　　里下河水网地区，纵横三百里，到了临近海滩一带，海鲜湖鲜河鲜，汇集到一起，统称八鲜。八鲜的种类，说法也不尽相同。东亭城经营的八鲜，有海八鲜、湖八鲜、河八鲜之分，这类八鲜称为荤八鲜。海八鲜指鱼类、虾类、蟹渣、干贝、鱼翅、海参、花胶和鲍鱼。湖八鲜和河八鲜，有所相似。包括螃蟹、青虾、银鱼、草鱼、甲鱼、螺贝类以及水蔬和水禽等鲜货。

东亭城系挂在串场河边，傍海依湖，与邻近的泰州一样，算是三水交汇之地，时令海鲜、湖鲜很多。虽说统称八鲜，实际远不止八种，但凡鲜货生意，八鲜行都做。每到潮汛或者旺季，就有许多帮船，从海边、从溱湖、从堤西水乡低洼地、水网地带的沟塘河汊，沿着运盐河、串场河、泰东河，运送各类鲜货进入东亭城。他们与八鲜行有约定，一般不自行到新坝口小菜市场零售，而以收购价出售给八鲜行。八鲜行批发给鲜货店和菜市场，再零售给城区居民，以赚取中间差价。

里下河的帮船停在玉带河码头边，有些船工装货、卸货后，天色已黑，当晚便系缆停船，在船上过宿。几人穿过曲江巷，到巷头酱园打上几斤散装瓜干酒，再到迎春饭店要上两个小炒，靠在船帮上，对着满天繁星，一弯弦月，喝酒吃菜。喝到高兴处，便唱起情歌。看到有人在河边槐柳下观望，越发起劲，索性亮开嗓门，高声吟唱。旁边船工，在一边应和，用竹筷叮当敲碗盏。夜色朦胧，那声音似远又近，愈发动听。曲江巷里，有老人记得歌词，叫作《一年四季想佳人》。这时，巷子里中年女人就会朝巷底河边嘀咕一声：送八鲜的男将，真正是薏鲜呢！

　　春天到了万物皆发青，一刻值千金。

　　桃红柳色新，花蝴蝶，头上飞，苦闷搁在心。

　　花蝴蝶，头上飞，苦闷搁在心。

　　记得去年春光正明媚，独守花园内。

　　哥去探望妹，边看花，边游春，二人成双对。

　　边看花，边游春，二人成双对。

　　夏天到了大伏暑里天，晚来常思念。

　　思想起去年，妹坐在，哥身边，手摇鹅毛扇。

　　妹坐在，哥身边，手摇鹅毛扇。

妹子说出内心真情话，不久要出嫁，叫我莫牵挂。

要妹子，嫁与哥，快把主意拿。

要妹子，嫁与哥，快把主意拿。

秋天到了梧桐叶儿黄，妹子好模样，实在难相忘。

又不高，又不矮，不瘦又不胖。

又不高，又不矮，不瘦又不胖。

妹子穿的新式绸衣裳，称身又合体，如同花一样。

走过来，掉过去，越看越中意。

走过来，掉过去，越看越中意。

冬天到了大雪花儿飘，寒风似钢刀，想妹实难熬。

害起了，相思病，心中如刀绞。

害起了，相思病，心中如刀绞。

一年四季都在想佳人，心中闷沉沉，如同掉了魂。

求苍天，要成全，早日配成婚。

求苍天，要成全，早日配成婚。

……

也许是喝了酒，歌声像是从酒坛子里发出的，沙哑低沉，在曲江巷底到纪福大桥的河边上回荡。巷子很静，高高的屋脊和马头墙，在夜空中竖起了耳朵，吸纳着从河码头串进巷子的乡俚小曲，渲染着曲江巷宁静深处的躁动。

旧时东亭城，也有个人到八鲜行批发鲜货，挑到街口路边，甚至四乡八村转卖。有人称他们为鲜货贩子，也叫挑鲜人。上街下岸，赶集跑点，到城脚下叫叫喊喊，赚点小钱。随着社会发展，规则变化，进入新时代，这些人作为资本主义尾巴，被一刀割掉了。

晚期的汪氏八鲜行，规模很大，除了经营荤八鲜之外，还经营地产蔬菜，这类八鲜为素八鲜。如果我们不嫌赘述，可以把它们分为"水八鲜"和"旱八鲜"。"水八鲜"指的是河藕、荸荠、水芹菜、茨菇、蒿瓜、菱角、茨实（鸡头米）、瓜果之类，"旱八鲜"包括青菜、韭菜、菠菜、药芹、黄芽菜、莴苣、苋菜、茼蒿等，还有南瓜、丝瓜、冬瓜、黄瓜、茄子、萝卜、青椒等几十个品种。早年曲江巷，人来人往，热闹非凡，石板路的的笃笃响个不停。

在春夏之际，太阳正好晒伏的日子里，经常有几个系着白围裙的师傅，捧着大竹匾子，挎着藤条筐子，跨出八鲜行大门，把浓郁的鲜货气味，铺展到曲江巷石板上。系着大围裙，戴着蓝袖套的职工，在巷子一侧，摆上几只宽阔的大乾凳，在凳上铺开芦柴席子、江柴帘子，然后穿梭来去，从八鲜行凉飕飕的地窖里把虾米、蛤干、蛏干、海带等干海货启运出来，摊在芦席上晾晒。

这个时段，整条巷子，便会弥漫着海鲜气味。这味道随着太阳升高，愈发浓郁，随着夏季河风巷风，在曲江巷石板上飘荡。人们受到这种气息刺激，显然兴奋起来。曲江巷的小伢儿们，与巷子屋瓦上乱窜的野猫以及呆巷子里的小黑狗，一起向这些气味靠拢。伢儿们与盘旋飞舞的苍蝇一起，在芦柴席边飞来蹦去。窥视到八鲜行门口无人把守，便会撮起指头，从柴帘上捏起一只虾米，或是一只干虾，甚至一只蛤干、一只蛏干，塞进嘴巴。这种鲜美可口的味道，对于 20 世纪 60 年代处于饥饿状态又处于成长时期的童年，十分美妙，连回忆都散发着鲜味。

晒伏季节，俨然成了小伢儿们的节日。几个人围绕芦席，转悠着，忙碌着，跳跃着，给幽静的长巷增加了许多情趣。一个中午，芦席一角，便会像蝗虫掠过，坍塌一大片。巷子里赋闲的老人们，站在门槛下观望，咧着掉了牙的嘴巴，笑嘻嘻地嗳嚅道："这些伢儿倷，三个成群四个结党，翻跟斗竖蜻蜓，就差爬梯子上天了……"突然，有人一声低叫："狼来啦——"原来是八鲜行里守护晒物的员工，跨出了大门。

伢儿们一哄而散，嚼着嘴里的海味，沿着石板路向玉带河边溜去，作鸟兽散。有的干脆跳入河里，游向纪福大桥河面开阔处，去帮助几个在水面推着长圆桶的伙伴，潜入水中，摸河蚌掏田螺。晒伏时节，在灼人的阳光下，玉带河像一条闪光的银链。许多伢儿在水中嬉戏打闹。水花四溅，反射着太阳的光点。河面如一条珍珠项链，清新剔透。溅起水珠落下，泛起小小的涟漪。这种清冽的画面，把炎热的夏季，开了一条清爽的口子，因为一条玉带河，整个童年的夏天，凉爽起来。

第二天，太阳煌煌，曲江巷里，芦柴席子又铺了出来。在童年世界里，哪有铺在阳光底下，送到眼睛头上，不会嘴馋的道理？小伢儿们又如法炮制，吃得满嘴海鲜。八鲜行里守卫鲜货的嗲嗲，站在门槛边，远远望着这些饥饿的蝗虫。他们并不像狼，也不马上过来驱赶，只是像黄大大一样，慈祥地抿着嘴笑，在远处叫道："少吃点儿哦，苍蝇、虫子叮过的，家去弄呃厢起来，别怪我不曾关照呃……"

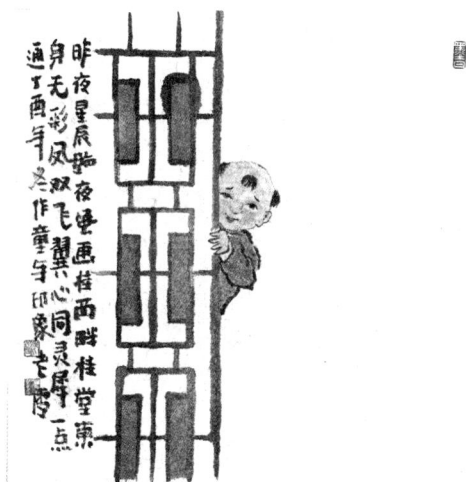

五、红色风暴

昨夜星辰昨夜风 画楼西畔桂堂东
身无彩凤双飞翼 心有灵犀一点通
画西年冬 作拿与印象老师

卢桥候乡村的田野你熟稻花
入夜的天空有众多的星之照
耀着不知哪个年代的石碾柱
基础上面透着岁月的光点
让人想起爷爷讲的故事

神兽之间

20 世纪 50 年代，经过公私合营社会主义改造，曲江巷八鲜行里的汪家，由老板到助理到员工，按照当时的说法，返归人民的怀抱。

曲江巷和东亭城，进入新时代，八鲜行大院门口的大牌子，不断从门楣巴钉上摘下来，换成新的名号。由私营到公私合营再到国营，以后又成为东亭城蔬菜办公室以及蔬菜公司所在地。从此，这座院落，有了许多异乎寻常的动静。到了 60 年代，我们开始记事时，可以听懂一些不平静的声响。似乎不时有阵雨前的雷声，在檐头瓦当上滚动。

20 世纪 60 年代中期某一天，八鲜行的员工上班时分，有人到对面上茅缸解手，突然发现茅坑里有一个白嗒嗒的死婴，漂浮在粪坑里，被粪水泡得肿胀开来。不知道是夜间有人扔进茅坑，还是早更头上茅缸的女人早产，滑落下去的。总而言之，那一刻的情景，可以用触目惊心的字眼来形容。只听见一个女人在茅缸边声嘶力竭地叫喊："不得了嘞！哪个丧尽天良的人，做出这种缺德事情，恶缠煞呃了，当人齁煞嘎了呃……"

八鲜行的男男女女，曲江巷左邻右舍，闻声而动，纷纷丢下手里的算盘和茶杯、马桶或锅铲，冲出大门，跑到茅缸边观望。大家一齐喷嘴叹气。一个穿着藏青色列宁装高高胖胖干部模样的女人，乜斜着眼睛，用非常肯定又非常鄙夷的语气说："我看呃，除了那个小妖精，还有哪个呢？作怪呃，一天到夜作怪呃……弄出大事来了吧！这是犯了杀人罪，这下子小妖精是逃不掉呃了……"

周围的人，议论纷纷。有时候，人们不受事物本身的影响，却受居高临下的人对事物的想法和判断的影响。对于八鲜行的小妖精，大家众说不一。有人唉声叹气，也有人幸灾乐祸，在一起挤眉弄眼，插科打诨。一个面容姣好的姑娘，探头一阵观望，眼泪巴巴、细声细气地叫道："可怜煞呃了——"一个挤在旁边的瘦高个，调笑道："嗳嗳嗳，你难过什哩呢？是不是跟你有关系呢？"那张粉白娇嫩的面容，在粉白墙壁映衬下，霎时通红，她银牙一咬，朝瘦高个呸了一口，骂道："下流货色——"急匆匆转过身去，跑回八鲜行。

曲江巷风平浪静地过着日子，一旦出现特殊事件，小城世俗之态，就发酵出来。有人说过，人类往往处于神兽之间，时而倾向于神，时而倾向于兽。有些人日趋圣洁，有些人终成野兽，而大部分人，则保持中庸常态，按照自己的方式，平平淡淡打发时日。在生活中，似乎没有绝对的善恶，有些人很善良，但在某些特定场合，也表现得不够善良。有些人不太善良，但有时又特别善良。人性中的善恶转换，底层平民相互帮衬和伤害，往往在不经意间流露出来。

这种无厘头的事情，亦无头无尾，渐渐无趣无聊，不知所终。当时，那位女干部说的小妖精，只有八鲜行的员工心知肚明。曲江巷里的左邻右舍，不知所云。这八鲜行院阔屋深，说不上藏污纳垢，各种奇闻逸事却不少。茅缸死婴事件发生后，八鲜行几个年轻漂亮的女职员，过了半年惴惴不安的日子。她们像被剥了皮似的活着，一些细微的轻谩语言，都会戳碰到她们。谁说了什么或者怀疑谁说了什么，都足以让她们集体失眠。

大约到了秋天落叶随风飘散的季节，八鲜行里，又发生了一件骇人听闻的事件，让整条巷子，在惴惴不安窃窃私语中，动荡了一个冬天。在很长一段时间里，夜色降临以后，在曲江巷行走的人们，走到这座黑漆斑驳的大门前，都带着惊悚不安的神态。

在一个月黑风高的夜晚——写上月黑风高，我们总会有一些不祥的预感。夜深人静时分，八鲜行关门闭户，但是南厅西厢房的地窖口还有人影晃动。据事后脸色苍白的汪娘娘在巷子中哆嗦着细细的小腿，使劲拍着心口，翕动着嘴唇回忆道："怕人子——怕人子——深更半夜的，我听见南厅屋有响声，支到窗棚前一看，有人在叮叮咚咚的晃啊晃呃，响声大得不得了哟——总以为在加班呢，哪个晓得出了这种事情呢……再说了，夜深人静的，你傺借我一百个胆子，我也不敢开门去看呢——吓死个人了……"

原来，那天晚上，八鲜行一个中年女人，不知道为了什么原因，在西厢房地窖口，一根绳子撂到屋梁上，上吊自杀了。也有人说，她是用剪刀刺破自己的喉咙，以极其惨烈的方式，了结了自己的生命。第二天，当人们发现她时，她已经在一摊血泊中气绝身亡。看得出来，她在濒临死亡的时刻，有过一番痛苦的挣扎，地板上、门槛边、窖池口，血迹斑斑。

那时候，我们总在大人堆里钻来钻去，哪里热嘈，就在哪里出现。看到这种情景，真可谓惊心动魄，偏偏死者上身还穿着白大褂子。难怪汪娘娘在很长一段时间里，远远地看见有人穿着白衣衫，从巷口走过来，瘦削的身子就摇啊晃的剧烈地颤抖起来，两只失神的金鱼眼瞪得很大，抖抖嗦嗦地拍着心口："吓煞个人了——吓煞个人子了……"

这个女人，到底有什么心结，不能慢慢理开，让她与这个世界，以如此决绝的方式告别？是频繁运动遗留的问题？还是个人感情出现裂痕？抑或是工作上遇到麻烦？不得而知。也许，这边世界，总有一个人心中清楚，但一直沉默着。这个人是谁，大家不知道。一个人的沉默，一条巷子的猜测也不着边际。人们所能肯定的是，八鲜行西厢房的事件与溺毙在茅缸里的死婴没有什么内在联系。但是，人们笃定地认为，社会上的阶级斗争，日益尖锐复杂起来。潜流涌动，危机四伏，一场雷雨，随着滚滚的春雷，渐渐临近。

在很长时间里，昔日曲江巷的伢儿们总在争论，以后在八鲜行里风起云涌如火如荼的阶级斗争，是不是与茅缸里白白的婴儿有关？是不是与西厢房决绝弃世的女人有关？不然怎么会无缘无故地把平日那些面目和善，诗文绉绉甚至才高八斗的人，在炙人的太阳下面，按在天井砖地上批斗呢？其实不然，年长一些，我们再回顾那个时代，便知道了一些来龙去脉。

随着社会转型，政治变革，八鲜行里的政治气息日渐浓郁起来。人们常说，人上一百，形形色色，人分三六九等，木分花梨紫檀。昔日八鲜行的员工、伙计，不下一百。今日国营企业的职员、工人，更是成百上千，在这个时代，自然分出不同的阶级类型。我们听到了从大人们嘴里说出的新名词："黑五类分子"。

多事之夏

我们在渐渐遥远的纷乱嘈杂的世象中，再回到我的曲江巷。那么，在那些燠热又躁动的夏天，八鲜行里发生了什么呢？

在我的记忆深处，有一双童年稚气却憨直的眼睛，懵懵懂懂地看着世间风起云涌，翻滚起伏。那个时代的童年，不仅有上树掏鸟雀，下河逮鱼虾，草丛里捉蛐蛐，野花间戏蜂蝶的天真烂漫、无忧无虑，还有阶级斗争的暴风骤雨，人世间的沉浮沧桑。这让我们的童年，显得丰富而又颠簸起来。

八鲜行里阶级斗争的序幕，似乎是由一个从常州匆匆赶来的眼镜先生拉开的。他的身影，随着岁月推移，早已消逝在迷蒙的远方，直到现在，我们都不知道他的尊姓大名，为了方便叙述，简称他为"眼镜儿"。

那年，"眼镜儿"30岁左右，穿着清爽，气宇昂扬，正是风华正茂的好时光。白衬衫扎在藏蓝色裤腰里，足蹬圆头凉皮鞋。白净如书生，气质似干部，自带一种青年豪气。更重要的是，他的胳肢窝里夹着一只黑色公文包。直到现在，我们都清晰地记得，他扶正眼镜，踌躇满志，一步一步，跨上八鲜行台阶的模样。他那时还是年轻气盛，只知道路途平坦，深一脚浅一脚，跨进门槛，却不知道这砖石铺砌的甬道上，也有坎坷崎岖，也有潜流暗涌。

这个"眼镜儿"，据说是汪家的后代，他此行的目的，是代表家族来要求落实政策的。一是要回家庭祖产，二是改变本家耶叔成分定性。他像从另一个世界而来，很莽撞地闯进了这个纷杂喧嚣的世界。正确的思路，正确的动机，却是错误的时间，错误的地点。这个时期，这种氛围，他的出现，显然有些不识时务。他一定没想到，跨进八鲜行的门槛，会走入一场悲剧。

既然曲江巷进来了远道而来的外地人，既然八鲜行因为我们年岁小，平日即便商量什么重大的事项，也不刻意回避我们，一群小伢儿，就屁颠屁颠地跟着"眼镜儿"看热嘈。

"眼镜儿"掸掸木椅上的积尘，在北厅办公室坐定。这时，在运动中崭露头角，临时掌权但说话算数的矮个子胖主任，晃着膀子，笃笃笃地，从厅堂一侧办公室木地板上踱出来，一屁股坐到他对面的藤椅上。身下藤椅，马上发出吱吱扭扭的声响。

这"眼镜儿"，真是初出茅庐，不谙世事，上门办事，没有赶紧把准备好的大前门纸烟掏出来。否则也许像以后很长时期、很多场合一样，在烟雾缭绕中，先热乎起来，把话题梳理得顺畅一些。也许他认为这些是世俗之举，他有堂而皇之的身份、名正言顺的理由以及确凿的证据，来办一件理所当然的事情，还用得着那些庸俗的客套吗？

两人先是对望着，不吱声，这种冷冰冰的见面，让人有些难堪。这种场景，为事情的结果，做了不好的铺垫。僵持了一会，矮主任打破沉寂，拍拍藤椅把子，说："嗳嗳嗳，我的时间紧张，你到底有什哩要事，说呃把我听听。"

"眼镜儿"突然惊醒一般，"哦"了一声，在公文包里摸啊摸的，摸出一包大前门，很笨拙地拆开烟盒，手指纠缠着，啰啰嗦嗦地抽出一支。又从衣兜里掏出那个时代罕见的打火机，咔嚓一下，火头连同纸烟，一起凑近主任嘴边。矮主任的面色和缓下来。"眼镜儿"这才从包里摸出一叠材料，递了过去。

矮主任认真审读材料，眉头渐渐向中间靠拢。眉心在很短的时间，拧成一个结。他把手上这叠纸，重重地拍在桌子上。"眼镜儿"见状，有了眼头见识，赶紧又掏大前门。主任断然拒绝，正色道："你别紧呃拿纸烟，不紧呃抽烟了，谈正事！我问你，你是什哩阶级成分？"

"眼镜儿"推推眼镜，回答道："祖上经商啊，不然哪有钱置办产业。"

这个矮主任欢喜说"麻"字，他噌地站起身，义正词严地呵斥道："麻水呃！这调说，成分不纯呃！是资产阶级，是剥削阶级！你是个麻木虫呃，居然敢在这个时辰跳出来，向无产阶级讨债，真是麻里木痴的！你的眼镜度数可够？也不看看我俫无产阶级大好形势，嚣张得很啦！麻呃通呃天，你这调儿，活剥剥是个麻呃抽筋的还乡团……"

对于这许多"麻"字，"眼镜儿"似懂非懂，但看到矮主任义愤填膺的样子，感到事情不妙，他嗫嚅着："领导，别发火，我们慢慢谈，我这儿有材料，您细细作作看一下……"

矮主任显然很不耐烦："这个事，没得说头，解决不了。我俫正在'文化革命'的紧阵子，没得这监工夫听你啰里巴嗦，也没得监工夫看你这些材料，你快点儿弄呃家去……"

"眼镜儿"意气用事，站起身子，据理力争："这是什么话？我们自家的东西，不能提出诉求吗？你们在小城，孤陋寡闻，江南已经有人落实政策了！"

矮主任在这场大革命运动中，已经养成颐指气使的习惯，现在见"眼镜儿"顶嘴，十分恼火，胖脸儿赧红起来。他叫道："嗯啊，外头大啊，我大东亭城小呃——人家屙屎，你喉咙里作痒可是的？"

这时，从隔壁办公室走出一个戴眼镜的，不知道是不是戴眼镜的有点惺惺惜惜惺惺，往一边使劲拉这个白衬衣"眼镜儿"，嘀咕道："舌头打个滚，让人不蚀本，你就软和几句，跟主任道个歉，慥点儿家去吧，有什哩事，以后再说……"

"眼镜儿"犟劲上来了，哪里听得了别人劝说，他嘴唇翕动，一个劲儿在争辩着："国家的政策法令，在你们这里有没有用？你们是不是共产党领导的单位？你们这样做，是不是小瘌子打伞——无法无天？我要到上级告你们！"

矮主任从藤条椅上蹦起身子："你牛皮哄哄的，还要告我俫？我的地盘我做主，我让你告！你能告到毛主席他老人家那里嘛？你能把北京城的毛爹爹请到这块来，我就全听你的！"矮主任突然意识到什么，打了个寒噤，戛然而止。他感到自己情急之下，说漏了嘴，有点触犯天庭的意思，啪啪响亮地打了自己两个嘴巴。因为自己打的这两个嘴巴，更激起了他的愤慨。他伸头踮脚，朝厅堂大叫道："慥点儿来几个人，把这麻木虫子轰出去！"

有人快速地出现在厅屋格窗旁，拨拉开我们，暴风骤雨般冲了进去。只听见年轻人还在争辩什么，在地面上跺着脚。主任叫道："可是还不想走？没得好果子把你吃呃，把他捆起来！"

"眼镜儿"挣扎着，对着矮主任喊道："你们这里还有王法吗？我会上告你的！"

矮主任勃然大怒："怎呃了？还要上告？告吧告吧——我看你有本事，来咬我的屌子啊——"说着，矮主任真的挺起裤裆，朝前凑去。

办公室里一阵撕扭揪打，屋内尘土飞扬，陈旧的地板被踩踏得吱吱呀呀作响，听到"眼镜儿"在喊救命。按曲江巷里的人们说，他是个迂夫子，不识时务，不是俊杰，估计这个世界上暂时没有人来救他了。倒是有人跑到格扇边，对我们喝道："一帮拿不掉儿，仅呃在这块相什哩呆，总家去噇饭去！"

我们又一次作鸟兽散，嗷嗷地奔出大门。

第二天，我们又跑进八鲜行，见到"眼镜儿"。他已经面目全非，不是气宇轩昂夹着公文包跨进门槛的书生了。他被麻绳结结实实地捆绑在木椅上，头发蓬乱，脸颊瘀肿，衣衫褴褛。

一个五大三粗的人，在旁边诘问："这下子，可识相了？可反攻倒算了？可做资产阶级孝子贤孙了？"

"眼镜儿"虚弱地摇着头："不了……"

粗壮汉子叨咕道："真是不见棺材不掉泪，不到黄河不死心。一夜折腾过来，服赌了，就等的写个悔过书吧。"

这是童年时代，我们目睹的一幕。所有的生命，开始总是洁白无瑕的，并不知道社会的波澜和人性的丑陋。时间却会在原本干净的底片上，涂抹一层又一层沙尘。让人在社会风云变幻时，感受到阴冷灰暗，在心上留下重重阴影。

也许这是八鲜行武力制服异己分子的肇始之作。当"眼镜儿"摇晃着身子，一瘸一拐地走出八鲜行时，矮主任盯着他的背影，朗声道："阶级斗争，一抓就灵，对八鲜系统的'黑五类分子'，要加强管制，防止他俦猖狂反扑呢！"

矮主任回过身去，跨上房间的木地板，随着脚下的踢笃声，吟哼起来：

细月儿渐渐高，
挂在了杨柳梢，
王大嫂在家中，
心中真苦恼，
哎嗨哎嗨唷，
心中真苦恼，
……

岁月斑驳

叙述曲江巷的文字，在八鲜行徘徊许久了。受到那年那月风云变幻跌宕起伏的羁绊，这段记叙红色风暴的文字，被大革命剧烈的动荡痕迹，弄得滞涩起来，在石板上踯躅徜徉，似乎不能顺畅地向巷底前行。

这里，可以做一些概念性叙述，来衬托八鲜行大大小小事件的社会背景和文化铺垫。20 世纪 60 年代中期，是一个众说纷纭的时代，一个思维混乱的时代。这个年代，棱角凸显，波涛汹涌，漫涌过我们童年由混沌到朦胧再到清晰的记事岁月，留下了伴随我们人生的深邃而又庞杂的印记。

有人说青春无悔，其实这段青葱岁月，还是留给我们许多无法弥补的遗憾。我们怀念过去的年代，并不是因为过去多么美好，而是因为那是一段散发着青春年华气息的年代，有印记、有气味、有幻想、有感伤，都带着青春的影子。如果我们没有忘记过去，并不是因为怀念别人，怀念的只是过去岁月中的自己。

也许，年轻的人们听到这样的记叙会认为是志异奇闻，天方夜谭。

但历史是位一直讲着故事的老人，虽然他有时清楚有时糊涂，虽然他会屈服于权贵，经常可耻地撒谎，经常留下选择性记忆，甚至不知道一些偏颇的记忆，会传续到哪年哪月。但是，对于一群经历过大革命颠簸的童年，几十年前的记忆，十分清晰，十分真实。

长久以来，人民是何人，本身就是一种模糊的概念，或者是一种行话。组织尚有掌权的人物为代表，人民则是抽象泛指，谁都可以信心满满地自我认为是人民，但谁也代表不了人民。这些，无疑是一道漫长而又难解的谜团。

这样的叙述，令人想起战火硝烟中的情形。在战争中，人们往往把对方所有人都认定是"邪恶的"。这种心理设定，一旦形成，即便使用极端行为，也不会产生任何负罪感。于是，在群体对抗事件中，丧失良知的暴力行为不断发生，且习以为常。这些情形，在现实中只有恐怖，并不好玩。有如电影画面，只有动画片，叽叽喳喳地表达童趣和纯朴的情感，成人电影看到的更多是现实的嘈杂和人性中的丑陋。

我曾经在《泅远的墨白》一文中，写过这个夏天。写到著名书画家吕荫春先生，匍匐在八鲜行南厅的乒乓球桌上，写字、作画的场景。那是一幅温暖、平和、宁静的画面。吕荫春书画俱佳，他的画作，尤以牡丹见长。在泛黄的灯泡下，我们把脑袋搁在桌边，看他十分认真地一笔一笔勾线涂色。搁下画笔，他喝口水，然后俯下身子，轻轻问道："你是哪家的伢儿呀？这早晚怎呃还不家去啊？"我抬头告诉他。他便一惊一乍地说："啊？你父亲是我的朋友啊——以后我来教你画画呃……"

这些温馨的场景，在那个动荡时期，很快被风卷残云、摧枯拉朽般地撕裂了。虽然八鲜行的四壁乃至天花板上，贴满了吕荫春的富贵牡丹，但他的生活并不雍容富贵。那些丰富的色彩艳丽的画面，并没有为他的生活带来什么流光溢彩，他是"黑五类分子"，也是防止反扑的对象，晚上泼墨挥毫，白天照常自我检讨、反省。那时，我们并不知道他为什么会被定性为"黑五类分子"，许多年后才知道，那是因为他曾经富庶的家庭，让他的前半生生活优裕富足——而他的后半生，要用精神上和生活上的凄苦，来偿还前半生的享受。因为，人们笃定地认为，他前半生的幸福，是剥削劳动人民得来的。

吕荫春漂亮的小楷书法，上得天堂，下得地狱。有人用精致的相框，装裱搁置在堂屋正中，有人把它当作反面教材，像前朝审判罪犯的案卷，用朱砂打着红叉。每个周末，吕荫春还要用小楷工工整整写出思想改造汇报，交到八鲜行以矮主任为首的无产阶级革命派手上。但即便这样，也丝毫不能减少对他家庭出身原罪的惩罚。

多少年前，我们望着能写会画、文质彬彬的吕荫春，奓拉着蓬松的头发，低垂着瘦削的面颊，伸开握惯毛笔修长的手指，大汗淋漓跪伏在炎炎烈日下青砖地上的情景，不知道如何表达自己的感受。许多年后，回忆起那些烈日炎炎吼声阵阵的场景，一个词语油然而生：暴殄天物。

随着年龄增长，对人性缺失的认知，由朦胧到清晰。处于社会底层的人，稍微掌握一点权力，欺负底层同类，比谁都狠——这便是人性之恶。大大小小的权力，在物质和精神上，都是甜滋滋的，是能够给人带来优越和愉悦的好东西，这是 2000 多年来中国社会追逐权力、地位的社会基础。

东亭城里的老人，过去常吟咏一首苦涩的调兵调，歌名叫作《穷人敬烟》，说出了刻薄世象：

> 穷人办事两眼黑，买包香烟去敬客，买好舍不得，
> 咦呀呀得喂呀喂，买好舍不得。
> 不是买的长三分，抽上几口拼命咳，撂掉又肉疼，
> 咦呀呀得喂呀喂，撂掉又肉疼。
> 这样的香烟去敬客，实在有点拿不出，客人说不吃，

咦呀呀得喂呀喂，客人说不吃。

其实可是真不吃，他说事情办不成，嫌烟不合适，

咦呀呀得喂呀喂，嫌烟不合适。

穷人只好把气忍，想人帮忙帮不成，心里有点恨，

咦呀呀得喂呀喂，心里有点恨。

热嘈的天井

　　许多年以后，年轻一辈问我，那个遥远的年代，曲江巷真有这样的事情吗？我说："到处都有，但希望不再有。"我认为，历史潮流，浩浩荡荡，时代在前进，社会在递进，过去年代的种种不齿，永远不会再有。我甚至生发了某种诗意：天上的云儿，想抱住蓝天，却抱住了树影；漫长的夜色，想燃尽蜡烛，却连起了黎明。

　　关上灯，方现当空明月；合上眼，才见过往云烟。在曲江巷八鲜行四合院天井里，曾经发生的往事，如今想来，十分清晰。那些幼年记忆，让我们在很早的时候，就知道人生的艰辛，命运的多舛，社会的波折。也体验到许多隔代人难以接触的经历，感受到隐藏在社会和人性深处的丑陋。我在长篇小说《狐雕》中，曾勾描过这些难以忘怀的画面。

　　八鲜行"黑五类"的早请示、晚汇报、周反省，持续了好几个年头。不论是寒冬酷暑，还是下雨落雪，他们每天早晚都有必修的功课。早上赶到八鲜行北厅屋，毕恭毕敬地在画像前喃喃细语，陈述一天的工作计划。暮色降临，则要到画像前汇报工作状况。到了周末，便集中在天井里，挨个进入南侧厅屋，做一周深刻的反省检讨。这些繁文缛节，每天都会按时按序进行。

小时候，冬夏气温与现在不同。冬日出奇的寒冷，数九寒天，巷底玉带河结上一层坚硬的冰面，人们可以从冰上走向对岸。许多人手脚、面颊生了冻疮，开口说话，一团白雾在面前雾化。夏天又十分炎热，大伏天，太阳炙烤得皮肤滋滋发烫，树上的蝼蛄热得拼命叫唤。一直到晚上，四周空气都是热烘烘的。人们早早地在广济桥上占一席之地，铺上草席，面东或倚或坐，静待河风。

当然，八鲜行也有热闹喜庆的时光，每逢五月一日、七月一日、十月一日，县里组织大演大唱比赛，各单位提前准备节目，争取到县里取得好名次。一大群涂脂抹粉的红男绿女，一会儿挤在北厅里，朗声高唱歌颂领袖的红歌，一会儿围在"五类分子"跪伏过的天井里，划旱船，扭秧歌。记得有一男一女，男人精干，女人俊俏，常在天井里跳来蹦去，表演二人转，跳得最多的是《老俩口学毛选》。在一堆泛黄的纸页上，可以找到早年用蜡纸钢板刻出的歌词，歌名叫作《老俩口学毛选》，整个歌词内容带着那个年代的鲜明特征：

> 收了工吃罢了饭，
> 老俩口儿坐在了窗前呐，
> 咱们两个学毛选。
> 老头子，
> 哎——老婆子，
> 哎——你看咱们学哪篇？
> 老婆子，
> 哎——老头子，
> 哎——我看咱就学这篇，

你看沾不沾？

我看就学这篇。

阶级敌人总想来变天，

咱们贫下中农一定要擦亮眼，

咱学学中国社会各阶级的分析。

团结起来打垮敌人，

咱们革命意志坚。

这一篇咱记心间，

革命的大旗咱们要扛在肩呐，

跟着党走永向前！

老头子，

哎——老婆子，

哎——你看还学哪篇？

老婆子，

哎——老头子，

哎——我看咱就学这篇，

你看沾不沾？

为什么学这篇，

咱们的二小子他干活有点懒，

你可很少给他提意见。

反对自由主义咱们来细钻研，

家庭里的思想斗争，

今后咱要开展。

这一篇说到俺心间，

自由主义危害真不浅呐，

今后我可不再犯！

老婆子，

哎——老头子，

哎——咱们还学哪一篇？

老头子，

哎——老婆子，

哎——我看就学这篇。

为什么学这篇？

我先给你提个意见，

你这个老头子是一个老党员，

工作积极样样带头干，

就是有点主观不爱接受意见。

要把整顿党的作风，

好好地看一看。

学了这一篇要改正我的缺点，

今后要多听群众的意见呐，

可不能再主观。

老头子，

哎——老婆子，

哎——咱们还学哪一篇？

老婆子，

哎——老头子，

哎——咱们学学《愚公移山》，

你看沾不沾？

正对了俺的心愿。

毛主席号召咱们，

大幅度来增产，

咱队的土地薄有人说不沾闲。

学习了这篇文章力量大无边，

自力更生战胜困难夺呀么夺丰收！

老俩口学毛选，

学了一篇又一篇。

咱们一字字一行行，

句句话儿都记心间。

老头子我要来挑战，

老婆子我会来应战。

建设咱新农村看谁最领先，

嘿，看谁最领先。

　　两个年轻人，扮相俊俏，但化妆浓艳，动作幅度很大，十分夸张。扮演老头子、老婆子，就有滑稽之相，围观的人哈哈大笑。有人说过，三流化妆，是脸上的化妆；二流化妆，是精神的化妆；一流化妆，是生命的化妆。此言不虚，这样的表演，应时应景，缺少一些精气神，难以入流。不过，这个时段，却给八鲜行增添了温暖、喜乐的气息。

　　在唱歌跳舞的人们中，没有"黑五类"子女的身影。他们受家庭成分影响，在社会上受到歧视，有些早早踏上了上山下乡的人生旅程。一些女知青，在城里难以恋爱成家，便与大龄农民组合成家庭，彻底告别东亭城，告别了城里天黑有灯，下雨有伞，天地狭小，日子紧凑的紧合合的时光，紧合合的房舍。在广袤的田野里，在成丛的绿茵中，遣散自己的灵魂。回望东亭城鳞次栉比的房舍，曲线起伏的屋脊，有许多不舍，也有许多无奈，这是后话。

六、菫色安年

庭院深深

在曲江巷八鲜行奇闻怪事里，徘徊了一阵。现在，我们离开这座院落已经斑驳的记忆，顺着巷子里的石板路，向南侧河边继续走去。

八鲜行斜对面，坐东朝西，是一个不高不大但精致整齐的门庭，简洁无华的水磨砖雕门楣，平整光滑，显示出雅致清幽的老宅品格。这座深宅大院很深邃、很安静，也就显得很凉爽、很逸当。我们可以顺脚到院落里伫立一会，过滤一下八鲜行里躁动的情绪。

这是姜家宅院，祖辈叫姜吉山。姜家门道与袁家相似，甬道绵长，从正屋出来，望不到门楼过道。开向巷子里两扇斑驳的黑漆大门，平常基本关闭着。有人回来，从街头急匆匆地拐进大门，又哐当哐当地关上，把一条巷子的躁动乃至整个世界关在门外。

既然关门闭户，与世隔绝，就有拒人于院堂之外的感觉。巷子里的邻居们，平日很少跨进这座院落的门槛。就像一部精装大书，厚重书面，扉页引言，不开门不见山，不知所以。翻开封皮，题记很长，让人在开头茫然徜徉，难以深入进去，耐心地抵达它的精华。这样一来，便让人失去进入的念头。

姜家主人姜老太，个头不高，眉清目秀，精干利索。头发永远梳理得十分妥帖，耳垂上悬挂着两只硕大的耳环，因为这耳环与众不同，也就晃动出主人的清雅别致。姜老太与我母亲性情相近，趣味相投，都属于精致干练的中年女人，两人交往甚密。姜老太挎着竹篮下河边汰洗衣衫，经过我家门口，总会踮起脚来，朝高门槛里细声细气地喊一声："薛老太哎——"

母亲闻声，马上丢下手头家务，应声而出。两位个头相当、清爽干练的小老太，凑在一起嗒呱聊天。她们从不议论张家长、李家短的闲言碎语，养身保健、儿孙功课、天文地理、柴米油盐之类的琐事，永远是最新鲜的话题、最丰富的内容。也许，她们只是注重形式，不注重内容，就是为了在巷子里靠在一起，听着对方说话而已。

有一天，她们站在巷边，继续那些聊不完的话题，只听得姜家大门吱呀打开，姜老太的孙女小宁、孙儿仁吉，一起冲出大门疾呼："奶奶、奶奶！锅里的菜烧焦了，着呃火了——"姜老太大吃一惊，颠着小脚，向家里溜去。母亲见状，也跟在后面溜去，两人一前一后，像小老太救火队，在石板上颠簸。当然，我家也有同样的经历，我们站在门口大声疾呼，两个小老太也是颠颠簸簸地爬上四层台阶，向门楼边的锅灶奔去。两个身穿旧式大襟葡萄扣棉袄的老太，相跟着奔跑的情形，倒像老电影里的镜头，十分有趣。

曲江巷里的旧时代，50岁上下的女人，人们便称为老太。旧时妇女嫁到婆家，便丢了原本的姓氏，在称呼老太时，前缀丈夫家姓氏。东亭城乃至里下河地区，一直沿袭着这个习俗。也有个性突出、泼辣能干，在家庭中起到顶梁柱作用的妇女，仍以娘家姓氏称呼：陈老太、袁老太、汪老太——我母亲和姜老太、呆巷的夏老太、河边的邓老太，都按夫家姓氏称呼。

百万买宅，千万买邻。因为姜老太是母亲的好朋友，所以我们有时跟着母亲到姜家串门。跨进大门，经过长长的门楼通道，迎面一堵照壁墙，正对大门口，水磨花砖上镌刻着一个"福"字。从照壁墙下右拐，又是一道院门，院门掩映在椭圆形的花台一侧，花台上长满月季、茉莉，几丛翠竹，枝干挺拔，做了花枝的衬景。竹影婆娑，轻抚着几爿格扇窗，好像遮掩了几段老故事、旧传说，这种感觉，十分美妙。

转过花台拐角，朝东一座八角门庭，照例是水磨青砖砌垒，剔角崭方。跨过石条门槛，又是一道腰门，进入铺设镂底大方砖的天井。两只荷花缸，对着堂屋，很有韵致的摆在天井中央。一幢五开间七架梁的房屋，面北而立。屋檐下有青石条阶，雕花格扇，中间是宽阔的敞厅，两侧各有厢房套房。房间铺设高高的木地板，天井客厅间，绣房花床边，有富贵之气，流动着旧时人家风韵。花墙东边，是陈家木行的院落，有箫笛之声，吹奏着越剧曲谱，断断续续逾墙而来，幽怨凄婉，悠远绵长。墙那边，似乎还有女声应和着节拍，轻轻吟唱着崔莺莺：

> 人随春色到蒲东，
> 门掩重关萧寺中。
> 花落水流红闲愁万种，
> 徘徊无一语唯怨东风。
> ……

此情此景，呼应笃定了姜家腰门前修竹掩映的绮丽故事。这种古朴婉转的气息，与咫尺之外的鼎沸喧闹迥然不同，似乎是两个世界的情状。那个年代，这种清雅之调，是被称为靡靡之音的。在这幽秘的角落，莫名的墙外，飘来细声细气的吟唱，倒像隐约断续的天外之音。年幼时，耽于想象，站在姜家天井，可以想象院墙之外，穿着淡粉轻纱的女子，走过曲江巷的麻石小径，玉钗银簪，颤动作响，若有若无的香气，漫落在两侧长长的门庭间。这种香软气息，与八鲜行阴暗诡诈的气氛，相间羼杂，弥漫开去，一条巷子的情境，颠颠倒倒的，覆盖着幼年丰富的想象。

姜家院落里，照壁墙下两只巨硕的荷花缸，是旧朝之物。花缸敞口鼓腰，古釉色瓷面，堆塑着"童子戏荷"图案。花缸下面，大青砖码成六角形，把荷花缸高高托起，斜斜地掩映着屋檐口墨黑的瓦当和斑驳的粉墙。院里有风，就闻到荷花的清香，如诗的气息，在静静的院落里拂动。每次到了姜家，我们都要围着荷花缸转悠一圈，不知是为了闻它的隐隐清香，还是留恋锢在缸边活蹦乱跳的童子。

姜家敞厅两侧的房间和套房，面对着庭院花草，就有花木扶疏槛窗幽影的感觉。两侧房间，住着她两个儿子，都在从事社会信息和社会管理工作，孙辈们更是用功学习，礼貌待人。我的母亲，与他们奶奶是朋友，她家孙辈，与曲江巷伢儿是朋友，真是无论辈分，三代朋友三代弟兄了。

姜老太和姜老爹，住在大屋一侧面朝院门的简陋厢房。老城里许多人家，世世代代就是这样聚居生活。儿子长大，成人成亲，收拾好主房，让给晚辈，自己蜗居附屋。儿孙绕膝，策杖天伦，其乐融融。庭院一侧的厢房前，挂着老竹片镌刻的楹联："水清鱼读月，山静鸟谈天"。归纳注释了庭院里清雅幽远的境界。这样闲情逸致的字句，还存留在姜家庭院的显目之处，在那个年代，也是奇事。姜家悠长的门道，幽秘的庭院以及对着巷道紧闭的大门，包容了逾墙而来的《西厢记》，也珍藏了来自苏州石湖余庄的表现清雅生活，但与那个时代气息截然不同的楹联。

耶叔琐事

出了姜家大门，南侧隔壁，就是薛家。这是与我们同宗同姓的三耶叔家。

小时候，我们按照童腔发音，叫他三耶伯伯。

三耶伯伯扁头大脸，高鼻大眼，凹腮大耳，经常穿着一身短袄裤，背着双手，走路很快，在石板路上健步如飞。我们知道，他是去做重要事情了。只听得笃笃几步，侔咳一声，石板上飘荡过来远处的回音，他已经到了巷底河边。虽然说不上虎虎生威，但也算利索干练。

据说，薛氏家族中，四耶叔和二耶叔都走得早。四耶叔还在少年时，因为感冒发烧，转为肺炎，早早离世。这种毛病，如果现在诊治，打几针青霉素，吃几片消炎药，就能康复。但在那个年代，就是不治之症。20世纪40年代青霉素来到中国时，四耶叔没能等到这种救命药，已经离开了这个世界。巷子里的老人，拍着我的头，惋惜地说："你侥伢儿家，不懂那时的事呃，青霉素从外国到中国，你耶耶倒出呃国，擦肩而过。他是得了痨病呃！苦呃……"

这些生离死别的事，发生在我出生之前。岁月是一场充满了告别的旅程，那些年，我们尚未经历离别场景意味，或者说尚未体会永远离别的痛苦，还无法体会时光的残忍。

旧时代的人，平均寿命没有现代社会长。有人归结为制度原因。其实，究其根源，错综复杂。一是战争年代，在炮火中丧生的，在颠沛流离中夭折的，数量不少，降低了人们的平均寿命；二是经济社会发展水平低下，一些地方，连维持人类生存的温饱问题都保证不了，更不要说人们所需的营养。按人们习惯统称，没能够颐养天年的，都说得了痨病，少年而亡；三是国外许多药物尚未引进，国内一些药物尚未研究出来，研制出来的药物也未普及，传统中医，靠经验望、闻、问、切，难免讹误。天花霍乱、各种炎症，都能致命。那时人到七十，便是古稀之人，耄耋老人，更是屈指可数。但也经不住大数据平均。曲江巷里，有句骂人的话，"你这个薛四小，短命鬼"，这是诅咒人短寿夭折，十分狠毒。

公私合营以后，三耶伯伯到中十字街与寺街之间豆制品厂做职员。每天半夜三更点着油罩灯，从床上爬起来，急匆匆赶到厂里督促做豆腐茶干，在城里开早市前，各摊点到豆制品厂取货。三婶娘陶润兰，在家操持家务，在我们记忆中，她好像一直没有参加正式工作，也就安安逸逸地做了家庭妇女。烧煮淘洗，打扫收拾，一应家务杂事，有时甚至比上班还忙。

婴幼时期，曲江巷里一帮小伙伴们，舌头似乎都不太灵活，叫人就有些含糊。我们叫三耶叔为耶伯伯，叫三婶娘为兰娘娘，这个发音有点拗口，舌头转不过弯，叫成了兰赖赖。兰娘娘转过身来，长长的脸颊，向两侧打开延伸，堆起大块笑容，很亲热地答应："嗳——"这一喊，喊了几十年，成人后也改变不了，还是这样叫。年长的哥哥姐姐们，觉得好玩，也学着年幼的弟妹这样叫喊，"兰赖赖，兰赖赖——"反倒显出几分亲热来。

三耶伯伯家，三层台阶上去，是一个门楼，似乎是原来客厅改建的。从门楼进去，向右拐，有一间不大的堂屋。厅屋向东的长天井，凸凸凹凹，长得像一只大葫芦，葫芦尖对着姜家西院墙，葫芦底拖在与我家相隔的院墙边。院子南边角落上，又有一座葫芦型小门，通连两家。

在我们很小的时候，奶奶戴着嵌着金丝的船帮帽，穿着葡萄扣的大襟袄，拄着黑色龙头拐，颠着小脚，很威严地穿过这座小院门。这位旧时代东亭城总商会会长的千金，虽然叫了薛顾氏，却总是端着名门望族大家闺秀的架势，在南北两座薛姓宅院之间，穿过葫芦腰门，走来走去，巡视并过问家庭里一切想过问的事物。走到耶伯伯家堂屋间，便稳稳当当地端坐在家神柜前太师椅上，面东垂首，闭目养神。

我和耶伯伯家的老三年龄相仿。这时候，俩人便会一起嗷嗷地溜进厅屋，围在她身边，奶奶、奶奶地叫个不停。奶奶笑逐颜开，把手伸进大襟袄，抖抖索索地摸出两个铅角儿，一只手抓住我们的手，一只手把铅角儿举得高高的，重重地拍到我们手心里。然后顿顿拐杖，佯怒道："乖乖肉呃，等的弄呃开去，一天到夜的缠呃脚跟前，溜儿蹦的，把人索得头晕脑涨，烦煞呃人勒……"

三耶伯伯家门楼左侧，用壁板隔出一个房间，租给钟表店师傅周华元居住。周华元在新坝口中十字街钟表店上班，如果从街面上经过，可以望见隔着大玻璃橱窗，日光灯映照着玻璃柜台，店铺里闪光锃亮，光辉耀眼。玻璃柜台里摆放、陈列着琳琅满目、各式各样的手表。在那个年代，手表是高档奢侈品，城里一般百姓，戴手表的很少，钟表店就充盈着一种高高在上的富贵气息，隐隐约约，还有一种含量很高的技术气息。这时的周华元，英雄人物一样，端坐在一堆玻璃和一摞手表里面，一只眼睛戴着放大镜，一只手托着拆散的手表零件，一只手抓着纤细的镊子、起子，聚精会神地修理钟表。这种技术活计，确实太精细了，周华元的表情就很凝重，凝重之中又有一种职业的神圣感。

周华元从事高档技术工种，平日就十分讲究，上班时衣着打扮显得刷括笔挺，一尘不染。头发用头油梳得油光水滑，足蹬一双尖头皮鞋，急匆匆地从门道里跨出来，走下台阶，转弯踏上石板，一阵头油香风，一直飘散到曲江巷头。然后又一个急转身，沿着人行道向西大步流星地行走，到中十字街口钟表店上班。晚上下班，又是一阵羼杂着头油味的香风，沿着石板路，急匆匆地刮进巷内，循环往复，日日如此。

周华元喜欢看电影，也爱唱电影歌曲。回到家里，关上房门，就听到屋里有声情并茂的歌声，那是电影《阿诗玛》的插曲："阿诗玛在哪里——阿诗玛在哪里——长湖水啊请你告诉我，阿诗玛你在哪里——天空的玉鸟请你告诉我，阿诗玛在哪里——撒尼人永远怀念你……"

有时，对面呆巷里，有人用十分滑稽的腔调回应道："阿诗玛在这里——在这里……阿黑哥快来啊，快来呃……"屋内的周华元，大概感到了嘲讽讥笑的意味，气得一跺脚，悠扬的歌声戛然而止。

周华元和妻子秀英，生下两女一男，取的名字，都有时尚味儿，叫作露丝、露云、露克，颇像外国电影中的名字。两个女孩长得玲珑可爱，令人想起爱丽丝、柏尼丝、路易丝之类的小洋人。华元长年订阅《大众电影》杂志，杂志上花花绿绿的电影明星美颜美照，十分吸引人，周围邻里的大人小孩，争相借阅。到了年底，华元便把杂志里的电影明星大头照剪裁下来，贴在四壁板墙上。曲江巷里许多人，从他家墙壁上和杂志里认识了赵丹、金山、王心刚、王晓棠、于兰、白杨等 20 世纪 60 年代的电影明星。

堂兄卫生

堂兄大名叫卫生，因是耶叔家的老三，小名薛老三。在曲江巷半桩子大的伢儿，他是比较活跃的人物，因此是曲江巷一带的小名人。

耶叔家朝东的堂屋南侧，用壁板隔出一个不大的房间。堂兄卫生，就出生在这个房间里。关于他的出生，有许多版本，说来令人咋舌。可惜他年长以后，没有真正成名成家，否则这爿朝西的门楼倒是可以挂块某某某出生地之类的招牌，在旧城改造雷厉风行、势如破竹的拆迁时，也可以抵挡几个来回。

据曲江巷老人们说，当时的情形是，大肚子的兰娘娘，早更头起床解手，就势倚在床前踏板边，坐上红漆铜箍马桶，用力一振，排泄出去，轻松了许多。起身上床，肚子却瘪了下去。再回头望望，一根脐带拖在臭烘烘的马桶里。她大吃一惊，大呼小叫起来。

腰门这边，我母亲和巷子里的接生婆闻声匆匆赶去，七手八脚，从马桶里捞出堂兄。也许是在屎尿中憋得太久，也许是堂兄对世界这种不公正地迎接他的态度赌气，只见他嘴巴紧闭，垂头丧气，且全身青紫，鼻息全无。接生婆经验丰富，拎起他的两只小脚，在青紫色的屁股上用力拍打。大家屏声静息，注意观察。过了好一阵，薛老三张开小嘴巴，大哭起来，哇哇哇——众人跟着哇声唶嘴——唶唶唶……大家松了一口气。这个情景，成为我的长篇小说《绣禅》主人翁范亦仙的出生经历。

薛老三以后取名卫生，不知与这段出生经历是否有关，这个过程，不太卫生，但他的外号"三瘪头"，与这种出生状况可能有关。巷子里老人们很确切地说，他的头是出生时挤瘪的。堂兄小的时候也不卫生，经常半夜尿床，这种状况大概持续到10多岁。大清早，就会听到兰娘娘在院墙那边高喊："愫点往起爬，你看看，你看看，铺上又水漫金山了—— 一个来尿宝，怎呃好呃！"接着就是打屁股的声音啪啪啪——声动邻里。

为了少挨打，卫生早上醒来，经常赖床逃学。他是故意坐在尿斑上，背靠床桄，围拥被子，用身体的温度焐干被褥和裤头。有调皮的伢儿，挤在门缝间看他，嘴里哼道：

赖学宝，变癫宝，

赖学精，来嘘精，

成呃精，炒面筋，

炒不熟，买块肉，

肉不烂，买个蛋，

蛋不圆，买个球，

球不滚，买盏灯，

灯不点，赖学精儿不要脸……

焐床的过程，十分难受、十分无聊，做点什么呢？书是断然看不进去的，那个年代又没有电视，不知他从哪儿捣鼓到一把旧嗡子（二胡），支在弯曲的膝盖上，吱吱呀呀地拉起来。每天照例是"东方红，太阳升"——"一条大河波浪宽"……想想河水的奔流，与此情此景，倒很合拍。

几段曲子拉下来，卫生的被褥焐干了，嗡子也拉得渐渐入门。堂兄在尿床上，自学成才，逐步成为拉嗡子的高手，此乃坏事变为好事的又一实例。若干年后，有人问道："哪个是你二胡的启蒙老师？"有人帮他抢答："床上的尿呗！"卫生不耐烦起来，他的眼睛大，略呈金鱼眼形状，且眼白子很明显，这时就会眼白一翻，斥责道："要你多嘴，嘴淡拿盐擦……"

取得嗡子的成就，并没有让卫生摆脱打屁股的次数。有一年初冬，我们一起在玉带河边捉迷藏，河码头边用河泥围拥着一个臭水塘，巷头曲江浴室的污水就顺着巷里石板下面的水道，汩汩流入巷尾臭水塘。大家在塘边上前拉后扯，脚下一滑，一起栽入臭水塘。在没顶的水塘里挣扎了好一阵，喝了不少臭水，被赶来搭救的人们揪着头发拖到岸边，扒得精光，用床单裹了，沿着石板路一溜小跑，抱进巷头浴室。

大家冲洗清爽，被等在浴室门口的家长揪着耳朵回家。堂兄当晚无事，耶叔早睡早起，上班去了。下班回家，望见臭烘烘的衣物，大发雷霆。一把揪住卫生，把他按在长条凳上，褪下裤子，抄起门背后的长毛竹就打。只听得一阵杀猪般的嚎叫，堂兄屁股，已经开了花。那个时期，人们似乎怀着一种压抑的情绪，遇见不顺心的事情，就会上火。所以，家家户户，就十分勤泛、十分认真地打小伢儿。

邻居们听见哭叫声和兰赖赖声嘶力竭的呼救声，从临巷门楼里冲了出来，蜂拥而入，把卫生搭救出来，转移到八鲜行门楼里。卫生屁股被打得左一道、右一道血痕，流着黄水，哪能沾碰任何物件，只得找来几张杌子，把他裤子扒拉到膝盖处，趴伏上去。只见他屁股上敷着黄裱纸，受伤的滋水渗透出来，小麻雀在杌子空当处垂挂着，现场十分惨烈。

巷子里的癫姑奶奶、桂珠嬢嬢、汪娘娘、小大大等一众老年妇女，挤在八鲜行门楼里围观悲惨的场面。她们一边拍着大腿唉声叹气，一边七嘴八舌地朝着巷子对面指责："你倷看看，破皮烂肉的，多丧良心！伢儿本来就吃不饱，吃菜吃得嘴边子发紫，怎呃忍心下得去手的——像这调儿打法，可像亲生养的！"

八鲜行的汪娘娘，对世间一切悲惨状况富有同情心。她颤颤巍巍地伸出青筋裸露的细手，抚摸着面前受伤的躯体，两只凸出的大眼睛，噙满欲滴的泪水。她嗫嚅着："人呃总说，宁养个飞墙走壁，不养个倚墙靠壁，小伢儿，皮一点，总是好事，痛刮刮的小伙，怎呃舍得这样子往死里打呃……"

八鲜行敲算盘珠子的"老学究"，也凑过来看热闹。他扶着眼镜，凑近卫生屁股仔细观察，唏嘘一番。然后蹲下身子，伸出瘦骨嶙峋的手，摸摸卫生的小麻雀，叹了口气，摇头晃脑地吟哼道："生如蝼蚁当有鸿鹄之志，命如纸薄应有不屈之心；乾坤未定，你我皆是黑马；众生皆苦，试问谁曾屈服？"

周围簇拥的伢儿，看他怪模怪样的神态，嘻嘻哈哈笑起来。癫姑奶奶呵斥道："这个时候还斯文绉绉的，念那些怂浆儿，可是幸灾乐祸啊？打你的屁款，怪不得是个绝子命！"

这句话戳到了"老学究"的痛处，他感到很没趣，顿时面红耳赤，朝癫姑奶奶翻一眼，嘴唇翕动着，大概想着回敬的语言。再看看曲江巷主妇们人多势众，都朝他翻剜着白眼，便把几句准备脱口而出的话使劲咽了回去。吃柿子拣软的捏，他转头教训身边的伢儿："你倷笑什哩，只要换个名字，趴在杌子上的就是你和你——"他用手指点着几个嬉皮笑脸的伢儿，转头朝厢房办公室走去。

生命如同绿叶，随着时间流逝，慢慢变得枯黄。但它的叶脉，还是那么清晰可见。曲江巷的伢儿到了十二三岁，也渐渐文艺起来。在耶叔的小客厅里，做出一些很稚嫩的文艺事儿。大家在一块块小小的长方形、正方形玻璃上，用毛笔墨汁画出房舍、树木、花草、人物，再把硬纸板裹成圆柱状，拉上窗帘，用手电筒照着，把玻璃上的图案线条，照射到家神柜后面白墙上，号称"小电影"。

别看这内容简单、制作粗糙的玩意儿，在影剧场所关闭，文化生活匮乏的年代，吸引了巷内巷外许多幼童，前来观看。大家又用硬纸板，剪成许多长条形状卡片，分给小朋友作为入场券。一时间，厅屋里童声鼎沸，气象万千，小巴掌拍个不停。对半个世纪前的这些场景，从曲江巷走出来的人，记忆犹新。日子过去了，还在回顾中，点点滴滴，感受它的可爱之处。

现在，人们在茶余饭后，常常怀旧，并不是因为那个时代多么好，而是那个时候，年幼无知，纯真无邪；童叟无欺，无所顾忌。那时也有苦难，年幼不知忧伤，到处绽放着野花似的脸庞。赤脚踏着石板上的夕阳，迎着河风听蛞蝓与树叶的合唱。那些看似平淡的时光，如今想来，像早年梦的模样。

扯回来的风筝

　　幼年时，每到大地回暖、万物复苏的季节，曲江巷底河边上，总是有人应合着南门口挂桨船、小汽轮呜呜的汽笛声，吟哼沉洪而又空灵的古老曲调：那年春，正年少，桃花落了，风中睡一觉……

　　这吟哦的歌声，不知道是东边院墙上的梦幻，是对岸南园上的梵呗，还是南门口浩渺无边的呼唤。泰东河贯穿东西的涟漪，时隐时现，飘飘悠悠，沁人心脾。这种早年记忆，一直萦绕在我们成长的岁月，余音不绝，挥之不去。

　　春天到了，曲江巷里的孩子们，脱去厚实的棉袄、棉裤，稚嫩的生命，到了裸露拔节的季节，愈发萌动起来。呆巷子里年长一点的伢儿楚俊，见多识广，他告诉大家一个喜讯，南门口对面的临塔方向，有天上仙女留下的桑树林，树上挂满了桑葚，甜滋滋的，真的好吃呢！

　　听他说得绘声绘色，有滋有味，大家一起使劲咽口水。这无疑是一片隔河新大陆，是一种尚未尝过的美味，具有极大的诱惑力。没有任何犹豫的余地了，马上行动。楚俊带领几个伢儿，在巷底秘密聚集，沿着玉带河，过纪福大桥，走过高高的南城，来到南门口。在泰东河边，招呼到一只小渡船，摇摇晃晃过河，跨上临塔地界。那时的感觉，恰似沿着仙乐般的吟歌，一步步向东南寻觅仙人的踪影。

唐僧骑马咚那个咚，

后头跟着个孙悟空。

孙悟空，跑得快，

后头跟着个猪八戒。

猪八戒，鼻子长，

后头跟着个沙和尚。

沙和尚，挑担箩，

后头跟着个老妖婆。

老妖婆，真正坏，

骗了唐僧和八戒。

唐僧八戒糊涂郎，

好在孙悟空眼睛亮。

眼睛亮，冒金光，

高高举起金箍棒。

金箍棒，有力量，

妖魔鬼怪消灭光。

在浩浩荡荡泛动涟漪的水面上，河风呼啸，拓展胸怀，一种原生态浩渺之气，让人陡然生出漫无边际的壮美之感。童年时代，这是一趟远程旅行，不可多得，倒是可以体验早年鲁滨孙的感觉。小伙伴们兴奋不已，相跟着钻进密匝匝的桑树林，像一群散放的鸟雀，在枝丫间叽叽喳喳。层层叠叠的桑葚，都垂下身子，迎接我们。大家一阵嗷嗷欢叫，赶快动手，乱糟糟采摘一番，吃得肚皮饱胀，嘴巴紫红，仍不甘心，用草绳扎上几把，才依依不舍地走出树丛。

这时，夕阳西下，水天蒙蒙。大家相跟着，快步走到渡口，那渡船已不见踪影。天色渐沉，一群人沿着河边寻找，哪有舟船身影？楚俊虽然年长，这时也抓耳挠腮，继续急匆匆地沿岸寻找，年纪小一点的，看到面前水色苍茫，渡河无望，后面远乡僻壤，一片荒凉，那情形，似乎到了世界末日。有人蹲下身子，望着水面，嚎啕起来。"呜呜呜——我俫要家去啊……"

曲江巷的家长们，见天色向晚，伢儿们没回家，便四处打听，才知道成群结队摘桑葚去了。纷纷赶到南门口，看到对岸狼狈景象，双手圈起喇叭筒，隔河喊话："乖乖肉呃，我俫来了，别哭啦——"这边抽抽泣泣的，情绪安定下来，那边一番交涉，找到沿岸帮船，到对岸载上一群满脸鼻涕眼泪的摘桑人，渡河而归。

曲江巷里的人们，聚集在纪福大桥上，朝南城东南远远地瞭着，望见一群小小的狼狈身影，叹道："这些不知天高地厚飞来飞去的风筝，又扯家来啦！"

小时候，总盼着长大。有一天，发现自己真的长大了，蓦然回首，才发觉在怀念年幼无知的日子。怀念那时不谙世故的幼稚、不顾及别人感受的顽皮，不会堆起虚假笑容的直率，不知道任何后果的冲动。

20 世纪 60 年代中期，风云变幻，我们小学毕业，休学在家。虽然年长后喜欢年少无知的幼稚，小时候却喜欢老气横秋的文字。我们四处借书，四脚拉扒地仰在丝瓜棚架下看书，趴伏到大方桌上涂鸦，到老城各个旮旯乱窜。中学里的学生，揣着"串联证"，带着简单的行李，扒火车、爬汽车。有的千里步行长征，向北方挺进，去接受检阅。面对如此波澜壮阔、如火如荼的形势，大家悄悄酝酿着一场壮举——长征。

要走上长征路，总要装备一些道具。耶叔的厅屋，有一只上了年纪的破旧方柜，两扇门板斜挂下来。伢儿们一番鼓捣，卸下门板，贴上红纸，用毛笔写上"一不怕苦，二不怕死"。再找出一块红领巾，写上"红色长征队"几个字样，用竹竿挑着。相约挤在厅屋看幻灯片的七八个小观众，选择一个风和日丽的上午，举起小红旗，抬着破柜门，隆重出发了。

这是一个令人激动的上午，天气晴朗，艳阳高照。卫生兄嘴里含着一只铅皮口哨，吹着响亮的节奏：瞿，瞿——瞿瞿瞿——瞿，瞿——瞿瞿瞿……一群十一二岁的伢儿，跟着哨声，念叨着：一，一，一二一……精神抖擞，意气风发，斗志昂扬，沿着长街，走向东关桥，又顺着204国道，走到城郊三灶，再走入梁垛的属地。细细想来，这次长征的决策，十分荒谬，连方向都走错了。我们的目的地，是北京天安门，应该向盐城方向步行，怎么往通州方向行走了？这是典型的南辕北辙啊！

当时的情形是，日上中天时分，大家集体走不动了，开始没精打采、萎头耷脑一步三摇起来。堂兄在前面领路，继续向梁垛方向拖曳而去。日头西斜，尚未走到三合桥，小伙伴们哭丧着脸，陆陆续续坐在路边，纷纷把行李里的京江蹄、薄脆饼拿出来，补充能量。可是，吃了干粮的长征队，向遥远的前方望着，垂头丧气起来。

卫生兄站起身，打起精神，又一次吹响口哨。有人无精打采地哼道："班长班长，嘴巴作痒；叫子一吹，地上一跪；叫子一响，路上一仰……"嘀咕声越来越高，卫生兄听见不同的声音，停了下来，转头朝咕噜声处看去，很沮丧地翻了个大白眼，摘下口哨。

但是，出发时朝气蓬勃，前程灿烂，走得太远，回家也有漫长的路程呢。大家力气耗尽，现在无论如何走不回去了。伢儿们伸着头，望着渐渐躲藏进西边小树林里的太阳，发起呆来。年岁小一点的长征队员，又一次流眼泪、淌鼻涕，哭哭叫叫，嚷着要回家。

长征队的雄心壮志，顷刻化为云烟。长征的组织者，一时没了主张，大家为漫长的归程发愁。这时，大路上几个骑脚踏车的人，响着铃铛，向东亭城方向疾驰。伢儿们喊道："可能带我俫家去呃——"

脚踏车停下来，朝我们认真打量一番，说："好吧。你俫小儿多，一车带两个，车前头大杠上坐一个，车后头衣包架上坐一个。"

伢儿们心里一阵欢呼，爬上脚踏车，一路向北，返回东亭城。骑到东关桥，车主刹住车，喊道："城关到了，你俫下车吧！"大家呲溜一声，滑下脚踏车，向回家的街巷奔去。

脚踏车上的人作起躁来，高喊道："嗳嗳嗳，二轮车费呢？"

大家停下脚步，回过头来，你望我，我望你，这才有些明白，他们是踏二轮车的。僵持了好一会，有人说："我俫袋子里头还有几个京江蹄，给你俫可好？"

几位踏二轮车的，望着这群毛伢儿，啼笑皆非，面面相觑了一阵。无奈之下，大手一挥，说："别小儿和气的了，拉倒吧！滴铃铃——"头也不回，绝尘而去。

这次搞笑的长征，以彻底失败告终。伢儿们一瘸一拐地走回曲江巷。家长们围在巷口，远远望见伢儿们的身影，大呼小叫地跑上前来，拧着耳朵，像提着风筝的绳头，把一个个"长征者"拎回家去。

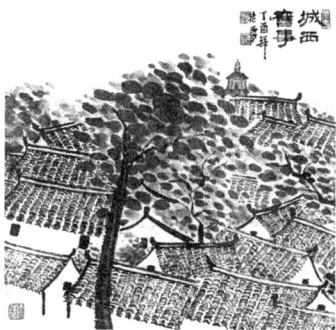

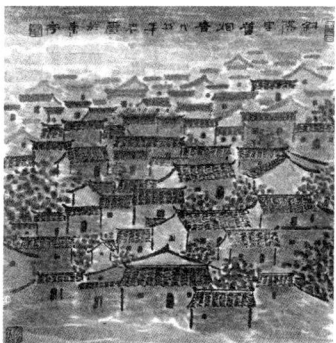

七、夜色阑珊

呆巷子

在很长的时间里，我有个奇怪的想法。早年的曲江巷，不是砖瓦构建起来的，而是许多时而弯曲、时而笔直的往事堆垒起来的；是许多门道里的悲欢离合、喜怒哀乐酝酿出来的。我甚至想告诉人们，当年，你可以到那些砖缝瓦当间，扒剔出许多故事的痕迹。这类想法，似乎有点形而上的玄学意味。

这些话，我对母亲说过。许多年以后，母亲像《狐雕》一文中的素玉老太，扶着拐杖，斜倚在沙发上。我支在她旁边，说给她听。这位曲江巷资深的老太太，颤颤巍巍，似懂非懂不置可否地笑着。不知是笑我说得离谱，还是觉得这种想法有趣。她指着我的脑门说："小伙，你书看多了，看成书呆子了，又在发痴，你可是在说梦话呃……"

我告诉她，一个人，一件物，一条巷，有看得见的有形躯壳，也有看不见的无形灵魂。我想写许多堂屋下面方砖地与瓮盆之间，人类尚未知道的事情；写早年从皖南迁徙而来的许二爹与小狐狸之间，发生的谜团一样的事情；写小时候唱旦角娘娘腔的张耶耶与漂亮的秦姨娘，在牌桌下勾腿的事情。年迈的母亲，侧着耳朵，听我头脑里的奇思怪想。听着听着，便像个调皮的孩子，很天真、很灿烂甚至很滑稽地笑起来。

母亲在年轻的时候，喜欢用犀利而又幽默的调笑，活跃对话气氛。按照姐姐的说法，经常说"焦话"。不过我很怀念那些"焦话"，有时令人回味无穷，有时令人忍俊不禁，有时言简意赅一语中的。虽然母亲渐渐年事已高，这种"焦话"的调笑，没有减少。这时，她动作夸张地拍着心口，说："可是真的呃？还要把人吓呃呢！你㑊就像曲江巷的王小堂，枵嘴薄舌的，说呃起呃飞，有鼻子有眼睛，簇簇絮絮的，蛮瘆人子，吓出毛病来，你㑊吃不了挎着走啊……"

不过，她一直相信，长大成人而且又喝了点墨水的儿子，有他自己叙述的道理，只不过说得有些神乎其神罢了。她点着头，张着嘴，故意恍然大悟："是这样子的啊。怪不得拆迁之前，呆巷子房顶上乱蓬蓬的草，老是在屋瓦上缠桔，弄得瓦片噼噼卟卟的。还有，夜里地砖底下呲呲嚓嚓的，吱儿抹的死声捺气地叫，头顶三尺有神明，人不能做违拗天理的事情，总要当当心为好呃……"

她这样不着边际地说东扯西，我也笑了。那是地砖之下的老鼠在夜巡，找找老鼠洞，把它堵起来，就不烦人了。但我知道，她是在用惯常诙谐戏谑的语言，对我的说法，一半调笑，一半肯定，并且有意无意地迎合我的想法。我伸出手，抚摸着她梳理得整整齐齐的花白头发，摩挲她圆圆的因衰老而缩小了一圈的脑袋，触碰她戴着耳坠的长长耳垂，像抚触幼童一样，用掌心在她温热的脑勺上感受疼爱之情。她闭上眼睛，脸颊上漾动着慈祥的笑，显得十分开心。

我们还是沿着有灵魂的曲江巷，顺着故事行走，写写形而下的场景。经历了儿时令人捧腹的经历，麻石板继续向玉带河延伸，过了三耶叔家大门，向西拐弯，就是母亲常说的蒿草与屋瓦缠桔的呆巷子。人生坎坷，有时就像呆巷子，走到底，两侧墙壁瓦当，脚下地砖麻石，都从朦胧变得清晰起来，挡在你的面前。

曲江巷中部的呆巷子，宽约 4 米，长近 20 米。老人们说，本来呆巷不呆，顶头有两道小门，通到西侧丹桂巷。那边是丹桂巷王家开的茶馆，每天食客盈门，类似今天东亭城的红灯笼食府。不知从什么时候起，一堵高墙，面东而立，挡住了巷道延伸的路。这样，三条巷子，始终成不了"H"，曲江巷与呆巷，也不像个"T"，顶多只是中文的一个"卜"字。

旧城改造前，我们有时在一起谈论，这种情状，煞了曲江巷的风景，让曲江巷缺失了贯通流畅之气。如果没有这堵高墙，呆巷子与曲江巷、丹桂巷贯通起来，就像河流水系，灵动活泛起来，与丹桂巷的故事也串连起来，情形一定十分美妙。就像三里桥巷纪家，从临巷闼子门进去，弯弯曲曲，转来转去，捉迷藏一般。到达玉带河边杨家阔大的杂院，眼前豁然开朗，似乎走进一片新天地。那种感觉，十分美好。

如今，只做了"卜"字上一点的呆巷子，东侧是耶叔家与我家的电报杆，北侧为八鲜行南厅屋高高的后墙，南侧是桂玉娘娘家的后墙。从曲江巷向西延伸，两堵后墙夹峙，不断用墙角，规范调整呆巷子向西的方向。两边檐口瓦当上，倾斜的坡顶，长满了瓦楞草、艾蒿草，在天空中展示大屋里滋生的传说。

多年后，这些野草的生命珍贵起来，人们购买精致的花盆，让它们安家，精心打理出一盆盆多肉植物，并为它们取出各种各样或洋气或雅致或厚重的名字，诸如缀化、成锦、静夜、蓝苹果、爱斯诺、广寒宫、乙女心之类。我就想起，这些是不是曲江巷屋瓦上生命顽强的瓦楞草在时空中升华了？过去为了防止它粗壮的根部撑坏屋瓦，人们还会借来梯子，定期对它们痛下杀手，连根铲除呢。

快到呆巷底部，南侧有一道不大的门楼，通向一条幽深小弄。小弄与曲江巷的走向平行，一起奔向玉带河边，我们叫它小窄巷。这样，向南开了一个口子，总算给曲江巷透了一口气。关于这段小窄巷，我们在下一篇叙述。

与通向河边小弄的门庭并排，呆巷最顶头，是一爿院门。门里原先也是私人房产，20世纪50年代收归为公有住房，由房产公司经租，又称国家经租。这扇大门一直紧闭着，基本与巷子隔绝。曲江巷一群在街巷各个角落乱窜的伢儿，谁也没有进去过。倒是经常看到这家主人，表情庄重，行色匆匆，从巷头走来，一路石板作响。到了呆巷口，迅速向右急转弯，石板声戛然而止。再飞快地走过十多米，咚咚敲门，进入门楼，大门随即"扑通"一声，很响亮地关闭。呆巷里，久久回荡着一段不同寻常的回音。

呆巷底部，又有一座朝南的院子，宅院里住着夏家弟兄。老四名楚俊。因为年长几岁，头脑灵光，所以当之无愧是曲江巷的"孩子王"。他曾经带领伢儿们到临塔采桑葚，到南园郊游，到玉带河游泳。下河摸螺蛳，扒砖挖地道，翻墙看电影，用漆包线和塑料瓶盖，组装矿石收音机。无处不至，无所不为，无所不能。呆巷子深处这座院落，是曲江巷伢儿们的聚集地。

黑漆大门

呆巷子最里面，对着巷口马头墙的那片黑漆大门，陈年累月地关闭着。像一张世纪老人板肃而又忧郁的面孔，嘴巴紧闭，紧捂着一肚子的传说。这种不知缘故的静默，充分调动了曲江巷伢儿们的好奇心。

但是，老人们警告道："你俫这些小东西，不晓得哪块通到哪块，还是窝点尾子靠点墙，不要云雾六大天的，那扇门，不要进去，里头院子深幽幽的，阴气重呢。"接着，陆陆续续地讲出一段段发生在这座院落里的骇人故事。这些故事，虽然似是而非，不可捉摸，但足以让曲江巷的伢儿们，彻底丧失闯进黑漆大门一探究竟的想法。而且每逢月黑风高，西北风从马头墙上的电线之间，带着尖厉的哨音，呼啸而过的时候，黑黝黝的呆巷子，更显得深不见底，面目可怖。

据说，原先呆巷子有个王老奶奶，弯腰驼背，满脸皱纹。她的家人子女都在她前面走了路，身边只剩下一个孙女，名字叫玉花。有一天，吃过中饭，王老奶奶睡午觉，玉花就跑到耶叔家串门，与兰娘娘有一句没一句的谈心。谈着谈着，眼皮耷拉下来，靠在藤条椅上睡着了。兰娘娘见她睡着了，也不去打扰，自顾自做手中的针线活。

过了一会儿，玉花突然大叫起来，两只手对着空中乱抓。兰娘娘连忙推醒她，问她怎么了？玉花说刚做了一个怪梦，梦见一个弯腰驼背的黑影，抓着剪刀要杀她。她拼命地跑，黑影拼命地追，终于，黑影追上了她，与她撕打在一起。她的力气似乎比黑影大，一把夺过剪刀，插进黑影的脑袋，杀死了她。

兰娘娘觉得玉花做的梦有些怪异，催她家去看看。玉花慌慌张张地跑进呆巷，推开黑漆大门，跑进院子，就传来一阵撕心裂肺的嚎叫，"啊——"兰娘娘和几个邻居吓了一跳，赶紧循声跑进呆巷。黑漆大门大敞四开，走进院子，只见玉花瘫在地上哭泣，砖地上躺着一个弯腰驼背的老人，正是玉花奶奶。

医院有人匆匆赶过来，翻来覆去一番检查，确认王老奶奶是脑溢血。大家安抚玉花一番，走出院门，在巷口议论猜测，这玉花的奶奶，临走之前，一定是灵魂出窍，在曲江巷找替身呢！

这样的说法，十分骇人。夜色降临，从玉带河吹进曲江巷的气息，原本清爽明快，但朦胧之中，夹杂了异样的成分。夜晚的行人，就有些惊悚不安。

许多年过去了，这家宅院，搬进姓贾的夫妻。不知什么原因，两口子经常吵架，女人刀子嘴豆腐心，说话像开机关枪。男人反应迟钝，着急起来，就有点结巴，吵架占不了上风。有时赌气，就摔门出走。

一天傍晚，夫妻俩吵了起来。那女人搜肠刮肚地骂脏话，吵得天昏地暗，男人犟脾气，转头跨出大门。夜色向晚，月光熹微，黑漆大门突然响起来，声音很大，咚咚咚……似乎是在捶门。女人一边下床穿鞋，一边骂着男人："半夜三更，闹鬼啊！"她走到门楼，敲门声依然没停，还是大捶大擂，震天动地。女人意识到不对劲，胆怯地问道："你是谁？"

门外没有回应，依然捶门，声音越来越大，像是在砸门。女人慌了神，扯着嗓子大叫着喊人，砸门的声音才渐渐停了下来。

天麻麻亮的时候，男人疲惫地回来了。女人质问他昨晚去哪了？男人说在亲戚家喝酒。女人闻闻，男人浑身酒气，便放过了他。接着把昨天夜间的事情说了一遍。男人不以为然，认为无非是小偷敲门罢了。

不知过了多久。还是在傍晚时分，女人与男人又为饭菜咸淡吵了起来，男人抬脚就走，忿忿地丢下一句话："哼！这辈子没吃过你烧的好菜——"女人想回骂，又咽了下去。她担心男人走了，晚上那个东西再来怎么办。但男人还是头也不回，跨出大门，女人有些后悔，孤零零地站在桌边，叹着气。

女人的直觉很敏锐，到了半夜，捶门的声音又响起来，一声紧似一声，捶得像擂鼓一样。女人又一次大喊大叫，门外的敲门声却没有停，门框都被捶得吱吱嘎嘎晃动着，似乎马上就要破门而入。

女人心惊胆战，把伢儿叫醒壮胆，又从门楼里逃进堂屋，插紧房门。门闩插紧的那一刻，院门口突然安静下来。第二天清晨，男人又醉醺醺地回来了。女人立刻加油添醋描述昨夜敲门的事。男人不紧不慢地分析，肯定是小偷掌握了自己的行踪，只要自己离开家，他马上就来敲门。不怕被贼偷盗，就怕被贼惦记，一定要把门插紧，万一院门砸开，不晓得是何方神物，那可不得了。

在很长时间里，女人忍着性子，不再跟男人吵架。她怕男人赌气一走，那东西又来敲门。可是，有一天晚上，男人又一次离家出走了。那次倒没有吵架，据说是女人为了什么鸡毛蒜皮的事情，憋气了，脸色不好看，男人就出门了。

那晚，月色朦胧，贾家的伢儿因为拉肚子，跑到巷子茅缸里解大便。女人忘记伢儿还在茅厕，竟然把院门给插上了。过了一会，伢儿在茅缸里听见巷子里啪嗒啪嗒的脚步声，走在石板上，足音很沉重，像是在跺脚。脚步声拐进呆巷，大概到了院门的位置，紧接着，就响起巨大的捶门声，咚咚咚——咣咣咣……比前几次声音都大，简直像在敲大锣放爆竹。

随着捶门频率的加快，院子里传出女人的尖叫："哪个——是哪个！再敲我叫人啦！"敲门声没有停止，反而更加激烈。院子里又尖叫着："救命啊！快来救命啊！"声嘶力竭地求救声和捶门的哐啷声，纠结在一起，周围的空气都颤抖起来了。在这漆黑的夜晚，显得十分凄厉。

黑漆大门咚咚地响，门里的女人哇哇地叫，伢儿拎起裤子，走出茅厕。他胆子大，径直朝自家门边走去。远远望见，门口有一个乌黑的影子。他从地上捡起一块大青砖，使尽浑身力气扔去。那黑影咣当一声，闪躲开去，瞬间无影无踪。伢儿走近门边，朝地上看去，黑漆大门的门槛外只有一只大铁锤和一只空酒瓶，还有一地白酒气味，在月光下闪动晶莹的光点。

这样的故事结局，让伢儿们感到松了口气。虽然结尾让人疑疑惑惑，但没有了惊心动魄的场面，也让大家觉得索然无味。他们的眼皮集体沉重起来，打着响亮又夸张的呵欠，在夏夜里陆续散去。

但是，那笃笃的敲门声，却久久萦回在每个月色迷蒙路灯昏暗的瓦檐口，飘落在曲江巷胆小伢儿的童年岁月里。

夏天的故事

　　早年从曲江巷走出的少年中，我属于耽于幻想不着边际的类型。在键盘上拉出的思维，经常会跨界跳跃。游走于形而上、形而下的边缘，追索文学、艺术、书画、音乐的通感。这种流畅的感觉，可以让写作者穿越岁月和形态，在怀旧中抒发情怀，在想象中拥抱盛景。

　　比如说，这篇文字，从呆巷里的黑漆大门写进夏家庭院，我会莫名其妙地联想到夏天。儿时在夏家院落的逗留，定格在大家穿着汗衫裤头，坐在竹椅上，摇着芭蕉扇，说着哪家婆娘袒胸露怀走光出丑，哪家公公不汰害乱伦扒灰以及一大堆如何消除夏天暑气的闲话。从曲江巷出发的活动，也大部分是在暑假期间。日头很长，太阳挂在西边屋脊上，迟迟不肯西沉，一个漫长的假日，能衍生出像夏天的白昼一样绵长的故事。浪漫的不一定是夏天，而是有往事有友情有浪漫记忆的夏天。所以，年幼时的往事，可以称之为"夏天的故事"。

　　由于幼年的记忆，我一直很喜欢夏蝉，东亭人把它叫作蛞蟭，或者叫作家牛。我们在烈日下走街串巷，爬坡上墙，它们在树丛间应着我们脚步，肆意高唱：知了——知了……那些断断续续的嘶鸣，带着暑气，穿越我们的童年、少年，丰富我们的中年，一直存放到我们的老年。到了这个年轮的回忆里，它已经脱去暑气，再没有烦劳聒噪，显得温柔起来。温馨了过往时光，沉醉了岁月流年。

呆巷里的夏家，是木匠世家。他们引以为骄傲的，乃至整个曲江巷引以为荣的，是当时东街人民大会堂正立面高墙上两只硕大的木雕和平鸽浮雕，是从他父亲手下诞生出来的。曲江巷里的人们，每次走到东十字街，就会有人特别提醒："嗨，快看看呃！大会堂门楼上那两只和平鸽，就是我俫曲江巷夏四伯伯雕的——"东亭城再没得这样的巧手了！

大家认为，与这样出名的手艺人为邻，是曲江巷的集体荣幸。但是，夏家弟兄四人，只有老三继承了祖业，跟着父亲做这项可以流传百年，十分光荣亦十分劳累的手艺活。老大在日杂公司做管理工作，虽然个头不高，但有时夹着皮包，在曲江巷石板上走出走进，很有点管理干部的格式。老二成年后招工进入机械厂，经常在太阳靠近西边屋脊时，穿着满身油污的工作服，下班回家。如果碰巧有巷风吹过，可以有幸闻到他身上浓烈的机油气味，那是一种凛然的工人阶级气息。他的婆娘，一个漂亮的无锡回城知青，或许正是被这种纯正的无产阶级气息俘虏，走进了呆巷。

曲江巷"孩子王"夏老四，大名楚俊，有少儿领袖的沉着、机智、勇敢和力量。这领袖做到18岁，受了二哥的影响，也与机床打起交道。他天资聪颖，自学成才，通晓模具工艺和车工手艺，可谓青出于蓝而胜于蓝。他的人生，也有插曲。学艺之前，响应国家号召，下放农村，到80里开外的三仓人民公社，在广阔天地接受贫下中农再教育。

记得我们在黄海之滨的红战校上高中，饥肠辘辘。为了看望儿时领袖，更重要的是为了吃顿饱饭，在烈日炎炎下，从八里风洼长途步行60里到达三仓乡村茅草屋。当晚吃了八个糁儿饼，喝了六斗碗糁子粥。

肚腹之中，仍然像只空洞的口袋，又像个巨大深邃的无底洞，最后顺带把咸菜黄豆一扫而光。结果撒了四五场尿，放了无数个响屁，谈了几个钟头心。聊到眼花灿烂，顺嘴胡言，然后心满意足地在周围夏虫的嘀咕中，酣然入睡，完成了此行目的。

当年，呆巷子里的夏家，房间多、院子大，就把朝东两间房舍拾掇出来，租给王大奶奶居住。这样，我们从小就接触到她的儿子——年轻的书画家益赋。据说他是王大奶奶抱养的，但视同己出，从小娇生惯养，真是含在嘴里怕化了，捧在手上怕摔了，宠惯得不知如何是好。

益赋小名叫拽小，拽即拽的意思，也有敦稳的含义，是怕他半路走了，家里人能拽住他。巷子里老人说，拽小在童年时，戴着银项圈、银手镯、银脚镯，脑勺子后面留着小辫子，十分讨喜可爱。他天资聪颖，勤奋好学，模仿郭沫若，写得一手郭体书法。又擅长花鸟画，经常大笔写字，大幅作画，是东亭城出道较早的书画名家。

拽小的性格，与他写字、作画一样，讲究章法，有条不紊，做事精益求精，逸事逸当。早早吃过晚饭，就把方餐桌上的碗盏一一顺开，用抹布细心地擦上两遍，等水汽风干后，垫平毛毡，铺上宣纸。再一一安置好笔墨水洗、颜料色板，然后凝神静气，沉思良久，忽然来了灵感，嚯地起身执笔，郑重点落提按。几团色块涂抹开来，又近观远望，犹豫再三，几经辗转反复，还是摇头叹气。干脆把宣纸揉皱，撂到一边，按部就班，蘸墨添彩，重新开始。

那时，拽小是曲江巷伢儿们的偶像。当一群失学少年，还在夏日午后东游西走攀爬滚打的时候，拽小已经老成持重地摇着芭蕉扇，研究正经学问了。人们说，百岁不讳事，还是个伢儿家，拽小早早讳事，成家立业娶了个如花似玉的美人为妻。又早早地做起学问，凭着自身功力，名声不胫而走，这样一想，就感到天工开物，造化神秀，非凡了得。

拽小自学成才，在东亭城就有一批文朋艺友。一帮气质不凡文绉绉的友人，常常走进呆巷，与他交流切磋。夏天炎热，在家不耐烦，串门的多了起来。一些舞文弄墨的艺人，走到铺满月色的天井里，摇头晃脑地吟哼起东亭城周边流行的下河调：

> 吃酒要吃状元红，
> 访友要访好宾朋。
> 唐王访的薛仁贵，
> 文王访的姜太公。
> 山伯访的祝英台，
> 李得宝访胡必松。
>
> 刘备、张飞访关公，
> 孙二娘卖酒访武松。
> 我侬今朝访宾朋，
> 访到拖小好弟兄。
> 欢聚一堂情意浓，
> 吃酒吃菜我"会东"。

"会东"是东亭城土语，意思就是做东买单。文人骚客，肚子里灌了墨水，常常嬉笑怒骂，放纵情怀。盯着夏家宅院走来走去风姿绰约的女人，就与拖小开起玩笑：继续哼起尚算素清的下河调：

> 老王家，去年子，建的新瓦房。
> 桌子上，摆的菜，鱼肉好几样。
> 不喊妈妈吃一口，
> 只喊娇妻来尝尝。

只要你，欢喜吃，养得白又胖。

老妈妈，在一旁，心中自思量。

养儿子，建房子，吃苦为哪桩？

如今儿子换思想，

娶了婆娘忘了娘。

想起来，真悲伤，两眼泪汪汪。

那边娇妻有了意见，柳眉竖起，杏眼圆睁，娇嗔道："哪个没相管，丫子乌，嘴作贪，编制这流绿痰，真是嚼糟包……"

文人墨客看到美人佯怒，摇着芭蕉扇、纸折扇，笑得前合后仰。娇妻索性抄起鸡毛帚，做出架势，一帮文人嬉笑着，连忙起身，作鸟兽散。

夏日向晚，曲江巷伢儿从巷子两侧纳凉的竹椅板床上溜出来，踩着月光，聚集到夏家大杂院，在拙小的画桌兼餐桌前，把脑袋很均匀地分布在画案边。头顶25瓦灯泡照耀，周边油盐姜葱气味飘浮，看他慎重踌躇酝酿，看他埋头写字作画。这种情景，一直留在伢儿们的仰望之中。若干年后，当我们也跨进文化艺术行列，尝试在宣纸上勾描涂沫时，"饮其流者怀其源，学其成时念吾师"，就会想起那盏25瓦的电灯泡和散发着葱油味的方餐桌。

光阴似箭，岁月流转，这种早年的仰望，一直持续了40多年。曲江巷里，从开裤裆走向成年的玩伴，东亭城里，从事文化艺术的同人，对他的创作功力和求索精神，都十分佩服。益赋花甲之年，举办书画展，我为他慎重写序，念起这些陈年往事，顺手写出标题，叫作《早年的仰望》。

八、艾色美人

禊望

己丑年色勇

呆巷红蛾

当年，扽小的娇妻，已经在我的长篇小说《狐雕》中隐约出现，她的大名叫龙珠。

1969 年春夏之交，曲江巷迎来了这位 18 岁如花似玉的黄花闺女，新娘子的到来，给年迈苍老的曲江巷以及呆巷带来了勃勃生机。

小名叫扽小的益赋，到了 18 岁，有了好工作，进入供电局。经常戴着头盔，全副武装，骑着"永久牌"自行车，在大街小巷巡查线路。虽然个头不高，但马靠鞍装人靠衣装，穿上工作服，走出来十分威风。加之能写会画，西十字街供电局门口，经常挂着他新郭体的大字横幅，吸引了不少姑娘的眼球。

在他 24 岁时，好事来临。有人给他介绍对象，带他前去相亲。当龙珠袅袅婷婷地走出房门时，扽小眼睛一亮。眼前的佳人，倒是不折不扣的美人胚子。恋着一个人，需要一辈子，但看上一个人，只要一秒钟。这些情景，都纤毫不漏地落在旁边王大奶奶的眼里。毋须多言，刹那之间，尘埃落定。这桩亲事，就这样愉快地决定了。

那年的龙珠，只有 18 岁，里下河一带，都以虚岁示人，不像南方诸省，你问年岁，他说实实在在的数字：十七岁零两个月。如果问到幼童，家长回答更加具体：两岁两个月零两天。龙珠属龙，当年说是 18，只是虚岁，周岁刚刚 17。当然，人们平时回答数字，往往蕴含着内在的意愿。她也是世家子女，祖上经商，颇为富有，富足之余，就向诗礼簪缨靠拢，有不少诗书遗存。龙珠姊妹三人，从小受到家庭熏陶。琴棋书画多有涉猎，也算闻名一方的美女、才女。

龙珠 18 岁那年，按照政府要求，全家下放新曹农村，在潘堡河边，八里风洼安家落户。古人云："三世修不到城脚下"，为了保住城镇户口，龙珠必须马上出嫁。这个当口，正好来了拖小。龙珠家庭成分偏高，拖小是工人子弟；龙珠是下放农村的对象，拖小是戴着安全头盔的工人阶级；龙珠喜爱琴棋书画，拖小善作书画文章。双方你情我愿，一拍即合。在这种特殊时期，立即着手，筹备办事。两家商议，干脆两场小麦一场打，免去定亲、订婚诸多仪式，闷声大发财，俯就办了两桌酒席，便嫁到曲江巷王家。

龙珠的出现，照亮了呆巷，也照亮了曲江巷。谈不上惊艳四座，但确实引起一阵轰动。曲江巷的内容，也更加丰富起来。巷子里来来去去的人们，走到呆巷口，总喜欢朝里张望，盼望一睹芳容。她也不是小气之人，不就是望望脸盘子、望望膀子、大腿吗？碍到我什哩了？

有好事之徒，在呆巷口没望到龙珠，却看见龙珠弟弟小杰，蹦蹦跳跳从巷里窜出来，便一把抓住他，问道："你姐姐还在睡觉啊？"

小杰朝行人瞪一眼，挣脱开去，溜走了。

行人淫邪地笑，戏谑道："这么漂亮的小姐姐，送到曲江巷把人糟踏，不划算呃……"

到了盛夏，人们坐在巷子两侧的竹椅上，摇着芭蕉扇，嗒呱聊天。龙珠从家里搬出晒伏用的椭圆形大竹匾，穿着小背心，三角裤，四脚朝天仰躺在竹匾里乘凉。巷子里的老人，望见这种做派，大吃一惊，摇头闭眼，啧啧龇嘴。有人小声叨咕："年纪轻轻的小媳妇，怎呃这调儿？"天长日久，一来二去，也见怪不怪，各管各事，不再多话。龙珠对巷子里的脸色，视若不见。各人有各人的自由，不就是图个凉快吗？只要关键部位遮掩好，哪个想望就让他望，小心望到眼睛里，拔不出来。叫那些讨嫌的人，生眼屎害眼睛拱疔疮，我是毫发无损。

曲江巷的行人，陡然多了起来。一些年少轻狂的毛头小伙，从河边上街办事，走到茅缸边，折返回头，又一次经过龙珠的竹匾，眼睛就朝她雪白的乳沟和大腿剜去。龙珠知道这些发亮的眼神，不动声色地摇着芭蕉扇。有人走来走去，觉得不过瘾，故意靠近竹匾，磕绊一下。这就过分了，龙珠傲起身子，骂道："你俫这些坏胚料，怎呃这么不汰害，赶快滚家去，叫你家妈妈脱光，细细作作看看……"

毛头小伙见到龙珠发火，脚下抹油，溜向河边，爬在广济桥栏上，跟着南园上的乡民，迎着东来的河风，哼起《偷情五更》的乡俚小调：

一更鼓儿敲，月儿照芭蕉，我劝朋友们，婆娘要少嫖，
嫖婆娘的人呀，日后没巧讨。
红胭脂乌眉毛，八等个子水蛇腰，这位大姑娘，生得多俊俏，
踏住后脚印呀妹子哎，才郎跟你跑。
二更鼓儿急，月儿往上行，嫖婆娘的人，都是夜摸星，
黑夜里头走呀，脚下看不清。
大路不敢走，小路朝前奔，转弯抹角的，生怕遇到人，
活活抖抖的走呀妹子哎，跑到你家门。
三更鼓儿连，月儿照窗前，嫖婆娘的人，下了大决心，
不把你弄到手呀妹子，一世不安宁。
衣裳随你做，钞票跟我要，真心依靠我，什哩总不怕，

情投意合的呀妹子哎，今晚并蒂莲。

四更鼓儿鸣，月儿往下行，嫖婆娘的人，见到姑娘面，

说的漂亮话呀，实在真好听。

情哥哥你听好，外面有风声，几个恶光棍，发了多少狠，

哪天碰到你呀哥哥哎，不放你过生。

五更天明亮，金鸡闹嚷嚷，嫖婆娘的人，穿的新西装，

几个恶光棍上呀，剥得精大光。

麻绳反背绑，竹条抽身上，请人来调解，钞票用掉好几张，

嫖婆娘的人发誓，只上一回当……

龙珠不睬这帮没出息不汰害的小伙，她自有情调，喜欢看剧追星，嫁入王家，就在房间床帏间，贴满了《红灯记》《杜鹃山》的图片。伢儿们进了夏家院子，她老远招手，指着墙上拎着红灯的人，问道："兄弟，这个刘长瑜可好看？"

大家傻傻地点头，"好看，好看……"

她扑哧一笑："把这个铁梅介绍给你俫做婆娘可好？"

伢儿们正在向青春萌动期靠拢，顿时感到受宠若惊，又感到诚惶诚恐，似乎马上就要行迎娶之礼，陡然生出受之有愧却之不恭的感觉，一会儿头点得如捣蒜，一会儿头摇得像拨浪鼓，不知所措。

看到伢儿们点头、摇头，龙珠很认真地说："怎呃了？我总看上铁梅了，恨不得把她娶家来做婆娘，你俫还一歇点头一歇摇头？不晓得人家可肯呃！这样吧，要么帮你俫介绍柯湘。"

当年这些戏剧明星，好像都在龙珠的意念掌握之中，说得有滋有味。许多年后，回想起来，十分有趣。有时，怀念旧日经历，并不是把过去的东西搬到现在，而是从现在搬运东西到过去，用成年人的眼光，欣赏幼年的稚嫩，用成年人的思维，照亮过去的旮旮旯旯。

那些盛夏季节，有儿时玩伴的愉悦，有青春期交往的懵懂，日子就过得很快。龙珠虽然初为人妻，但年龄与曲江巷毛头小伙相仿，还有顽皮天性，加之尚未正式参加工作，便与我们一起成群结党地玩耍。穿着三角裤、吊带衫，打球、打牌、游泳、拉吊环、举哑铃。有人说她是赛小伙，有人喊她哥儿们，还有人叫她小狐狸。她眼睛轻蔑地一乜："别睬这些丫子乌，让他俫打屄瞎！我是生成皮毛长成骨，就这样子，自家欢喜的日子，就是最好的日子，自己欢喜的活法，就是最好的活法。"

夏日傍晚，我们从楚俊家搬出小桌，在呆巷里打牌。年长的楚俊提议，谁是输家，就自己扒下短裤，大家心怀鬼胎，拉手约定。于是牌桌上锱铢必较，一着不让，要把对方打得脱了裤头。第一局，龙珠和楚俊输了，周围一阵欢呼。想到他们要脱短裤，又有些青涩的害羞。没等大家激动完毕，龙珠已经率先脱下裤头，几人眼睛一乜，原来里面还有肉色三角裤。楚俊转过身去，露出白白的屁股，也算是兑现诺言。

呆巷夏家南侧厅屋，屋梁上系着一对吊环。伢儿们经常拉环锻炼，龇牙咧嘴比赛引体向上的次数。龙珠巾帼不让须眉，在吊环上用劲。胳膊抬起，拉住吊环，腋窝间几丛灰黑色的细绒毛裸露出来。一群半桩大的小伙头儿，受了触动，眼睛发痴，心猿意马。突然龙珠"哎呀"一声，蹲到地上。大家围绕过去，却发现她短裤渗红了一片。伢儿们七手八脚，搀扶她回到西侧王家。只听得王大奶奶惊呼："不得了了，作孽呃，这个时辰，还能去拉吊环啊？真是年少不懂事啊！"

此次重大事件发生，夏家拆除了吊环。从此，王家齐心协力，注意保胎，保出了一双优秀儿女。儿子小萌，中国科技大学毕业，曾跟随丁肇中在欧洲从事高能物理研究。女儿小敏，是江南大学美术系教授。龙珠中年打陈式太极，唱程派青衣，有板有眼，有滋有味。让人联想起少年时房间床帏间，高举红灯的李铁梅和挎着驳壳枪的柯湘。

小窄巷

现在，这篇文字的叙旧段落，流连在呆巷记忆里，继续描述这条巷子的物化形态。

呆巷底部，桂玉嬢嬢家南墙西侧，开出一道小小门楼，通向一条幽深的巷弄。也许因为这条巷弄太小太窄，恰似东亭城老人称作的一人巷，一直没有人给它取名，我们暂且叫它小窄巷。

小窄巷与曲江巷平行，弯弯曲曲向南延伸，通向玉带河边，一直通到陶文井理发店。因为呆巷始于曲江巷中部，小窄弄从呆巷开始起步，因此，它的长度和体量正好是曲江巷的一半。扩大一点想象，它就像曲江巷主干的分枝，又像是陪伴着曲江巷的侍童，在悠远的岁月里，由北向南，延伸铺展着爱恨情仇的陈年往事。

东亭城的街巷，弯儿曲儿，拐角处有青砖垒砌的不同形状，倒像是为一群幼童捉迷藏精心设计的各式模样的场景。这条小窄巷，早年是一条长长的过道，到了小巷中部，向西又铺展出一方狭长天井，两座三开间七架梁的大屋相对而立，自成体系。如果你穿越时空，走在 20 世纪末的小窄巷，还会听见厅屋间的红灯牌收音机，播放一些不新不旧的经典歌曲。幼时不知曲中意，再听已是曲中人。以前的你，回不来；以前的巷，也回不去了。

小窄巷天井里，有四户人家，朝南三间，东边住着药店师傅赵希朋家，他的两个儿子，早年出去工作，很少在巷子里出现。西边住着开布店的李桐柏一家，老一辈人总是把东亭城里的绸缎庄、洋布店统称花扯布，到布店扯布，叫做到花扯布扯布，虽然绕口，也是约定俗成的习惯叫法。这李桐柏是花扯布的掌柜，还是花扯布的会计，年代久远，不得而知了，大家只叫他花扯布，或者叫李爹。对他的行当，概念模糊，却对他的宝贝女儿，印象深刻。

曲江巷少年人，在物质匮乏的贫瘠年代，缺乏营养，但荷尔蒙肾上腺之类，一点儿不让富庶人家子弟。旧时代的女人，叫桂兰的特别多，李桐柏家有个漂亮的独生女儿，也叫桂兰，五官精致，身材苗条，打着两条长辫，经常在巷子里姗姗娉娉地行走，大眼睛长睫毛，一闪一闪的，流露出怯怯的眼神，让人心生怜爱。玉带河两岸的小伙，看见李家姑娘的高挑身影，就像一群骚公鸡，颠三倒四狗屁不通地乱作比喻，过过嘴瘾："你像春风啊太暖心，你像演员啊太现代，你像女朋友啊太温柔……"巷底广济桥河边有两个小青年，平日里枔嘴薄舌，油腔滑调，编出几句顺口溜：

曲江巷里大姑娘，
脸盘长得真漂亮，
走一步来摇三晃，
看得我俫眼发亮。

……

李桂兰不睬他们，叨咕一声："死不汰害的东西！"他们却不依不饶，像发情的公狗，凑了过来。桂兰姑娘大辫子一甩，加快脚步，往小窄巷里溜。那边李爹已经站在门口，双手叉腰，威风凛凛，有如怒目关公，立马横刀。几个小伙看见李爹，望而生畏，加之心存侥幸，不晓得往后如若加倍努力，能不能让他做了自家的岳丈泰山，现在更要把握分寸，留条后路，不敢贸然造次。于是赶紧后退，作鸟兽散。

听说，有天晚上，桂兰从街上回家，经过巷头曲江浴室的高墙边，路灯昏暗，人影绰约，墙头脚下，灰蒙蒙一片。她被头顶上簌簌抖动的枝叶吓着了，心惊胆战地勉强走进呆巷，一头遇见夏家院子里窜出来的黑虎，汪汪地狂吠几声，吓得她花容失色。到了小窄巷门楼下，又想起小脚奶奶的传说，简直是步步惊心，毛发悚立。挣扎着回到家中，哭了一场，病了三天，从此天近傍晚，就不敢到巷子里走动。让一些活蹦乱跳的毛头小伙，失去了花前月下、夜色浪漫时观赏美景、美人的机会。

小天井里，朝北三间厅屋，东边住着一个哑巴。他姓乔，在染织厂工作，大家便叫他乔哑巴。听说哑巴的脾气很暴躁，也许是长期不能与人沟通交流，引发的憋屈情绪。这乔哑巴一天到晚哇哇啦啦，不知道要说些什么，人们不敢也不便与他接触。只知道他妈妈乔老太，原先是这小窄巷几幢房子的主人。以后私房收归国有，其他住户成了国家经租房，唯有乔老太一间半的房产属于私产。政府对她网开一面，没有彻底没收。

乔老太去世后，乔哑巴更加孤苦伶仃。好在小天井里，几户人家有菩萨心肠，对他帮衬照应。有一次，哑巴到新坝买菜，回来用秤一称，摊贩短斤少两。对门的李大奶奶，气愤不平，一手拉着哑巴，一手抄起哑巴的竹篮，去菜场讨公道。哑巴生病在床，邻里马上端茶送饭，帮助照料。在幼时记忆里，倒是从未见过曲江巷邻里之间争吵斗殴，用现在的习惯用语，叫作和谐共建太平巷。

朝北厅屋一侧，还住着孙家。家长大名景贵，是制鞋厂厂长，女人姓李，有大家少妇之态，似乎一切淡然于心，从容于表，优雅自在地生活。他们有个女儿小琴，眉清目秀，白白净净，是耶叔家小电影的热心观众。虽然年方髫年，未及金钗，却对军人十分崇拜。曲江巷有人参军入伍，便让妈妈购买精装笔记本，在扉页写上"鹏程万里"四个大字，然后摇曳着裙摆，郑重地送给远行的年轻人。从曲江巷走向军营的少年，带着四字祝愿，驰向铁轨云端处的诗和远方。当年的一颦一笑，一举一动，依然清晰，像极了旧小说中让人神魂颠倒的女孩，让人隐隐约约找到一种初恋的感觉。

小窄巷向玉带河方向，过了几间附屋，一座庭院，就是陶文井家三间住房，连接着河边一片朝南店面。这是位资深理发匠，伢儿们称他为陶大大。东亭城里称理发为剪头，小时候，头发长得快，不到一个月，大人就要督促："头发长，见识短，眼睛小，度数高——头发长了，像个讨饭花子，剪得呃了。"给出一角钱，紧赶慢赶，出门到陶文井店里剪头。

每次剪头，都像过一道刑罚。陶文井店面，邻近玉带河，河边砖道是南园经过曲江巷上彩衣街的必经之地，每天人来人往。加之陶文井是位老理发匠，手艺好，顾客自然就多。理发推子没有停歇之时，平日又没空打磨护理。那推子架到头上，连推带拔，十分疼痛，不由得左右躲闪。陶大大以为小伢儿调皮，便以长辈口吻教训，不断呵斥："别动别动，在外头厌呃不歇，剪个头总不得安生……"说着，咔嚓咔嚓——从颈项里径直向头顶推去，小伢儿疼得龇牙咧嘴，陶大大视而不见，无动于衷。

至于发型，小伢儿是不必讲究的。理发回家，长辈会掰着伢儿的头，像检查捋过毛的猪头，细细作作地转过来，掰过去，挑剔一番：这里长了，那里短了，这里毛还没刮掉，头发硬得像猪鬃，活剥剥一个雌哑巴，这种发型难看呃疯了——"下一回在家里，我倷帮你用薄刀刳刳……"

星月迷蒙

庚子年立秋时节，一位须发皆白的前辈，站在旧时魁星楼的方位，侃侃而谈。他说，早年曲江巷窄弄里，两座大宅之间的天井，比现在大多了，向西延伸，有古色古香的月亮门，通向丹桂巷东侧大宅院。宅院里又有几户住家，故有八大家一说。

据说，曲江巷通向丹桂巷的宅院，就有这位前辈祖上开设的书场。书场门楣上方，两只大红灯笼，迎风摇曳。扬州评话、苏州评弹、高邮道情、苏北淮调，轮番登场，渲染着旧时代的文化风情。往事迷茫，旧景依稀，许多人对那种褪色的场景有些向往，又有些懵懂。经年累月，时光流逝，星月迷蒙，照不清老宅院风景。似乎是隔河烟火，隔代风景，已经不能一一捡拾。

上节说到，从乔家山墙向南，几间方方正正的附房，一方剔角崭方的邹家庭院，小时候，我们总是把它们想象成方方正正的故事。这些故事，发生在邹家天井里，窄巷过道间。

邹家家长叫红宝，曲江巷的幼童，喊他红大大。原先这座小庭院，并不姓邹，而姓黄，黄家生了两个女儿，两个女儿之间，夭折了几个，所以年龄相差 10 岁左右。巷子里的伢儿，称她们为大姨娘、小姨娘。大姨娘及笄之时，黄家借着殷实的家底，一心想招上门女婿，来延续黄家香火。但大姨娘一只眼睛因幼年眼疾，几近残废，脸上破了相，上门求亲的寥若晨星，何谈上门女婿。经过几番周折，好说歹说，终于如愿以偿，把红大大从街对面缪家巷招进了曲江巷。

因为这层原因，加之黄家父母日渐年迈，红大大到了黄家，就能做主说话，俨然一家之主。过了一年，添了千金，家庭地位更加把实。虽然红大大人高马大，身强力壮，每天晚上也很用功，奋发努力，想为黄家添个男丁。但用东亭城方言说，不知日呃什哩鬼，年轻的大姨娘以后再没有生育。黄家父母，也在等待和抱憾中先后离世。

时光如水，小姨娘到了及笄之时，出落得花容月貌。恰似在黄家诗礼世家土壤上，长出的娇嫩而又雅致的鲜花。人性是经受不住考验的，红大大看着眼皮底下俏丽景色，一只眼睛闪烁着疼爱的光芒，另一只眼睛却燃烧着男性的欲火。这道坎，精力旺盛的男人是跨不过去了。共同生活在一方不大的庭院里，也没有月黑风高，也没有爬梁越货，一来二去，自然得手。至于小姨娘怎么就肯了，有人说是日久生情，两相情愿，有人说是红大大身高力大，强力胁迫。夜深人静，在一个屋里发生的事情，谁也弄不清爽。

事情全过程，大姨娘丝丝缕缕，自然看在眼里。她原本性情温和，又因为自身缺陷，在红大大面前矮了半截，如何敢于阻拦？也就睁只眼闭只眼，随他们去了。毕竟是自家姐妹，亲上加亲，互相也有个照应。用红大大的话说，这是肥水不流外人田。于是三人同床共枕，红大大快乐地生活在温柔乡里。久而久之，这种一夫二妻的状态，也得到了曲江巷公众的认可。

当年的小姨娘，生得十分精致。椭圆形的脸盘，白润如玉，一双细眉大眼，笔直的鼻梁，轮廓分明的嘴唇，加上她会修饰打扮，经常披件蓝色布衫，衬托着白净皮肤。偶尔一袭丝绣旗袍，把凹凸有致的身材，勾勒得摄人眼球。有一年盛夏，巷中闺蜜相约她到玉带河戏水游泳，她穿着白色汗衫裤头，漾入水中。过了一阵，再爬到岸边，白色衣衫受水浸泡，红色乳晕、黑色下身，纤毫毕露。她脸色羞红，捂住重要部位，仓皇逃窜，一路上震惊了玉带河边的行人。河对面南园上有两个痞子，专门捕捉惊艳风景，这时在对岸敞着嗓门死声纳气地喊叫："小婆娘怪一怪，下河洗青菜，遇到个绿田鸡，咬掉半个屁……"

与红大大同房以后，小姨娘从未有喜，这就让人们开始怀疑身强力壮的红大大的生育能力。若干年以后，人们传说，小姨娘与玉带河对岸一个化渣儿（地痞）有染。有人一边传递信息，一边可惜得跺脚摇头叹气，一个大家闺秀，怎呃活剥剥栽在一个二流子手上。思来想去，只恨这等好事，没有落到自己身上。

此事得到验证，是一个秋日的夜晚。那个化渣儿，酒后乱性，乘着红大大坐船到泰州发货，竟然领着一个对小姨娘垂涎已久的酒肉朋友到窄巷里轮奸情人。有人说，怪不得那天晚上，小窄巷里有揪扭之声、哭泣之声，更有好事者，加油添酱，还说听到呻吟之声、噼啪之声。甚至听到小姨娘哼道："我吃不消了，求求你俫放过我吧——我倒了八辈子霉，真真瞎了眼，看错你了……"

据说，事后小姨娘在家里坦白了一切。红大大脸色阴沉，疯癫一般在天井里转圈子，然后用力推倒堂屋间的博古柜架，青花瓷瓶、珐琅彩罐摔了一地。但终究没舍得对小姨娘动手，倒是噼噼啪啪打了大姨娘和自己几个耳光，说她一个大活人，只晓得在家挺尸，深更半夜，没有看好妹子。接着，又领着大姨娘、小姨娘到派出所报案。

小窄巷里的事件，层出不穷。还有人神神叨叨地说，在乌灯熄火时分，走进小窄巷，看见传说中的小脚奶奶。

曲江巷西侧的丹桂巷，两侧砖墙上有不少尖头小脚似的洞穴，据说洞穴里面住着小脚奶奶，白天不见踪影，偶尔夜晚出来游逛。所以，到了晚上，丹桂巷很少有人行走。现在，这小脚奶奶，却顺着旧道，走进了曲江巷里的小窄弄。迷蒙月光下，只见她满头银发，扎着黑绒船帮帽，穿着黑色大襟褂，一双粽子般的小脚和一根弯曲的拐杖，在青砖地上颠颠笃笃地行走。

行人停住脚步，只见她眯缝着眼睛，四处张望，还呼哧呼哧地喘着粗气，这种情景，十分骇人。行人壮着胆子，大声佯咳，对面小脚奶奶竟然也大咳一声。行人头皮发麻，魂飞魄散，转过身子，踉踉跄跄朝呆巷里奔去。

现在想来，在那星月迷蒙，人影憧憧之夜，行人与小脚奶奶的遭遇，也不知谁吓着了谁。当时的情形是，行人仓皇逃窜，辗转回到家中，抖抖索索告诉家人窄巷之遇。第二天，有人又作补充，说某月某日某夜，望见小脚奶奶，拎着竹篮，在玉带河边汰洗衣物。只见她抖动竹篮，把篮子里的衣物，哗哗啦啦撒向河面，让它们顺水漂流，在远处水面上旋转。然吹一声口哨，像唤鸡仔一样：哦啰啰啰……荡漾在河面上的衣衫，又归拢过来，很乖巧地钻进竹篮。接着，小脚奶奶在河码头上，金鸡独立，翘起一条腿，脱下粽子般的绣花鞋，扔到河面上，又翘起一条腿，把另一只绣花鞋也扔到河面上，人就悬空飘浮在码头上。两只绣花鞋在河里沉浮跳跃，搅动月光。小脚奶奶观戏一般，拍着巴掌。再细细呼唤一声，绣花鞋颠覆着上岸，又套到小脚奶奶脚上。小脚奶奶站定在码头上，拎起竹篮，不慌不忙，在河里慢悠悠地荡几下水，尔后起身，颤巍巍地颠着小脚，上得码头，突然不知所终。

几种传说，弄得人疑三惑四。到了傍黑时分，人们就很少进入幽暗的小窄巷，这里发生的一切，对于曲江巷宽敞的大环境，倒是没有产生过多影响。

九、玉色故人

曲江巷

曲江巷十一
粤记事
岁月匆：
走过眉
眼回头
望长街
曲巷
旧影酩
酊
戊戌年
老雪
于东亭
祥瑞巷

曲江巷十一号

走出呆巷，向南拐弯，按照方位顺序，对着程家山墙，朝西第一个高高的门楼，是我的老家。许多年逾花甲的同学、战友，至今清晰地记得那座高高的门楼以及嵌在大门框上蓝底白字的门牌号码：曲江巷十一号。

从彩衣街头，进入曲江巷，向南到玉带河边，有三个高廊檐门楼，十一号是第一个高台阶。门口四级石条台阶，两侧磨砖削水坡面，把四层石阶夹在中间。跨上台阶，上方是水磨砖门楣，门道两侧拐角处，有"如意吉祥"角砖镶嵌。门槛很高，两扇大门合拢，与门槛斗缝合榫，大门杠一闩，便把喧闹的尘埃隔在外面。可以想见，当年祖辈营造房舍，构划设计，花了一番心思。

进入门庭，要经过5米多长的门楼，作为平日进出缓冲地带。穿过门楼，一方天井，被四周青砖铺设的廊檐包围。天井中央，侧砖镶嵌着"福"字，周围用小望砖铺成方形条纹。天井北侧，是与耶叔家分隔的高墙，这堵高墙，又是南侧堂屋的照壁墙。记得很早的时候，墙上有砖雕图案，是福禄寿之类的吉祥花纹，似乎还有蝙蝠文钱之类雕饰。对墙上砖雕的寓意，那时不大弄得清爽。

印记在童年最清晰的印象，是在寒冬腊月和盛夏伏月，这堵墙具有十分现实、十分新鲜又十分浪漫的意义。它与过年的美食，联系在一起。进入腊月，家人总要买回一只猪头，一袋鲤鱼，一串猪下水，或是几只鸡鸭，用盐腌制好，挂在墙缝间的钉子上，那是一种可以用鼻子闻见的景象。这堵墙，又与夏日的幻想和漫唱，联系在一起。到了盛夏，照壁墙斑驳的砖缝间，有蟋蟀出没，月上中天，它们在丝瓜叶摇曳的阴影里，在照壁墙各种形状的斑驳图案中，高一声、低一声，此起彼落，吟唱炽热激昂的情绪。吟唱声伴随漫漫长夜，整个夏天的夜晚，都蕴含着生命的张力，显得生动有致、丰富多彩起来。

从洒落记忆的天井，走入堂屋。檐廊下，竖立着八爿落地格扇。房檐不高，格扇不大，但很精巧。裙板上，雕镂着梅兰竹菊、八仙过海、和合二仙、刘备招亲的图案，一点一线，一枝一叶，深浅匀称，做工细致。这些格扇，三年困难时期，都换成了玉米、山芋。空留着上下门槽，像拔光了牙齿的上下牙槽，孤守了数十年日月交替的影子。

跨过格扇门栏，堂屋间置放着长条家神柜，供奉着德化白瓷观世音菩萨。两侧各有一只勾画仙人图案的开窗帽筒，插着长条香盒、鸡毛掸子。家神柜两侧带铜扣的抽屉，家人们在天气转暖的春夏季节，竟然用它做过酱油豆，储存过泛着白花上了醭的豆豉。至今我也不明白，为什么那时要用这一对精致的木抽屉作为腌制储存的容器。现在想来，还是匪夷所思。

家神柜旁边，西侧壁板前有一只磨得油光水滑的竹碗橱，置放碗盏瓢勺。这是一件旧物件，因为它储存过各类食物，我们弟兄姐妹对它另眼相看，显得很亲切、很温馨甚至很甜蜜。堂屋东边，靠近东侧壁板，摆放一张斗拐大方桌，也是年代久远，包浆厚重。父亲和哥哥，曾在油罩灯昏暗的光芒里，坐在上岗子的位置，凝神注目，打算盘，记账簿，写材料。两侧鬃漆壁板上方，贴着我15岁那年暑假在红色浪潮中勾画的毛泽东不同时代的画像。

厅屋两侧，用壁板隔出两个厢房，东房间窗棚格子与厅屋檐廊平齐。西房间向前伸出，半截矮墙，半截窗格，连接向大门楼。朦朦胧胧记得，比我小了5岁的薛家长房长孙在一个月朗星疏、晨曦初起的时分，出生在东厢房。我揉着尚未睁开的眼睛，跟着家里的哥哥姐姐们，站在东厢房门与壁板的连接处，听着房间里的嘈杂声，打着悠长而连续的哈欠。那时并未弄清，这个时辰，对于薛家来说，具有划时代的历史意义和现实意义。

一会儿，当东厢房里婴儿啼哭和远处报晓的雄鸡以及南门口汽笛声一起，非常有韵味地合鸣时，挤在堂屋间侧耳听声的长辈们，欢欣鼓舞。这是薛家的香火延续啊！父亲、母亲，当时就升格为爷爷奶奶，欣喜万分，毫无目的地跑进跑出的忙碌着。过了一会，父亲从昂奋中冷静下来，抖索着在家神柜观世音菩萨面前点起一炷香，双手合十作揖，又趴在蒲团拜垫上，叩了三个响头，感谢菩萨的恩赐。

在这座百年老宅里，我经常沉浸在怀旧的情绪中，不仅回忆过去的情景，而且与生命中的亲人和经历，呼应联系，寻找渐行渐远的归属感。

天井东侧，东房间窗外有一小块空地。小时候，我和姐姐悄悄把东墙下的砖块撬了，围成一块长近4米、宽约1米的地块，种上丝瓜籽，浇透了水。每天早上起床，就蹲在院墙下等着瓜苗出土。一天早晨，旭日东升，光芒万丈，小土坑里，青苗在土块隙缝间，露出尖尖的芽瓣，把嫩绿的生命，展示在砖缝之间，蓝天之下。我们一阵欢呼，凝视着一丛具有生命力的劳动成果，兴奋不已。

那几天，我们经常在天井里转悠，看着小青苗一天一天长大长高，细细的尖芽，沿着斑驳的墙壁，向上爬行，那种感觉，十分美妙。父亲见我们刨开天井地砖，种上了丝瓜，有些生气。他很古板地讲究家庭秩序和环境整洁，大声说："这天井又不是大田，种些什哩没相关的东西，乱糟糟、脏兮兮的，招惹蚊虫百脚……"不知什么时候，竟着人把青苗都铲了，重新铺上地砖。看着被扼杀的生命，我们伤心了好几天，只得作罢。

若干年后，大概在上小学的时候，我们又在东墙脚下种上丝瓜。当青苗抽出茎叶时，又找来竹竿、麻绳，把茎叶一点一点向东边院墙牵引。看着它日渐攀升，一直爬到东山墙顶，然后沿着东墙匍匐向前，爬向简易的丝瓜棚架，垂挂下青枝绿叶，在天井东侧，铺开绿荫遮覆的天地。

在青砖灰瓦的框围中，我们也有了绿色的夏天。卧伏在丝瓜棚下的少年时代，仰望头顶上丝瓜微微颤动，闻着夏日微风吹拂出的瓜叶清香，听着藤椅上的外婆绘声绘色地讲述天上、地下的奇妙故事。又躺在瓜棚下的床板上，看《三国演义》，翻《水浒传》，读《西游记》，怀念欧阳山的《三家巷》，伴随冯德英的《苦菜花》与远隔万里已经作古的巴尔扎克、茨威克、高尔基、雨果等一众天才写手在字里行间神交，直到去黄海滩涂上学，去中原大地参军。

新《西厢记》

在那些渐行渐远的年代，我常常伫立在迷蒙的月光下，沿着老屋的剪影，默默地打量夜空中高高矗立的马头墙，屋脊山尖上端坐的兽头。屋面上数不清的小瓦，就像过往数不清的日子，把角角落落的旧事，歪歪斜斜地归拢起来，顺着筒瓦铺覆的天沟，汩汩流淌。

岁月流到屋檐口，被对称图形的瓦当滴水承接着。滴水中间，有文昌化解凸字，上口朝下的猫头瓦，是"太平八卦"图案，下口凹形朝上的花边瓦是"天官赐福"字样。这种凸凹的图景，极易勾画出绮丽的故事。屋檐下的滴水瓦当，把过往的日子，滴落得精致繁复而又生动多情起来。

幼童年代，在很长一段时间里，我住在稍大一点的西厢房。房间里花格床和柜橱之间，放着一张荸荠漆的八仙桌，下午和晚上，经常有人来打纸牌。几位常客，有宁树街火星庙巷的张先生，有彩衣街金家墩的范太太，还有两个牌友，是不固定人员，随时召集。

那时，他们已经不打细长形的饼条万旧式纸牌，开始玩西方引进的

JQK 扑克。四人分坐四面，三人打牌，轮流做庄家，每人抓十一张，也碰也吃，最后和牌。这种十一张，又叫冲胡。胡了便连庄。每牌输赢，从几角到几元不等。牌友们兴致很高，经常打到深更半夜，不肯丢手。

当年，张先生年近 40 岁，一身素洁长袍，一介书生模样，白白净净，清清爽爽。在等牌友时，喜欢忸怩着翘起兰花指，咿咿呀呀吟哦几句京剧旦角、青衣唱段。他还会编织毛线，经常扭着腰身，双腿盘曲，倚在我家堂屋门框边，一边勾织毛衣，一边飞眼瞟人。一双白皙修长的手指，上下翻飞，十分灵巧。举手投足之间，有些娘娘腔。

那时候的范太太，也就 30 岁左右。俗语说，一白遮百丑，她长得粉白娇嫩，清秀可人，身穿绣花旗袍，打扮得花枝招展，碎步走过天井，进入西房，顾盼生姿，香气袭人。她与张先生一样，也会佯花唱曲，经常在天井里扭着纤细的腰身，吟唱乡俚小曲。唱得最多的是《姐在房中打夜牌》，填着淫情艳词，听得曲江巷里的大姑娘、小媳妇面红耳赤。她唱的《剪剪花》曲调，东亭城西郊的唐老爹，记得一清二楚：

> 姐在房中打夜牌，耳只听门外才郎来，
> 小奴家双手把门开，哎呀我的才郎哥哥，
> 小奴家双手把门开。
> 天牌地牌我不爱，只爱人牌抱住胸怀，
> 走到奴家房中来，哎呀我的才郎哥哥，
> 走到奴家房中来。
> 叫声情哥慢动手，奴家的鲜花未曾开，
> 只能看来不能采，哎呀我的才郎哥哥，
> 只能看来不能采。
> 等到明年春三月，满树桃花朵朵开，
> 小妹妹才挂招牌，哎呀我的才郎哥哥，

小妹妹才挂招牌。

招牌挂在大门外，只等才郎哥哥日夜来，

好似蜜蜂把花采，哎呀我的才郎哥哥，

好似蜜蜂把花采。

八十岁老公公来采花，给奴银钱奴不要它，

他是一个老人家，哎呀我的才郎哥哥，

他是一个老人家。

二十岁小才郎来采花，小奴不但送钱给他，

还要陪他来玩耍，哎呀我的才郎哥哥，

还要陪他来玩耍。

奴是分钱总不爱，只爱情哥一表人才，

蜜蜂飞到花心上来，哎呀我的才郎哥哥，

蜜蜂飞到花心上来。

两人睡在牙床上，五更时鸡啼天要亮，

叫声才郎快起床，哎呀我的才郎哥哥，

叫声才郎快起床。

送郎送到大门外，千言万语依依不舍，

请你晚上早点来，哎呀我的才郎哥哥，

请你晚上早点来……

因为有着共同的爱好，言语又有相投之处，张先生与范太太，这对俊男俏女，投了眼缘，暗地里又结了心缘。大家知道，他们经常聚集打牌，心生情愫，是意料之中的事情。果然，一来二去，日久生情，两人眉来眼去，耳鬓厮磨，大家心里有数，尽在不言之中。

有一回，午夜时分，我在床上呼呼大睡，他们四人依旧在床侧八仙桌上打牌。小伢儿觉头好，不受干扰，睡得香甜。有人在床边推我，说："愯点爬起来，弄点汤圆吃吃再睡。"

闻着汤圆的甜糯味，我知道，这是打牌人吃夜宵了，便揉着惺忪睡眼，挣扎着翻身起来。在那个年代，能填饱肚子不容易，觉可以随时睡，美食不是随时有。半夜有一碗美味汤圆填填肚子，比睡觉更香甜。

睡觉的床铺，比打牌的八仙桌低矮，我在床上侧翻起身，眼睛一瞥，看到一个奇怪场景。八仙桌下面，范太太秀美的长腿，弯曲盘旋，半勾半翘在张先生的腿上。两边专注打牌的人，被桌面挡着，看不到桌下的风景。我朦朦胧胧地想，这白净儒雅的张先生与风姿绰约的范太太，是好上了。怪不得经常听到打牌的人嗔怪："你俫两个人促狭，是合伙赢我俫呃——"张先生容易脸红，这时双颊像涂了胭脂墩，他总是翘起兰花指，细声细语地反驳道："你瞎说呃！"

打牌之余，那范太太，哄着我们几个小伢儿，办了几件只有幼童能做的匪夷所思的事情。比如跟踪张先生，看他是否与其他女人见面；到巷头曲江浴室，看张先生可是在洗澡；顺便到澡池望望，"娘娘腔"的张先生下体的状况等。敌情探听回来，伢儿们邀功请赏，大声如实汇报。范太太翘起染红的指头："嘘——"叫我们小声一点。然后在小挎包里一阵摸索，捏出从沪上带回来的大白兔奶糖，一人两颗，以示奖励。估计她是要认真鉴别，这位可爱、可疑而且不可丢失的张先生究竟有没有外心，是不是人家所说的"二根子"。

那个年代，大白兔奶糖是稀罕之物，能够得到两粒大白兔奶糖，什么事情不能做呢？我们收集情报的积极性十分高涨。小小年纪，不知什么叫羞耻，所以也没有羞耻。为了两粒大白兔奶糖，就不负使命，东奔西走，东溜西逛，收集情报。掌握到有用、没用的信息，都七嘴八舌争先恐后地向范太太汇报。年长以后，学到恬不知耻或厚颜无耻的词句，但童真无知，这样的字句不会落在不谙世事的少儿身上，这就让我们的行动有了无与伦比的优势。联想到那时上墙头、扒门缝盯梢和支在浴池里窥探的过程，不禁哑然失笑。

事隔多年，在壬午年新春佳节即将来临之时，我们按照喜庆祥和的主题，组织京剧演唱会。我正襟危坐，预审节目，一位青衣，一位小生，在台上哼哼唧唧地唱起传统剧目《三娘教子》。缟衣素袂的王三娘，凄楚地拖着长腔，苦口婆心地教育儿子好好读书，光宗耀祖：

> 可叹儿夫丧镇江，
> 每日织机度日光。
> 但愿我儿龙虎榜，
> 留下美名万古扬。
> ……

一曲终了，满场唏嘘。整个唱段逾时十多分钟，显然与新春气氛极不协调。

翌日清晨，床头电话铃声响起，打来电话的是职工京剧团团长。他支支吾吾地说了一通，大意是，人家老张，70多岁，平生爱好，都在京剧上。年轻时唱花旦，年老时唱青衣，自办服装、道具，自录唱片、音响，这次如能登台，也算满足他的愿望。我脑袋一热，旧事历历，全在眼前，在电话里问道："老张家可是住在火星庙巷？"电话那边回答："正是。"

哦，原来此时张先生，就是彼时张先生。我又记起那些盯梢情节，往事像电影镜头，在脑海里过幕。他那年三四十岁，现在年过古稀，体态模样未变，只是苍老了许多。40多年，跨度太大，他肯定认不出当年在西厢房里倚在床边揩油水吃汤圆的5岁幼童了。"恍若昨日骑竹马，堪堪已是白头翁。百年修得同船渡，千年修得共枕眠。"人的一生，像是行船，有人上来，有人下去，靠岸抛锚，自己也要下船，站到彼岸，眺望往事，就有"孤帆远影碧空尽，唯见长江天际流"的意味了。

我是怀旧之人，心怀戚然。对着电话说："跟老张商量，缩短几分钟……"

壬午年这段插曲，使我萌生写作《绣禅》的念头。这部长篇小说的主人翁范亦仙，男身女相，忸怩作态，一生坎坷，终成正果。就是以张先生为人物原型，在东亭城发绣文化大背景的铺垫下构思写作的。

金黄色的上午

曲江巷与呆巷的交接处，端立着曲江巷十一号。这里的一家之主，是我的爹爹。

爹爹大名薛洪锁，用东亭城方言发音表述，喊爹爹为嗲嗲。在我尚未上学的时候，爹爹就去世了，对他的零星记忆，还是父兄们传递下来的。

爹爹大概在我 5 岁那年离开这个世界的。他留给我的印象，比较遥远，比较淡薄，恍若隔世。因此，描绘他的文字印迹，就有些模糊，尚不能用文字笔画勾描一个鲜活人物，只能写出概念性印象。像几点洇濡的墨迹，零散滴落在《我的曲江巷》里。

朦朦胧胧记得，冬日暖阳下，这位旧时代渔行老板，穿着一身浅灰色长袍，戴着棉毡帽，足蹬元宝形棉鞋，一手捧着紫砂壶，一手拄着包着铜皮的黄杨木拐杖，坐在大门楼靠近天井的一侧藤椅里，眯着眼晒太阳。太阳的光点，在瓦楞隙缝间挤下来，带着半空中细微发亮的尘埃，斑斑驳驳地照到他身上，形成一道金黄色的光柱。东边高墙边，枝叶摇曳，金灿灿的光点，就在他身上没有规矩地滑动。不知道那种时光，叫不叫做黄金时代。

我们一群混沌未开的伢儿，嘻嘻哈哈毫无顾忌地在他面前窜来窜去。这位面对所有家事都有隔膜感，从不过问，做甩手掌柜的老人，一如既往面无表情地俯望着窜窜跳跳的孙辈，不苟言笑。显得有些威严，又显得有些无力，偶尔还显得有些漠视。孙辈自有孙辈的优势，知道祖辈没有很特殊的原因不会对孙辈发火。所以，我们在泥塑木雕般痴坐着的老人面前，依然我行我素，追逐嬉闹。

那时，天井深处的鸡笼里，喂养着两只老母鸡。在这个暖色调的上午，一只身形巨硕的母鸡，刚在窝里生蛋，然后竖起翅膀，迈出八字步，嘎嘎嘎嘎地点着头，走到铺着镂底砖的天井里。它刚生产，对这个世界作出了一只椭圆形橙黄色的贡献，太需要表达兴奋的感觉了，便扑棱着翅膀，从天井东南角的院墙边一下子跳到西侧门楼。竟然很张扬地跳到爹爹面前，在他膝盖前，颇有气势地溜达着。

本来眯缝着眼睛的爹爹，听见母鸡鸣叫，睁开了眼睛。生只蛋有什哩拽的呃？他有点雅序，又有点古板；好像嫌烦，又好像嫌脏。这母鸡还在炫耀，它根本不知道，上了年纪的人，倔强起来，你这小动物，也要识相一点才是。只见爹爹扬起拐杖，嘞地一下，猛地横扫过去，这是一个很有劲道的横扫，显示出老人旧日的威力。那只邀功请赏的母鸡，着实吃了一惊，一下子扑闪着翅膀，飞跳起来，嘎嘎嘎嘎地躲过拐杖，落荒而逃，乖乖地溜到天井角落里去了。半空浮尘中，飘浮着几根鸡毛，在太阳的光芒里，上下翻飞，特别耀眼。

爹爹赶走了缠在脚口的母鸡，面容竟和缓起来。他朝我们这些依然缠在脚口的伢儿望着，轮廓分明的嘴角向上翘起。他搁下拐杖，朝我招手："来来来，把我惯呃子……"

我一下子蹦到他面前，蜷伏在他膝盖上，歪着头，望着他胡子拉碴爬满皱褶的脸，用眼睛数着他黑胡子里面的白茬桩。爹爹慈祥地笑了，这使他脸上的皱纹弯成柔和的曲线。他伸出青筋裸露的手，搂抱着我，把紫砂壶高高侧举起来，扳起我的下巴颏子，壶口对着我的嘴巴："乖乖，嗖一口……"

我含着壶嘴，用劲吮吸了一口，甜滋滋的。

爹爹笑了，笑得很灿烂，可以看到他不知是被茶叶还是烟叶濡黄的牙齿在太阳的光点中闪烁。他俯下身子问我："可甜啊？"

我点着头大声说："甜！你在壶里放呃好多糖吧？"

爹爹拍着我的脑袋，笑道："小呆瓜，这个味道总尝不出来，放糖做什哩？我放的大红枣！"他怕我不相信，侧过身子，掀起壶盖，给我看里面泡开的红枣。我早已挣开他的怀抱，嗷嗷地去追逐那些蹦跶不停地小伙伴了。

爹爹兴致正高，伸出手，一把没有抓住我，似乎一下子失去了玩伴，有些失落，就在地上顿着铜把拐杖，哼道："犯嫌呃，慢点儿过来，我还有好吃的东西呃……"这时候，他已经不是平日人们印象里正襟危坐、面容板肃的一家之主，而是追逐伢儿们一起嬉闹的同伴，脸上带着讨好的讪笑。

伢儿们不理他，在天井里膀子勾着膀子，像跷跷板一样前仰后合：

炒银豆，炒豇豆，
炒到八哥翻跟头。
奶奶在家侲择豇豆，
爹爹在家侲啃骨头，
伢儿在家来翻跟头，
翻几个？翻六个，
一，二，三，四，五，六，
……

　　几个伢儿在地上打滚，翻着跟头。一个接一个，翻得尘土飞扬，翻得灰头土脸，一直翻到爹爹脚下。爹爹发出庄重的佯咳声，伢儿又一个接一个，翻向天井。

　　在这个大家庭中，只有奶奶能够有资格说爹爹几句。这时候，奶奶出现了。她颠簸着早年没有包裹修整好的小脚，蹒跚地从堂屋出来，穿过金黄色的光柱，影影绰绰出现在西侧门楼过道里，哼哼唧唧地说："没大没小的，看你把这些孙猴儿惯的，一歇儿风一歇儿雨的，越来越不上规矩了——"她是把我们比作大闹天宫的孙悟空了。

　　爹爹不吱声，朝奶奶翻了一眼，收回铜把拐杖，又蜷缩回原先在藤条椅里的状态。在太阳光点里，眼皮耷拉着，面无表情，姿容懒散，沉浸于他的世界，独自享受金黄色的上午。

　　爹爹具体在什么时候过世的，记不清爽了。似乎是一个灰蒙蒙的日子，周围处于混沌状态，老人在东边房间三滴水的雕花床上，静悄悄地走了路，连呻吟声都没有发出。房间里传出几声嚎啕，很微弱，很久远，遥远成 20 世纪中期淡漠的故事。以至于在多年城市变迁后，我的家族中糊涂的长兄长姐们连祖辈坟茔的具体方位都没记得准确。

　　每当清明时节，我就怀想爹爹的坟茔，怎么就无影无踪了呢？他上天了，把遗存于世的所有物化形态都一起带走了吗？让我们做晚辈的，失去了祭祀先祖的机会。只有在搬迁了几次的房舍墙角，焚化纸钱，寄托天人相隔的哀思。

　　所以，我会经常想起那个洒落太阳光点的金黄色的上午，那根赶鸡的包着铜皮的龙头拐杖以及那个坐在门楼里穿着臃肿但形体瘦弱的身影。当大片大片的油菜花，在城郊告诉人们清明时节来临的时候，我们站在田埂上，环顾四野，苍茫空旷，静谧杳然。我会感到某种内疚自责，甚至会觉得对不起那段我一直珍藏的金黄色上午的朦胧记忆。

　　人生酬业。人的一生，从出生到死亡，其实是在地球上一段短短的旅行。几万年的历史，贯穿了几百亿流动人口，几十年的一生，你我有了血缘姻亲关系，有了相识相处的友情，何其难得。离去了，永远不再回来。分别了，永远不再相聚。因此，我们有许多理由，珍惜存在，善待你我。世间一切，也许释然。

小腰门

　　曲江巷十一号，与北边九号房舍隔墙为邻，砖石相接。天井北侧，照壁墙东边一角，有一个不高不大的砖垒门洞，门洞边摆放几盆花花草草，点缀着庭院的春色。这是我家天井通往耶叔家天井的便捷通道，我们叫它小腰门。它存在的主要功能，就是便于奶奶两边走动。小时候，我一直认为，它就叫奶奶的小腰门。

　　我年幼时，奶奶已经年迈。即便上了年纪，在爹爹过世后，她就是当仁不让的一家之主。早年渔行的经营，家务的劳作，她都要一一过问，亲力亲为，事必躬亲。上了年纪，也经常拄着拐杖，颠着小脚，笃笃笃笃——在两边院子来来去去，侧耳听声，仔细察看两家情况，然后很有权威地下达严肃的指令。虽然她已是黄昏垂暮，但对院落里的蛛丝马迹，洞若观火，了然在心。说出话来，有理有据，睿智清晰，直至晚年，余威犹在。

　　奶奶有嘴有手，能说能行，早年的精明能干，写在了脸上的皱褶里。听说尚未老态龙钟时，时常亲自系上百褶裙，到渔行剖鱼帮工，有时则倚在圈椅里，老花镜搁在鼻尖上，拿起针头线脑，细绞密缝，做起女红。早年这座院落的帮佣伙计，有渔行的外勤伙计房德、内务勤杂钟山以及细作女红吴娘娘诸人。内行指挥内行，奶奶的指令，对于他们来说，无异于这座院子里的圣旨。还有许多琐碎的吩咐，在奶奶倔强个性驱动下，通过这爿小腰门，十分便捷又十分有效，畅通无阻，把我家与耶叔家紧密联系起来，形成一个家族整体。

奶奶的大名，正如我爹爹的坟茔一样，记不准确了。只知道她姓顾，娘家为东亭城名门望族。舅爹顾树五，是旧时代城里的总商会首任会长，在里下河这座老城里，名声显赫。陈毅、粟裕在苏中组织抗日活动时，他又成了仰望英雄人物的铁杆粉丝，当年陈毅在红兰别墅演讲，他是端坐在中间茶桌边的人物之一，虔诚聆听，应声附和。用那个年代的话说，他是拥护革命的红色资本家，政治立场十分坚定。

所幸有了这段光荣的革命史，改变了舅爹20世纪50年代的命运，历次革命运动，没有把他划为剥削阶级或者"黑五类分子"。他追随了时代，时代没有抛弃、碾压他，还让他进了老城的政治协商会议，做了副主席。但当年奶奶嫁到薛家，却没有这种虚幻的光芒笼罩，一样带着嫁妆，遵守礼数，恪守妇道，一样按照传统规矩，妇随夫姓，叫了薛顾氏，这是旧时代妇女的通常称谓。

奶奶的娘家，居住在马公桥东竹牌巷，这条巷子以河边是毛竹码头而得名。那座朝西的大门，两边各有一只泛起釉色的石鼓，一条狭长幽深的甬道，连接向二道院门。两侧用砖石垒起花台，长着许多叫不出名字的花草，有人走过，带起小风，它们就摇摇晃晃，令人产生走进春天的感觉。过了二道门，里面是深宅大院，堂屋前木纹斑驳的落地格扇，反射着宽敞院落砖地上青白色的太阳光芒。这倒让幽深之处，增加了冷寂的视觉。

当上学的和未上学的表哥、表妹，跟着在泰州做法官的父亲，坐船过来看望他们的爹爹、奶奶时，这个院子才会飘浮出浓烈的烟火气息，显得热嘈喧闹起来。我会跟着姐姐，一起去凑热闹，偶尔能吃到芝麻高梁饴和脆麻花之类的糖果，甜甜的，韧韧的，味觉隽永，难以忘怀。

后来舅爹也迁往泰州，加之奶奶过世，两家的来往少了。小时候，泰州遥不可及，似乎存在于泰东河水雾渺茫之中。在我们的意象里，泰州就是一艘机帆船，卟卟卟卟，漂浮在遥远宽阔的水面上。当有人唱起越剧"我家有个小九妹"时，我会在缠绵婉约的曲调中想起那位长相甜美的小表妹。

奶奶大概比爹爹多过了二三年。她在晚年时，一直戴着绣了金丝银线的头套，穿着藏青色的大襟葡萄扣棉袄，拄着拐杖，弯着腰身，斜倚在厅屋家神柜前木圈椅里，捧着紫铜水烟袋子，咕噜咕噜——在缭绕的烟雾中，打发一个又一个黄昏。丢下烟袋子，便闭目养神，打着连绵不断的瞌睡。我们很小，爹爹、奶奶却年事已高，所以在我们头脑里，经常把他们与拐杖、棉袄、靠椅、烟袋、瞌睡、佝偻以及淡淡的细碎阳光联系在一起。

奶奶与爹爹的区别，一个话多，一个话少。她不像爹爹那样，懒得跟我们嗒呱说话，只是痴痴地望着我们，眼睛深处，浮泛着柔和的光点。奶奶会说各种各样的故事，夹巷里、院墙上、瓦檐口，都会成为她故事的落脚点，支撑起她故事的脉络。当家中的女人洗好锅碗瓢勺，揩抹好方桌面，点亮油罩灯的时辰，大家知道，奶奶嘴里的好戏文就要来了。只见她端坐在方桌与家神柜之间的上岗子，咕噜咕噜地吸几口烟奶子，清清嗓子，接着用缠绵悱恻、动人心魄的故事情节，把一家人吸引到身边。一个又一个静默的夜晚，变得生动有趣、丰富多彩起来。

多年以后，我们在想，当年的奶奶，就是用一座小腰门，一堆旧故事，把一家人紧紧地联系在了一起。

除了那些让人生发遐想的故事，奶奶对家里的小伢儿，说得最多的则是劝诫世人的经典语言，诸如"人无千日好，花无百日红"，为人处世，不要昂腔舞爪；"人怕出名猪怕壮"，做人太狂太露，迟早会惹祸；"三十年河东，三十年河西"，风水轮流转，不要瞧不起人。诸如此类，颠三倒四，不一而足。间或说一些《孟母三迁》《曾子杀猪》《三娘教子》的典故。作为过来之人，也许她觉得这些人生总结，对于伢儿们，富有现实和深远的意义，但对于年幼的我们，好像是非常模糊的另外一个世界的事情。比起油罩灯下的动人情节，逊色了许多。

年幼童真，不会掩饰自己的情绪。我们感到索然无味，就一哄而散，溜向门外。听众没有了，她失落了一会，也会像爹爹一样，堆起稀疏的讨好的笑纹，放低声调，亲切地呼唤我们："乖乖肉呃，过来过来……"这种声音，极具诱惑。我们知道好事来临，便闻声而动，挤到她面前。她慢慢地抬起手，解开大襟棉袄上面的葡萄扣，抖抖索索地把手伸进去，掏出两枚铅角子，用劲拍在我们手心。手一扬，很慷慨地说："买糖去，甜甜口，慢点儿家来呃——"看到我们飞快地溜出去，又提高嗓门儿叫道："天狂必有雨，人狂必有祸，别溜得这么快，过歇刻儿就家来吃饭喽！"

伢儿们手上攥着铅角儿，哪管什么晴雨福祸，窜到曲江巷，聚在一起，蹦蹦跳跳往街头上南北货店溜去。一边使劲跑着，一边拍着手唱着：

> 拗磨郎，牵磨郎，
> 一包果子一包糖，
> 送我家宝宝上学堂。
> 学堂门不开，
> 送你上大街。
> 大街不准跑，
> 送你上狭桥。
> 狭桥上有洞，
> 一掉轰哩隆。
> 拍拍心，不惹惊，
> 拍拍腿，不惹鬼。

十、褪色叙事

老歌谣之小时候听老人说很久以前台城是一片汪洋海潮打着雷鸣般的鼾声一次次要淹向西梁古镇军本街 老雪

石板上的怀想

现在，我们一起沿着文字的线脚，走下曲江巷十一号的四层台阶，走上巷子里的石板路。顺着铺展在曲江巷里的章节，继续向巷底河边走去。

这条蜿蜒的石板路，宽近1米，由一块块麻黄石板镶接而成，覆盖着巷子中间的下水道。两侧青砖叠铺，延伸到院舍墙脚。时过境迁，在旧日时空的物理构建上，承载凝结着曲江巷的心理构建。因此，这条石板路，显得隽永漫长，延抻着岁月年华，直抵童年记忆深处。

我曾经在《老巷子里的文字》创作谈中写道：早年东亭城中部的曲江巷，两侧人家院墙、山墙、马头墙，削面而立，排出一路岁月景深。巷子里铺砌的麻石板、小青砖，用糯米石灰勾粘的砖缝线脚、滴水瓦当，是我最早阅读的文字页面，我的一些蛤蟆孵般的文字符号，就是从那些凹坑砖缝里搜寻的。用东台方言表述，那里头有搜不尽的呆尻，那里是笔墨和水墨的源头。就像我曾经归纳的，我们生于斯、长于斯的里下河，是中国古典四大名著的源头一样。

现在，在轰轰烈烈的旧城改造中，老巷子早已不复存在，但我们的想象，却可以顺着记忆中的石板路，向早年岁月深处延展，去陈年往事中流连。有人说，这些文字有点湿润，这是水汽墨迹润濡的原因。那时没有自来水，巷底有条玉带河，巷头曲江浴室的挑水工，每天哎唷哎唷打着号子，往返于河坎池边。木桶边晃荡的水滴，淅淅沥沥洒落在石板上，所以有人把曲江巷叫作水巷。来自石板页面上的文字画面，自然潮湿了，像濡化不开的老巷情结。

如果认真一点，在字里行间，慢慢溜达，我们还可以从往日文字中听到一些曲调，这是笔墨里渗透出的声音。在那些渐行渐远的年份，巷子里除了挑水工嗬嗬嘻嘻的号子声，还有敲斫糖吹糖人的铜锣声，修伞箍桶工匠的吆喝声，补碗修锅手艺人的敲打声，豆腐脑、油炸干小担子上的叫卖声，汇成石板路上很动听的曲调。到了傍晚，有人吹竹笛、拉二胡，乐声衬着马头墙，与天上的晚霞会合，景象就很有情调。

在石板路上，倘若我们再异想天开，还可以寻找描述这段景象的色彩。和东亭城里许多巷道一样，曲江巷的色调，十分丰富。山墙是深灰的，墙缝是粉白的，小瓦是青黛的，板门是酱紫的，石板是棕黄的，瓦当是黝黑的，天空是浅蓝的，河水是碧青的，路灯是昏黄的，电线杆是苍褐的。还有巷底河边深宅大院，长着高大的白果树和低矮的枇杷树，到了秋天，黄绿色的叶子、红白色的果子，生长出许多诱惑。这样的想象和感觉，十分美妙，文字与音乐、文字与色彩，很有具象地汇集在一起，融合成一种人们经常说到的——文学艺术家们孜孜以求的通感。

这些视觉与想象，很容易让人们产生激情。"宣物莫大于言，存形莫善于画"，一些文字和画面，陆陆续续，在旧日色彩里穿梭，从巷口到巷底，寻觅观望，来回堆码，堆成一迭迭难忘的旧岁月。从旧城里走出来的人们，回望过去，朦胧却亲切，褪色却深刻。

有时，天气晴好，可谓一巷灿烂，两岸皆晴，三声鸟鸣，四处炊香。曲江巷沉浸在午后的寂静中，无人走动。此岸无花，彼岸荼蘼，上班的上班去了，不上班的凑在一堆打牌。有人在巷边门楼里，靠在椅上喝茶，看着暖阳在石板上慢慢收敛光芒，暮色渐渐地爬上屋檐。打牌散场的人们，一边哼着歪歪扭扭的牌经小曲，一边慢悠悠地数着手上的筹码，互相搭讪着回家。卖油炸干、豆腐脑和卤菜的担子，在石板上叮叮咚咚地穿巷而过，几只草狗，在邻家案板刀声中，来回穿梭。暮色里的老巷子，既有市井气息，又有生活情调。

这个时辰，我们放学了，天色尚未完全挂下来。一群小伙伴，溜到巷子里，在石板之间隔疆跳沙包，看谁跳得远，蹦得高，甩得多。有时脚下一滑，跌趴在石板上，膝盖撞碰到坚硬的石面，疼得龇牙咧嘴，晕头转向。僵持一阵子，缓过劲来，又挣扎起来，渐渐忘记疼痛，继续隔疆。

在这条石板上，还有许多意象中、现实中都很遥远的故事。有《狐雕》里许二爹拄着拐杖踉跄的脚印，许小白县长意气风发、趾高气扬的姿态；有《绣禅》里范亦仙趔趄变形的影子，秦姗梅娇艳妖冶的身段，在长长的石板上跌宕起伏。石板尽头，一群屋檐鳞次栉比，几株树杈迎风摇曳，衬托着东亭城文化的大背景。在隔了世纪的昏黄路灯照耀下，显得令人着迷，让人怀想。

曲江巷石板上，留下了从童年到少年的印迹。巷底玉带河，现在已经成了一道涵洞管道，循着岁月的来路走回去，却可以在碧波荡漾中游泳嬉闹。一众儿时玩伴，经常相约到高耸的广济桥、纪福大桥上跳水，然后在河里游泳。有一年，纪福大桥口发生溺亡事件，一个少年，从桥垛滑坡下水，哪知这地方水流急、旋涡多，一下子卷入水中。当人们把他从水里救出时，可怜少年脸色惨白，已经没了气息。一群人呼天抢地喊叫着，把他双腿搭在肩上，头朝下脚朝上，倒背着跑来跑去，最终也未能把他挽救过来，可惜了那条年少的生命。

从此，巷子里几家长辈联合起来，再不允许伢儿下河游泳。上有政策下有对策，几个小伙伴商量了接头暗号，大家相约，下河游泳，叫作"船来了"，上街玩耍，叫作"开车了"。大家在石板上等待着，聚齐后一起行动。在巷底不宽的河道里，曲江巷几位伙伴结成帮派，与东边游过来的一帮伢儿，在河心里打架占地盘。有人水性好，把对方少年按入水中，但胸前却被抓出几道血印，又被河水浸泡得白瘆瘆的。现在想来，这些荒唐往事，来自混沌的青葱年华。

时隔多年，这条湿润的石板路，骨骼犹在。走过昔日曲江巷的人们，继续向东前行，可以找到它们的踪迹。天晴之日，如果到东亭城公园散步，在那些高高隆起的土丘上，几条石板路蜿蜒向上。细看棕黄色的凸凹纹路，都是旧日曲江巷泛黄的纹理，世纪少年熟悉的印记。

岁月流连，时光迷离。在隐约褪色的巷河之间，我们在不同的院落，用不同的方式长大。回头望去，往事迢遥，年华蹉跎，从曲江巷走出来的人们，似乎谁也没有轻松过。

过年的感觉

童年时代，最盼望的事，就是过年。在这里，我们不妨再逗留一会，从视觉、听觉、嗅觉、味觉，回味曲江巷历久弥新的过年气息。

进入腊月，曲江巷里，弥漫着令人心动的香甜气息。过年的感觉，带着温馨和喜悦，渐渐临近。有视觉，有听觉，有嗅觉，有味觉，十分具体，十分清晰，十分有趣。

过年的视觉，是从堂屋对面斑驳的照壁墙上挂着腌制的咸猪头开始的。

进入腊月，人们就开始为过年做准备。家人早早地买回一只猪头，从中间劈开，用竹片撑住，里里外外撒上盐，用麻绳穿着猪嘴，在墙缝间钉上钉子，挂上风干。经过十天半月寒风吹刮，再把猪头切割卤制起来，就是过年一道上好的菜肴。

那时候，只要从堂屋格扇间朝对过望去，照壁墙上挂着猪头，就是快过年了。我们每天小心翼翼地凑到墙脚下，打量着猪头。看它龇开的牙齿，尖拱的猪嘴，紧闭的双眼，翘起的眼睫毛，就像儿童橡皮面具。

觉得可怕，又觉得可怜，更觉得可喜。因为用不了几天，就可以闻到腊肉香。墙角下的感觉，十分复杂。

照壁墙上，除了一只咸猪头，偶尔还会挂上一刀猪下水，如肚、肺、大肠之类。家人从肉案上买回时，血淋淋的。为了清洗肺叶里的污秽，便把猪肚系挂在墙上，下面连接上肺管，肺叶放在盆子里。没有自来水，就从水缸里一茶缸一茶缸地舀水，倒进撑开的猪肚。水顺流而下，肺子渐渐膨胀起来，像两片凸起的半透明的屁股。大人们在上面灌水，小孩子就在下面拍屁股。灌了一阵子水，两片肺叶白皙起来，随着水花漾动，情形十分有趣。

过年的听觉，有时与嗅觉连在一起，从架在巷子里爆米花的小转炉开始。到了腊月，有人挑着小转炉和风箱，在巷子来来去去，一边走，一边吆喝："炸炒米哦——炸蚕豆呃——"走到曲江巷里的呆巷口，把担子摆下来。巷子两侧的人家，陆续挎着淘箩，把玉米、粳米、蚕豆送来。那个小转炉，有点像椭圆形的小炮弹。炸炒米的师傅，熟练地卸下弹口，倒进玉米、粳米、蚕豆，丢点糖精，捻上盖口。横放在火炉上，一手拉风箱，一手摇转炉，吱嘎嘎——吱嘎嘎……

火舌晃动着，小圆炉转动着，转啊转啊，一群小伢儿，依在大人身边，痴痴地站在旁边相呆，等待着轰动的时刻。只见师傅站起身，掸掸围裙，表示火候到了。他用麻袋捂住盖口，抬起头，大喊一声："响啦——"簇拥在周围的伢儿们，赶紧捂住耳朵，只听得"嘭"的一声巨响，炸开的米花，喷射进麻袋里。空中弥漫着白色的烟雾和爆米花的香甜味，大家使劲地嗅着带着年味儿的空气，似乎有一种胜利的感觉。

临近除夕，街巷中渐渐响起稀稀落落的爆竹声。有些孩子性急，把家里过年的爆竹，零零散散地扯下来，到巷子里左一个"啪"，右一个"啪"地放起来。偶尔还会放出天地炮，"嘭"的一声，腾空而起，在空中又是"嘭"的一声，炸成两截，掉在人家的黑瓦上。一阵浓郁的硫黄味，从半空中飘落下来。曲江巷小伢儿们凑在一起，乱糟糟地喊道：

新年到，放鞭炮，
噼噼啪啪真热嘈。
耍龙灯，踩高跷，
包包子，蒸米糕。
奶奶笑得直揉眼，
爹爹笑得胡子翘。

有人站到门口呵斥："哪家的伢儿啦，可有人管啊？把我家屋上的瓦总炸破了——"山墙那边，还传来婴儿被惊醒后哇哇的哭声。小伢儿们不管这些，嗷嗷地拍巴掌叫好。那时空气质量好，这些很大的轰响，很小的弥散，不叫制造噪声，不叫污染空气，叫过年的响声，过年的气息。带着硫黄味的烟雾，在巷子里弥漫开来，伢儿们钻进烟雾里，使劲嗅鼻子，享受这种好闻的气味。

过年的嗅觉里，还有一种好闻的气味。除夕晚上，床铺总要换上洗干净的被褥。第二天准备穿的新棉袄、棉裤、鞋袜、帽子，也封盖在被子上。在昏昏欲睡的灯光下，被褥里的清香，包裹着身上从浴池里带出来的皂角香，让人感到莫名的兴奋。如果枕头底下再压着一个小红包，就更好了，你甚至可以闻到红包里令人激动的内容。那时没有电视，更没有屏幕上的春晚，但枕着清香，裹着清香，嗅着清香，比春晚欢腾激动。整个世界清香无比，还会做一个特别清香的梦。

过年的味觉，是儿时实实在在的感受。这种味觉，也在腊月就开始了。小伢儿们是过年的主角，这时候难得不多吃主食，要吃耍货儿。家家户户除了忙着炒蚕豆，爆米花，买京果，还切菜剁肉做包馅，然后带着面粉，到人家煨包子。竹笼雾气蒸腾，丝丝直响，小伢儿从门口不断伸进头去，咂着口水，侧耳听声。包子煨好了，有人端着层层叠叠的竹笼，把热腾腾的包子，倒在天井案板的蒲席上，软软的，香香的。小伢儿急慌慌地忖在蒲席边，捏着一只滚烫的包子，两只手来回倒腾，呼呼地吹气，让包子在空气中散热，有滋有味地吃起来。然后又跟着大人，跨过广济桥，到对河南园划糕。

腊月里，划糕的人很多，要把装米的淘笋摆在地上排队。等到深更半夜，把预先浸好的糯米、粳米，倒进石臼里。臼杆那头，站着两个人，像踩水车一样，伏在横柄上，笃笃地踩着臼杆头。臼杆一上一下，伸进石臼里捣米，笃笃笃笃——有节奏的声响，把眼皮子笃得直打架，渐渐地，就倚着笋筐睡着了。只听到有人叽叽喳喳地说，"好了好了——"连忙睁开眼睛，石臼里的米，已经捣碎。再过筛子，淘出米粉，倒进方木格子里，放上蒸笼。一块块方糕蒸熟了，吃到嘴里，又松软又香甜。那种味道，伴随着我们，从小到老，多年以后，曲江巷里的老人说起这种场景，还在咂着嘴，晃着头，津津有味地回想那些热气腾腾的夜晚。

大年初一，家里长辈按照东亭城习俗，早早地择好大蒜，在开水锅里烫得半熟，切成小段，盛在大盘子里。夹上生姜丝、卜页丝或茶干片，放上几把花生米，滴上麻油、酱油，在盘子里拌均匀。再用大茶壶，泡上一壶茶。桌上安排定当，伢儿们起床，向长辈拜年，然后围坐在方桌边，夹着烫大蒜和生姜丝，喝着微烫的茶，舌尖上麻滋滋的。这时，大人会呼应着快乐的小伢儿，拍着巴掌："今厄巴，明厄巴，几时巴到三十夜（读丫）……"

这时，家神柜上香炉、烛台火花晃动，曲江巷里爆竹声、拜年声此起彼落，堂屋方桌上茶水、糕点、汤圆、包子热气腾腾，所有过年的感觉都有了。

好大一棵树

我们按照曲江巷的方位顺序，顺着石板路，由北向南，继续带着文字，向玉带河边踽踽而行，延展对旧日曲江巷人家的描述。

桂玉嬢嬢家斜对门，是曲江巷东侧第二座门楼下的高廊檐台，与曲江巷十一号制式相似，也是四层台阶，也是粗槛高门，这是老陈二爹爹家。

曲江巷里，晚辈对长辈，按照辈分次序称呼。但在辈分的词根前面，加上前缀。如大大大、小大大、大嬢嬢、小嬢嬢、大耶耶、小耶耶，老老爹、老爹、大爹、小爹。还有用容貌特征称呼的，大鼻子大大、小鼻子大大、大眼睛耶耶、大嘴巴耶耶、胖爹爹、瘦爹爹。更有用人的相貌缺陷称呼的，反而显出亲热。如麻爹爹、豁巴齿爹爹、瘸大大、婆子耶耶、大痫子大大、小痫子耶耶等……

陈家老一辈的二爹，也就是老陈二爹，养了三个儿子，长幼有别，为了与长辈区分，人们称呼三个儿子，叫作陈家三个相公。因为陈家祖上开木行，进入时代新纪元，不管是不是仍然从事木行生意，人们依然叫三个小老板。平时遇见，老远打招呼，则是小陈大爹、小陈二爹、小陈三爹，大老板、二老板、小老板。

时隔久远，巷子里陈家老弟兄三人，留给曲江巷后人的影像，已经十分朦胧。似隔世云烟，如入海泥牛，不可回头遥望。而且，关于老陈爹爹与小陈爹爹们的关系，有点绕头，错综复杂，理不清爽。无法动用形象思维，说出什么故人故事，只能把文字，向曲江巷东侧，写进他们的庭院了。

听说，早年陈家祖上开木行，生意做得很大。伢儿们似乎没见过老陈爹爹什么模样，听老人们说，那是一个有气场的人物，有大家主人的气势。这些气派，从当年的小陈爹爹们身上可以感觉到，从那座虽然斑驳但十分宽敞的庭院，也可以感受到。

陈家木行产业鼎盛，庭院深广幽远，铺展在曲江巷东侧半边，一直通连到三里桥巷。北边毗邻佘家小院，南边老陈三爹家的门面，一直连接到玉带河边的孙庄茶水炉。这些场面，恢宏气派，现在说来，有些云里雾里，似乎是一尊泛动着远年包浆的古董器皿。我曾经画过一幅水墨，一围古典院墙，一座圆拱院门，一位摇扇老人，题款为：隔空故事隔时景，隔院话题隔年人，就是来自这种远年怀想。

跨上老陈二爹家高高的台阶，穿过门庭，薛氏家族南侧的后山墙和老陈三爹家北边的后山墙，夹峙出十多米的长长甬道。两侧墙面，青砖白缝，漫着一层水锈般的薄苔。阳光灿烂时，便蒸发出青涩气息。沿着甬道向东，留在童年记忆中印象最深的物件是一棵硕大的白果树，遮覆了东边半爿天空。陈家院落与玉带河边的大杂院中间，有隔开的矮院墙，那棵树具体在院墙这边，还是在院墙那边，显得有些模糊不清。因为它太高大，太显眼，人们只注意到它的繁枝茂叶，却忽略了它的根系。如同陈家的发展史，人们看到它早年的兴旺，却看不到它远年的艰辛。用东亭话说，只看到强盗吃肉，看不到强盗捱枯。

这棵大树，之所以一直存留于旧时记忆中，甚至让我推敲它是在院墙这边还是院墙那边，还有一层原因，它伸向云天的树尖上，寄托了童年许多想象。只记得天上一团一团的云彩，在树尖上飘来飘去。南门口机帆船的鸣笛声，也在树顶上飘荡，显得空茫悠远，韵味十足。偶尔可以闻到隔墙飘来的栀子花香，清远的芬芳，穿过密匝的枝叶，一阵一阵地覆盖过来。东风拂过矮墙，抚摸在脸上，很柔和，很舒服，托起许多想象的翅膀。

这种景象和气息，飘荡为童年的印记。我的画作《隔空故事》中，一位身着长袍的老人，坐在藤椅上，面对着一堵院墙，怀想旧年风光。与他对应的，是院墙那边，不知哪个年代的人物，在叽叽咕咕地叙说旧事，这就有了隔世远景的感觉。

甬道尽头，是一个阳光明媚的大天井，沿着天井转弯向北，有一幢坐北朝南五开间花格落地窗的厅屋，住着老陈二爹的后代小陈二爹和小陈三爹。至于小陈大爹为什么没有住在这座庭院，而住在癞姑奶奶东边大院，已经无人知晓。听说他没有子承父业，而是做了一个布店的店员，因为长相黑瘦，又长了满脸的络腮胡子，人们又称他焦胡子。这些模糊形象，都湮没在如梭的岁月里。

住在庭院东侧的小陈三爹，精明强干，意气风发，走路身板硬朗。他在巷子里，属于高个儿，狭长而又棱角分明的脸上，显出几分豪气和俏皮。如果一个人性情洒脱而又张扬，他就有必要把这种洒脱和张扬表现得具有张力。小陈三爹平时一袭黑色葡萄扣对襟长大褂，敞开衣襟，里面青布中式衬衫，腰间系一根布带，下着灯笼裤，脚踝束成灯笼口状，足蹬黑色圆口布鞋，背着手，在巷子里风风火火地来来去去。蹬蹬蹬蹬——踏地有声，一路石板响动，敞开的长褂向两边飞起，像两翼翅羽。特别是夏日傍晚，他撩起无袖衬衫，腰间扎着布腰带，一粒朱砂痣，点在腰带上方。曲江巷老人说，这种体态特征，有点说相，叫作：一痣在嘴，油汤油水；一痣在膀，黄金万两；一痣在腰，骑马挎刀。这小陈三爹，是个骑马打仗带兵的料子。一帮小伢儿，远远望见他嘀嘀笃笃地走来，就屏声静气，肃然起敬。

小陈三爹为人豪爽，喜爱社会交际，广交各路好友，在酒桌上称兄道弟。碗盏里斟满半斤白酒，仰起脖子，一饮而尽。平日喜欢编一些俏皮的顺口溜，顺嘴说些切中肯綮的段子。他述说的曲江巷巷头、巷尾，玉带河河南、河北生意人的生意经，形象生动，恰到好处，令人忍俊不禁。巷子里健在的老人们，在他的顺口溜中，笑了大半个世纪：

沈家糟坊的酒，靠河边，

纪福大呃秤杆子翘呃上呃天。

纪五呃厂，破呃通呃天，

陈三爹呃木行，烂呃空呃心。

孙庄呃茶叶炉，闷烫阴，

程德喜呃蛤子，臭呃烹呃天。

邓仁官呃卖米少半斤，

陶文井呃剃头不干净。

癞官小呃草，潮阴阴，

黄志太呃夏天卖蚊烟。

大玉呃饼，嗒呃飞上天，

小狗小呃饼，嗒不干净。

……

这些顺口溜，形容做各种生意的，短斤少两，克扣掺假，虽然夸大其词，但语言生动，脍炙人口。沿着玉带河，从东边纪福大桥到西边广济桥，把各类生意人囊括在内，一一描述，其中也包括老陈三爹家的木行。直至今日，许多曲江巷的遗老遗少，还在津津有味地说起这段顺口溜。

十一、粉色温情

摇曳的裙裾

许多年来，回顾旧日曲江巷，我总有这样的想象：它就是里下河平原上的一坛老窖，发酵在旧日东亭城寻常百姓的生活里。这条巷子，记载着古朴拙雅的乡土文化，围拥着形态各异的世纪老人，像东亭城人家坛坛罐罐里的酸斋菜，时常回味在人们的咀嚼里。

在那些日渐遥远的年份，曲江巷的老人们，有时聚集在巷子里某个门楼或者院落，或者呆巷一侧的旮儿，喝茶、打牌、下棋、拉家常、谈八五、佯花唱曲，插科打诨。巷子间的韵味，东亭城的故事，都嵌藏在他们满脸皱纹、满头白发中——在已经湮灭的旧时代，他们在巷子里出生，在巷子里成长，和巷子一起变老，现在又和巷子一起，腾挪到里下河史志的文字和图片里。

说起曲江巷的老人，不会遗漏桂玉嬢嬢。她留给我们的印象，是风烛残年时飘飘散散的白发，颤颤巍巍的拐杖，瘦瘦削削的身子，嘶嘶哑哑的嗓门，形单影只地在曲江巷的串巷风里摇啊晃啊。这时候，曲江巷便显得特别幽深悠远，反衬着她单碜的背影，让人们想起鲁迅笔下鲁镇街头的祥林嫂。

可是，桂玉嬢嬢不是祥林嫂，她的人生经历，与祥林嫂迥然不同。听长辈们说，她的年青岁月，拥有东亭城少有的风华绮丽、风情万种呢。在散发着檀木香的旧时代，她的深闺时节，在很长时间里，雅致奢华而又清丽娟秀，散发着玫瑰香风和紫檀韵味。一直与厚重的院门，精巧的花窗，梦幻的身影，熨帖的衣褶联系在一起。

桂玉嬢嬢在薛家长辈中，年龄最小，是爹爹奶奶的老果儿，又是唯一的女儿，用里下河一带的俗语说，是薛家的中心圆子，掌上明珠。加上小时候长得清雅秀气，椭圆脸，猫狸眼，薄嘴边，楚楚动人，薛家长辈更是宠爱有加，真是含在嘴里怕化了，捧在手上怕跌了，关在家里怕闷了，放出门外怕飞了。连薛家的媳妇们，都围绕在这个娇娇滴滴的小姑子周围，众星捧月，锦上添花。

桂玉嬢嬢做姑娘的辰光，家境奢华，总有两个妈子围绕在周围，过着饭来张口，衣来伸手，娇生惯养，锦衣玉食的生活。每天上午，日上三竿，才慵懒地从床上起身。妈子们端上紫铜面盆，服侍她漱口洗脸，撂下手巾，又斜倚在床靠上养神。一张雕花绣床，红漆鲜亮，床上吊着粉色团花蚊帐，簇新地罩着一床香气。水纹一般的红绸被盖，零乱地掀在一边。有人用金边小碗，捧上银耳红枣百合莲羹汤，她歪在床上吃好早点，再缓缓起床，坐到踏板边绣花鼓凳上，对着清水玻璃梳妆台，由妈子梳头打扮。

曲江巷老人们记得，桂玉嬢嬢待字闺中时，每天上午在床边缠缠拉拉，悠哉游哉。到了下午，彩衣街上几个穿红着绿的闺蜜，照例来陪伴她，在八仙桌上打纸牌，消磨时光。不知道那个朦胧时代的街巷里，是不是也像20世纪80年代的东亭城，有声名远播的四大美人，八大才女。但听长辈们说，在曲江巷里进进出出的，与桂玉嬢嬢说说笑笑的，也都是一些花枝招展，举止优雅，婀娜多姿的女人。走在曲江巷石板上，香风飘洒，裙裾叮当，从街头到薛家高廊檐台子，一路惹得行人伫守张望。她们吱吱喳喳地在牌桌上，把太阳打得落了山，把天幕打得垂下来，直到掌灯时分，才收手作罢，香风弥散，飘移到巷头。

不知道从什么时候起，桂玉嬢嬢与对门的程二少来往频繁起来。有人说，她是被对门的大烟香味吸引过去的。那香气撩情乱神，就这么几米宽的巷子，很便当地穿透过来。她被香味儿熏染，一来二去，渐渐地走近程二少。这也验证了我一贯的想法，人们有时开始交往，总是为某种气味吸引。所谓气味相近，气息相投，气韵相融，大抵气味相互吸引的人，开始时会走得更近，相处后会走得更远，或许这是出于人性的本能。

对门程家二少爷烧大烟土，咕噜咕噜，精神抖擞。人一旦兴奋起来，就有精气神，就显得很可爱。上屋下河，活蹦乱跳。桂玉嬢嬢恋上程二少，爱屋及乌，竟也有了抽大烟的念头。家人发现苗头，强力阻止，她平日任性惯了，耍起小姐派头，掼碗甩筷，哭哭啼啼。结果不出巷里人所料，家人还是随了她，疏财敛烟，继续给她充足而又畸形的宠爱。就这样，年轻时代的桂玉嬢嬢，每天吞云吐雾，哈欠连天。与对门程二少，成就了大烟恋情。

听长辈说，年轻时的程二少，倒也英俊潇洒，长相标致，气派英武，走路叮叮咚咚，浑身是劲。凭着举石担、撂石锁、舞哑铃，练就一身肌肉。就是缺少一些儒雅之气，平日在东亭城里好勇斗狠，争强逞胜，经常三个一群五个一党，出去寻衅斗殴，打得头破血流，半夜三更踅进曲江巷。

不知何年何月因了何事，在一次激烈的群殴中，程二少被人打瞎一只眼睛。人们都说英雄爱美人，美人也爱英雄，虽然程二少只是跑码头、走小道的草莽英雄，而且瞎了一只眼睛，但看他一身肌肉腱子，身边又有一众前呼后拥跟班子打号子的惑神，在石板上叮叮咚咚，跑来跑去，他就是这座城池里的英雄人物呢。连那只瞎了的眼睛，似乎都是勇猛厮杀后留下的英雄象征。

桂玉嬢嬢迷恋上程二少的气势气场，做派作风，一举一动，似乎都有可圈可点的可爱之处。嫁给这样的强人，可以保护自己的柔弱之躯，依附这样的男人，女人脸上也有光彩，就生出寄托终生的意思。用东亭城里的习惯说法，爹爹奶奶晓得二人要好时，黄花菜都凉了。尽管爹爹吹胡子瞪眼睛，气得直戳拐杖，几次伸出手来，要教训这个宝贝女儿，都被强势的奶奶打岔开去。

奶奶本来胸有成竹，自信满满，想用她的三寸不烂之舌，说得宝贝女儿回心转意。可是事与愿违，几个回合下来，同样败下阵来。他们尚不知道，这个柔弱娇贵的女儿，已经在中秋花会时，从日久生情很自然地过渡到木已成舟，处于义无反顾态势，九头牛也拉不回来了。最后，老两口在昏黄的罩子灯下，可怜巴巴地对望着，沉重而又悲怆地叹口气，随了这个冤家宝贝。

仲秋灯会

20 世纪进入 70 年代时，桂玉孃孃已经容颜苍老，白发飘拂。但是，从她精致的五官，苗条的身材，略带棱角的椭圆形脸颊上，依稀可见当年富家小姐的姿态和残存的风韵。

桂玉孃孃到了风烛残年，在曲江巷里，拄着拐杖，笃笃笃笃——踽踽而行，在贯穿巷道的河风中飘摇，盈盈不堪一击。偶尔，可以听到她嘶哑而又刚强的声音在巷子中流荡，那大多是她呼唤子女的喊声。空洞而有力道的喊声，像湍急的流水，淌过巷子，又像鸟儿一样，在巷子高高低低的瓦当上蹦蹦跳跳，飞跃而过，沉落下来，碰击到两侧青灰墙壁，地上麻黄石板，别有韵味。让人生出许多沧桑之感，岁月之叹。

许多年前，我一直纳闷，不知当年祖辈在儿女婚姻大事上，也十分迁就十分纵容，最后听之任之，把一个娇生惯养、金枝玉叶嫩笋般的姑娘，嫁给一个彪悍武蛮而又残缺破相的男人。在我未走入这个世界之前，那个男人似乎怕触碰到这些叙述的笔墨，早早地离开了这个世界，只给桂玉孃孃留下一双儿女和一座院落四间瓦房。

我与这个应该称作姑父的男人，没有时空安排的谋面。过去的一切，就显得十分朦胧，这种朦胧，给人增添了好奇感和神秘感。觉得岁月就是一只巨大无比深邃暗淡的无底洞，在巨硕的洞口里，隐藏着数不清的不为人知的精彩内容。那些迷蒙的渺渺岁月，暗淡而又混沌，我们不知道的事情太多了。好在长辈们总在曲江巷的唠叨中激活记忆，他们似乎永远不肯忘记模糊岁月里许多蛛丝马迹的事情，许多高贵卑微的人物。他们叹息道，桂玉虽然痴情任性，却也是一个本分守旧的闺女，怪只怪壬午年中秋之夜的灯会，终于把他俩撺哄到一起了。

据说，桂玉嬢嬢与程二少在公开场合抛头露脸，是从他们相约灯会开始的。老人们说，看到那种迎灯、放灯的场面，人的心思，会飘浮起来，由不得自己了。什么样的情景，能让人心飘动起来呢？长辈们用了两个晚上，告诉伢儿们当年灯会的情状。

旧时代的东亭城，到了农历八月十五，商行、帮会，总要组织灯会，扎上各种各样的油纸灯到街上迎灯，到河边放灯。各式灯名，有人物灯、花卉灯、飞禽灯、走兽灯、瓜果灯，迎灯队伍，在街面上浩浩荡荡走过，前头是一排矮脚跷引路，各人手提一盏瓜果灯，后面是高脚跷，装扮着《西游记》《白蛇传》里的人物，手里提着各式各样的灯盏。

凹凸不平的东亭城石板街面，高跷踩在上面，容易打滑。踩高跷的大部分是木工、瓦工，平时有些基本功，这时候更是吊儿郎当，放浪形骸，晃悠着踩着街面，嘴里还伴花唱曲，哼着小调儿。踩不动时，就坐在街旁店铺门口歇息，再起身走路。后面迎灯人也不着急，依次跟着，迤逦而行。

高跷灯走过去，后面是各行各业的玻璃灯、明阁灯、龙灯，接着是高士灯、七巧灯、八仙灯、百草糖灯。一路伴唱过来的，是下坝河边的毛瘸子，瘸手跛脚地跟随迎灯队伍，边走边唱，唱的是梨膏糖和百草糖儿歌：

药草膏来药草糖，拿在手上扑鼻香，
诸位如若不相信，送包糖儿你尝尝。
老爷爷吃了我的梨膏糖，力气还比青年人强，
老奶奶吃了我的梨膏糖，粉白娇嫩像个大姑娘。
大哥哥吃了我的梨膏糖，一担能挑吨把粮，
大嫂子吃了我的梨膏糖，生个娃娃白又胖。
小伙子吃了我的梨膏糖，今年能找到个好对象，
小姑娘吃了我的梨膏糖，找个男朋友真漂亮。
瘸子吃了我的梨膏糖，乌黑的头发满头长，
瘸子吃了我的梨膏糖，走路不要用拐棒。
聋子吃了我的梨膏糖，能听到别人说和唱，
哑子吃了我的梨膏糖，说话、唱歌喉咙响。
瞎子吃了我的梨膏糖，能到剧场把个大戏望，
矮子吃了我的梨膏糖，个子长高有一丈。
小宝宝吃了我的梨膏糖，一觉睡到大天亮，
不养的娘子吃了我的梨膏糖，十月怀胎生一双。
各位乡亲吃了我的梨膏糖，个个身体都健康，
精力旺盛忙生产，为国建设献力量。
……

　　毛瘸子唱着跳着，惹得街旁观灯的人们，嘻嘻哈哈发笑。毛瘸子见到大家发笑，更加来劲，以疯作邪，凑到两边相呆的观众堆子前，咿咿呀呀唱道："药草膏来药草糖，拿在手上扑鼻香，诸位如若不相信，送包糖儿你尝尝。"举起手上的糖糕，往大姑娘、小媳妇鼻子凑去。

　　百草糖来百草糕，

吃下肚子见分晓。

大嫂子吃呃百草糕，

心里甜来嘴上笑，

欢喜得夜夜睡不着觉。

想婆娘的呆小伙，

吃呃我的百草糕，

明朝美人陪你睡觉。

想男将的细姑娘，

吃呃我的百草糕，

小伙俫站队随你挑。

麻姑娘吃呃百草糕，

人人总夸长得好，

癞子、瘸子吃呃百草糕，

癞皮脱光手脚好。

就是我这个想婆娘的毛瘸子，

吃呃多少还是不曾好。

　　人群中，有厉害一点的女人，挤到前头，推开毛瘸子，笑着骂道："你这个依疯作邪的瘸佬儿，油嘴滑舌的，想来占我俫的便宜，愯点儿站队去，人家总走到前头去了，你一瘸一拐的，可跟得上？"

　　人物灯过去，是百花灯，人们手提牡丹灯、莲花灯、荷花灯、兰花灯、茶花灯，鱼贯而行。后头紧跟着的是挑花担的、提花篮灯的、荡湖船花灯的。临街各家店铺，望见这三灯队伍，纷纷点起爆竹。噼里啪啦的爆竹声中，挑花担的和挑花篮的姑娘对唱起小曲，花担、花篮随着歌声轻飘飘地上下晃动。姑娘又腾出一只手，抓住腰间的彩绸，随着曲调舞动，脚下也走出花样，惹得街旁围观的人们齐声喊好。

　　飞禽走兽灯过来了，走到曲江巷口，挤在巷头的人们一阵轰动。桂玉嬢嬢娇小玲珑，拱在人群后面，看不到街上情景，急得直跳。程二少见状，一把抄起她，驮在自己肩上。过去人们形容，这叫骑杠马。桂玉顾不上害羞，骑就骑呗，她居高临下，看着街面上热嘈的场面，拍着巴掌叫好。

　　飞禽走兽灯类的游街队伍，有凤凰灯、喜鹊灯、蝴蝶灯、大象灯、兔子灯、骏马灯，又有螺蛳灯、河蚌灯穿插其间。那螺蛳精的脸，像个小姑娘，胸前还有红布兜儿。后面的河蚌灯，蚌壳一动，壳上的绣球直颤。壳子里边嵌着两面镜子，中间一个漂亮姑娘，上身围着红肚兜，下身穿条绿绸裤，蚌壳一张一合，花鞋碎步移动，围观的人们，又是一齐叫好。

　　当年迎街灯中，又数跷荷花灯最有特色。八个男人，骑坐在另外八人的肩上，各人手中抓着一盏红绿灯。骑在肩上的人，两边晃动，高高举起手中的荷花灯，猛地向后仰去，荷花灯呈开放样式，又突然拗起来，荷花收缩成瓣瓣花朵。连续几次一仰一拗，手上的荷花被跷得不断开放，吸引观灯的人群，在周围发劲叫好。

　　这天晚上，万人空巷，男女老少，摩肩接踵，挤在街坊上看迎灯。有人在街东看着队伍过去，又噢噢地打着号子，顺着人流，跟着向西。还有人穿过巷弄，抄近路溜到街西，等着迎灯队伍过来，看得摇头晃脑，如痴如醉。

　　迎灯队伍过去，人们回过头来，在曲江巷口已经看不到桂玉和程二少。两人刚才还在这里搂着手，搂着腰，看得大姑娘、小媳妇眼热心跳。人流回归到巷口，人们的第一目标，是梭巡程二少和桂玉，这会儿怎么看不见了呢？有人交头接耳窃窃私语，有人捂着嘴巴嘻嘻讪笑，猜测着一个让人脸热的场面。巷子口摆着小摊卖扎把子洋花萝卜的王奶奶站起身，朝曲江巷里指着手说："两个年轻人，早就溜到玉带河边，看放河灯去了。"

破碎的河灯

　　壬午年仲秋，迎街的花灯，在七里长街上，摇曳而过。人们意犹未尽，不愿意让喧闹的尾子在面向海大口的宁树街戛然而止。有人提着小花灯，从仙桥向东北，过了关桥口、三昧寺，又跨过丁公桥、广济桥，走下玉带河的河坎，在临近曲江巷尾和纪福大桥口放起河灯。

　　那天晚上，程二少换着桂玉，挤回曲江巷，在广济桥塊临河店铺里买了一对水仙花灯。两人举着灯，在人群中左冲右突，走向寺街河码头，却一头撞见桂玉的闺蜜——丹桂巷茶馆何老板的千金阿莲。这阿莲做事风风火火，说话噼噼啪啪，她迎头喊道："桂玉啊，找了你一晚上，原来你跟相好的拱在这块耍子呃……"

　　桂玉脸上发烫，一把捂住阿莲叽叽呱呱的嘴巴，拉着阿莲，沿着玉带河向寺街河码头跑去。

　　玉带河，像缠绕在东亭城腰眼的白玉带，由西向东，弯来绕去，缓缓流淌。两边河岸，是南园、南城、南庄、南门口。向西穿过广济桥，拐弯向南，奔向丁公桥、关桥和蕴藏着传说的九龙港；向东流向南门桥、码头上。到了纪福大桥口，就宽阔成一片汪洋，然后岔开一条分流，向北经过马公桥，情意绵绵地与何垛河汇合。

那时的河水，没有受到现代工业污染，清澈明亮，好像是天穹下流淌的月光，轻轻地浮动。有时，它藏在幽幽的树丛房舍间，不时地亮出身子，收纳太阳和月亮晶莹的光点，张扬着阳光晒热的水气和花草的香气。黑夜和白昼，暮霭和朝霞，在水面上交替流动，把时光潺潺地送走。

这时，寺街河码头上，十分热闹。从街面流过来的人群，把莲花灯、荷花灯，放进水中漂流。人多灯多的辰光，半条河流，水色清清，光彩熠熠。河面上星星点点，在涟漪间起起伏伏，柔柔的光晕，漂漂荡荡，影影绰绰，映在水中，添出许多旧世纪的光韵。

放进河里的花灯，用桐油刷过，当中一根棉线，蘸了桐油，郁郁地点着，在河面上随风漂流，随水远去，把街面上的热腾，渐渐匀散。有的还在切开的西瓜里，插上一支红蜡烛，薄薄的瓜皮，被蜡烛照得通红。有的兴致更高，扛来洗澡的木桶，放进糊好的花灯，顺水流动。

程二少正在兴头上，阿莲却在旁边，一直叽叽呱呱地叫唤，他觉得有点扫兴。这种时候，多了一个人，十分碍眼。他嚯地从河坎上站起来，掸掸手上的尘土，悻悻地说："你俫看灯，我先家去。"说着，绕过丁公桥，消失在南园夜色里。

观灯的人群渐渐散去，月亮的光辉，在涌来涌去的云层中，宛若微弱的萤火。河面上除了夜风和月光在流动，阒无人迹，竟有些夜阑的意味。阿莲的疯劲未过，索性领着桂玉，沿着河边，跟着几盏零散河灯，向丁公桥西九龙港方向一路小跑。

渐渐地，月亮挣开云层的束缚，把一张银盘大脸显露出来，月华洒落到河面上，溅起一层白雾。几盏零落的荷花灯、西瓜灯，随着阵阵河风，向西飘去，在水面上划出浅浅的涟漪。她们追着几盏河灯，像追赶着星夜几盏向西飘曳的痴梦。

到了九龙港关桥口，一盏西瓜灯被水草挂住，在河边打转。阿莲忖着步子，走下河坎，顺手拔出一根芦苇，去拨搁浅的河灯。试了几次，哪里够得到，她回过身，喊岸上的桂玉帮忙。桂玉小心翼翼下到河边，拉紧阿莲的手，阿莲却脚下一滑，哧溜一声，跌坐进水里。桂玉拼命往回拉，阿莲身高体胖，哪里拉得回她，桂玉脚下浮土滑动，扑扑通通，滑入河心。

两人在水中沉浮，咕噜咕噜，喝了不少水，好在河水不深，挣扎着爬到坡岸边。阿莲哭声呜啦地哼道："差点送呃小命呃——"桂玉穿着白色衣裤，河水浸湿，浑身凸凹，白黑分明，她缩着肩，捂住胸，打了个寒战，惊慌失措地问道："这种河落鬼的样子，怎呃弄呢？"

写到这里，我们可以按照世纪老人的讲述，发挥一下想象。有人形容那晚的景色，皓月很不知趣地钻出云层，洒落在两个白晃晃的胴体上。两个姑娘光着膀子，胸前小衣湿漉漉地粘连在身上，几缕清辉，把她们身段的曲线，越发明白地勾勒在月光下。流动着千年古蕴的河水中，呈现出世间的姣美。这种画面，在人们想象中，只能去月亮上寻觅。又好似米开朗琪罗披着薄纱的裸女雕塑，漂洋过海，呈现在苏中平原的河湾中。这种不为人知晓的，被沉沉夜色遮掩着的美，让曲江巷里的人们念叨了半个多世纪。

这时，一个意想不到的人出现了——程二少！原来他并没有回家，一路悄悄跟随着她们，在河岸边树荫里伫立着。只见他飞身而起，连呲带滑地奔下河坎，脱下外衣，兜起桂玉，使出蛮力，连拖带拽抱上岸。不再顾得阿莲，径直朝东飞奔，向曲江巷自家门口奔去。身体孱弱的桂玉，哪里经得起这番折腾，竟在程二少肩膀间晕了过去。

这座老城，是董永和七仙女传说的发源地，有人把董永的故事又说成是牛郎织女的翻版，若干年后，还在不断演绎牛郎织女的情节。如果我们细细梳理，长街曲巷，俯拾皆是。就像这个夜深人静，灯火阑珊的晚上发生的事情。

老人们说，其实程二少还很讲究，并不莽撞。他没有把桂玉背进自己房间，而是背向侧房，褪去小衣，塞进被单。自己回房，睡到半夜，却把讲究睡没了。据说那是个充满诱惑的夜晚，月挂中天，不时有飘移过来的一蓬絮云，挡去半边圆月。月亮的形状，恰似女人的乳房，只露出半边弧形。木格窗棂，分割着乳白的奶汁，把天井、墙壁划成块状的青白光晕。

事隔多年，我们大抵可以这样想象，当时曲江巷里夜深人静，静谧得让人冲动。程二少轻轻地拉开门，朝旁边侧屋望去，那里似乎还沉浸在睡梦中。院墙外高大的树杈上，繁茂的枝叶，挡去铺天盖地的月色，只在镙底砖地上，筛落出剪碎的银箔。他蹑手蹑脚走过天井，颀长的身子，在隐约的月辉中，纸鸢一般向庭院侧房里飘动。

不晓得过了多少时辰，桂玉在床上醒来，迷迷盹盹睁开眼睛。在昏暗的光晕中，她看到上面一个俊俏小伙，情意绵绵地俯伏在自己身上。再定睛一看，却是瞎了一只眼的程二少。

这个灯光灿烂、月色朦胧之夜，程二少成功地让曲江巷金枝玉叶的黄花闺女改变了性质。深更半夜，薛家人还在沿着街河寻找，一边寻找，一边急切地呼喊："桂玉呃……桂玉啊……"不知道桂玉丢落在东亭城哪个旮旯。他们哪里晓得，自家宝贝闺女，远在天边，近在眼前。就在对门那座岁月迢遥，旧影迷蒙的庭院里。

曲江巷的仪式感

在很长的时间里，曲江巷里的长辈们，都在念叨桂玉嬢嬢与程二少爷的恋情。早年，他们在 15 瓦的电灯泡下，围坐在髹漆莩荠色的方桌边条凳上，谈论着那些久远而又琐碎，像头顶上电灯泡一样昏暗朦胧的故事。若干年后，老巷子变成了水泥路，他们希望我用文字砌出一条巷子，码出几个人物，演绎那些积淀于心的旧年情结。

我们接着说桂玉嬢嬢。巷子里的老人说，当年桂玉与程二少的恋情，开始得有点草率，进展得有些奇特，把一个如花似玉的黄花闺女，推向了坎坷凄冷的人生。但是，世间少有姜子牙、袁天罡、刘伯温，未来的事，又有多少人能够预料清爽呢？

所幸的是，那程二少虽然混迹江湖，好勇斗狠，但骨子里却是怜香惜玉之人，并没有始乱终弃。一对新人，在木已成舟境况下的婚礼仪注，也极为隆重。按照里下河地区由古及今的风俗，中规中矩、有板有眼地一一办理，总算是为对门的薛家挽回了一点脸面。

80 多年前的一个仲秋季节，曲江巷处于一种亢奋喧闹的气氛中。

桂玉嬢嬢和程二少的亲事，开始有条不紊地进行，整个婚俗程序，充满了旧时代的仪式感。在这段文字里，把长辈们零散口述的婚俗繁文缛节记载下来，算是为这一章节盖上一枚婚俗文化的大戳子。这既是对里下河地区一项非物质文化遗产的记载，也是《我的曲江巷》一书所依赖的民俗文化大背景。

早年，东亭城的婚姻习俗，既有乡土气息，又有城市格局。有点古为今用，洋为中用的意思。再加上过往客商较多，把外地民间风俗习惯带到这里，东西南北兼收并蓄，形成老城的婚俗程序。一条曲江巷，几座大门楼，延续流淌着这种绵长的文化习俗。

如果我们按照这种婚俗程序，从头叙述，首先应该是说媒。男婚女嫁，父母之命，媒妁之言，还要靠媒人牵线搭桥。东亭城里，有几个职业媒婆，是年龄较大的无业妇女，她们走东街、窜西巷，知道张家姑娘、李家相公的情况，从中牵线搭桥。媒婆能说会道，哪家姑娘或小伙未曾婚配，见到媒婆登门，必然要款待拜托一番。旧日曲江巷对河的丁大奶奶，就是东亭城有名的说嘴媒婆。还有一种情况，两家姻亲，已经私下谈定儿女嫁娶之事，但仍然请出城里一些大户人家的长辈，或是亲友中有名望的人做媒，以提高身价，这叫做现成媒。

男方在定亲以后，每逢四时八节到女方家里送礼，都要请媒人陪同。有人夸张地说："做一次媒人，坐十八次上岗子，加三担谢礼。"从相亲这天起，男方要请待媒酒，请媒人上坐。以后带亲、回门、生养小孩，男女双方都得请媒人。所谓三担礼，订婚前，男方要送礼，表示仪注。结婚前，男方要送礼盒担子，请媒人去女方家通话。婚事办成后，小俩口要带礼盒子，答谢媒人。盒子里的礼品，一般是二斤肉、三斤面，外加一只红纸包。有钱的人家，除应有的礼品以外，还要摆上两件衣料、几罐茶叶。

媒人接受人家的礼品，就两边说好话。"会做媒的两头瞒，不会做媒的两头搬"。到女方家说男方家境富有，公婆待人厚道，大哥大嫂、小叔小姑都是贤能之人。到了男方家，说姑娘长得标致，心灵手巧旺夫命，两片嘴唇，翻来覆去，云里雾里，不一而足。

男女双方有意联姻，就向周围邻居和亲友打听互相的情况，又称访亲。了解对方经济收入，为人做派，可有什么隐私、隐疾。也有弄虚作假的，向人家借家具摆设，装点门面。甚至因为小伙或姑娘相貌丑陋，由弟妹代替。其中弄巧成拙，李代桃僵的事情，偶有发生，甚至酿成悲剧或闹剧。当然，也有冯梦龙《三言两拍》故事中讲述的喜剧结尾。但在现实中，弄虚作假而能欢欢喜喜收场的非常少见。

桂玉嬢嬢与程二少，邻里之间，知根知底。何况隔墙有耳，隔窗有风，中秋灯会那天晚上，两人从九龙港拖曳到曲江巷的事情，邻里们也心知肚明。本来薛家就一百个不情愿，也就不争较请有名望之人做现成媒。这样倒省略了媒人的掺和，访亲的烦琐。虽然省略了许多礼仪，但格式还是要做。从押帖到订婚、娶亲的礼仪，照常进行。

经历了那个斑驳迷离的月夜灯影，爹爹奶奶知道无力回天，也不再迂腐。积极配合程家，筹办儿女之事。薛家将宝贝女儿的生辰八字，写成红帖，请人送到对门程大爹手上。那边程大爹倒煞有介事，将帖子压在家神柜香炉下，三天之内确信没有发生破财、疾病之类的事情，便请阴阳先生合婚，推测男女生辰八字。一切顺遂，马上着人送押帖礼。按富家气派，送出金戒指、金镯子，加上桂圆、茶叶。女方以鞋子、帽子之类用品作为回礼，俗称"回好"。

程、薛两家订婚那天，程家写好鸳鸯扣，上首写乾造某年某月某日某时生，上联写"苏才郭福"；下首写坤造某年某月某日某时生，下联写"姬子彭年"。给薛家送礼，据说当年送礼时，一人牵一只身穿红马褂、角上扎红绸的白羊，俗称"牵羊担酒"。另一人挑一担酒，酒坛外面贴上"鸳鸯戏水""龙凤呈祥"等吉祥图案。另有十二担盒子，装着干鲜果品和金银首饰、衣料等，沿着曲江巷，绕了一圈。薛家准备鞋子、帽子、衣料之类，作为回礼。为了给冗长琐碎的婚俗礼仪附庸一点书香意味，又加上宣纸、砚台、毛笔。订婚后，两亲家摆酒席会亲，未过门的女婿、姑娘由父母领着和长辈们见面。

桂玉嬢嬢与程二少定亲后，每逢四时八节，程家照送节礼。到了春节，程家送茶食糕点、干鲜果品、火腿糯米、茶叶衣料、烟酒；端午节送鸭蛋鸡蛋、粽子烟酒；中秋节送月饼糯米、鸭子菱藕、水果烟酒。每次送节，都得有酒。巷子里有人笑称："养姑娘就是个储酒坛子。"这个桂玉也不例外。

每次送节，毛脚女婿不作兴空手回家，爹爹奶奶都备好回礼。送节以后，薛家带女婿进门过一天。正月初二待女婿，丈人、丈母要忙碌一阵，"女婿一到，丈母娘靠灶"，原本未被爹爹奶奶看好的新姑爷，这时扬眉吐气，显示出豪放本性，与岳丈在上岗子面南并坐，杯觥交错，口吐豪言。古语云："东台有个新桥口，没得日呃不开口，东亭城叫带粕头来哉。"我们可以隔着岁月想象，这个新女婿，粕头来哉，语惊四座的情形，奶奶目瞪口呆，王顾左右而言他，爹爹摇头叹气，唏嘘不已……

围坐在方桌边的旧世纪遗老遗少们，说得眼花灿烂，头顶上的灯泡，闪烁着催人欲睡的昏黄光晕，周围打着合不拢嘴的哈欠。他们说，"你嬢嬢虽然嫁的人不赶巧，但当年的婚事，办得体面风光，也算不曾亏待你家嬢嬢……""哎哎，天色夜了，一个个哈欠连天啦，改天接着谈。"这就有了请听下回分解的意思。

玉带河边天地炮

少年时代，我有时蹲在门楼户槛边，看着石板上踽踽而行的桂玉嬢嬢。她拄着拐杖，半垂着头，神情倦怠漠然，旁若无人地碎步走着。她似乎在曲江巷里，已经生活了几个世纪，显示出与她年龄不太相称的衰老之态。这种白发飘拂、颤颤巍巍的样子，与早年那场男婚女嫁的神圣庄重、一丝不苟而又琐碎繁杂的仪式，全然脱节。

可是，聚在灯下、围在桌边的老人，是在用不容置疑的笃定语气，述说他们经历的那些场面。令人对旧时代穿越曲江巷的沸腾影像，深信不疑。我很愿意听他们讲故事，这些地域民俗文化的介绍，随着厚重沉洪的声响，渐渐逼近我的笔端。我笃定相信，这些沉淀在老人们记忆深处，让他们不断发出感叹的场面，会让《我的曲江巷》在时间上延伸得很长，在空间中拓展得更广。

那种沸天动地的喜庆气息，发生在天高气爽、喜气洋洋的季节。几十年来，人们像扯棉絮捻棉线一样，不停地扯动那些联结时光的绵长线条，把泛黄而又动情的旧事牵扯得靠近一点，让曲江巷的晚辈们，看得清爽。晓得了因为岁月的阻隔，尚未经历过的旧世界许多事情。

先人做事，十分讲究。特别儿女婚嫁大事，更是循规蹈矩，有章有法，一丝不苟。那年，桂玉嬢嬢准备出嫁，用东亭城的说法，叫做出阁。程家请人选好日子，写成红帖，着人送来。许多人家把这种互相通话，放在中秋送节时联系。通话不隔年，当年通话当年成亲，不作兴推迟。经过一阵子情绪波动，爹爹奶奶已经痛切体会到女大不中留，宜早不宜迟。与其看到女儿与对门毛脚女婿整日形影不离，耳鬓厮磨，还不如慷点儿打发心肝宝贝出阁，省得到时弄得肚大腰圆的丢人现眼。

既然认识到了问题的紧迫性，过了中秋节，经过两亲家协商，双方就开始有礼数地忙碌起来。

大喜之日，程家准备好了领嫁盒子。据说，领嫁盒子的多少，要根据女方的嫁妆数量而定。盒子里装着蹄髈、花鱼、肚肺等。这蹄髈很有讲究，要 12 斤以上，请曲江巷头卖肉的谢大修成元宝状；花鱼两条，寓意鲤鱼跳龙门，大吉大利；女方收下肚肺，退回猪心，表示从此一心归命，把心留在婆家。

领嫁盒子送到薛家，有人忙着泡京果沫子，招待来人吃果茶，接着搬出嫁妆。嫁妆的数量名称，一一写在妆奁簿上。妆奁簿红封面烫金字，第一页写上"吉开"，后面几页填写陪嫁物品，尾页上写"庆余"。填写妆奁簿，很有讲究，不能写错字，不能涂涂改改。这种细作事，必定要请彩衣街上的"老学究"代笔，写成挂橱成顶、箱子成双、杌子成对等字样。

嫁妆搬运就绪，噼里啪啦，放出爆竹上路。子桶、四脚圆桶、小亮子"三元"走在前面，子桶里装红蛋、红枣、花生、柏树枝。陪嫁被子里放红蛋，柜子抽屉里塞进金银首饰和花生、红枣。有些富裕人家，为了不让姑娘到人家后受歧视，将部分郊区田产和收益归姑娘所有。薛家没有田产，但是可想而知，就这么一个宝贝女儿，当年陪嫁的妆奁，不会短缺。

领回嫁妆，程家便要带亲。带亲又称迎亲，正日凌晨，男方出门带亲的为单数，回程队伍正好成双。虽然双方对门而居，但两家隆重行事，迎亲队伍抬着花轿，从曲江巷出去，到彩衣街转三里桥巷，沿着玉带河，再绕进曲江巷。

那年，爹爹奶奶不知出于什么心理，着人乘船从泰州买回大堆爆竹，早早地在门口石板上排列着。迎亲队伍绕进巷子，守候在门口的人，一齐点燃石板上的爆竹，巨大的天地炮嘭——啪——，很放肆地一个接着一个窜上半空。蜈蚣似的挂鞭炮，噼里啪啦沿着石板袅动，一时间震耳欲聋，惊天动地，烟雾弥漫。

东亭城迎亲，还有旧习俗。如果女方有调皮的小舅子，这时候会把大门关上，要姐夫先拿开门封，达不到数目，不让开门。开门封多少，根据女方弟妹多少而定，但必须逢六。寒冬腊月，小舅子不开门，带亲的人只有在门外挨冻。所好桂玉嬢嬢是薛家老果儿，没有弟妹，迎亲队伍一路畅通，没有遇见疙疙瘩瘩。

轿子进门，新娘娉婷起身。家神柜上，巨硕的蜡烛，已经熊熊燃起。桂玉嬢嬢趋步向前，叩拜列祖列宗，行礼登轿。有人提醒，把鞋子换下来，不能把娘家泥屑带走，免得消散财气。那年，新娘由我父亲驮着上轿。东亭城有句俗语："驮你上轿不上轿，你要自己爬上轿。"比喻拿乔不识抬举的人。

这个当口，桂玉嬢嬢怎么会拿乔呢？她的俏脸上带着轻红粉白的笑意，弯下袅娜娉婷的身子，坐进花轿。十八岁女子的灿烂，被两片弯曲的红唇催开。奶奶却伤心起来，腆着脸，瓢着嘴，微陷的眼眶里含着泪，给姑娘戴上银镯，驱避邪气。门外催人的爆竹，又惊天动地响起来。两个穿红着绿的侍女，手执大红灯笼，把花轿送出门外。照例又是沿着玉带河边绕了一圈，一路吹吹打打，热闹非凡。男方也派出两名侍女，提着灯笼去路上迎接。新娘坐在轿内，不能讲话，更不能露面。这抬轿之人，也有讲究，必须身强力壮，虽然转来兜去，但不得歇轿换肩。

曲江巷底，一群小伢儿跟屁虫一般，摇头摆尾地跟着大花轿起哄：

> 新娘子，坐轿子，
>
> 十八个男将打号子……

这时候，程家堂屋里，挂着大红灯笼，贴着大红双喜，点着大红蜡烛，亲朋好友，欢聚一堂。花轿抬进院子，堂屋间一片嗷嗷喊好。桂玉嬢嬢由喜娘搀扶下轿，走上柴草垫，象征步步踏财。再走上一块红布垫，进入堂屋。福爹爹福奶奶站上前，塞出六块银洋钱，给新娘接宝。福奶奶打开新娘的随身箱子，取出准备好的毛巾，由新娘一一赠送给在场的亲戚长辈，作为见面礼。然后，与新郎叩拜天地，叩拜高堂，夫妻对拜，送入洞房。轰轰烈烈的迎娶仪式，告一段落。

若干年后，当桂玉嬢嬢椭圆形的脸颊，像干菊花一样，爬满皱褶时，她总唠叨着陈年往事，似乎想竭力钻进回忆里，再看看自己初为人妇的状态。当说起那种生硬刻板毫无诗意的新嫁习俗，她的思绪如同身躯一样颤抖，竟生出君为刀俎，我为人肉的感叹。那么，晚年的她，是在从青灰高墙粉白砖缝不断牵扯过来的回忆中被青春的浓艳色彩灼痛了吗？是对裙裾悸动的经历后悔了吗？

十二、情色萦怀

昏黄的花烛

在旧日曲江巷许多个阳光尚好的秋日，桂玉嬢嬢的苗条身躯，裹在宽大的蓝士林衣裳里，苍苍白发随着脚下步子，微微颤动，像一片随风而起的暮秋枯叶，在石板路上翻飞飘拂。有时，又似一株晚秋抽出的芨瓜，细细巧巧，白白碜碜的，就有些临近枯谢的萎顿。

我一直不太清楚，桂玉嬢嬢这种状态，与程二少的早逝有没有必然联系。这个精壮强悍、武蛮骁勇的独眼男人，永远留在我尚未产生记忆的懵懂目光里，经常随着许多昏黄光晕里的传闻，走动在缥缈的想象中。

一直以来，我总想写出一点关于这位姑夫的文字，苦于没有更多穿越时空的奇闻逸事，勾勒出独特的人物形象。于是改变了念头，在这里不厌其烦，不嫌累赘，把他们沿袭的婚俗礼仪，继续记录下来。这些既是祖辈们世代因循的乡土习俗，也是东亭城历史延展的烦琐记叙。旧时这座城池里的生活状态，渐行渐远，如果文字不出来挽留几节，若干年后也许再没有琐碎情节中的黑白方块印记了。

20 世纪三四十年代，也有些人家，摒弃旧俗，婚事新办。一些在外地求学的子女，自由恋爱，私订终生，简化婚礼。还有几位开明士绅，子女结婚时，新娘、新郎身穿礼服，不遮不掩，号鼓手统一着装，洋鼓洋号，吹吹打打，步入西十字街北侧的耶稣教堂，举行别开生面的西式婚礼。过去的耶稣教堂，又叫天主教堂，邻近河垛河边的蛤蟆垛，在如今东亭城中医院西侧的白果树边，是举行公开婚礼的地方。但更多的人家还是沿袭旧俗，按照祖宗规矩行事。

我们沿着章节的记叙，继续陈述 20 世纪的陈规旧俗。当年，桂玉孃孃和程二少的喜宴上，吃喜酒的亲朋好友，照例起哄闹事，那个时代，就席时戏弄喜公公，想出一些低俗的玩笑，活跃婚礼的气氛。有的用锅墨灰涂在"扒灰公公"脸上，给他扣上官帽，披上锦袍，由新娘子用红绸布牵扯着，在酒桌之间穿行。参加喜宴的人捧腹大笑，场面生动热烈起来。新婚之日，没大没小，不管客人怎样戏闹，只有堆起笑脸应付，大喜之日，不作兴生气作躁。

桂玉孃孃和程二少步入洞房的情形，只有存世不多的与程二少同时代的弟兄，略知一二。新郎、新娘进入洞房，双双坐在床沿上。床前八仙桌上，早就蹾着米糕、红枣、花生、桂圆、柏树枝、富贵鱼、富贵肉、富贵碗。喜娘在一旁说合子，应和着喜娘甜脆的嗓音，一对新人一起把鱼肉吃掉。还有一种说法，在吃鱼时，新郎、新娘都要抢先把鱼头夹下，压住对方。也有父母授意这样做，各有各的心思。女方为的是姑娘往后不受欺负，男方则希望儿媳妇孝顺贤惠，这些都是里下河的陈规陋习。

新婚第一夜，双方脱下的衣裳，都想盖在对方衣衫上面，压住对方。新婚的被子，要请有子有孙的福奶奶绞缝，用红线，不打结。男方准备的被子，只缝一头，"被子抻一头，小俩口睡一头"。没有抻的这一头，由新娘自己缝，这样做才能把以后的是非嘴封上。

当年桂玉孃孃和程二少坐富贵床时，福奶奶进了洞房，把藏在床上的红蛋剥好，放在富贵碗里，让新郎、新娘一起吃掉，然后将碗塞到桂玉孃孃手里，让她往床上撂。桂玉孃孃手一扬，那金边小碗骨碌碌翻了一个滚，碗口朝上，停在绣花被上，这是生小伙的预兆呢。福奶奶连叫几声好，欢喜得跳手扑脚，连忙开门去向喜公公喜奶奶报信。一家人大喜过望，跑到天井里，朝对门高声发话："明朝子，请亲家过来啊，家里人坐块儿热嘈热嘈！"

那天晚上，程二少的一帮江湖朋友，酒醉肴饱，不肯离去，猫在贴着红纸的窗棚口，等着看热嘈。这时听见喜公公叫喊，便一拥而上，把红纸撕破，一齐起哄："红纸撕到底，新娘撞门喜……预祝新娘早生贵子。"大家听到一片叫喊声，十分开心。因为旧时人家，都盼早生贵子，妇女婚后不育，会受到公婆歧视，丈夫打骂，邻居嘲笑，"一年不养二年望，三年不养公婆娘……"这是小媳妇的悲哀。

听见弟兄们甜言蜜语，程二少十分受用，笑容满面，拱手作揖。哪知这帮小弟兄，是一群典型的人来疯，给了梯子，竟要上天，借此由头，更加来劲。把枕头、马桶盖、装饰品藏起来，要看新郎、新娘亲热的场面，有的干脆赖在床上不走。程二少开始还喜眉笑眼，看到闹腾到这种地步，心里毛躁起来，两道粗眉毛，渐渐向眉心靠拢。弟兄们并不识相，继续胡作非为。程二少终于按捺不住，顾不上旧时规矩，瞪起一只眼睛，大声呵斥道："你俫别得呃千个巴万个，这调儿四脚拉扒的，坏了我的好事，怎呃作兴？我俫要困觉了，借借势可好！"众弟兄见新郎官脸板起来，自觉无趣，嗷嗷地叫着，奔出门外，一哄而散。

20世纪40年代以前，新人成婚后，新郎陪新娘回娘家，叫回门。回门有三种格式，一朝圆，三朝圆，满月回门。50年代，风俗逐渐简化，一般是三朝回门。新娘回门，大户人家雇佣二人抬的小竹轿。程、薛两家，对门而居，步子一抬，就上了台阶，进了门楼。丈母娘见到女儿、女婿，自然高兴，连忙端上果茶汤圆。圆子外形像桃子，桃尖染上红点。新郎、新娘吃饱喝足，赶在太阳落山前回家。

早年，还有看朝的惯例，姑娘出嫁五天后，母亲到女婿家看望姑娘。看朝的日子必须逢单，有的选择七朝或九朝。姑娘到婆家过第一个生日，娘家准备鱼肉、面条、爆竹，将姑娘的生辰八字写成帖子，放在盒子上，一起交给婆家，叫做交生。经过这些琐碎程序，儿女终身大事才算圆满。东亭城的人们，就这样一代一代把陈规旧习延续下去。

新婚燕尔，桂玉嬢嬢生活富足，与程二少一起吞云吐雾。应了当年洞房富贵床上的预兆，桂玉嬢嬢在烟熏火燎中，生下一儿一女。50年代，程二少早早夭逝，家庭中梁倒了，家境渐渐败落下来，三口之家，靠典当首饰维持生活。桂玉嬢嬢不得已戒掉烟土，打起精神，到彩衣街上水产商店参加经营，维持全家生活。

听长辈们说，桂玉嬢嬢戒烟的过程十分痛苦。有一阵子，烟瘾上来，没手抓痒。只见她抓挠心口，嘴吐白沫，在堂屋镙砖地上翻滚。这个人物形态，出现在我的《狐雕》一文里年轻的许素玉身上。

踏官的青涩时光

我一直这样认为，相较于文字，岁月遗存的实物，更具有穿越时空的叙事力量。可惜在漫漫时空中，许多物质的架构，最经不起时光的打磨，只留下一堆空洞的文字，来填补衬托故事的空白。

写这几节文字，叙说旧时光影早年习俗的时候，岁月尚未显得太老，我们还可以在曲江巷的时空里找见它的物质架构。虽然形态衰老，但见证时光流痕。从我家高高的门楼出来，在石板路上向南走出几步，巷子对面就是收纳桂玉嬢嬢青春时光和坎坷颠簸生活的大门。还有一扇凹进去的马头山墙，洒落巷子石板上流动目光的小木窗。旧时代的许多故事，发生在这座挑檐门楼和这扇旧式木窗里。

童稚时代，我常常坐在门口台阶上，注视着对面苔藓蔓生的地面和灰白斑驳的墙面。从那些青砖灰瓦的间隙里，联想长辈们讲述的比煤油灯光更加迷茫的陈年往事。间或可以听见隔壁堂兄的二胡声，如泣如诉地流出大门，在巷子里回荡。他喜欢拉《二泉映月》《空山鸟语》《寒春风曲》之类的著名曲调，那些绵长婉约的曲调，带着你的莫名情绪，去寻找对面房屋最初的主人和他们的故事。当那些高高在上的名曲，在烟火人家喜怒哀乐上款款流动的时候，曲江巷俨然诗情画意起来。成年以后，我把这些旧时的意念，归结为一种旧年瓦当间的臆想，一段麻黄石板上的情结。

桂玉嬢嬢有两个子女，我们称之为表哥、表姐。在尚未懂得尊卑长上的年龄，在巷子里偶然相遇，我们都是互相直呼其名。表哥小名叫踏官，这个朴素的名字，富有象征意义。不知道长辈们有没有估算出，他是踏着谁的脚印来到这个世界的。抑或祈愿他平安健康、踏踏实实、稳稳当当地成长。总之，这样称呼，有保佑他稳健向上的寓意。女儿小名叫毛头，这更是一个土得掉渣上不了台面的名字。据说，过去许多人家为小孩取名，总会取个俗气甚至卑微的小名，世间旮旯兄兄的腌臜之物，就不来侵扰幼儿的成长，幼童不会遭受磨难，短命夭折。这些幼童，在卑微的小名中成长，以致成年以后，人们还是习惯以小名相称。

踏官身材瘦削，体质单薄，但眉清目秀，白皙清爽。他平时老实巴交，不善言辞，经常把自己封闭在关紧的大门里，很少与人交往。他又不莳花弄草，又不行文赋诗，谁也不知道他在家做些什么。在巷子里遇见长辈，他总是点头让路，礼貌周全，从不与人争执。也许这种谦恭拘谨，反而让他缺失了自在自信，干脆关了自己的禁闭，在禁闭中也失去了内在的自由。因为他性格内向，二十大几的人，看到姑娘就面红耳赤，更不用说谈情说爱。在那个年代，是个典型的大龄青年。

眼看儿子这种状况，桂玉嬢嬢十分着急。平时打听到哪家姑娘，待字闺中，便急吼吼地要带儿子相亲。踏官却是一百个不情愿，即便期期艾艾跟在后面走一趟，也是一前一后快快而归。桂玉嬢嬢又四下托人介绍，也有人家主动带着姑娘登门相亲，可就是不入踏官法眼。有人说，"不急不急，这踏官瘦瘦瘆瘆的，发育得晚，尚未开窍，缘分未到呢——等到他那点悟性醒悟过来，挡也挡不住的呃。"

那边介绍的媒人络绎登门，总是板着脸扫兴而归，这边桂玉嬢嬢庭院佳人不断，都是女儿的三朋四友，闺蜜知交，花枝招展地进进出出。有几个近郊菜农家的姑娘，经常到他家串门。时不时听到院落里，传出好听的咯咯咯咯笑声，像水波一样，在曲江巷石板上漾动，引得巷里行人引颈张望。

在这群笑声里，有一位郑姑娘的笑音，清脆悦耳。郑姑娘性格温柔，个子高挑，容颜姣好，到了程家，她也掺合在一起嬉笑。鲜嫩的嘴唇两边，露出细白的小虎牙，左边嘴角，还有小小浅浅的酒窝，十分甜美。桂玉嬢嬢坐在堂屋中间太师椅上，眯着眼睛，看着这群花朵说笑。一来二去，对郑姑娘中心中意，就想把她与儿子撮合在一起。她把这些心思告诉女儿，两人齐心合力，要促成这桩好事，便经常挽留郑姑娘在家共进晚餐。

其实，郑姑娘心上也喜欢踏官，喜欢他文文静静，实实在在，不犯嫌不惹事的样子。加之跟了这城里人，今后说不定也能解决个城镇户口，脱离面朝黄土背朝天的农耕生活。在一次夜幕降临，酒足饭饱后，当桂玉嬢嬢母女，借故秋冬风冷，天黑路远，挽留郑姑娘留宿家中时，姑娘一番犹豫，也就半推半就地答应了。

桂玉嬢嬢母女互相一瞥，心照不宣。乘着朦胧夜色，把郑姑娘送进了堂屋东侧踏官的房间。这个辰光，天黑得一塌糊涂，也不点灯，也不吱声。饭桌上甜滋滋的米酒，天井里墨蓝的夜色，都在给人一种暗示，一种怂恿，一种萌动。开始还在羞涩中犹豫不决的郑姑娘，这时好像放开了胆量。"静如处子，动如脱兔"，这时的她，就从处子变成兔子，一只在朦胧月光里活蹦乱跳的白兔子。脸色绯红，两只细长的凤眼，熠熠闪动着兴奋的光点。她看到桂玉嬢嬢母女关上房门，转身而去，便身姿敏捷地脱去外衣，迅速钻入带着男人气息的被单。

桂玉嬢嬢导演成功，松了一口气。她有些胜利者的喜悦，心想这回生米煮成熟饭，散木已经成舟，姻缘已定。她在房门口屏着气息，听了一会儿动静，又支在门缝里，借着暗淡的月色，眯着眼窥视了一阵，不曾望出个搭讪，就拽着房门外两个铜扣，吱溜一声，把房门轻轻地拉得更紧。今朝晚上，花好月圆，看你俫还往哪块跑。据桂玉嬢嬢事后向亲友述说，当时她为自己的策划安排，十分得意。她甚至伸出手掌，借着屋檐口的星光，认真看了看：现在，我是如来佛的手掌，跑得过我的手心嘛？她童心泛起，竟然得意地吟哼起童年时代在娘家学会的童谣：

> 喜鹊鹊，尾巴长，
>
> 娶了婆娘不要娘。
>
> 娘一说话就作气，
>
> 婆娘说话总如意。
>
> ……

这天晚上，桂玉嬢嬢像办喜事一样，头发梳理得很光鲜，发髻后面还插了根金簪子。她一步三颤，金簪子随着节奏在脑勺子后面颤动，在堂屋间的暗夜里闪烁着点点光亮。她很快活地颠簸着，在堂屋间来来回回走了几趟，然后欣慰地走回自己的西房间。

按照曲江巷所有人的想象，哪有猫儿不吃腥，何况都送到嘴边了。这个月朦胧鸟朦胧的晚上，与这样标致的大姑娘同床共枕，这个踏官，显然是快活煞呃了。就像街巷里常念叨的：又吃饭，又喝粥，又有大姑娘陪呃宿。艳福不浅呃。哪晓得半夜三更这座庭院东厢房的情况，出乎人们的意料，让人们在多年后谈论起来也大跌眼镜呢。

月朦胧鸟朦胧

那个秋冬之夜，月色暗淡朦胧，空中氤氲着湿气，这是阴雨前的征兆。桂玉嬢嬢的东房间里，却温暖如春。木地板上，泛动着小家碧玉的光泽，一滴水的宁波床，床檐前镶雕着游龙戏凤。这张绣床，连同踏板一侧的雕花小柜和铜箍马桶，已经有了上百岁的年纪，它们一起见证过桂玉嬢嬢与程二少新婚合欢的时刻。

我们可以这样描述，这房间里每一样物件，都是一段古老的时间，一个浓艳的故事。是桂玉嬢嬢的生活道路，命运遭际，苦乐兴衰的披阅和实证。这些物件，叠印着主人无数指纹，带有岁月的气息和印痕，散发生命的热量和光辉。因此，这个房间，在那个特定的夜晚，一定很温暖，很知性，很有诱惑力。

程二少走路以后，按照东房为大的习俗，桂玉嬢嬢把家中的男人——她唯一的儿子住了进来。踏官讲究清洁卫生，把小房间收拾得井井有条，妥妥帖帖。甚至在房门里的红漆箱子上，摆放了一块当时稀少的鸭蛋青香皂，人们走进房间，就会闻到一股清爽的香味。那块香皂只闻不用，一直体态丰满地搁在木箱顶上。

据桂玉嬢嬢事后叨叨唠唠的絮语，那天晚上，郑姑娘进了房间，大概是受了香皂气息的感染，心情愉悦。床上的踏官，在小木窗透进的夜光里，尴尬不安地望着她爬上自己的床铺，又赤裸着白生生的大腿，拱进旁边的被单。不知是对男女之间那点事尚未开窍，还是因为自己的孱弱而自渐形秽，踏官竟有些目瞪口呆，非但没有青春期的冲动，反而感到极度的惶恐不安。他赶紧挪动瘦削的身子，钻进另一条被单，捂紧被头，再也没有动弹，倒像是怕丢失了自己童子之身。用东亭老人的话说，真是大梦做呃反掉了。

这是个令人心跳的夜晚，曲江巷里传出几个版本，成为许多年来人们茶余饭后兴头十足的话题。这孤男独女，同床共枕，笃定会成就人们意料中的好事。2000 多年前的柳下惠，是虚无缥缈的人物，他是否有什么难于启齿的缺陷？当时是否有什么难以言说的原因？鬼才知道呢。那段坐怀不乱的故事，被许多人糊里糊涂地传颂了 2000 多年，有谁真正了解其中包含的丰富内容呢。莫道出家便受戒，哪有猫儿不吃腥呢？

踏官一定不是受了柳下惠的影响，他只是无来由的紧张。虽然静静地躺在床上，内心却翻江倒海。我们可以想象一番，因为激动，踏官原本泛着青春色泽的双颊，这时十分苍白，颈项间的青筋，如出土的蚯蚓，勃勃跳动。身边的女人，有点静观其变的姿态，等到更深夜阑，旁边没有动静，扭头望去，朦胧之中，是一张精致年轻、秀气得没有一点瑕疵的脸。那双细长水灵的眼睛，长长的睫毛微微颤动。姑娘嗅着身边异性的气息，竟生出丝丝缕缕的柔情，眸子里闪现出锐利而温柔的钩子。

踏官按捺住自己的情绪，一夜和衣而眠，对身边佳人灼人的体温和急促的呼吸，无动于衷。渐渐地，他竟然沉入梦乡。他后来喂嚅着如实告诉母亲，那天夜里，他竟然还做了几个断断续续、零零碎碎的梦，有的梦甚至上着色彩，仿佛家神柜上景德镇窑产的粉彩瓷器。柜子上一对梁椽粗的红蜡烛，红烛的芯子很大，透出的光晕有些眩目——在这些虚幻的五颜六色中，演绎了一出现代柳下惠的版本，让许多知情人扼腕叹息。

听到踏官细微的鼾息，郑姑娘哪里还睡得着？她轰咚一声，坐起身来，拱起被盖，大红绫子被单倏地褪下来。她看着自己包裹在被单里的光滑如玉的躯体，悻悻地长叹一声。抬头望去，房间融在阴影中，有种茫然不知边际的感觉。临近冬季的夜晚，生出难得的燠闷，姑娘解开几个小衣扣袢。忽然，一缕如泣如诉的二胡声从巷子对面泄出来，钻进房间里临巷的小木窗，夜显得更静了。二胡过门拉过以后，木地板隙缝间竟传出很不协调的老鼠梭动吱吱作响的声音，这让郑姑娘更加烦躁不安起来。

这天夜晚，西厢房的桂玉嬢嬢通宵未眠。她在堂屋间踱着脚步，走来走去。不时从东厢房板壁的隙缝间朝里窥视，此情此景，尽收眼底。她怎么也没想到，儿子是这样窝囊废。她恨不得捶开房门，去代替儿子行周公之礼，把这个标致可人的姑娘永远留在这个庭院里。

桂玉嬢嬢后来把这个夜晚的情景，一五一十地告诉了我母亲。据说，天色微明时分，郑姑娘打了个大大的哈欠，又一次傲起身，朝旁边一瞥，脸色苍白的男人，也在睡眼惺忪地打着哈欠。姑娘突然心生恨意，往事在心中沸腾起来，俨然茂密的灌木，经过阴霾燥热的天气酝酿，显得生机勃勃。这个男人，就是个木头，交往数月，毫无怜香惜玉之意，如今同居一室，共度良宵，不要说连一个拥抱都没有，甚至没有享受过一声温和的话语和一个含情的眼波，而是用可恶的漠然态度对待自己娇艳的身子。在这个本该温馨的清晨，她有些愤怒，突然俯下身子，在踏官瘦削而又白皙的肩膀上，狠狠地咬了一口。

踏官哎哎呀呀的吟哼着，郑姑娘看着月牙般的浅红牙印，心情舒畅了一些，便快速地穿衣起床。咣当咣当地打开房门，再打开大门，朝巷里溜去。这时候，大概为了迎合她的心情，天空飘洒起毛毛细雨。河风吹来，绵细的雨丝，成了一匹白纱，贴地而飞。郑姑娘义无反顾地冲进雨中，头也不回朝巷底河边奔去。

桂玉嬢嬢听到门响，赶紧跑到门口，郑姑娘已经消失在白纱中。她回身盘问儿子，儿子却给她看肩膀上月牙般的印记。桂玉嬢嬢感到自己的失败，十分懊恼，一腔无名怒火全发在不争气的儿子身上。在堂屋里笃着拐杖，拍着大腿，对儿子破口大骂："你真是拎起来不像个粽子，耷下来不像个糍粑！你是扶不起的阿斗，教不会的蠢材！你不汰害不借势，你——你——你就是个害人不浅的二根子呃……"

可怜的踏官，也不回嘴，像做错事的孩子，垂头丧气，脸色苍白，眼神飘忽，坐在床枕上，任由母亲训斥。吵骂声传到曲江巷里，大家听见了桂玉嬢嬢最后一句话——"你就是个二根子呃——"从此，人们打量踏官的眼光，就有些怪异，有意无意把他的全身扫描一遍，像打量一个外星来客。媒人也不再拢边，怕害了人家姑娘，落个"公婆娘"的称呼。

几年以后，踏官终于开了窍。有人为他介绍城东一位体态丰满的姑娘，投了他的缘。洞房花烛之夜，当然再不会出现那些尴尬之事。但是，这不足以消除人们的疑惑。曲江巷里，又唠叨了一年，在闲言絮语的流荡中，婆娘的肚子渐渐凸起。即便如此，还是没有结束人们另外的臆想和猜测。

接下来的事情，便顺理成章了。婆娘为他生下一个胖儿子，眉眼之间与踏官一模一式。巷子里的人们，看着眉清目秀的婴儿，再听那婆娘说，假如不是计划生育，她还要为踏官再养几个伢儿。人们听明白了这句话的潜台词，这些年来，大家总是白操的心思，多生的口舌，现在应该安逸地闭上嘴巴了。

火星庙来客

　　按照地理和文字的脉络，这一小节，原本要说到踏官的妹子，俗名叫毛头的姑娘。文字开了头，才发现在毛头前面，有个绕不开的人物——程家大孃孃。她是踏官和毛头的亲孃孃。因为有了这个孃孃，毛头的生活经历变得曲折、复杂起来。

　　在踏官对男欢女爱懵懂困惑的青涩时光，碧玉年华的毛头，就有人上门提亲。一家女百家求，自然界、生物界皆同此理。既然有众多求亲者登门，桂玉孃孃母女也就满田里拣瓜，结果是拣得眼睛发花，也没有拣到家。高不成低不就，不赶不巧。到了桃李年华，一个重量级提亲的人物，或者说难以拒绝违拗的仙家，穿着藕荷色衫裤，捏着绣花手帕，虽然涂脂抹粉，伸腰扭胯，但很严肃地走进曲江巷。这提亲的不是别人，乃是程家同宗同姓的亲眷，毛头的亲孃孃。当年，曲江巷一群伢儿，也跟着喊程大孃孃。

　　程大孃孃走进曲江巷程家大门，这旧式宅院里发生的故事，便精彩生动起来。这几个小节，我们可以顺着跌宕起伏的曲线，沿着早年恩怨情仇的脉络，往故事深处走去。

这程大孃孃，早年从曲江巷嫁到东亭城西街火星庙巷。按照过去的说法，嫁出门的女，泼出门的水，既然成了西街火星庙巷主妇，在曲江巷只是过客而已。可是，曲江巷里的住户都晓得，这位程大孃孃，她的气势和格局，足以碾过半条彩衣街，再从曲江巷头碾到程家宅院。用现在的话说，气场特别强大，对远在三四里之外的曲江巷，具有非凡的影响力。

程大孃孃公婆家，也是富庶之人，祖上原先在新桥口开一爿茶叶店，积攒了丰厚的家底。到了公婆这一辈，又做起丝绸生意。火星庙巷里有赵公元帅的殿宇，她家一定是近水楼台先得月，沾了菩萨的光，不管从事哪类经营，总是生意兴隆、财源茂盛。家底厚实了，就在赵公元帅旁扩大地界，砌出一座深庭大院。院子里树丛整齐，花木扶疏，深邃幽静，院墙边又栽种丹桂、银桂，薰香四溢，凡是走过院墙边的行人，总能素袖沾香。

程大孃孃在娘家时，就有过人的灵气，嫁入富庶之家，更是如鱼得水，日子过得十分滋润。平日只要出门，总是打扮得格格铮铮，衣着光鲜，穿戴得体。又描摹敷彩，粉颜红唇，眉毛又细又黑，有如炭画一般，耳边戴着硕大的金耳坠，在左右两侧摇来晃去，显得时髦讲究，清爽干练。走在七里长街，精气神映照得沿街店铺房舍，熠熠生辉。更重要的是，她会巫术，能给人看相测字，算命打卦，坐在人家堂屋正中，打个喷嚏，灵魂就能出窍，吟唱起灵果儿，抑扬顿挫，搅着人们的心思，一会儿到高潮，一会儿入低谷。因此，只要她回到曲江巷，巷子里就生动热闹起来。

在我们童年的心目中，这程大孃孃是个非凡人物，有呼风唤雨的本事。在曲江巷里，远远望见巷头出现那张粉脸，身着深蓝色镶银边的大襟衫，梳着油亮光鲜的发髻，随着轻盈而又有些做作的杨柳碎步，款款而来，就陡然生出敬畏和神秘之感。她俨然仙道之人，带着些微的烟火气息，突然降临人间，居然还回了娘家，不时用高亢的语言和夸张的举动，演绎她当之无愧的神圣和令人咋舌的神秘。

程大孃孃是我母亲的朋友，所以，她每次到曲江巷，总要拢到我家，伴花唱曲般朗声聊天。记得很小的时候，一个女伢儿，在天井里择菜，她头发稀少，人称小瘌子。程大孃孃风风火火地跨进门楼，走到天井，径直奔堂屋而去，眼睛一瞥，望见女伢儿，突然回转过来，蹲下身子，虚张声势地张开五指，朝着摊在地面的韭菜虚空地抓上一把，对着女伢儿头皮吹了一口气："嘘——送你一把好头发呃……"

女伢儿红着脸，抬起头，惊异地朝她望着。大家看这情形，一阵嬉笑。哪料没过多久，女伢儿的头发，真的长得茂密起来，这就有点不可思议了。有人说是程大孃孃的法术起了作用，有人说是到了小伢儿该长头发的年龄，莫衷一是。不过，人们还是相信，程大孃孃身上有些造化和改变人生的本事。许多人渐渐生出崇拜之感，相信她的神神叨叨的说法。

那个上午，程大孃孃恩赐给女伢儿韭菜头发后，转过身去，照例姗姗婷婷地走到家神柜前，对着前辈的遗像，开始每一次例行公事般的哭诉。诉说的内容基本相同："我的个大大哎，我的个大兄弟哎，你俫走得早呃，你俫命苦呃——"抑扬顿挫的哭啼念叨之间，突然无间隔无转折地变了调门，转为哎哎呀呀的吟唱，所唱曲调，类似东亭之北盐阜淮腔，令人啼笑皆非。

据说盐阜淮剧，是从小寡妇上坟哭哭啼啼的腔调演变而来，唱腔苦苦滋滋。所以，盐城向南，苏中平原上的人们，并不喜欢听淮剧，认为淮调是大悲腔，不中听。早先，东亭城有锡剧团、淮剧团，但人们更喜欢看越剧，可以在软绵绵的越调里，寄托自己柔柔的情愫。特别是 20 世纪 70 年代末越剧《红楼梦》电影复映的那阵子，东亭城里《红楼梦》，山芋藤，十里老街人挤人。许多痴迷之人，日夜流连在电影院，连续看十几场《红楼梦》。而淮剧团在人民剧场演出，经常门可罗雀，观众稀落。

我们的叙述，再回到程大孃孃身上。记得当年人家祭奠先人，还请她过来跳大神，说灵果儿。只见她身着玄色香云纱大襟衫，丰腴的身板熨平了衣衫凸凹间的皱褶。慢慢地很稳当地在堂屋中间坐定，凝神静气，红唇飞上两抹稍纵即逝的笑意，口中念念有词。突然一个响亮的喷嚏，轰然仰倒，脑袋耷拉在椅背上，口吐白沫，昏厥过去。

过了一阵，程大孃孃苏醒过来，傲起身子，原本梳理齐整的发髻，耷拉下来，金簪子歪在一边。随着她身体的颤动，犹如一堆置身斜坡的粉团，随时有滚落的可能。这种状态，已是亡人附体。她脸上的肌肉开始僵硬，恰似数九寒冬冻老了的豆腐。程大孃孃喃喃自语，叨念太上老君急急如律令口诀："天灵灵，地灵灵，太上老君急急如律令。人来隔重纸，鬼来隔座山，千邪弄不出，万邪弄不开。急急如律令……"

接着，程大孃孃一把鼻涕一把眼泪，模仿亡人腔调，诉说阴曹地府的生活状况、心中系念、所缺物件等。周围香烟缭绕，地上纸钱飞飘，她在灰蒙之中，哭哭唱唱，那一惊一乍的情形，令簇拥在周围的人们既悚然不安，又无比敬畏。

灵果儿说亲

程大孃孃春风得意，心宽体胖。平时碎步走在街巷间，即便无言无语，也飘逸着安乐富足的气息，显得与众不同。

世界上许多事情，在冥冥之中，总有平衡制约，这是我们至今尚未掌握的一种内在规律。所以人生得意，不要尽欢，不可恣意妄为，不能全部圆满。月满则亏，水满则溢，黄金万两，到头来大病一场，福寿双全，只落得晚景凄凉。满招损，谦受益，是世人常说的道理。有人顾全功德，慷慨解囊，修取福报；有人见好就收，收敛贪妄，积攒阴德，这些大概是当年冯梦龙著述《三言二拍》要表达的意思。

程大孃孃万事顺心顺意，顺风顺水，可就是有一个最要命拿魂的心病——养了一个瞎子小伙。四肢健全，体格粗壮，可就是什么也看不见。至于年幼时因为什么原因造成这终身残疾，事过多年，已经难以说清了。

看到儿子这种状态，程大孃孃悲从心来，常常在家哭泣唱道："你偌许家，前世里作呃什哩孽，害得我好惨呃，将来我可指望哪个呢——"如今儿子年近三十，生活起居，仍须照料。无奈之下，子承母业，跟着母亲，也跟着周易，学会掐指算命、占卜打卦。瞎子算命，专心致志，能猜测对面人的心思，说得有鼻子有眼，听得人伸头竖眼。瞎儿子渐渐有点声誉，尚能自食其力。但身边无人，身后无望。即便赚得良田万顷，银两万贯，又有什哩用呢？

程大孃孃愁了三十年的心思，她是个要强的人，儿子这等模样，等于抽了她的脊梁骨。想想自己百年以后，谁有这份心肠，来帮她照料这个瞎儿子？这心思一旦泛起，胸口立即枷上了锁，闷得透不过气来。

这些日子，程大孃孃到曲江巷走动，更加勤泛起来。她在曲江巷发现了救命稻草，原先还没在意，随着时光流转，亲侄女毛头，渐渐长成大姑娘模样，肤色受到青春的滋润，也受到风言风语的抚动，显得粉白娇嫩。这种情状，突然触发她的灵感，不是说亲上加亲好照应吗？这不是现成的天赐良缘，佳偶天成吗？

有了这个念头，程大孃孃按捺不住，直截了当地与桂玉孃孃开口。她翘起兰花指，拍着弟媳瘦削的肩膀说："我亲亲的妹子嗳，毛头看着也老大不小了，女大不中留呃，要尽快找个好人家，我俫以后总能享到她的福哎……"

桂玉孃孃哪里晓得她的潜台词，连连点头说："一点不假，现在也是满田里拣瓜，拣得眼花，儿女终身大事，又俯就马虎不得，难弄呃……"

程大孃孃脸上笑开了花，她说："我亲侄女儿的终身大事，由我来做主。我说呃，与其把个不知根不知底的人家，倒不如亲上加亲，把呃我呃小伙，往后我俫就是两家并一家，老了好相互照应。"

桂玉孃孃心里一惊，这大姑子，竟然把自己的宝贝女儿与她儿子扯在一起，她做梦也不曾想到过。她不吱声，椭圆脸两侧腮帮子，倏然挂拉下来。

程大孃孃不必看弟媳妇的脸色，继续她的话题："还有啊，不是把晓喻你，如果不尽快撮合她俩，按照政策，毛头就要下放农村，不晓得下放到哪个千八监里去捱桔受罪，到时再被乡海里小伙看上了，一辈子淌在泥沟里，竹篮打水一场空，丫头等于白养了。"

程大孃孃贴着弟媳说话，桂玉孃孃分明闻到她身上逼人的脂粉气和嘴巴里的烟火气，心里像打翻了五味罐，说不出什么滋味。她愣怔了半天。堂屋里的空气凝固了，只有家神柜上的自鸣钟，在滴滴答答地走着，想打破这种尴尬和静寂。

程大孃孃心宽体胖，越是重要的事，越是逸而当之。她不着急，顺手抄过堂屋间的高背椅，一屁股坐在上面，手里转动念珠，习惯地闭上眼睛，把难堪的静谧丢给对方。

桂玉孃孃简单直率，哪是程大孃孃的对手？她说："你是她的亲孃孃，你自己跟她说去，只要丫头同意，我不掺和。"其实，在这一刹那，她心里已经想好，女儿怎呃会同意这桩亲事？即便下放农村，也比把自己的终身托付于一个瞎子强上几分。

既然这么说，就没有你桂玉什么事了。程家的事，程家人做主。程大孃孃心里、嘴上都在说话。她起身沏了一杯茶，坐在靠背椅上，咂咂品品，板等毛头回家。

过了一会，毛头和一帮闺蜜，叽叽喳喳跨进户槛。程大孃孃连忙起身，对簇拥在毛头周围的姑娘们摇着手帕："哎哎哎，你俩这些丫头，也玩呃差不多了，我要跟我呃侄女儿说点要紧事——"姑娘们听这正儿八经的口气，不知道程家有什么重要事项要商量，一哄而散。

程大孃孃拉起毛头的手，说："乖乖肉呃，今勒子大孃孃要跟你说一桩特别重要的事情。"接着，她对着毛头扬起的一张粉脸，把来意一五一十地细细谈起。谁知那些甜糯软绵犹如旧绸衣的家常话才扯出一半，毛头把手从孃孃的手中甩出来："这怎呃可能，他是我哥哥，怎呃想得起来的？"

程大孃孃怔怔地坐着，突然嚎啕起来，哭了一会，见没人呼应，又佯花唱曲道："程家的老祖宗哎，你俫说说，亲上加亲中不中？总比下放到野三八四去好多少呢！你俫总晓得，这家里作的孽，我程家这丫头，可是黄花闺女了？瞒得过左邻右居，三亲六眷，瞒得我这孃孃，瞒得过祖宗亡人啊……"

程大孃孃这样佯杠，句句点在要害处。她的一口银牙，白得像石灰一样，只是门牙缝间，夹着一点碧绿的菜叶，再配上她考究的衣饰和晃动的耳环，竟荡起一股阴森气息。

母女俩先是看到孃孃哭声呜啦地喊祖宗，又听她质疑毛头可是黄花闺女。她们会心相觑，又四面望望，仿佛黯淡的房梁上，有幽微的目光在窥视，心里发虚，先软了下来。毛头搭讪道："我也舍不得哥哥，以后我会照应他，但这调子是不作兴的……"

程大孃孃见侄女儿软和下来，知道抓住了软肋，便发挥自己的专长，继续施加压力。她开始自说自话："祖宗十八代，你俫说说，这桩亲事，作兴不作兴做呢？"接着，她打了个响亮的喷嚏，一种很粗壮、很悠远、很缥缈的声音，由远而近，回答自己的问题："这是前世的姻缘，晚辈不得违拗呃！"

程大孃孃就这样装神弄鬼，哭哭唱唱，旁边的母女俩，心里惴惴不安。看大孃孃那情形，是祖宗附了体，祖宗的意思，可是得罪不起的，这如何是好？再想想，如果不答应这门亲事，就要面临下放农村做农民的不测苦难。毛头切身感受到人为刀俎，我为鱼肉的味道，转身溜进房间，嘎吱一声关紧房门，趴在床上大哭起来。

恨呃毒呃你

程大嬢嬢提起黄花闺女，话中有话，切中要害，东亭城里叫说话腌臜人。

这种话尾子，扯出毛头非常不愿提及的一个人来。说起那个千刀万剐的畜生，她心里有点发堵，转头躬进房间，关上房门。程大嬢嬢又在堂屋间高一声低一声唠叨了一会，叭唧叭唧地由近而远，咣当一下，出了大门。

天色渐渐暗淡下来，房间内的物件，都像桂玉嬢嬢一家的心情，笼罩在一片黯然之中。听薛家长辈说，当时的情形是，毛头把自己像布袋一样，粗暴地扔在床上，绣着兰花的蚊帐垂边，被她身子缠绞着，黄铜帐钩咧着嘴，发出咣咣当当的声响，差点掉落下来。

毛头歪歪扭扭地躺着，仰望帐顶，负气地说："好啊，你俫总在腌臜我，要么就答应了许家亲事，把自己像破麻袋一样摔出去，折腾就折腾吧，让那个千里之外的魂灵看看，这总是他作的孽呃！"

曲江巷的老人们说，当时毛头趴在床上，迷迷糊糊不知身在何处。

隐隐觉得，蚊帐顶上，冒出一张核桃干似的脸，唇边挑着诡异的笑意，这种隐隐约约的笑容，随着去年那个丝瓜筋般的身影飘浮上来，一点一点地变得僵硬干枯。毛丫头嘴唇翕动着："恨呃毒呃你了……"

在接下来的日子里，毛头又对曲江巷里的闺蜜述说了这一切。

程大嬢嬢提亲的那个晚上，毛头一直在做与丝瓜筋牵牵扯扯的梦。这种寒素的梦，好像是对河尼姑庵秋冬的花圃，一片凋零，一片苍茫。云遮雾障中，涌动着无数水泡一样的东西，近看却是一张人脸，神情很冷漠。毛头伸出手来，凭空去抓那张核桃干似的脸，手落了空，却把自己惊醒了。她揉着惺忪睡眼，坐起身子，发现四周茫茫，那是从窗口飘进来的月光和回忆。毛头思前想后，悲从中来，嘴一扁，呜呜的哭声，如同暗夜埙箫，从开向曲江巷的窗棚间传出来，散落在呆巷口几家门楼前。

若干年后，毛头的闺蜜，到了像桂玉嬢嬢一样，拄起了拐杖的年纪。这个时候，嘴巴已经不关缝了。过往的一切，都像竹桶篓子里倒豆子，把世人未知的旮旮旯旯里的细节以及暗夜发生的枝枝叶叶，全部倒了出来：

那年，桂玉嬢嬢家道中落，为了增加生活来源，把正屋东房间出租给果品公司李经理居住。这李经理祖籍福建漳州，一家人操着与曲江巷格格不入的闽南话，呱呱叽叽地交流谁也听不懂的语言。每到中午和傍晚时分，他家高个子白头发系着绣花裙围的奶奶，就会在巷子里大呼小叫，"呷绷啦，呷嘛啦……"一大一小俩小孩，应着呼声蹦跶回家，吃饭喝粥。人们形容这道风景，叫作曲江巷里的鸟语粥香。

过了一年，公司经理老家来了亲戚，是他的小舅子。这小舅子姓马，是闽南化工企业的采购员，人称小马子。小马子30岁左右，瓜子脸，细身材，套着一件咔其布的中山装，把细细的身材，勒得紧紧的。他留给曲江巷的形象，就是坐没坐相，站没站相，东倒西歪，前靠后仰，加上核桃干一般的脸型，整个人形，倒像一条软塌塌的丝瓜筋。

采购员应该东奔西走，忙于业务，可是小马子在曲江巷住了一个月，还没有动身返回，倒有点安营扎寨的意思。这小马子虽然其貌不扬，但衣着格铮，能说会道，巷子里面的小伢儿，喜欢听他讲各种各样带有闽南风情的故事。故事有莘有素，用他那种带有闽南语音的普通话讲出来，就有些生硬艰涩、艰难吃劲。这种怪模怪样的表达，倒使他显得笨拙可爱起来。渐渐地，他与一个屋檐下的毛头成了闲聊的好友。

夜幕降临，这座古色古香的宅院里，有了新的内容。毛头会端坐在昏黄的灯光下，听歪歪扭扭倚在桌角边的小马子嚼蛆子。那些飘浮在黄昏的故事情节，愈发露骨起来，掺杂了许多撩骚的话语。毛头面红耳赤的时辰，小马子的眼神，就闪动着晶莹的光点。这种时辰，这种光点，已经与他猥琐形象脱钩，并不显得讨厌，反而显得有些温情。人们说，这个福建蛮子，会撩骚人呃！当时的毛头，因为他喋喋不休的嘴巴和大龄未婚的身份，与他渐渐走近。

有时，人们只会猜测事情发生的生动场面，却说不清具体准确的时间。经过许多故事的摞叠，在一个夜深人静时分，他们终于相拥在一起。

毛头的闺蜜们，似乎亲眼所见，在一个十分焐躁的夏晚，把若干年前现场的情景，一五一十、绘声绘色地描绘出来：那个时辰，小马子俯伏下来，却瞥见墙壁上重叠的身影，扭过头，发现八仙桌上的罩子灯，晃动着火苗。他转过身子，踮起脚尖走到桌边，噘起嘴巴，从灯罩顶上往下吹。灯花已经衰弱，他用力一吹，却又噗噗地闪动出灿烂绚丽的花朵，把房间照得明晃晃的。

这时候，不知道是巷底河边，还是呆巷窄弄，有伢儿童声断断续续传来：

老鼠点灯，猫儿睡觉，
灯一倒，打个鸟，

乌一飞，打个龟，

龟一爬，打个蛇，

蛇一游，打个瘌球球。

……

闺蜜们说得细细作作，神乎其神：话说啊，那个闪光锃亮的灯影里，毛头一惊一乍地站直身子，只见小马子重新鼓起嘴巴，灯噗的一声灭了，屋里只剩下淡淡的银白。小马子认准时机，发起总攻，毛头一个趔趄，跌坐在地砖上。小马子显得很灵巧，没有任何迟疑，将她从地上拉起来，夹在大腿之间，以一个特别色情的姿势，揽她入怀——那毛头呢，只觉得眼前一阵奇哩八怪的红浪，这红浪雾间染红她的脸。好在昏天黑地，无人所见。但她当时是实实在在地感受到了，只觉得面颊上火辣辣的灼人。毛头以一种罕见的敏捷，迅速溜进房间，钻入被子。小马子老鼠一般，吱吱地跟了进来，捧起毛头滚烫的脸颊，贴上自己掺杂着烟味的嘴巴。毛头有些情迷意乱，到了这一步，也就任他而为。相比之下，小马子很老练，驾轻就熟地脱去毛头的小衣。

那天晚上，曲江巷里有人活像亲眼目睹一般，窥探的目光，乘着银白色的月光，从窗棚缝隙间泄了进去。看得见床上丰满的肉体，显现出健康的粉红色。小马子激烈而吃力地动作着，额上的青筋如同出土的蚯蚓，勃然蠕动。毛头被突如其来异乎寻常的激情所淹没，思绪如身体一样发晕地颠簸。

有人打断讲述者："日呃鬼了，你怎呃晓得这么清爽？说得有鼻子有眼的，你可是亲眼望见？可是那天晚上在桂玉嬢嬢家里贴壁板了？"

讲故事的人，有的挥挥手中的芭蕉扇，有的顿顿拄着的拐杖，戒烦道："总是过来之人，这种事情啊，你用脚丫子总想得出来。夏天暑热的，嘴闷得发臭，不扯扯八五，怎呃过法子呃——"

向西而行

　　我们从曲江巷流言蜚语、街坊闲话中走出来，在夏晚乘凉老人芭蕉扇的小风中，再回到当年程大嬢嬢摔门而去后桂玉嬢嬢家里的情形。

　　毛头一直在呜呜地哭泣，大概是回忆起那段伤心的往事。桂玉嬢嬢在堂屋间安慰女儿，哪知却是按下葫芦浮起瓢，越劝越伤心，原先的暗自啜泣，变成了号啕大哭，像在庭院里吹着悲情的唢呐。桂玉嬢嬢望着女儿，竟生出顾影自怜的心情。她劝不住女儿，也想起了自己孤儿寡母一路前行的苦难经历，索性陪同女儿号啕大哭起来。

　　在曲江巷的传闻中，那些混乱而又罪过的夜晚，持续了没多久，这座朝东的门楼里，走进一个闽南女人，戴着尖顶斗笠，穿着蓝布花衫，抱着一个牙牙学语的伢儿。大门吱呀一声关上了，只听见庭院里一阵剧烈的扭打声和压抑的嘶叫声。不知是谁，用悲怆的嗓门吼叫着："你个打枪毙小，恨呃毒呃你……"

　　丝瓜筋一般的小马子，大概受到女人们的夹击，躲在角落里哀鸣着。第二天，垂头丧气地拎着旅行包，跟着戴斗笠的女人，沿着曲江巷，走上街头。过了几天，福建漳州的李经理也迁离曲江巷，不知去向。

世界上没有不透风的墙，其实，在那个小马子还没有走出曲江巷之前，巷子里的人们，就开始交头接耳，把一些琐碎的情节，在捕风捉影中描绘得活灵活现。这类人们乐此不疲的话引子，总能打开滔滔不绝的话匣子。有人说，那小马子，日白谈谎，化装未婚青年，巧舌如簧，欺骗良家女子，光膊子，穿个小裤头，就生拉硬扯把女人抱到床上去——这些放纵的想象，加上荤素羼杂的语法修辞，就有些不堪入耳。在身边团团转的小伢儿，侧耳听声，蹦到巷子里起哄：

> 谈了个谎，
>
> 得个大奖。
>
> 说了实话，
>
> 兜个糍粑。

曲江巷子，100 多年前，就是这么宽这么长，这些风言风语，顺着河风在巷子里飘拂，吹进踏官耳朵里。这个从不与人脸红的小伙，脸色由苍白到红紫。他在玉带河边甩开大步，嗵嗵嗵地跑进曲江巷，在一阵非常压抑的吵闹声中到东房间，把所有粘连福建佬印记的家什，噼里啪啦甩到天井里。又拿起拖把，在油漆地板上拖拭了好一阵，好像要擦净过去留在这里的一切污垢。

这件事过去了两三年，似乎随着河风吹拂，渐渐烟消云散。如今被程家大嬢嬢又一次提起，桂玉嬢嬢母女这才知道，这种邋遢事情，已在人们头脑里根深蒂固，难以消弭，而且流传甚广。连自家的大嬢嬢，说话都这么腌臜人，这种日子，何时是个头呢？可以想象，这时的毛头，想死的心都有了，恨不能一头栽进玉带河，把人世间的恩怨、烦恼全部丢在身后。

事到如今，别无出路，毛头一狠心，同意了这门亲事。大喜之日，免去一切琐碎仪式，曲江巷里闷声哈气，似乎一点儿动静都没有，更不要说有什么吹吹打打，闹闹笑笑的场面。这与早年桂玉嬢嬢和程二少婚庆隆重而又喧闹的场景，真正是一个天上一个地下了。毛头把自己作为一个殉道者，做出样子来，让巷里、巷外假麻日鬼的卫道士看看。有人说，毛头是自己走出曲江巷的，走到巷口的表情，抬头挺胸，怒目远方，向西而行，像个现代的刘胡兰或是日本鬼子刺刀下的赵一曼。

曲江巷里，有人从门楼间伸出头，望着毛头凄凄清清的背影，叹一口长气，叨唠道："真正是个伤心的，苦命的，买个萝卜空心的呃。"

听毛头的闺蜜说，新婚之夜，更阑人静，毛头伤心地看着躺在床上的表哥。他很壮实，站起来是一棵树，躺下来是一座山，庞大的身躯，差不多是那个千刀万剐的打枪毙小的两倍。在他面前，身段丰满的毛头，倒显得纤细起来。可惜天不借势，让他在一片黑暗中苦捱时光，他不能为她遮风避雨，支撑门户，反过来，还要她铺床叠被，搀扶行走。这种日子，往后怎呃过呢？到哪块是个头呢？

毛头倚坐在床桄边，在大红床帏衬托下，瑟瑟如残秋中最后的苦菊花。她帮助这个表哥、现在的丈夫脱下鞋袜，把他腾挪上散发着新棉味道的大床，服侍他睡在崭新的绣花被子里。然后痴痴地坐在床边，看着油罩灯的火苗，闪烁跳动，她一定联想到了小马子吹灭的油灯。这个新婚之夜，显得十分清冷，十分悲情，也十分伤感。

这时辰，像前些年桂玉嬢嬢支在踏官房门外一样，程大嬢嬢正支在房门外，侧耳听声，关注屋里动静。从门缝里瞟见房间灯火闪烁，声息全无，便像鸟儿啁啾般地喊道："小伙呃，丫头呃，睡得呃觉了啊——你俫听话，乖乖地睡觉，明朝一大早，我就带你俫回门，去看你俫的姆妈，我那可怜的弟媳妇哦——哦——哦……"

瞎儿子听到母亲的咋呼，在黑暗中伸出手来，把毛头搂进怀里。嗯嚅道：“好妹子，我俫别惹姆妈作躁，既然有了夫妻之名，我俫就行夫妻之实呃——”说着，腾挪着胖胖的身子，往毛头身上爬去。

在以后很长时间里，毛头都试图将一张瘦削的面孔，安放在这个身躯庞大的瞎子丈夫身上，但每次都以失败而告终。漫漫长夜中，她看不见那双细长，眼仁很黑很深的眼睛。那个恨呃毒呃的打枪毙，魂灵一般，已经飘散得很远了。毛头也就不再去想象，没有牵挂，没有希望，也就没有愉悦，没有冲动，只是完成那张红纸规定的义务而已。就像一杯兑了太多水的酒，没有一丁点儿醉人的气息。

毛头经常提着包袱，回到娘家，一住十天半载，不想回到西街那座深幽得令人窒息的大院子。又是程大嬢嬢出面，踩着碎步，到曲江巷来带儿媳兼侄女回家。她颠着小脚，急急匆匆走进做姑娘时的宅院，照例是甩着手帕，前俯后仰地说着半人半仙的话。然后带着儿媳妇，坐着黄包车，在石板上颠簸着出了巷口，向西而行，直奔火星庙巷而去。那景象，似乎是被裹挟胁迫，绝尘而去。黄包车的橡胶轮，一路走在东亭城里的民俗旋律上：

> 一块田，四角方，
> 街上的姑娘嫁下乡，
> 过的日子苦荡荡。
> 早上挑野菜，
> 晚上剪花样，
> 抱着花样哭亲娘。
> 不怪亲娘亲老子，
> 只怪做媒的老婊子。
> ……

　　几年后，毛头生了个大胖小子，跟他的父亲长得一模一样，体格健壮，皮肤白皙，头脑聪明，但眼睛明亮，活蹦乱跳。毛头找到了生活的希望，有了晚年的寄托，这也算是对她坎坷人生的一种安慰，这是后话。

　　在我的长篇小说《狐雕》中，曾写到何万福为了女儿的前程，在九龙港关桥口把瞎子女婿引进一片汪洋之中。写作时隐隐约约的潜意识里，程大嬢嬢的瞎儿子，在星月朦胧之夜，踯躅在关桥吱吱嘎嘎的木板上。

前朝舊事戊戌年老雪於東亭圖

金家埭廿一号 丁酉老雪

十四、元色景致

老屋上的夕阳

这一节，我们离开曲江巷的凡人琐事，再来回顾一下长巷老屋旧日情状。这些在旧年轮中铺满苔藓的老巷老屋，是《我的曲江巷》一书所有故事的发源地、衍生地。

曲江巷两侧的房屋，从北边彩衣街上的巷口，向南边巷尾玉带河延伸。到了中部的呆巷，再向南去，更为明显地遵循传统建筑规矩，西向和东向的门楣、门楼在诞生之前，预先商议好似的，互不窥视，不作兴大门正对大门的。每一户的正门，只朝向巷子对面的山墙或院墙，参差排列，错落有致，向玉带河伸展。

这种建筑形式，从哪个年代开始；这条巷子，在哪个年代形成，如今几乎无人知晓，也许只有巷底玉带河知道。这种前世今生的追溯，可以到元末明初洪武赶散的记叙中寻找。

那些遥远的年月，车辆稀少，独轮车、平板车是主要运输工具，但砖石沙泥路道，车辆不便通行。老屋的青砖灰瓦，石灰木方，就承载在泰东河、串场河、玉带河河面大木船上，从福建、从江西、从浙西、从许多莫名的远方荡漾过来，在河码头上驳岸卸货，有模有样地码成苏式、徽式构筑。日积月累，堆垒成长长的街巷。

我知道这座老城的大概年龄，对这些老街老巷老屋的建筑，只知道它们的来源，大多是当年苏州阊门周围的建筑既定样式和建筑规矩。所以，老城这些建筑，还要拜曾经金戈铁马、浴血奋战的朱元璋、张士诚们所赐。如今曲江巷的老人渐行渐远，带走了这条巷子早年风景。后代人只有对这种约定俗成的文化内涵、互不相对的建筑规矩，感到应有的敬佩。这恰似人与人之间，和睦相处，着意谦让的形态。而我，只是用笔尖，扒剔一些岁月掉落在砖石隙缝间的人物和故事。远年人物故事的载体，就是这些陈年累月里形成的街巷。

我们可以这样想象，太阳照在玉带河上，渐渐地升上南园的天空，这种高度，正好可以俯临广济桥北的长街曲巷。曲江巷静静地匍匐在太阳下面，阳光从南侧河边的巷尾开始，把灿烂的光点，沿着石板路，一点一点，向北侧的巷头铺洒。拐弯抹角的地方，就勾勒出它轮廓线条的阴影。挑水工滴落在麻黄石板上的水滴，被太阳照耀着，闪现晶莹的光润。依次排列在巷子两边的房舍，特别是那些高高低低具有个性的马头墙，像两行灰黑色虔诚的仰望者，面向太阳，贴地而立，接受每天循环往复的阳光洗礼。

到了下午，曲江巷又是一番光景。我们从上一节的文字中出来，走出老陈二爹的大宅院，在麻石板上向南走出几步，就会看到，巷西朝东的马头墙，又称防火墙，挑着一颗蛋黄似的夕阳。马头墙官帽似的方顶，与巷道东侧的马头墙方顶欹斜相对，在落日黄澄澄的余晖中，形成曲江巷两侧隆起的坡顶。这时，所有的屋顶坡面，都披罩着一层亘古的霞光。我一直认为，曲江巷这一段落，这种澄黄夕阳下的马头相望，是巷子里的优美风景和精华所在。

到了下午，人们渐渐地歇息下来。这时候，玉带河对岸南园上，一定会有几个赤脚的菜农，眺望着对岸鳞次栉比逶迤远去的房舍，可着嗓门大声吟唱乡俚民谣，那个粗犷浑厚的嗓门儿，是南园上的唐殿选爹爹。他会自编自导自演，撑花船、挑花担，在现代京剧《沙家浜》中出演过忠义救国军司令胡传魁。在夕阳铺漫的傍晚，我们听到的是他拿手的"四季调"十把古人唱一唱：

一把古人唱一唱，岳飞枪挑小梁王，

武松打虎景阳冈，太公八十遇文王，

哎呀呀茉莉花，哎呀海棠花，太公八十遇文王。

二把古人唱一唱，辕门斩子杨六郎，

诸葛亮把东风借，三气周瑜芦花荡，

哎呀呀茉莉花，哎呀海棠花，三气周瑜芦花荡。

三把古人唱一唱，百万军中赵子龙，

献连环计是庞统，献苦肉计是黄忠，

哎呀呀茉莉花，哎呀海棠花，献苦肉计是黄忠。

四把古人唱一唱，吕蒙正睡在破窑堂，

武吉上山打柴卖，何文秀落难道情唱，

哎呀呀茉莉花，哎呀海棠花，何文秀落难道情唱。

五把古人唱一唱，莺莺小姐去降香，

红娘传信到西厢，引来张生跳粉墙，

哎呀呀茉莉花，哎呀海棠花，引来张生跳粉墙。

六把古人唱一唱，阎惜娇活捉张三郎，

林冲逃出草料场，宋公明投奔梁山上，

哎呀呀茉莉花，哎呀海棠花，宋公明投奔梁山上。

七把古人唱一唱，蔡状元砌造洛阳桥，

观音老母来作法，四海龙王不来朝，

哎呀呀茉莉花，哎呀海棠花，四海龙王不来朝。

八把古人唱一唱，关公五关斩六将，

张飞喝断霸陵桥，刘备东吴入洞房，

哎呀呀茉莉花，哎呀海棠花，刘备东吴入洞房。

九把古人唱一唱，王婆婆害死武大郎，

潘金莲结交西门庆，药死亲夫见阎王，

哎呀呀茉莉花，哎呀海棠花，药死亲夫见阎王。

十把古人唱一唱，西天取经是玄奘，

悟空八戒与沙僧，不怕妖怪耍花腔，

哎呀呀茉莉花，哎呀海棠花，不怕妖怪耍花腔。

粗哑浑厚的声调，在老城大街小巷穿行。悠远的旋律中，长街、曲巷、夕阳、古人，组合成一个美好而悠远的意境。

唐老爹扮演过胡传魁，曲江巷也有人扮演过胡传魁。他是程德喜大大家的独子，大名叫程瑞堂。循着远远近近的吟哦声，我们继续曲江巷深处的旅行。

在这个晚霞遍地的时辰，我们走进老陈二爹对面墙下的门庭，这就是程德喜家，我们称之为大大大、小大大家。程家老屋，与曲江巷里的许多宅院，制式相似，具有徽式和苏式风格结合的特征。他的堂屋后山墙，对着桂玉孃孃的厅屋。程德喜与程二少是嫡亲兄弟，这样的房舍结构应该是过去大家庭穿堂几进的样式。长辈去世，晚辈兄弟分家，单门独户过日子，为了避免互相干扰，便把堂屋中间前后相通的堂门堵上，院舍环围，自成体系。

程家房屋构造，与巷东房舍，朝向不一。朝东的大门，厚实沉重，一般人家门户，门闩在当中，一根横档插过去，就把牢了门户。程家的门档，却多了两根，横两根竖一根。门框两边，上下有凹形插孔，门闩插过去，往里一扳，横的把手，正好被卡住。再加上竖立的门闩，上下投进插孔，除非把门砸烂，否则别想从外面把门打开。

跨过程家户槛，走进门楼，左手是厨房间，右手是东房窗台。向前几步，跨下门楼，是一个偌大的天井，天井比门楼堂屋和对面花台，低凹几砖。三间七架梁瓦房，坐北朝南，前面是凸形走马廊沿，中间堂屋，铺着镙底砖，宽宽敞敞。两边房门的铜扣上，吊着凹字锁，长长的，足有五寸，乍一看，恰似旧时灯座，黄澄澄的色泽中散发出古老的前尘气息。

这座宅院，用儿时眼光看去，走马廊檐到后山墙，深不可测。因为进深跨度很大，太阳从屋檐口照不进去，屋里光线不好，像个神秘莫测的匣子，可见程家堂屋之大。听长辈们说，在这方匣子里，发生过东亭城所能发生的离奇故事，甚至散发着哀怨血腥与暴戾的传说。这些遥远的事情，都与那个战火纷飞、硝烟弥漫的年代绞缠在一起。

如果我们怀揣往日的传说，踽踽穿行在凹字形的走马廊沿中，望着对面院墙斑驳的墙基和铺满苔藓的地面，心里便会风起云涌。那座固若金汤的大门以及那些虚张声势的门闩，没能挡住战乱年代穿着大皮靴的脚步，传说中的那些骇人的场景，还是冲进大门，在这块四方的堂屋间上演。让曲江巷多愁善感的心灵，受到大半个世纪的震撼，留下大半个世纪的话题。

程家房客

当年，走进程家宅院门楼子，我们会首先遇见程家人口众多的房客。因此，我们的文字，喧宾夺主，先从眼前的人物情景开始，从程家大院东房间的房客说起，暂不谈程家主人的前朝往事。

在 20 世纪那个经济困乏的年代，曲江巷里许多人家，生活都不宽裕。为了增加经济来源，有些人家，全家挤在一起，腾出一二间空房，租给在国营单位任职的干部居住。程家院落里，东边一间偏房，租给日杂公司朱姓经理。

这位朱经理，夫妇都是安徽人，皖北口音，侉声侉气。他的家庭，人口众多，七个子女，从高到矮，一浪趟跟在屁股后面。朱经理个子不高，板刷头、短颈项、扁脸瘪嘴。从部队转业到地方工作，身着卸掉了领章的黄军装，穿皮鞋、戴手表，抬头挺胸，橐橐行走。大头皮鞋踏在石板上，咚咚咚咚——响声很大，很有气势，倒应了那时儿歌："解放军，叔叔好，穿皮鞋，戴手表，一脚踢杀个美国佬……"

朱经理的黄军装，总要穿上三个季节。穿到领袖油迹斑斑，才肯脱下，乘着艳阳高照，快速清洗，第二天半干半湿，又穿上身。天寒地冻的时候，披上一件黄色军大衣，更显威武之气。到了夏季，天热起来，才换上耐脏的灰布衬衫，依旧穿皮鞋、戴手表，较好地保持了干部模样。他经常背着手，一边思考公司的工作，一边在巷子里行走。他的小儿子，大概四五岁光景，尚未到入学年龄，竟也学着父亲的派头，把一双小手，用力背在身后，蹒跚地跟着父亲，迈着大步，在石板上跨来跨去。一脚不稳，摔倒了打个滚，也不哭也不叫，十分利索地爬起来，继续跟在父亲身后。这种情景，倒让我们这些小学生更加理解亦步亦趋的含义。

在计划经济时代，一个公司的股长或工厂的科长走在街面上，总有许多人热情地打招呼。走进巷头曲江浴室，更是被周围的热情环绕，热乎乎的手巾把子，摺个不停，榻椅边白瓷杯里的茶水，也保持在恰到好处的位置。而国营公司经理，在东亭城已经是不小的官职，属于高级干部一类。朱经理虽然个子不高，其貌不扬，因为自身分量重，在巷子里走动，也有气派。

那个年代，干部注意清廉形象，朱经理属于一个。没有额外的"灰色"收入，家中嗷嗷待哺的子女众多，经济上有时捉襟见肘。在20世纪60年代大饥荒的时候，生活拮据。也许受长期部队生活习惯影响，家庭中实行严格的计划分配。每逢就餐时辰，程家门楼的厨房边，人头涌动，七个厨子八个客，自家忙呃自家吃。随着空气中飘浮的米饭、蔬菜芳香，一盆白米饭，一盆蔬菜汤，顿时上了大方桌。朱师娘在围裙上擦着手，从厨房里奔出来，像唤小鸡一样，噘着嘴叫唤一声，"哦——呃——"有如号令响起，大小人等，刹那间围坐在方桌边，眼巴巴地盯着桌面中央白的饭、绿的菜，一勺一勺分配到各人瓷碗里，一起开吃。

朱家只租住了程家东边一半，他们的饭桌，就摆在东边门楼里，临近两扇三道门的大门。这个时辰，朝东的大门，照例是敞开的，透明度极高。朱家饭食，按年岁分配，中午一人一碗米饭，一碗菜汤。三儿子的年龄，与曲江巷小伢儿相仿，因为是男孩，又在长身体的时候，饭碗自然大些，分得的米饭多些。年岁小一点的，米饭依次递减。如果是女孩，递减情况更加明显。

儿女一多，伕食吃的现象时有发生。小的三扒两咽，稀里哗啦，碗里扒得精光，眼光自然落到旁边哥哥饭碗里。哥哥眼睛一乜，情况不妙，赶紧闷头扒饭。妹子支了过来，涎着脸说："哥哥，我肚子没饱，可能借几颗米数把我？"哥哥愣怔一下，翻起眼睛，看到的是和自己一样的扁脸瘪嘴。妹子的身子骨显然很单碎，泛灰的白衬衫宽松出许多褶子。本是同根生，就有怜悯之心，便勉强问道，"你借几颗？"妹子赔笑说："借十颗可好？"哥哥略一思忖，期期艾艾地说："好吧，不过，下回子要记得还我呃。"妹子当然连声答应，哥哥的嘴显得更瘪，狠下心来，一颗一颗从碗里往外扒拉米粒。

这个时分，朱经理的大头皮鞋，笃笃笃笃——跨进了大门。公司业务繁重，亟待处理的问题很多，他总是早上班，迟下班，十分辛苦。这会儿刚刚下班回来，在门楼里就餐的儿女们的动态，看得一清二楚。他虽然个头不高，却是个经历过战火沙场钢铁般的汉子，他用劲地瘪瘪嘴，看着面前狼吞虎咽的一众小瘪嘴们，特别是那个他无限疼爱的、现在向哥哥借米粒的小丫头，心里疼痛起来。

朱经理忍住自己的情绪，滋滋地倒吸冷气。他佯装着挺起肚皮，打着饱嗝，像在部队发号施令一样，高声吩咐那个在厨房里佝偻着腰身，随军后从部队一起转业回地方的家属："我在公司陪客户吃过工作餐了，把我的那份儿，分给这些小狗子们吧——"把小伢儿称为小狗子，是东亭城里长辈对子女疼爱的称呼。说完，他回转身，跨出门槛，大步流星地走向玉带河边。

曲江巷的伢儿们眼尖，他们聚在一起时，说到那个令人无限崇拜的黄军装："你傗总说那个朱大大上过战场，扛过枪，打过仗，这样的人，从来不会流眼泪。那一回，明明望见他的大皮鞋，走到河边邓家的房屋旮旯儿，倚在阴暗处，扁扁的腮帮上，挂着几颗泪珠儿呢，倒像是个哭宝小。"

我们可以想象到朱经理哭泣的样子，他的瘪嘴，应该瘪得更加厉害，也应该更加生动真实。无情未必真豪杰，那一回，也许他动了真情，不像带兵打仗的，倒像邻家小老头儿，越老越脆弱了。

在那个困难年月，朱家还是显示出生活的优越。大大小小的儿女们，穿着父亲褪色的甚至打着补丁的黄军装，出门上学，一律响亮地打着饱嗝，很饱暖很富足的样子。惹得巷子里大小人等，十分羡慕。那个挎着书包的小丫头，边走边吟唱着那个年代的歌儿，记得歌名叫作《人穷志不穷》：

> 我们人穷志不穷，
> 茄子开花像灯笼。
> 穷人的心头火样红，
> 铜盆那个烂了分量在吔，
> 哎，我们人穷志不穷。
> 胆大骑虎又骑龙，
> 胆小只骑抱鸡公。
> 天下那个穷人拉紧手吔，
> 哎，我们人穷志不穷。
> 斧头劈开通天路，
> 太阳出来暖烘烘。
> 群众捧柴火焰高，
> 不怕那个鬼来不怕难吔，
> 受苦人一定要不受穷。
> ……

　　军队转业干部，国营公司经理家也有粮荒，可见当年饥荒状况。那时候饿肚子，是许多人家正常发生的事情。半个多世纪前的场景，现在回头遥望，仍然若隐若现。当年朱经理站在程家门楼里，抬头挺胸，对几个公司员工慷慨激昂地说："北京城里的毛主席，会看到我们饭桌子的，现在看不到，用不了多久，就会看到啦……"

大大大、小大大

　　旧时东亭城里，人们称呼祖父辈的叫爹爹奶奶，称呼伯父叔父辈的叫作大大耶耶。如果按照方言发音，这爹爹的叫法，有点讲究。它不是北方话里面的 diēdie，也不是普通话里的 yéye，而是嗲嗲 diǎdiǎ。这篇文字里，为了表述方便，暂且不用方言发音，还是根据字面意思，叫作爹爹。

　　我们的字句，已经停留在程家宅院。浏览了程家房客在门楼里用餐的情态，再往深处走，就是房东程大爹一家。上回说到，这程家是个大户人家，人口众多，程大爹与程二少虽是嫡亲兄弟，但长一辈的祖爹过世，晚一辈的大爹、二爹们，就毫不犹豫地隔墙分家。这种现象，在东亭城里形成惯例。程家也不例外，到了程大爹手上，南边堂屋通往北边天井的穿堂门用青砖封堵，涂上白石灰，只留下早年门楣被雨水涸濡的长方块痕迹。两家宅院，自成体系，朝东的大门，一南一北，通向曲江巷。

　　程家宅院两位长辈，曲江巷里小伢儿们称作程爹爹、程奶奶。他们与我父母同辈，因此，我们小时候分别叫他们为大大大、小大大。多年来，我一直弄不清楚，大大大是里下河地区伯父的称谓，为什么称呼女性长辈为小大大，颇似现在网络随心所欲的昵称。当年极有可能是为了用这个小，对应那个大，这只是曲江巷里许多约定俗成的称呼之一。既然哥哥姐姐们都这么叫，我们也跟着一窝蜂地这么叫了。老远地望见小大大，那双被封建时代缠裹着又被民国时代放开的小脚，迈着外八字，从南边蹒跚地走过来，与母亲嗒呱谈心，我们总是很乖巧地近似喊口号式地大声叫道："小大大——"称呼之中，倒有亲热的成分。

这小大大经常在曲江巷来回行走，伫立观望。她面目和善，身材苗条，清癯健朗，高鼻梁，薄嘴唇，长耳垂，脑门上系着黑金丝绒额抹。相由心生，心随意转，大家看了顺眼，就显得温馨起来。加之她支头搁脑地说话，有甜滋滋的味道，比起那个光脑袋、大额头、倒挂眉，走路叮咚响的大大大，显然令人感到亲近。

听说小大大是城北大丰小海人氏，一双缠裹过但以后又放开的瘦长天足，在石板上显示当年前功尽弃，但现在十分舒坦地叭叽叭叽行走的动态。大大大贩运水产品时，把"臭呃通呃天的蛤子"运到小海，看中了小海镇上香喷喷的小大大。一来二去，三番五次，流连忘返，送去戒指、镯头、耳环，总算如愿，抱得美人归，从小海行船驾车，把小大大娶了回来。

旧日曲江巷，絮絮叨叨的事情不少，描述它们的文字，也显得絮撮起来。为了表述清楚，我们继续这样絮絮撮撮地叙述。

这程家的大大大，与火星庙巷赶过来跳神弄鬼做巫术的程大嬢嬢是嫡亲姐弟俩，那程大嬢嬢，头发乌黑油亮，厚重的发髻上，插满钗簪，走在曲江巷石板上，一步三晃。可大大大却与八鲜行对面的嫡亲妹子瘌姑奶奶一样，头顶一个溜冰场，周围一圈铁丝网。头顶秃秃的，周围几根稀疏毛发，遮盖不住发亮的头皮。巷子里有人暗地喊他程大瘌子，或者喊他一百支光的电灯泡儿。这电灯泡儿的脑勺子，在后面要说到的都天庙会游行队伍里，特别耀眼。看来这遗传基因，也不是绝对的。"一爷娘生九等之人"，连相貌也是拣人传承的。

程家早年开了一爿小鱼行，经营东边海滩上运来的海鲜，所以就有了对门小陈三爹的顺口溜："程德喜呃蛤子，臭呃通呃天——"那程大大大个子不高，十分壮实，阔脸粗嗓，吆喝一声，巷里屋檐瓦当，就有回响。他经常系着蓝布围裙，一副鱼行老板模样，走在曲江巷石板上，脚下步子又急又重，咚咚咚咚—— 一路响到巷头，赶到彩衣街聚东门巷口的小鱼行，拾掇臭蛤子。过了些年，又在日杂商店售卖水果，抓起一只苹果，削起果皮，一刀下去，一圈一圈转到梗把，果皮一条线地掉落下来，十分利索。

大大大这种气势，传到儿子瑞堂身上，也是这样一路生风，在石板上匆匆来去。所不同的是，瑞堂喜欢敞开衣襟，内衣腰间系一条宽皮带，两条膀臂分得很开，倒背着手，抬头挺胸，颇似革命样板戏《沙家浜》里的英雄人物郭建光。脚步一快，衣袂迎着穿巷风，向两边飞起，像玉带河飞进曲江巷的大侠，很有气势。人们在自家院子里，听到院外巷子石板咚咚响起，就知道是程家父子在巷子里走动。

程家孙辈众多，大孙女儿小丽后面，依次是孙儿程二、程三、程四，不论男女，按顺序排列。与我们年龄相仿，都是儿时的玩伴，若论辈分，却晚了一辈。那小丽如同她的名字，端正秀丽，说起话来，莺歌燕舞，很讨人喜欢，排列在曲江巷小美女之列。听老人们说，这小丽很像她的嬢嬢——她父亲的姐姐。我们这才知道，程家原先有个长女，长相酷似这个侄女儿小丽。

程家父子，具有文艺表演细胞和情结，当年东亭城里的都天庙会是程大大大大展身手的时节。这四个大字，可不是叠字，早年曲江巷里都这么说。几十年后，儿子瑞堂投身于革命样板戏的演出，亦风靡一时。

至于他有没有参与过旧时代都天庙会的表演，那些年他才 10 岁左右，说法不一。但他的姐姐，程家长女，参加了盛会游行，而且在街头表演后遭遇了意想不到的惨烈事件。

据说，程家长女青春时节，长得貌美如花，是曲江巷一带有名的美人。男大当婚，女大当嫁，在旧时代，年方及笄，也到了谈婚谈嫁的时辰了。但程家舍不得宝贝女儿早早出门，他们也有他们的道理，在嘴边唠叨得最多的就是："要得有，慢慢守；要得好，到临了。"他们是要物色一个"高富帅"的金龟婿，才肯放手，让如花似玉般的女儿离开身边。

可是，人算不如天算，哪个也不曾想到，这花骨朵般的姑娘，却在那年七里长街上举行都天庙会后倒在和平军的枪口之下。这种湮没的往事，发生在我们走入这个世界之前。按照这座老城的年谱，曲江巷里这桩惨案，应该在 20 世纪 40 年代日伪军溃败之时。年代过于久远，遥远得虚幻缥缈。

在这里，我们不妨赘言，用纸上的笔触，划出 70 多年前那个暗夜的一线光亮。沿着文字的线脚，站到曲江巷口，看看彩衣街上人们迎送都天庙神张灯结彩的灯火，再继续那些月黑风高之类的叙述。

都天庙会

在叙说东亭城历史的长篇小说《狐雕》里，我曾经对旧时代老城里的都天庙会做过描述。在那些渐行渐远的年代，都天庙会——是重要的民俗节庆活动。不过，在这里我们要把经过曲江巷父辈渲染的程大大大父女参加街头游行的情状作为曲江巷延伸的部分，勾画出来。

每年农历九月十六，是东亭城传统集期，城里的名流乡董、富绅商贩，都要出面张罗，举行迎神赛会，同时进行物资交流。这个习俗，源远流长，据说从明代中期开始，已经沿袭 500 多年。

形成这个隆重节期，有两种说法。一种说法是唐肃宗至德二年（757）"安史之乱"时，乱兵围攻河南睢阳城，守将张巡、许远誓死守城，坚持了几年，以待援兵，未能如愿。

农历九月十六，睢阳城被乱兵攻破，张巡投井，许远自刎。这场攻守之战，惊心动魄，可歌可泣。因为张巡等死守抗敌，保护了皖北、苏中百姓未遭蹂躏，老百姓纪念张巡，称他为都天大帝。明代中叶，泰州百姓首先在东门为张巡建庙塑像，香火供奉，祈求他为百姓消灾降福。

祭祀活动随着地理变迁，一路向东逶迤而来。若干年后，东亭城每年农历九月十六的庙会，由此兴起。

还有一种说法，农历九月十六迎神庙会，明里头迎的是张巡，暗里头迎的是张士诚。这种传说，在时空上与东亭城更为贴近。这个张士诚，就是元末明初淮南中十场之一，东亭城北草埝场的盐民，而不是远年睢阳城的张巡。张士诚起兵地点，与东亭城土城围近在咫尺。

当年，张士诚不堪场官虐待，和弟弟张士德、张士信一起，率盐丁起兵造反，攻下泰州、高邮等地。接着又率军渡江，攻取松江、湖州，控制了北到山东济宁，南到浙江绍兴，西到皖北，东至海滨的疆域，并定都苏州，号称吴王。后来被朱元璋攻进苏州，押到金陵，自缢而亡。自古东亭有龙脉，却被异人毁龙途，让东亭城遗老遗少们，捶胸顿足，惋叹不已。

朱元璋占领苏州后，把忠于张士诚的市民以及异己力量，从苏州阊门向江北沿海迁移，垦荒烧盐。这就是历史上有名的"洪武赶散"。有人说，没有元末明初的"洪武赶散"，就没有里下河平原上的东亭老城。这些从历史深处延绵而来的纵横交错的街巷，就是从苏州阊门迁往苏中沿海的市民与从西溪古镇东迁的土著盐民，在海大口以东的台地上会合，逐年建造起来的。

整个明朝 300 年，苏中、苏北百姓怀念张士诚，又不敢明目张胆纪念他，拉出张巡做掩护，建庙塑像，尊称都天大帝。旧世纪的老人们都记得，原先鼓楼对面的都天庙，大殿里塑有都天像，靛青脸三只眼，这是当年造像人留下的暗示，明明白白告诉大家，这不是张巡，要多长一双眼睛，看看清爽，这是 500 多年前的乡友张士诚。民国年间，江苏省长韩紫石的秘书——泰州支伟成曾著述《吴王张士诚载记》一书，详细记载了这种民间说法。

东亭城庙会迎的神仙，主角是都天大帝，配角有都土地、速报司。

为壮大声势，由城里八个行业联手，承办灯彩銮驾和抬阁，所以，庙会又叫"八家会"。八家各有代号，即庆福、普福、赐福、同福、积福、多福、来福、呈福。所属行业，是银楼、当铺、帮船、鱼行、布店、棺材店、杂货店、青货行等。"八家会"是多年前形成的，相当于旧时代的商会。"八家会"里，汪、程两户大家在庙会临近时早早地用铜锡铸造巨大的貔貅形香炉，焚烧檀香、贡香，那"貔貅"七孔冒烟，香气四溢，十分壮观。

临近庙会，东亭城七里长街，人头攒动。百里以内的堡庄舍墩以及姜埝、兴化县城，都有帮船载人载物过来，沿着泰东河、串场河、玉带河航行，进入东亭城，靠岸抛锚，停泊在下坝河边、纪福大桥下和南门码头。路近的当日来去，路远的两条船对开，隔日往返。泰东河、串场河里，有二三条船，载人驮货，来往不歇。农历九月初，就有赶集的进城，从曲江巷头到马公桥，从文庙到鼓楼，各种红红绿绿的商业摊点和耍猴弄棍的，沿路铺排。东坝文昌阁周边，有 5 亩大的空地，搭着戏台子，专做迎神赛会期间队伍停留的广场。

当年，程大大大光着脑袋，站在戏台上大声吆喝，他喉咙粗、嗓门大，像装了扩音器，声动四方。八家的灯彩銮驾抬阁，参加迎神会的队伍，都按照台上的统一号令，在空地上集中。然后在东亭城外围，绕道走向城北大操场，在椭圆形跑道上进行彩排。人们丢下手上的活计，从街巷间涌向操场，围观排练表演，鼓掌叫好。一时间人声鼎沸，彩旗飘扬，十分热闹。

农历九月十四，各路神仙点卯。八家灯会演习，请都土地、痘神、速报司等神仙一起到都天庙过宿。九月十五晚上，都天点卯。点卯盛典，威严肃穆，大家齐刷刷地集中在都天庙大院，鸦雀无声，静听着殿堂上点卯人一一喊出院内参加迎会人的名字。

早年的都天庙，在鼓楼北侧，飞檐翘角，气宇巍然。500 平方米的大天井，站满人群。点卯人叫郭子刚，是曲江巷后河边的私塾先生，声音洪亮，吐字清晰。先报执事班听点，再报大轿班听点，而后逐一点出各组名字。大家认真倾听，点到的人，要图吉利，生怕答应得不够响亮，对自家不利，很少发生点名没有回应的情况。

点名持续到后半夜，都天登轿启程，郭子刚一声呐喊，震得屋檐口瓦当嗡嗡作响，人员悉数涌出，整队出发。八家会灯在前，头锣在先，后面跟着打伞灯、人物灯、动物灯、銮驾灯，几张灯一组，并肩而行。伞类分为玻璃镜子伞、钢丝伞、白布书画伞，伞灯直径1米，一式四张。人物、动物灯有五星人、八仙人，戏剧人物；鱼虾蟹蚌灯，几张灯合为一组。銮驾灯是金瓜钺斧朝天戟大刀，成双成对。八家的抬阁，也是形式各异，有长方形的，有两层卷角的，有亭子式样的，都用绣围彩须荷花灯装饰，里面供奉四位根雕菩萨，贡檀点燃，香气氤氲四溢。

这些灯彩牌伞，光是"八家会"，至少要雇佣五六百号人，扛旗打伞满街跑。那时有不少叫花子和穷苦劳力，为了挣点钱，抢着报名受雇，玩耍一天还拿钱，比做苦工惬意。"八家会"中，每家在行业中怎样负担，基本按比例分摊。大家为了消灾祈福，不会吝啬推诿，纷纷慷慨解囊，把这场盛会办得热热闹闹的。

旧世的灯笼

当年，游行队伍喧闹着，从都天庙大门口正式出发，"八家会"抬着四位菩萨，以进会先后为序，在两排油纸灯笼引领下，沿着七里长街，由东向西，拉长队伍，迤逦而行。四位菩萨，依次是速报司、都土地、痘神、都天，因为爵位不同，低位在前，高位在后，速报司是伯爵，都土地是侯爵，痘神是公爵，都天是帝王位，当然在公侯伯子男之上，高居四位菩萨之首。

都天菩萨前，有惊心动魄的开道场面。烧武香的几十人，手执香支随驾的二三百人，向街巷转来，气势十分了得。只见烧武香的，上身赤膊，两臂刺上几十根缝衣针，针孔内穿着红绿线，双手撑腰，腰眼里绑着几根一米左右的篾片。篾片顶端略弯，如唱道琴的筒板，用细红绳子拉成正方角，每只角上燃着一挂盘香，双手叉腰，缓步而行。烧武香行列之中，有人把香炉勾在皮肉上，炉内焚香，熏得膀臂乌黑，更有上身赤膊，把几斤重的铜锣用铜钩子挂在膀臂皮肉中，虽然疼得脸色煞白，大汗淋漓，可照样敲着铜锣。这种场景，看得人目瞪口呆，喜欢凑热闹的小伢儿，更是吓得双手捂着耳朵，回过头，吱吱呀呀地往大人堆里拱去。

游行队伍中，还有站高肩的、烧拜香的，扮作被斩犯人的，五花八门，看得人眼花缭乱。所谓站高肩，就是耍花钱，首先选出几个 10 岁上下的小伢儿，按照他们的身材，到苏州订制戏装，有扮吕布、赵子龙的，也有扮武松、燕青的，从冠到靴，一应俱全，装扮整齐，站在壮汉肩上，摆好姿势，一动不动。壮汉用手稳住伢儿足踝，挺直身子，随队伍前行。可以设想，当年曲江巷里程大大大父子参加都天庙会游行，应在此类行列之中。儿子瑞堂，尚且年幼，高高地站在父亲程大大大的肩膀上，颤颤悠悠，随着队伍拖曳前行。

烧拜香的，用特制的小拜香凳，上面绑几炷香，拜者两手端凳，头扎手巾，膝绑粗纸，从都天香案前开始，出庙门沿着游街路线，回身跪地一拜，拜后再转身向前，每三步一次，直到城西宁树街大王庙。扮被斩犯人的，有男有女，多数由未成年伢儿装扮。腰系白布围裙，撩起前幅两角，掖在围裙带上，颈挂铁索，手带硬纸板制作的手铐。女伢扮成窦娥，男伢扮成戊戌变法六君子。先到都天案前买只二寸宽的白纸套招子，上面折成尖头，写上斩犯某某某，再用芦柴或篾子插在背后腰带上。行进时，男的像林冲起解，女的像苏三起解，芦柴招子随着脚步上下晃动，就有些悲悲戚戚的样子。

站高肩的，烧拜香的，扮作被斩犯人的，从九月十五进行预习，确保上街游行时有彩头。九月十五、十六两天，曲江巷里不断有林冲、苏三式的起解人，咿咿呀呀穿行。还有滴滴笃笃的拜香凳着地声，从巷尾响到巷头，又从巷头响到巷尾。一声声，敲击着两边门楼里迎接节庆的心情。两侧人家，翻箱倒柜，找出体面的衣衫，准备穿戴整齐到"迎神"庙会上凑热闹。

"迎神"队伍的尾子，是表演东亭城及范公堤西一带传统文艺节目的队伍，比较文艺花俏，不像烧武香的那么武蛮狰狞。打莲枪，挑花担，跑旱船，撬荷花……几路打扮俊俏的少女，穿红着绿，浓妆艳抹，娇娇滴滴地唱着跳着，在游行队伍里十分耀眼。程大大大的闺女，长相俏丽，姿态婀娜，摇着花船，在沿街灯笼照耀下，宛若天仙。一些毛头小伙，从东街到西街，痴痴地跟在后面观望。队伍走到曲江巷口，巷里邻居们，早就挤在街头看热闹，看到程家大闺女靓丽的扮相，一起拍巴掌，嗷嗷地使劲叫好。

"迎神"队伍沿着长街，一路向西，走过鼓楼街、彩衣街，从寺街向南，经过三昧寺，走过关桥，再从裤裆巷拐向宁树街大王庙，稍作休整。再绕到土地堂、海河边、元宝石、新坝口，又走到老街上，跨过马公桥，顺着城河进入城北公园操场，举办祭典活动。

随着不见首尾的游行队伍摇曳跳跃，天色向晚，到了"送神"时分。队伍中早早点起蜡烛，二三百个随驾的，每人一个高柄灯笼，在后头高高举起，好似繁星点点。回头的路线从城北公园东门，经过叹气桥，绕道大圣寺、钟鼓楼，走上县府街，从县衙门照壁墙下，转头到都天庙。恭恭敬敬地送回都天后，再送各路神仙，好在几路圣帝神仙都在同一院落，不要分别相送。"迎神"赛会结束，已是农历九月十七的凌晨。

三天"迎神""送神"活动，以农历九月十六为正日，东亭城里比逢年过节还要热嘈。"迎神"队伍晚上进入大街，街面上各爿店家点起檐下灯笼，闷子门大敞四开，伙计们有的站在店门口，有的挤在柜台里，朝外观望。满街人头攒动，灯火耀眼，吹拉弹唱，此起彼伏。游行队伍走走停停，迤逦而行。走得快了，"八家会"领头的高喊一声"倒住篙子——"，敲头锣的就会原地踏步，等着后面的人靠近，队伍始终整齐连贯。九月十五、十六两个晚上，满街灯火闪闪，两侧屋檐下，灯光明亮耀眼，街面上人来人往，直到下半夜，才渐渐停歇。

那个年代，都天庙会正日前后十来天，东亭城商贾云集，摊贩群聚。近200年来，东亭城是苏中里下河地区的大镇市，本身有4万多人，又有带亲邀友的临时人口万把人，要在城里住上三五天。堤西堡庄舍墩，堤东灶丿乡村，早来晚回的，进香许愿的，购买货物的，赶集访亲的，又有万把人在东亭城石板路上，摩肩接踵，熙熙攘攘，热闹非凡。各行各业，十分兴旺。过了庙会正日，各家亲友渐渐散去，赶集做生意的却要到月底，才期期艾艾地开船离去，把东亭城喧闹的尾子带走。

翻开东亭城近代史，这类盛大集会，通过串场河、泰东河、梓辛河、玉带河等纵横交错的河道，向周边市镇辐射，促进了市场交流，扩大了东亭城对周边四乡八镇的辐射力。因此，东亭城在里下河地区，一直居于经济文化中心地位。

曲江巷里的老人，掰着指头算，程家姑娘出事的年份，应该是甲申年九月十六都天庙会正日晚上。玉带河上，曾经流淌着一首花船调，老人们长长地叹了一口气："唉——不晓得哪块野三八四的鬼，沿着玉带河，疯里索西地唱这道软绵绵的曲子，哪能不出事呢"：

一更里月照东方，小花船来得慌忙，
俯俯就就，将花船靠在你的码呀码头上，哎嗨哟。
采花郎站在岸上，低下头细看姑娘，
赶到船边，跑跳板就把一个花呀花船上，哎嗨哟。
二更里月照船上，女佳人站在中舱，
手抱琵琶，弹起来就把一个小呀小曲唱，哎嗨哟。
陪佳人来饮酒浆，弹起琵琶唱小唱，
清脆响亮，小才郎听得那个心呀心花放，哎嗨哟。
三更里月照船篷，船两边挂一对灯笼，

金字招牌，迎郎君实在那个好呀好威风，哎嗨哟。

梳好头来见郎君，八字眉长得分清，

双箍子眼睛真漂亮，好像仙女下呀下凡尘，哎嗨哟。

四更里月照船艄，郎摇橹我来用篙，

顺风顺水齐出力，马上就要到呀到东窑，哎嗨哟。

小花船到了东窑，快上岸街上跑跑，

买点鱼肉上船烧，两人饮酒哈呀哈哈笑，哎嗨哟。

五更里金鸡报晓，天明亮站在船艄，

我说无用人，切不可把一个花呀花船摇，哎嗨哟。

上花船说说笑笑，用钞票自掏腰包，

风流人物各自有爱好，为了个乐呀乐逍遥，哎嗨哟。

十五、变色时代

白果树筛落的京曲

多少年来，东亭城里舞文弄墨的人们，一直惶惶穿梭在岁月光影之间，弯腰曲身，在淡忘的边缘，重拾旧事。絮絮叨叨叙说西溪古镇向东的长街曲巷，在串场河两岸的时空中，印证那些泛黄的存在。

如果我们还记得，这曲江巷曾经叫过太平巷的话，在三道门闩的户槛边发生过那桩惨案后，太平巷里又恢复了太平。深更半夜，梆子声、铜锣声断断续续响起，"平安无事呃——天下太平呃……"可是，没隔多少年，这太平巷还是像它的形态，随着翻天覆地的社会动荡，在跌宕起伏的岁月里，继续扭曲起来。那段风起云涌的时光，俨然曲江巷的石板，高低不平，咣当作响。

过了若干年，曲江巷同一爿门楼间，哦哦啊啊地响起了悠扬的京剧曲调。我们可以顺着记忆中飘浮的高低起伏的曲儿，再次从叙述中走出来，从岁月深处向新的世纪靠拢一些。这个年份，程家宅院的枪声，已经被一段段顺应时代浪潮的音韵所替代。在南园上程大姑娘孤零零坟茔边的杨树，高过邻近屋脊的时候，程家长子——程大姑娘的胞弟程瑞堂登上了《我的曲江巷》的页面。

在这里，我们按照小时候的长幼排序，称之为瑞堂兄。曲江巷里，许多人有过这种印象，瑞堂兄伫立在宽敞庭院间，哦哦喔喔吊着嗓子，然后用劲咳嗽几声，很响亮地咳出喉咙间的杂物，很有中气地把污秽之物飞吐到墙角，在半空中形成一道黏稠闪亮的抛物线。然后，就近从藤榻把手上，捧起一只硕大的紫砂茶壶，润润嗓子，继续他的吟哦。因为茶叶水的滋润，他的喉咙间有了水波般的声韵，咕咕噜噜——唱词显得丰润起来。他肯定知道当年发生在三道杠门大门口的惨案，不知道他是不是想在深邃的宅院里，用京剧样板戏高亢的曲调，驱除早年骇人的火药味以及弥散在庭院角落间与青苔共生的阴霾。

那年那月，当早晨的太阳，很有气势地向东边马头墙乌黑瓦顶上攀升的时候，你走进曲江巷中部，就可以听到那爿三道杠门的大门里，有咿咿呀呀、哦哦喔喔的声音，从大敞肆开的门楼里传出来。应和着挑水工的号子声和南门口河面上挂桨船柴油机的笃笃声，把早晨的空气，渲染得闹腾起来。

当然，这些吟哦，更适宜在皎洁的月光下流淌，这样更富有情调。那是一些很普通的初夏夜晚，传统的里下河院落里，蚀痕累累，苔藓斑斑。庭院里一株大白果树，树影婆娑，天上繁星点点，透过颤颤的枝叶，筛落下来。一个娇滴滴的红衣女人，一个瘦磔磔的黄衣男人，与瑞堂兄当院而立。一青衣一须生一花脸，合着琴师、鼓师的伴奏，在大树下且唱且念，演绎《沙家浜》智斗片段。那个生动有趣的场景，让漫长而静谧的夏夜，内涵丰富起来。

在东亭城里，瑞堂兄也是风云人物，走出来相貌堂堂，一表人才，如同他大气的名字。他经常敞开衣襟，大步流星地行走在曲江巷石板上。亲朋好友相聚时，他是活跃的中心人物，说话中气十足，有铜钟之音，临场发挥，说噱头话，唱京剧，哼小调，踢毽子。稍许闲暇，便坐到麻将桌边，吆五喝六地唱起牌经。这样的形象，倒是舞台上英雄人物的不二人选。我至今也不明白，为什么在那些特殊年代，他参加东亭城文工团现代京剧演出总是扮演反角？肯定是他亮堂的嗓子，能唱出净角的韵味，一嗓子出去，把台口的喇叭筒子轰得发炸。

我从小随着大人听戏，关于曲江巷十一号与京剧演员之家的世交之好，在另外一节叙述。在文艺形式和内容都十分单一的时代，我们只是懵懂地欣赏，只是在喧闹的氛围里蹦蹦跳跳凑热嘈。对京剧京腔和其他娱乐形式，既没有特别的反感，也没有特殊的喜好。在老巷夏夜，被那些高亢悠扬的京剧曲调吸引。巷子里有了不同平常的声响，大家显得兴奋起来，随着京胡的弦音和三脚架上的鼓点，在白果树筛落的京曲里，有节奏地窜来窜去。像夏天的飞蛾，成群结队向巷子里灯光闪烁处扑去。

"想当初，老子的队伍才开张，拢共才有十几个人七八条枪，遇皇军追得我晕头转向，多亏了阿庆嫂，她叫我水缸里面把身藏……"这是瑞堂兄在吟唱，嗓门粗犷、浑厚、洪亮，若干年后我们懂了，这是京剧花脸的典型唱腔。

"这个女人哪不寻常……"那个穿着黄装的瘦碜碜的须生接着吟哼，举手投足间，显得阴阳怪气，老谋深算。

"刁德一有什么鬼心肠……"穿着粉色的确良衬衫的女人，掐断了须生的尾音，接着唱道。声音圆润娇柔，却柔而不软，润中含脆，每一个字都清清楚楚地送入曲江巷两边的耳朵。几个男女，有模有样地斗心眼，调动这个夏天的文艺情调。

一曲唱毕，瑞堂兄敞着怀，一边坐到藤条椅上喝茶，一边对簇拥在周围的人们侃侃而谈。很明显，他的说辞带有吹大牛的成分。他说："你俫只顾簇在这块相呆看热嘈，可曾晓得，这程派京剧，就是我呃程家的流派，我俫就欢喜唱程派戏。"门楼边凑热嘈的观众，哪里分得清程派、谭派、梅派、张派，一个个却内行似的晃着脑袋，听他牵强附会地摆谱："按照姓氏追溯，东亭城程派京曲的源头，应该在曲江巷这座门楼里呢。"有较真儿的戏迷，听出了门道，《沙家浜》里演郭建光的是谭元寿，可不是程砚秋呃，这台戏的唱腔，怎呃姓呃程呃了？"

瑞堂兄抬头，瞥见人群里有疑惑的目光，转身搬出一只老式唱机。这在当时，可是时髦物件。那黑色的大圆盘，在尖尖的磁头下，滋滋地放出程派戏腔来，忽高忽低，时断时续，时而像撕帛裂绢，时而又藕断丝连，时而如高山流水，时而又像春雨潇潇，唱腔幽怨凄美，委婉动听。瑞堂摇头晃脑，似乎从留声机上找到了佐证。这就有点麻田里扯到菜田里的意思了。

门楼里坐着几个看热嘈纳凉的老人，叨咕着："唱的什哩呆昃呃？"他们朝簇拥在门楼口的伢儿呵斥道："挤得闷结结的，夏天暑热，完气不通风，尖子望一眼，呆子相到晚，去去去，早点儿弄呃家里去。"伢儿们不肯走，他们也无可奈何，回过头去，在闷热的人堆里，继续闭着眼睛，啧啧哑嘴，摇晃着身子，沉浸到戏腔中去。

瑞堂兄朝门口一瞥，看到观众甚多，就有点得意。在曲江巷里，他是漂泊江湖，广交友朋的人物。这时，就起身挤到门楼边，抽出几根"大前门"香烟，一一派发给巷子里德高望重人士。回过头，坐到乐师旁边，悠闲地抽着烟，目光如炬，指点着天井里几位搔首弄姿的花旦青衣，评头论足起来："你看你看，那阿庆嫂的奶子不小呃，屁股往上翘——你看你看，墙旮旯里站着的那个柯湘，老好的不如阿庆嫂，奶子小、屁股耷，没得看头……"几个年长一点的，听得有味，咧开嘴讪笑。一帮毛头小伙，听得来劲，瞪大眼睛张望。这燠热的夏晚，空气中就散发着荷尔蒙的气味。

好几个夏天，曲江巷的小伢儿，就在京曲唱腔里拱进去，跳出来，一个季节，就这么没了影子。那些绵延拖沓的唱段，摇曳的身姿，却在孩童们心中，灵逸地耸立起来，深刻地铭记下来。

想当初

我们徜徉在旧岁月曲江巷京曲韵律里，沿着丝竹流连的痕迹，转身走回巷头街角，走向散发着凤袍霞帔香气和琴弦鼓钹音韵的台口。

彩衣街上，人民剧场像一座传统文化的丰碑，剔角崭方地在马公桥边面南而立，占据了东亭城建筑和文化象征的制高点。当年，与它为邻紧密相依的是手工业管理局二层木梯办公楼，这是东亭城中小企业乃至厂社作坊的领絜部门。文化与经济，在旧日曲江巷头，支头搁脑，很连贯流畅地组合在一起，富有许多象征意义。

那个年代，人民剧场的三层楼房，是老城居民的仰望中心，也是里下河四乡八镇文化娱乐汇聚之地。这座能容纳1000多人的大剧场，在长达半个世纪的岁月里，是苏中里下河地区闻名的文化地标，也是容纳各种流派剧目的大型场所。梅兰芳、周信芳、童祥苓以及淮剧筱文艳等戏剧名角，在系挂着厚重的天鹅绒帷幕边幕之间，精湛而又张扬地表现国粹艺术时，人民剧场前面的彩衣街上，人头攒动，摩肩接踵，一票难求。夜幕降临时分，人们眼睛里闪动着兴奋的光点，簇拥在珠链般的彩灯下，手里紧紧攥着戏票，脸上洋溢着激动而又自豪的神情，等待着剪票入场。

曲江巷里一群小伢儿，无所不在，无所不能。这种时候，是断然少不了这些叽叽喳喳的人群。他们闻声而动，在躁动的人堆子里，穿来穿去。一会儿顺着弥漫脂粉香气的厅堂，爬上三层楼顶，一惊一乍地俯瞰脚底下售票口小如蝼蚁的人们；一会儿则在剧场对面闼子门边徘徊，打量剧场门口喧闹的场面，盘算夜幕遮掩下的逃票路径。

曲江巷及剧场周边半桩大的孩子，统统被剧场门口检票员称作"蛮犯嫌的细拿不掉儿""调皮损""会生事惹事的大王"。他们经常在暮色降临时分，剧场两侧院门关闭之前，卡住时间节点，从公共厕所的边门，悄悄钻进观众大厅，拐弯抹角顺着木梯上楼，躲藏在楼座最后一排折椅下。观众厅太平门吱嘎响动，清场检查员打着手电筒，走进大厅，在席位上扫射一圈，然后关门落锁，到剪票口迎接观众。

躲藏在楼座的伢儿，逃过检票，鱼贯而出，击掌相庆。然后蜷缩在楼座角落里，饿着肚子看白大戏，欣赏台上名角儿唱念做打，享用文化大餐，填充空落的肚皮。因此，他们对那个特殊年代之前的传统戏剧，之后的八个革命样板戏，耳熟能详。台上吆五喝六，台下尚可说三道四。幼学如漆，时至今日，许多嘴角下垂的唇齿间，尚可吟哼出几句当年流行的经典唱段。

在这里，又要提及革命现代京剧《沙家浜》。这出原名《芦荡火种》的京戏，在东亭城街巷间，留下过深深的痕迹。据说，这台剧本的原型，来自东亭城乡海里一个叫崔左夫的部队创作者。而把这些传说改编为剧本的作家，更是里下河地区知名人物，高邮人氏汪曾祺。咸鸭蛋和汪曾祺，被高邮乡民们称之为当地的"两大特产"。

当年，舞台上的天鹅绒大幕，在越来越激烈、令人喘不过气来的开场锣鼓声中，徐徐拉开，《沙家浜》的剧中人物依次粉墨登场。这出京戏，留给人们印象最深的是一场"智斗"。像在曲江巷程家宅院里演练一样，瑞堂兄演出胡传魁，最出名的几句唱腔，就是在凸起的肚子上用劲一拍："想呃当初……"

瑞堂兄并没有在剧场台口带来多少彩头。舞台上穿着黄军装的忠义救国军，总让人联想起曲江巷老人们讲述的追杀程大姑娘的和平军。虎背熊腰的胡传魁，似乎就是巷底河边帮船上的络腮胡子。革命激情高涨的观众，不是要耐着性子观察这台剧目的具体走向，说不准会立即轰他下台。倒是阿庆嫂，那个平日穿着时髦粉红的确良衬衫的京剧票友，捧着大茶壶，拖着唱腔，袅袅婷婷地踏着小碎步，从边幕间飘飘悠悠走到舞台中央时，那模样、那韵味、那身段，赢得观众席里一片喝彩声。

春来茶馆老板娘阿庆嫂，在台口走完碎步，又围着茶桌转了两圈，便放开歌喉。她圆润的声音，有如在北京人民大会堂会议厅的穹顶下颤动，似乎既遥远又贴近，既柔和又悦耳。一句句歌词，犹如一粒粒珠玑，从她一张一合的红色嘴唇中，一笑一颦的生动表情中，一招一式的肢体动作中，一粒一粒地滚落下来，滴在台口乐池里，掺和着丝弦之声，又飞溅到半空中，再洒落到观众席里，婉转悦人，清润沁人，引起人们心中的回音。这回音听不见，却覆盖了沸腾的喝彩声。观众厅里，忽然变得鸦雀无声。

曲江巷里几位戏迷，夹杂在如痴如醉的观众里，屏声静息，侧耳听声。有人又产生联想，非常肯定地说，这样娇美的女子，一定是旧年东亭城天都庙会游行队伍里程大姑娘的化身。他们在丝竹回旋的大厅里，一边噼里啪啦拍着巴掌，一边摇头晃脑啧啧感叹。生出"戏里看人生角色何曾由我来，水中观日月圆缺只能任它去"之感。

那个年代，文化生活贫乏，生活色调单一。人们紧紧追随八个样板戏，寄托贫困年代弥足珍贵的闲情逸致。在耳边丝竹和弦与纷乱时代枪声炸响里，涤荡情思。那些经典唱段，无论是男人女人、老人伢儿，张口就能吟唱几句。人们崇尚这种文化娱乐形式，以至若干年后，以《红楼梦》为代表的传统剧目恢复上映或是演出时，东亭城老街上，出现"《红楼梦》，山芋藤，东亭长街人挤人"的热闹场景。

生活在这座老城里的人们，自古爱看戏，爱唱戏，爱评戏。大街小巷，唱越剧的，唱沪剧的，唱扬剧的，唱锡剧的，唱淮剧的，唱京剧的，还有唱黄梅戏的，组成各类剧社。由于地理历史和文化渊源以及生活情调的原因，人们更偏好南方剧种，如清雅的越剧、沪剧、锡剧，不喜欢北方悲悲戚戚的淮剧，听了让人心里发沉、发慌。唯独对京剧，热情以对，这与那个年代文化生活匮乏，唯独八个样板戏风靡一时有关。在这块储备着丰厚文化的土壤上，至今京剧票友、京剧社团层出不穷。

半个世纪以后，一众票友，依然在吟唱和评价《沙家浜》《红灯记》《智取威虎山》等八个样板戏的选段。虽然唱念做打，不乏夸张之处，但唱词朗朗上口，道白玲珑清爽，场景赏心悦目。特别是常常念人想起当初的《沙家浜》，顺着阳澄湖舞美背景下的曲调，人们轻而易举地追溯这些故事道听途说的来源。编写故事的崔左夫，不就老城东边的人嘛？改编剧本的汪曾祺，也不远啊，在老城西侧高邮，那也是座古城，秦少游的故乡时过境迁，汪曾祺和双黄蛋，已经化作那座古城的灵魂。戏前戏后，人们从曲江巷经过，嘴里还在念叨着想当初，谈论着从未谋面的崔可夫和汪曾祺。

边幕之间

当秋日的阳光，在曲江巷西侧马头墙尖顶，俯照下来的时候，总是有人在锲而不舍踽踽独行。走在记忆里的巷头街角，飘浮的空气中，似乎有过去悠远的歌韵，有过去迷离的场景。秋雨霏霏，吾心寐寐，有时候，秋雨就是留恋过往的泪水。但是，你千万不要以为他们是在怀念那个时代，许多人念念不忘的，只是过去的自己。

记忆之中，早年的瑞堂兄，在长着白果树的天井里，应和着琴弦鼓乐，一番高歌低吟，又跨出门楼，走向曲江巷头，走进人民剧场，表现那位绿林好汉式的知恩图报的草包司令。但早在这些景象之前，我的父兄，便与从北方到东亭城演出的京剧团演员们结下了梨园之谊。

20 世纪 50 年代，东亭城除了文庙对面的电影院之外，还有四大剧场，从西向东，分别是工人文化宫剧场、东亭剧场、人民剧场、人民大会堂，几家在苏中首屈一指的剧场，系挂着珠玑一般的彩灯，等距离均匀分布在东亭长街上。京越、越剧、锡剧、扬剧、淮剧以及更远地方的吕剧、豫剧、汉剧，经常来城里演出。

上节说到，这座老城，对北方剧种，显然缺乏兴趣，每逢北方剧团演出，剧场门可罗雀。尤其是淮剧，场面更为凄凉。人们认为，淮戏是北方的大悲调，由小寡妇上坟的哭腔演变而来，唱得人心里皱巴巴的。自古以来，东亭城文化习俗与北方文化习俗以及语言方式、生活习惯，迥然不同。时至今日，虽然行政区划改变，但文化鸿沟未能消除。这种年代久远的文化隔膜，难以弥合，时不时地以各种形式反映出来。

但也有例外，这座里下河重镇，对同为北方剧种的京剧并不排斥，大概这与京剧的起源和演变有关。我在小说《绣禅》里说到，如果追溯京剧的起源，流行于江南地区的昆曲，和西北方向的汉调秦腔，非祖即宗。200多年前，以吹腔、二黄为主的徽班活跃起来。在大江南北流动的徽班，与其他剧种声腔上互有渗透，也融入了许多昆腔戏，形成具有昆剧昆腔的徽戏。四大徽班从扬州盐商的大宅院里，走进京城，得到朝廷赏识，从此京剧大振，天长日久，逐步演变成为国粹艺术。

老城民众喜欢京剧，还因它具有舞台表现张力。二三步走遍天下，四五人千军万马，生旦净末丑各显其长，营造出人间所有喜怒哀乐的场景。在不太完整的记忆里，二黄西皮的京剧唱腔，优美圆润，文场武场的胡琴鼓板，伴奏激扬，演员不疾不徐，一唱三叹。用一句曾经时髦的话语表述："深得全国人民的拥护和爱戴。"偏于里下河一隅的东亭城，是文化艺术的磁场，与京剧、越剧、锡剧，互动性更强。

幼年时分，北方京剧团到城里演出，在人民剧场和东亭剧场院落里稍作安顿，便三五成群，走进曲江巷，与父兄见面叙旧。剧团以嵇家、邱家两大家族为首，声誉最高。嵇家兄弟五人，均为剧团演员，几乎囊括了从老生到小生所有行当。妯娌几人，则几乎包揽了从花旦、青衣到老旦的所有角色。

嵇家老五，艺名玉堂，每次到东亭城演出，必到曲江巷。父兄在门口台阶上相迎，堂屋间已经早早摆开方桌，就着几碟菜肴，大家喝酒聊天。如果时间尚早，嵇老五便走向四方形天井，在青砖铺垫的福字图案地面上，当院而立，摆开架势，吟哦几句，以助酒兴。高亢的京韵，反弹到屋檐瓦当上、格扇玻璃上，带着旧岁月悠远回音，咣当作响，十分动听。当巷子里路灯发出昏黄光晕时，嵇老五一行，就带领我们，沿着曲江巷石板，走上街头，从剧场院门进去，直奔演员宿舍，喝茶聊天，静候开场演出。

常年在外漂泊的演员，生活十分艰辛。演员宿舍，在剧场后面低矮平房，两侧上下床，拥挤在一起，男女演员，一条布帘分隔。有时索性就在后台帷幕间，摆放几排上下床。一条猩红幕布相隔，台前五彩缤纷，台后冗杂零乱。我们躬身坐在上下床之间，等待开场。不时有演员来回走动，大家并拢腿脚，侧身让路。

前台开场锣鼓响起，嵇家兄长起身，领着我们，在后台脂粉香气和绣花戏装间穿行。候场的男女演员，端坐在化妆镜前，涂脂抹粉，描眉画唇，梳髻贴角。几个素颜黄脸戏人，在粉拍和胭脂飞动中，霎时貌若天人，变成一个个活色生香、白面长衫的花旦青衣、小生花脸。

坐在边幕之间几张木椅上，从侧面看戏，又是一番风景。据说，这是早年剧团对客人的优厚待遇。三五娇娘，娇娇滴滴地从我们身边腾挪而出，碎步上台，观众席间响起一片掌声。身披战袍的武将，匆匆忙忙蹬上高底靴，踩着鼓板点子，披挂上场。《林海雪原》中的杨子荣，在边幕间候场，高声吟唱"穿林海——跨雪原——气冲霄汉……"锣鼓铙钹急骤响起，杨子荣跨开马步，蹦跶到舞台中央，台下一片叫好。随着剧情发展，后台有人捧着铁板颤动，台上便电闪雷鸣。台上举枪射击，边幕间就有人蹲在地上，用锤子敲响爆竹。这种情形，恍若魔术穿帮，有趣之余，却少了兴致。

20世纪，北方剧团在人民剧场演出《锁麟囊》《空城计》等名剧名段。尤其是《锁麟囊》，唱做俱佳，以字达情，以情化腔，其独特的程派风格，令人赞叹。"一霎时把七情俱已昧尽，渗透了酸辛处泪湿衣襟，我只道铁富贵一生注定，又谁知人生数顷刻分明——"这唱段，颇能引起观众共鸣。有些曲子，听一遍好像走过了一生，静下心来，细细回味，可以悟出旋律中蕴含的酸甜苦辣人生况味。如果说，薛湘灵曾经是娇嗔的富家小姐，随着剧情发展，她体会到了人生冷暖，世态炎凉。人们在剧场里看戏，回巷子里说戏，其实，回到现实生活中，会发现许多戏料。芸芸众生，生活坎坷，千回百转，无法预测。这就有了人生如戏，戏如人生意思。

岁月荏苒，时过境迁，映衬长袍马褂人物的长街曲巷，如今已经成为颓垣废墟。听说那演员嵇玉堂，生活在北边城市，也已垂垂老矣。时光流转，情景恍惚，都在刹那之间。但每一段旧年记忆，都有一个清晰支点。只要时间、地点、人物组合连贯，旧人、旧事、旧景，会隐隐约约浮泛而起。

那些年，剧终人散，嵇玉堂经常衔着一支烟，敞着怀，背着手到曲江巷转悠。夜幕中，烟头上的火光，像萤火虫游移，沿着石板路闪动。睡得晚的人们，可以隔墙听到巷里传来轻轻的歌声，这歌声已经不是舞台上的诵唱，似乎是鼓儿忙《西厢五更》，像京腔，像淮调，像民谣，像吟咏，像私语。人们从门楼间伸出头来，咦咦——想不到台上的京剧名角，也会像南园的唐老爹一样，吟唱里下河的乡俚小调呢：

> 一更鼓儿上，明月照西厢，莺莺独坐绣花高楼上，
> 樱桃口，喊叫一声小红娘。
> 梅红纸一张，年庚写在上，烦你移步去到西厢房，
> 请张郎，来到我的绣楼上。
> 二更鼓儿吟，红娘下楼行，来到西厢姑爷你是听，
> 我请你，快到高楼会千金。

张生笑盈盈，红娘你是听，今日下楼太太可知情，
若知情，今晚我要出洋相。
三更鼓儿咚，叫声张相公，今日下楼未走一点风，
老太太，多日不到绣房中。
张郎将身动，来到绣楼中，见了莺莺行礼又打躬，
手挽手，二人悄悄入房中。
四更鼓儿排，二人进房来，低言悄语叫声张秀才，
我把你，时时刻刻挂胸怀。
说的恩和爱，二人上床来，如鱼得水鸾凤能和谐，
好一比，三月桃花尽情开。
五更鼓儿敲，金鸡来报晓，二人床上好比闹元宵，
叫张郎，快快起身下楼跑。
张郎惊醒了，叫声娘子姣，今日你我恩情比天高，
约佳期，明月朗朗照芭蕉。

曲调悠悠，情调绵绵，为静悄悄的曲江巷铺展出耽于想象的夜色。

茅缸里的糗事

我们在旧岁月里，转弯抹角行走，从京剧京腔的韵律中，把文字的线条，再牵回到曲江巷程家宅院前，这里还有几行想用文字表达的片段。当然，直到现在，我也没有弄明白，早年这些片段是不是从剧场舞台姹紫嫣红的场景中派生出来，从锦缎戏装、脂粉香气氛围里溢散出来的？

那是幼年时代无数个香喷喷的黄昏里，一个弥漫着饭菜香的傍晚。像往常一样，天空沉浸在向晚霞光中，巷子蜿蜒在迷蒙暮色中，檐口瓦当飘浮在袅动的炊烟中，人家门楼沉浸在诱人的饭香中。这时辰、这场景，空气是香甜的，天色是温馨的，巷道是软和的，气味是好闻的，一切都显得平和安宁，似乎有些岁月静好的模样。有人在门口高声叫喊："三拿不掉儿呃，玩呃差不多啦，家来吃得呃饭了呃——""细拿宝小，归得呃家了呃——"那家福建住户的老奶奶，扎着闽南团边绣花裙，颠着小脚，从门楼里伸出头来，朗声呼喊孙儿、孙女们："暗咯啦——呷绷啦……"

突然，程家门楼里传出吵闹声、揪扭声。只见程家嫂子，披头散发，从大门里跌跌撞撞跑出来，站在石板上，哭哭啼啼，瘦削单薄的身子在蒙蒙暮色中显现着悲凉的轮廓。她是广济桥边线带厂的职工，平日低眉顺眼，待人温和，在家里也总是逆来顺受，总以为哪一天会苦尽甘来。不知今天怎么犟了起来，跑到巷子里嗷嗷地哭泣。接着，扭过身子，朝河边跑去。

邻里们见状，蜂拥而上，拉扯着她，听得人们在劝阻道："女人呃，心太整，想开点儿，别做呆事，宁在世上挨，不往土里埋呃……"

说时迟，那时快，只见程家大门咣当一声，大敞肆开，先是一只酒瓶，从程家大门到曲江巷石板，呈抛物线从半空中掉落下来，立即粉身碎骨。接着，瑞堂兄像只烧熟的螃蟹，满脸通红，酒气熏天，从门楼里窜出来。可以望见，门楼里的酒桌，掀翻在地。他怒睁双目，脸色铁青，拳头攥得紧紧的，显然这是义愤填膺气势。他一个箭步，奔到女人旁边，不容分说，双手抓住女人脚腕，使出蛮力，一下子把女人倒提起来。程家嫂子猝不及防，一个倒栽葱，头朝底，脚朝上，栽在地上。围观的人们，甚至可以听得见地上的骨骼发出断裂般的噼啪声。

一群不知好丑的小伢儿，看到这热闹场面，浑身来劲，在一边远远地拍着巴掌："一个老巴子，喝酒翻桌子，翻到河坎子，拾到个狗卵子……"

瑞堂兄朝几个伢儿狠狠地乜了一眼，转身拖拽着女人向家门口走去，女人的肩头在地上拖曳着，头发像孔雀的尾巴披散在地上。有人上去拉扯阻拦，哪里阻挡得住。这时，门楼里闪出小大大，她拍着大腿，作躁道："瓦瓷就怕个金刚钻，好婆娘就怕坏婆娘窜——那些婆娘现在拱到哪块去了，怎呃不出来了？"

小伢儿最喜欢这种热闹场面，如看大戏，如玩游戏，哦哦地插档进来，簇拥在大人腿裆间，溜来溜去。有伢儿被拉扯劝架的人们绊倒在地，哇哇啦啦叫唤起来。一时间，吵闹声、劝架声、哭泣声、嗔怨声，嚷成一片。这个黄昏骇人的片段，一直铭刻在曲江巷旧时记忆里。

傍晚的喧闹，像夏天的雷阵雨，来得快，去得也快。第二天的太阳，爬上东边山墙的时候，一切恢复了平静。程家大门吱扭打开，瑞堂兄照旧风流倜傥，敞着衣衫，在曲江巷石板上咚咚咚咚，走向街头。程家嫂子坐在门楼里，撩起半新的蓝布衫，把酱色的奶头塞入程家老果儿张得很大的小嘴里。有人围在呆巷口，在窃窃私语中连接昨天傍晚的续集。他们认为，曲江巷发生的剧烈场景，与演员之间心照不宣的那点糗事有关。在现代京剧样板戏演出如火如荼的辰光，瑞堂兄却失去了上台演出的资格。他这是在家借题发挥，寻衅发泄呢。

老街老巷，总有一些刀子嘴、豆腐心、没心没肺编造故事，有情有义唉声叹气的人们。街头巷尾，流传着剧团演员们风流逸事。描绘出许多星月暗淡的夜晚，剧院散场之后，有人在墙角旮旯里、大树花台上、剧场厕所间，行苟且之事的情状。有人在门楼边躺椅上，荤素夹杂，捕风捉影地讲述道听途说的事件。话说月色朦胧之夜，有人尿急上茅缸，竟然看到舞台上面白唇红如花似玉且一身正气的著名青衣，在乌苏腌臜的地方，与舞台上扮相俊俏的小生，做那种快活的事情。淡月掩映，有如梦境，在梦的轮廓中，男人揉搓着女人，口里喃喃地说着痴话。接着两人绞缠在一起，大口大口地喘气，发出粗重的气息。讲述人不断咽着口水，让人联想起剧场后台拥挤不堪的床铺和来回走动的男女。

天色渐暮，从邻近的张郭戴南村镇一带驾船过来的农人，把巷子茅缸里蠕动着蛆子的粪便挑运到玉带河水泥船上，这些男女情事，在这个充斥着尿膻气味的傍晚，最能引起听众的兴致。人们似乎从舞台上卿卿我我的场景中走出来，在昏黄的路灯下，向现实中的人物靠拢。茶余饭后，捕风捉影，道听途说，在臆想中，一边满脸鄙夷地喷嘴，一边大口地咽着唾沫，吱吱喳喳地传递男女演员的风流韵事。

　　瑞堂兄也是洒脱之人，谁也不会把人生仅仅系挂在戏台之上。生活的乐趣，无处不在。不在舞台上表演，这太阳煌煌的曲江巷，也是大戏场啊。天近黄昏，可以听见他的吆喝，"来来来呃，踢毽子嘞——"他虽然身体壮实，但身手灵活，只见他健步如飞，跳到石板上，捏着一只插满鸡毛的毽子，高高抛起，弯起腿脚，踢过头顶，又一个鹞子翻身，从背后踢上去，左一脚、右一脚、上一脚、下一脚，腾挪飞跃，看得人眼花缭乱，这种身手，年少人也无法可比。

　　曲江巷的傍晚，人们还偶尔听见胡传魁厚实的嗓音，在巷子里飘荡。这种情形，大抵是瑞堂兄从八鲜行对过瘌姑奶奶——他姑姑的大杂院麻将桌边走出来的时分。也许他是赢家，走入巷子，兴致尚高，接着桌上的牌经，哼起了小调。他唱得最多的是里下河流传的《剪剪花》曲调。当年说唱得最好的则是南门口的赵老爹：

姐在房中几度猜，想起那个薄情郎，昨天晚上不曾来，

看上哪家女裙钗，相好的情哥哥呃，你那是禽兽投的胎。

尊一声相好的情妹妹，不要把我这愚兄来责怪，

说我昨晚不曾来，相好的情妹妹，是你把我丢下来。

尊一声相好的情妹妹，我走你家门前跑，狗子盯住腿脚咬，

葵花棒打断有多少，相好的情妹妹，你可知道不知道。

尊一声相好的情妹妹，我昨晚来见你，上灯还不曾睡觉，

我对窗缝往里照，相好的情妹妹，你把我真魂勾去了。

尊一声相好的情哥哥，不要把你我的事往外冒，

说出脸上没得皮，相好的情哥哥，再说我就不过了。

尊一声相好的情哥哥，去年丢你六个月，今年不想再丢掉，

冷冷淡淡再上手，相好的情哥哥，黄鼠狼拖鸡紧紧咬。

……

情意绵绵的小调，用浑厚的嗓音，曼声唱来，别有韵味。曲江巷两边门楼间，不知多少双耳朵，在暮色中竖起来。人们更有理由相信，那时的瑞堂兄，一定嫖了人家的婆娘，出现了那个时代的作风问题。即便是反角，也不能在台上继续表演革命样板戏了。而且，没过多少时日，瑞堂兄带着全家，下放到50里外的东乡农村，接受贫下中农再教育去了。

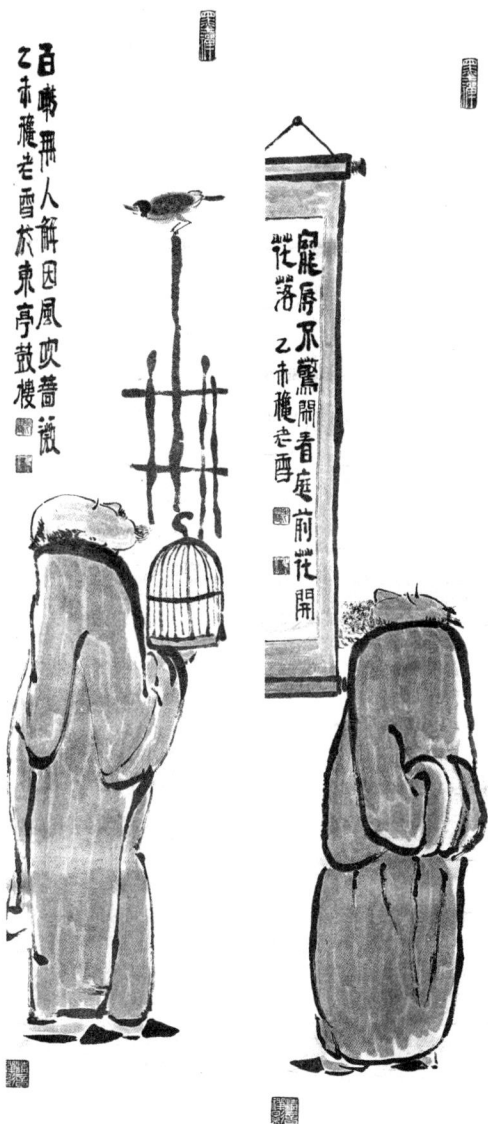

十六、橘色惆怅

百啭无人解
因风吹蔷薇
乙未瀹老雪
于东亭鼓楼

宠辱不惊看
庭前花开
花谢乙未
瀹老酉

老陈二爹

　　我们的文字，经过程家门楼间的旧事，顺着曲江巷，继续向南。走过几块石板，巷子东侧，大门朝西，是老陈二爹家高高的门楼。从曲江巷头，由北朝南向河边行走，这是第三座四层台阶的高门楼。依次说来，第一座门楼是呆巷口的曲江巷十一号，第二座门楼是小陈三爹的曲江巷十三号，第三座就是老陈二爹的宅院了。

　　20多年前，曾带着恋旧之情，写过《家宅百年》：进入深邃小巷，两侧积满烟尘的灰墙，夹着一路磨平岁月的青石板，把你引领进长长的景深。经过嵌印在石缝里隐约成行的故事，走过狭狭的百米旧梦，小巷尽头，百年宅院，鳞状黛瓦，青灰粉墙，条石廊沿，锦式墙门，一派徽式姿态，肃然端坐。似乎还在做着上个世纪凝重悠长的回想。当时，我在格稿纸上，勾描的百年宅院就是老陈二爹家在拆迁中坍塌的门楼模样。

　　早年，东亭城有几爿木行，驰名里下河。宁树街大王庙边的潘家木行，数一数二，曲江巷里的陈家木行，紧随其后。听老人们说，当年陈家木行，生意兴隆，财源茂盛。沿着玉带河向东，到纪福大桥，到华家巷尾的码头上，再到张謇的老电厂，沿河傍岸，延绵数里，都有陈家木行的木排竹筏。

这陈家木行，没有按照长幼序列由老陈大爹经营。那老陈大爹，人称焦胡子，不知什么原因，去做了裁缝，而且把裁剪手艺做出了名，很像是位从小说走出来的人物。老陈三爹也没有打理祖业，他浪迹江湖，匡扶正义，交友甚广，俨然啸聚一方的绿林好汉，真是人各有志，各有所得。陈家祖传营生，是老陈二爹在兢兢业业、勤勤恳恳地操持，延续家族发展的脉络。一家只知一家事，个中缘由，如今已无人知晓。

老陈二爹生性沉稳强健，对陈家木行经营有道，庞大一份家业，在他手上，纵横捭阖，倒也发挥得淋漓尽致，稳稳当当延续了几十年。钱财自然如玉带河水，源源不断，流入气派的门庭，在曲江巷形成大户人家气势。那宅院深幽，层层叠叠，从南侧玉带河边大杂院开始，在曲江巷与三里桥巷之间，贴着临巷房舍，向北延伸，一路上又有巷道纵横穿越，倒像棋盘条格，几根线条，断断续续，一直连接到佘姑奶奶东侧大杂院。如果鸟瞰俯视，可见层层乌瓦，鳞次栉比，横平竖直，气势十分壮观。

老陈二爹的宅院，邻近巷底玉带河，高门阔院，深庭大屋。也许幼年的记忆，定格在春天印象里。我们多在春暖花开之时，进入老陈二爹宅院玩耍。虽是四五月季节，但这深邃宅院，与阳光明媚、春暖花开不大沾边。被四周檐口瓦当包围的狭窄天空，显然受到拘束，灰蒙蒙的，像是暗淡的书房格扇里置放了几十年的宣纸，多了些沉郁表情，少了点鲜亮光泽。虽然这样，墙脚屋角边花台上，几株叫不出名字的树木，还是应着季节，向阳而生，滋生出绿色枝叶，遮覆在天井上空，屏蔽去被屋檐口筛落的光点，摇摇晃晃，把一座旧式院落，渲染得更加暗淡。若干年后，我们反而十分留恋那种氛围，在暗晦的光线中，走进宅院，犹如穿行在旧时光里。这种景象，恰好能安放恋旧情怀。

老陈二爹的厅屋，既宽敞气派，又雅致整洁。客厅落地格扇玻璃，总是擦得锃亮。做工精湛的雕花桌椅，细腻精美的镂花隔断，显现着当家主人殷实富贵的家底。板壁上几幅字画，为陈家旧日书画友人所作，其中有东亭名家陈汝玉画作，点缀出客厅文雅气息。不知此陈与彼陈，在血缘上是否相近。画幅下方，红锦缎的绣花椅面，虽然早就褪去鲜艳光泽，但沿着细密针脚，能让人们想象早年宾朋往来、客套寒暄的场景，影影绰绰地重叠在 200 多年时光中。

这样的庭院，到了午后，沉寂而又空旷，似乎看不到生活的气象。在厅堂、厢房之间穿行，书写着主人心迹的照壁，青灰剥落尽显沧桑；高悬孔子画像的厅堂，沉闷而又肃然。那些暗灰的光线，穿过镂空窗格，斜斜地照进大宅，有细微的尘埃，在昏暗光照里缓缓浮游。整座灰墙黛瓦的庭院，缄默无声，像一件斑驳而且庞大的古旧家具，随着尘埃一起，映照着旧时光阴。

幼年印象中的老陈二爹，一袭长袍，须髯飘飘，鹤发童颜。他拄着拐杖，从巷子里缓缓走过，一副威仪俱足的老爹模样。据说，早年天黑时分，人们可以看到他由南向北，一步一顿，到巷头曲江浴室洗澡。在浴池里闷到掌灯时辰，陈家宅院里总有人打着灯笼，守候在浴室门口青石板上，接二爹回家。某年某月某日，陈二爹早早出浴，不等伙计接他，一人拄着拐杖，乘着月光，蹒跚归来，在巷子里竟然遇见几只狐狸，大大小小地簇拥在一起，在石板上吱吱乱叫，挡住道路。老陈二爹是个天不怕、地不怕的汉子，不管不顾地扬起手中拐杖，劈头就打，击中一只小狐狸头部，众狐狸吱吱呀呀，狼狈而逃。

巷子里老人说，这可不得了了，狐狸最通人性，不好得罪的。老陈二爹去世后，被家人置放在堂屋中央，身上盖着橘色绣花寿被，脸上覆着毛昌纸，头前点着长明灯，厅屋里更加肃穆庄严。院子里有人凑在一起，很神秘地小声议论，说老陈二爹临走之前，许多狐狸簇拥在他周围，哭呃嚎的，拉呃扯的，硬滋滋地把个老陈二爹闹腾杀呃了，两脚一蹬，早早归了西天。

这种说法，映衬着夜幕，让小伢儿们觉得很神秘，很唬人，但又感到很刺激，很有趣。老陈二爹寿终正寝，宅院里纸烟飘动，一群伢儿在烟雾间飞奔观望。豆瓣状的长明灯，一明一暗，映照着绣花寿被下僵硬的躯体，令人悚然。我的长篇小说《狐雕》，写到许二爹到巷头浴室洗澡，打着灯笼回家，在门口台阶上打死小狐狸，脚下一呲，滑倒身亡。院门内红姨太，不早不晚，生下遗腹女许素玉。人们说，许家的独果儿女儿，就是小狐狸投胎托生。这些情节，来自这位老爹的经历。

那个年代，许多人家在宅院建筑时，为了防止地面转潮返碱，总要在方块镙底砖下，垫上瓮盆。地砖之下，留出 20 厘米空间，就有狐狸、百脚、青蛇、老鼠在镙底砖下安家落户，形成人与动物相互厮守的状态。随着 20 世纪末旧城改造，老城形态，湮灭殆尽，一群小生灵，无处安身，逃之夭夭。人们置身于钢筋水泥的丛林里，连天上飞翔的麻雀、燕子，也不再贴近人类。旧日形态，虽然已经摧枯拉朽，但寄托着老城的情感。人们用自己的双手，驱散情感深处的东西，这个世界，会不会失衡呢？这个问号，假以时日，或许会有答案。

小姑奶奶与祝大少爷

老陈二爹端肃的高门阔院，静谧空旷，令许多人望而生畏，平日走动的人不多。但有时候，因为老陈二爹唯一的女儿，人们称之为小姑奶奶的陈家独女，宅院里变得香甜起来。

老陈二爹的女儿，年岁不大，但秉性习惯、言谈举止、待人接物，得老陈二爹真传。老成持重，矜持格局，自成体系。隐隐约约，身上还有些贵族气息，走在人堆里，颇能让人高看一眼。按照辈分，我们应该称呼她为小嬢嬢，但从她青春年少开始，巷子里的男女老少，顶了面儿，都尊称她为小姑奶奶，以示敬重。这样称呼，也许是因为她的贵族气质，持重性格，与年龄和辈分无关。

在小姑奶奶做工讲究的碎花绣袄里，经常藏着掖着几粒沪上友人捎过来的水果糖，至于是不是那时名气很响的大白兔奶糖之类，记不清爽。曲江巷一群小伢儿，馋猫鼻子尖，循着气味，溜进老陈二爹家，猫儿一般沿着花台拐角，向飘散着脂粉香味、糖果甜味的方向，转弯抹角，绕来绕去。从嗅觉中追寻味觉，顺着半空中弥散的香味，去寻找可以解馋的飘浮在厅堂之间的甜味。

小姑奶奶有个性，心上有什么事情理不顺的时候，白皙的脸颊就会板下来。老城里把这种表情叫作丝瓜子脸、冬瓜脸，或者叫把脸色旁人看。但她也有高兴的时候，虽然依然会板肃着面孔，但摇晃着身子，显现十分慷慨的表情和期期艾艾的动作，伸出粉白娇嫩的馒头手，在衣兜里啰啰唆唆地摸啊、掏啊。总要摸到一群小伢儿前倾后仰直跳脚的辰光，才哗哗啦啦摸出几粒红红绿绿的玻璃纸包裹的糖果。她并不分给小伢儿们，而是扬起手，把糖块在头顶上举得高高，让大家跳起来身抓啊、够啊，这时候的小姑奶奶，童心勃发，是和颜悦色甚至笑容可掬的。

这种情况，会产生不同的结果。有时遇到毛糙伢儿，觉得没有实行按需分配，便不依不饶拽着小姑奶奶精致的绣花袄。小姑奶奶很快收起笑容，龇牙咧嘴地烦躁起来，向厅屋挪动身子。小伢儿就吊在她的膀子上，小姑奶奶哪有这样的气力与这帮伢儿缠蛮，开始作躁起来，失去所有的矜持，气呼呼地腾挪到门楼边，大口地喘着气，朝巷子里求救："大奶奶呃、三奶奶呃——你俫来管管你俫家里的小少爷呃——把我拽得吃不消呃了呃——真正的要了人的命呃……"

大奶奶、三奶奶们，应声跑过去，揪着伢儿的耳朵往家里拎，一路上哭声呜啦。这样，小姑奶奶做的好事，就没有达到好效果。伢儿们摸着通红的小耳朵，带着哭腔朝河边方向骂道："斜眼儿姑奶奶——两样心——"小姑奶奶一只眼睛，因为白内障之类的眼疾，眼白子大、瞳仁儿小，近于失明状态。她平时看人，一只眼睛着力，久而久之，养成习惯，总是斜着眼睛看人。曲江巷里有人嘴尖，背后腌臜她为陈斜眼儿。

小姑奶奶是老陈二爹的独果女儿，虽然老陈二爹是小说《狐雕》中许二爹的原型人物，可现实中的小姑奶奶可不是《狐雕》里生活坎坷、命运多舛的素玉小姐，也不是被许二爹用拐杖劈死的小狐狸托生的精灵。在我的印象里，从长相和个性上，无论如何也没有办法把她与曲江巷夜晚的那只小狐狸联系在一起。

据说，老陈二爹在有了小姑奶奶之前，也生养过两个子女，未到成年，半途夭折。对这个嫩笋儿般的女儿，更是万分宝贝。用曲江巷老人们的话说，含在嘴里怕化呃，捧在手上怕跌呃。这样的宝贝，怎能让她出嫁呢？小姑奶奶与这座大宅院融为一体，在父亲羽翼庇护下精致地生活，也不愿意接触谈婚论嫁的话题。据说，在小姑奶奶的年龄，已经熟透了的辰光，对男女情事，压根儿没有丝毫兴致，也没有正确认识。什么男大当婚、女大当嫁，不就是那点龌龊苟且之事吗？真真叫人讨嫌煞呃了，有什哩意思呃？

小姑奶奶对于男婚女嫁，非常认真地处于不开窍状态。在这个基础上，父女俩达成共识，要么守着家门，陪伴老父，养老送终；要么招婿入赘，挡住闲言。就看谁有本事站出来，抢这个绣球了。虽然小姑奶奶有眼疾，但招女婿的标准并不因此降低，歪瓜裂枣的、贪图财物的、行为不端的，一概拒之门外。一来二去，也拖了好些时日。父女俩齐了心，缘分不是找出来的，是等出来的！心急吃不得热豆腐，不着急，慢慢等。陈家这个粉白娇嫩的宝贝疙瘩，还愁找不到称心如意的郎君上门献身吗？

在小姑奶奶到了非常大龄剩女的年岁，终于招到了金龟之婿。说起这个上门女婿，也让曲江巷邻里颇为惊讶。他乃东亭城里大户人家子弟，赫赫有名的祝家银楼的大少爷祝德耀。这祝家银楼，开在东亭城中十字街口，坐西北朝东南，东望马公桥，西接吕祖宫，南临寺街，北依海河边，二层临街连绵商住楼，窗明几净，古色古香，为早年东亭城标志性建筑。有了这般气势的楼面和这种生财的行当，祝家当仁不让列入东亭城大户人家行列。

祝家人丁兴旺，弟兄四人，按序排列，祝大、祝二、祝三、祝四，再往下排列，就有了讹错。祝大祝德耀与小姑奶奶没有子女，祝二、祝三、祝四生的儿子，一反常规，竟沿着祝家长辈顺序排列，分别为祝五、祝六、祝七、祝八、祝九，这种儿孙相跟排列法，乱了秩序，令人咋舌。在华夏民族传统习俗中，算是空前绝后，绝无仅有。

祝家人口众多，财源茂盛，当年儿孙们一人一个奶妈、保姆，可谓养尊处优。改朝换代之后，拆除银楼，砌建银行，从地窖里挖出数十坛银元宝。这样一个富庶人家，不知怎么把一个撑门户的大少爷出让到曲江巷招婿上门，让人不能小觑陈二爹爹的殷实家底。那时谈婚论嫁，倒像现代外交，似乎要比实力、比底气，家有黄金外有秤，谁胜谁负谁出头，要凭实力说话。当然也有恃强凌弱、逞强好胜的，也有好勇斗狠、虚张声势的，让人眼花缭乱。

陈家招婿上门，祝大少爷与小姑奶奶一直没有生个一儿半女。这让人们想起小姑奶奶对男女情事的认知——不就是龌龊之事吗？幼年时代，我们很少见到祝大少爷。有人说他在外头跑生意，有人说他要打理银楼。他们从祝家弟兄中抱养了一个女孩，取名阿凤，也是视同己出，宠爱有加，与小姑奶奶相依为命。

邓家野史

　　曲江巷的故事，在石板上流淌了几百年，流到巷底河边，系挂住河岸边面南而居的人家。一排排临河闼子门，在漫长的岁月里，放大着曲江巷故事的格局。空间大了，视野宽了，原本成串成行的故事，沿着玉带河，成片成丛地铺展开来。溪河流水，堤岸坎壑，拱桥墈阶，田畦草木，都通向陈年往事的深处。

　　多少年来，总是有几个惆怅的冬烘先生，沿着旧世纪物质形态残损的褶皱，孤独流连在岁月彼岸。从街头到巷尾，就这样走啊走啊，走了几十年，才走到巷尾河边，翻找几段泛黄的故事，留下几声空洞的叹息。他们回望幽长的曲江巷，似乎意犹未尽。殊不知曲江巷尾，还系挂着众多场面宏大的故事。更多的时候，人们习惯于线状思维，不善于扩散思维。只在精致玲珑的传说线条中，按照时间节点和排到顺序徘徊。对于泼墨般濡化开的早年场面，一旦时过境迁，就难以确切地搜寻它的旧时痕迹了。

　　我们收拢缥缈的意绪，回过头来，沿着曲江巷的线条，描述它松散的旧事。巷尾河边的东首，是孙庄茶水炉。东亭人把遍及街巷出售开水的老虎灶，叫作茶水炉。东亭城主导风向为东南风，茶水炉汽雾蒸腾，飘散向曲江巷西侧人家。巷尾西首，髹刷了桐油的闼子门，是开米行的邓大爹家。

邓大爹去世得早，只留给世人一个模糊的背影。有人说，邓大爹邓仁官的阳寿，是折给了邓大奶奶。邓大奶奶就一直很有理由精气神十足地生活着，一副心宽体胖的富足之相。她带领儿孙们，傍邻茶水炉，面临玉带河，过着水雾滋润的日子。

邓大奶奶的形象，很能代表邓家生活状况。体态丰满圆润，肤色白皙细腻。胖胖的满月脸，五官端正，没有一丝皱褶，两道弯眉，如漆似柳，在大白脸上好看地弯曲着。一双明澈的大眼睛，水汪汪的。耳垂挂着大耳环，手上戴着大钻戒，身穿滚边绣花香云衫。她的形象，她的宅院，是我的小说《绣禅》中夏太太的原型。

邓大奶奶的本名，不要说曲江巷的晚辈，老人们也不清楚。嫁鸡随鸡，嫁狗随狗，自从到了曲江巷，即便年龄不大，人们也叫她邓大奶奶。她的早婚早育，成了媒婆颂扬的楷模。曲江巷里经常有三姑六婆走动，撮合待字闺中的少女。有时女方嫌弃男方，认为婚姻不赶巧，就以年幼推托。媒婆不知个中缘由，歪理斜叨地劝说："你望望人家邓大奶奶，13 岁嫁到曲江巷，14 岁养小伙，早养儿子早得力呃！如今邓大奶奶还年轻漂亮，小伙已经做到公司经理，接上力了呃——快点谈吧，早点享享清福呃……"

邓大奶奶 13 岁出嫁，14 岁生子，是曲江巷经久不衰的话题。有人说，邓大奶奶的娘家，住在纪福大桥南城上，在家做姑娘时清秀圆润，惹人怜爱。不知什哩辰光，被邓大爹看上了。那年邓大爹二十出头，有人登门提亲，邓大爹早就属意南城上的小姑娘，哪肯再答应其他亲事。

邓大爹年轻时，高大壮实，嗓子敞亮，有了这份心思，就经常跑到纪福大桥上吟唱流传在南园上诸如《五更情歌》的乡俚小调。大多是《鼓儿忙》曲谱，歌词艳丽，音调缠绵。邓家米行的少爷婉转吟唱，十分动听。为了防止失传，在这里把《五更情歌》的淫词艳调，随着曲江巷记叙下来：

一更里来鼓儿生，巧看女佳人，佳人好似虞美人，
嘿呢呀子不亚似，九天仙女下凡尘。
佳人多俊俏，我爱你小妹子，害起相思病，
哪一天子想上手，一世不肯丢。
二更里来鼓儿上，才郎进香房，双膝跪在踏板上，
再三哀求小妹子，好事做一桩。
妹子骂一声，叫声小郎君，你采我的花，千万总不能，
我是你家姑奶奶，不是卖花人。
三更里来鼓儿东，凉月子正当中，双膝跪得皮肉红，
情妹妹不答应，跪死也无用。
才郎反无趣，双膝跪在地，磕头赛如鸡啄米，
叫一声小妹子，求你来答应。
四更里来鼓儿西，凉月子上了西，铁打的心思被盘软，
妹子点点头，才郎笑嘻嘻。
才郎支上前，尊声情妹子，今朝日子逢双喜，
你的个恩情，这世不忘记。
五更里来天麻亮，金鸡闹嚷嚷，叫声才郎穿衣裳，
才郎叹口气，妹子怨一声。
恨只恨天老爷，不借你我的势，闰年闰月总有的，不曾闰五更，
露水的夫妻呃，难得不离分。

这情歌高高低低，远远近近在玉带河边南城上回荡，妹子最后是撩拨上手了。现实之中，邓家米行的少爷，也是得手了。

那年南城姑娘年岁幼小，雏儿一般，哪里懂得这些淫词艳曲，只觉得曲江巷河边的小哥哥，支支歪歪的不讨嫌。喉咙嗓子像薄荷糖，又甜又麻，唱得姑娘春心荡漾。朦胧之中，情窦初开，也就期期艾艾地跟着他，在曲江巷玉带河边行走玩耍。

在文字想象里，朦胧月夜这个词又出现了。据说就是在一个朦朦胧胧的夜晚，邓家少爷领着南城小姑娘到丹桂巷茶馆看灯笼，到寺街上拜菩萨，又领着她跨过丁公桥，到南园河边捉田鸡。嫩雏儿般的邻家少女，哪里经受得了这番撩骚折腾？牛力精壮的米行少爷，就着南园河边的草堆子，成功地把南城上小姑娘开了苞。当南城少女娘家明白一切后，木已成舟，而且河水都漫了帮。

面临这样的大事件，南城姑娘家赶紧商议。虽然心怀羞怒，但捅出去等于自取其辱。再细想想，邓家在玉带河边开米行，生意做得不错，邓家小伙虽然油嘴滑舌会撩骚，但长得还算齐整。目前这个状况，只有顺水行舟了。打发女儿早早过门，成就这对揪心的亲事。

于是，13 岁的南城姑娘，做了邓大奶奶。没过几个月，便为邓家养了一个胖儿子。与母亲一样，很喜容，很富态。邓大奶奶一鼓作气，乘着年轻气顺，又为邓家增添了一对儿女。

若干年后，邓家一茬接着一茬，人丁兴旺，子孙满堂。但万变不离其宗，邓大奶奶享有一家之主的绝对权威。家中大大小小事情，大到儿孙取名，小到柴米油盐，都是她说了算。孙女邓小平，在动荡时期，不但广播喇叭里喊着要打倒她，调皮的伢儿们也在巷子里大呼小叫，要打倒她。她哭得泪人一般，跑回家中。奶奶告诉她，是她的名字，犯了政治大忌。于是为她改名，反其道而行之，叫作邓大萍。邓家儿子、孙子名字里，都有一个"俊"字，明显有悖于传统宗族文化。邓大奶奶对儿女们明确表示，在邓家不讲究这些碎缀东西，她喜欢这个"俊"字，就要多用。人家东亭城画画的吕荫春，儿子不就叫作吕志春？还有演戏的小龄童，儿子不就叫做什么小小龄童？这才有点文化，有点书香世家的味道。

耶耶傄与伢儿傄

东亭城方言，称呼叔叔为耶耶，叫小孩为小伢儿。加在名词或代词后面的复数"们"，称作"傄"。东亭方言词典上标注为"俫"。在 40 年前出版的《现代汉语词典》上，也只找到"俫"，但"俫"与"傄"有阳平和去声之分。东亭人平时称呼，多用去声。在我的几本集子中，都用"傄"来代表"们"。我不是冬烘学究，但既然叙述曲江巷，还是用过去惯用的"傄"。

早年间，从巷底河边，拐过邓家的屋角，经常到巷子里走动的有三个中年耶耶，在这里统称耶耶傄。

一个红鼻子耶耶，鼻头很大，有细细的麻点，似乎是酒糟鼻子一类。他是搬运工人，上身穿葡萄扣衣衫，下身着灯笼裤，上班时扎起绑腿，足蹬千层底黑布鞋。一身短打扮，十分利索。平日活计累，经常要擦汗水，总在颈项间挂条白毛巾，时间一长，毛巾发灰，显得有些邋里邋遢。他的酒量很大，那时的白酒，是瓜干酒之类。从巷头迎春饭店酱园打酒回来，在我家堂屋方桌上，敞怀喝酒，众人一起哄，四两大小的茶杯斟满酒，他一口干了。再续一杯，不吃菜，又是一口干了，很有点豪爽之气。顷刻之间，颈项筋脉凸显出来，不但鼻头更红，整个脸面也呈酡红，接着便面红脖子粗地放声说话，声如洪钟，震得屋檐口瓦当嗖嗖地响。

一个白麻子耶耶，椭圆脸，粗颈项，笑佛一般，面相和善，笑容可掬。他个子不高，健壮敦实的身子，经常着长袍马褂，戴深棕色蚌壳帽，长袍的下摆拖曳在地上，弄得脏兮兮的。有人说他脸上隐隐约约的白麻点，是小时候生天花留下的痕迹。他是街头废品收购站的司磅员，常常捧着一只紫砂壶，坐在磅秤前，逸而当之地过磅估价，掌握卖荒货人的收入大权。白麻子待人并不苛刻，对拾荒货者一视同仁，整天嘻嘻哈哈，大喉咙、阔嗓子谈笑风生，拾荒者觉得这个收购站的会计，实在是和蔼可亲、平易近人，与普通群众打成一片。

一个陈婆子耶耶，小白脸，瘦身子，穿衣打扮清爽格铮。着一身藏青中山装，最上面一个纽子常年扣着，领口就很板逸。上衣口袋里常年一高一低别着两支钢笔。裤缝熨得笔挺，足蹬一双扁头小皮鞋，有时甚至夹一只扁扁的公文包，虽然有人怀疑那包里什么也没装，但就有干部模样。其实他就是干部，是曲江巷街头水产商店的会计，以后升任为经理。陈婆子耶耶言谈举止，举手投足，有娘娘腔调，恰似我小说中的范亦仙尘世再现。坐在有转盘电话机的办公桌前，翘起白皙的兰花指，噼里啪啦打算盘，矜持地迎来送往。有小伢儿蹭到办公桌边摸电话机，他的薄嘴唇便咧开来，耐心地告诉伢儿俫，电话机里的是个什哩人，男女老少都有，虽然面目模糊，但令人产生浮想。

陈婆子走路轻手轻脚，人们老远望见他，便打招呼："陈经理呃——"他就抬起弯弯的眉毛，细声细气地答讪道："哎——"他穿衣衫喜欢赶季节，天气由春渐暖，人们还穿着冬季老棉袄，他便早早地脱了单，只穿一件白衬衫，在曲江巷稀疏的太阳光点下，飘飘逸逸地走来走去。有嘴尖的邻里说道："要得俏，一身孝，甩子好穿单，冻得把眼翻。"陈婆子虽然温柔，薄嘴皮子也凶得厉害，他隐隐约约听见有人议论，眼睛一乜、嘴一撇，兰花指一翘："嚼瘟蛆子，睬他个怂头子！"巷里有人看他婆里婆腔，便挤眼睛歪鼻子，给他确定了"陈婆子"的外号。

红鼻子和白麻子，大概都在40岁左右，陈婆子年岁不大，不到30岁。他们每天在曲江巷行走，迎面遇见小伢儿，就嘻嘻哈哈拦住去路，要伢儿俫大声喊耶耶好。伢儿俫不肯就范，左闪右躲，就是不能穿越封锁。伢儿没办法，就喊红鼻子、白麻子、陈婆子，他们不依不饶，追着问："还有呢？还有呢——"当伢儿俫无奈地喊出耶耶好，他们便像中了大奖，哈哈一笑，放出一条去路。

那个年轻的陈婆子，也时常阻拦伢儿，听到伢儿俫喊陈婆子，便故意板起脸，竖起蛾眉。伢儿俫望着他平滑发亮的脸颊，油光水滑的头发，不愿把他抬高一辈。他轻轻凑过来，在伢儿耳边小声说："告诉你俫伢儿一个小秘密，你俫一喊我耶耶，我就肚子疼，这事不能告诉旁人啊——"居然喊人还会让人肚子疼，是孙悟空吗？大家似信非信地望着他，朗声喊道："陈婆子耶耶——"他咧开嘴，慢慢地捂着肚子，蹲下身子，求饶道："不能再喊呃——"伢儿兴奋起来，脆声喊道："陈婆子耶耶，陈婆子耶耶……"

如果在茅缸里如厕，遇见伢儿，陈婆子还会做点恶作剧的事情。如厕完毕，拽着伢儿的裤子，不让往上捞，一把拽着伢儿的小麻雀，笑道："傻点喊我啊，不然细麻雀被揪下来，长大了不好添婆娘……"伢儿虽然还没有添婆娘的欲望，但裤子捞不上来，小麻雀被扯得老长，就想起孙悟空，用劲喊道："陈婆子耶耶——"陈婆子心满意足地松开手，伢儿接着喊："陈婆子耶耶——"陈婆子眼睛里漾动着快乐的光点，却十分痛苦地伛偻着腰身，向街头趔趄而去。

和善的麻耶耶，也喜欢恶作剧。曲江巷头有家酱园店，专卖酱醋调料和萝卜干、梅干菜之类腌制品。大人吩咐伢儿上街打酱油、买酱菜。

伢儿忘性大，一路念叨着："四分钱酱油，三分钱萝卜干，五分钱大头菜……"如果在巷子里遇到麻耶耶，那就前功尽弃。他看到你在念经，便大声打岔："记呃错掉了，是三分钱酱油，四分钱萝卜干，五分钱大头菜！伺候家去打屁股呢——"他这一喊，伢儿路上背诵的数目全部忘记。麻耶耶哈哈一笑，在石板上快活地跺一脚，拍着巴掌，哼一句京曲："我正在城楼观山景，耳听得城外乱纷纷……"摇头晃脑地扬长而去。伢儿只得返转回家，被训斥几句，重新上街采买。

找小伢儿逗乐，是曲江巷周边几个耶耶的集体乐趣。一次，两个提着瓶子的伢儿上街打醋，麻耶耶笑着说，这瓶子是塑料的，怎呃能放醋，醋酸会把塑料化成水。伢儿倷不相信，这瓶子明明是玻璃的，怎呃是塑料的？麻耶耶正经起来："塑料瓶跌不破，你不相信，把瓶子撂到地上试试。"伢儿半信半疑，把瓶子撂到石板上，"嘭"一声，瓶子碎了。伢儿哇的一声哭起来。

麻耶耶蹲下身子，搂过伢儿："不急，不急，你倷的瓶子不好看，我店里好瓶子多着呢，跟我去挑，多送你倷几只，留着你倷打酱油、打酒、打醋。"伢儿才破涕为笑。麻耶耶喜欢给巷里人起外号，长得干瘦的叫萝卜干，长得粗壮的叫柏油桶，脾气毛躁的叫昂刺鱼，身材娇小的叫罗伙儿。然后，按照各自形状，绘声绘色地向伢儿倷解释一番。

伢儿倷有了记忆，邻家小孩斗嘴，情急之下，就派上用场，信口叫来："你家老子是个萝卜干！"隔墙有耳，邻家父亲听见了，走出门来，脸色铁青，喝道："你倷这点儿大的小伢儿，哪个老王八蛋教你倷说这种促狭话？"伢儿倷仰头看到较真的态度和严肃的面孔，才知道这是一句很尖刻的骂人的话。赶紧脚底抹油，溜之大吉。

在曲江巷走动的耶耶倷，童心未泯，欢喜跟伢儿倷恶作剧。但他们为人慈善，生性快乐，乐于助人，伢儿倷和家长倷，对耶耶倷的逗弄，并无嫌弃之意，只是咧嘴笑笑而已。

十七、活色风波

萧疏了盏未必知己樽上对谈
世能醉人
丁酉初夏
匦以自娱
老雪
于庚亭程瑞

前朝风月

东亭城里，许多向南延伸的巷道，弯弯曲曲，一直通连到玉带河边的砖石古道。从邓家向西，沿着河岸，经过陶文井剃头店、顾家油灰坊，通往寺街。沿途有丹桂巷、广济桥、大月塘、小月塘；向东通往纪福大桥，越过桥面，是南城上高高的旧城墙，因年久坍塌，成了玉带河北侧贴着街巷的高高堤岸。长龙一般蜿蜒着腰身，向东逶迤，依次经过竹牌巷、童家巷、石榴巷、码头上，直奔南门口。

俯视曲江巷底玉带河岸一线，巷底的故事，从邓家西侧陶家理发店开始。理发师陶文井，伢儿俫叫他陶大大。颈项间系挂着米白发灰的大围裙，站在黑色转椅边，娴熟地推动理发剪，呱嗒呱嗒地为顾客理发。那黑色转椅后面有只圆手柄，陶大大时不时弯下腰身，用力转动几圈，顾客仰躺下来，鼻孔朝天，陶大大抓起毛刷子，摆开架势，动作很大地涂抹皂液，戴上老花镜，掰住顾客下巴颏子，哗哗啦啦地刮胡子。

这样，沿河走动的人们，日复一日闻到从陶家理发店飘散出的皂角味、头油味、毛发味，听到店堂间吱吱嗻嗻的剃剪声和吱吱嘎嘎的转椅声。这间临河小屋，留给曲江巷伢儿侪的记忆，永远是邋遢的围兜，散发着老油味的灰毛巾，磨得不利索夹挤着伢儿发根的夹剪，疼得龇牙咧嘴的伢儿以及理发店旁边的夹巷口那些蒙上岁月烟尘的传说。

邓家西山墙与陶家理发店之间有一条由曲江巷派生出来的小夹巷，巷口一座黑瓦小门楼，门楼下幽幽过道，通往曲江巷、呆巷的小窄弄。向东迂回，八卦阵一般，又绕进曲江巷；向西则连接到丹桂巷旧茶馆。在旧岁月的许多黄昏，我们溜达进小巷弄，似乎从夹巷砖石隙缝间，就可以发现一连串的前朝故事，从这里拐弯抹角断断续续向北延伸。

暮色降临时分，太阳斜斜地挂在寺街临河屋角上，越过广济桥脊，放出绚丽霞光，铺洒在玉带河面。理发店旁夹巷口，有人倚靠在藤条椅上，拍着椅把上的紫砂茶壶，面对凉风习习、霞光粼粼的河面，讲述玉带河边被水汽浸濡得泛黄的传说。这些远年的残章断节，把曲江巷与向东 300 米的童家巷，连接在一起。

东亭城老人们都知道，散发着胭脂气的童家巷，早年是城里老爷少爷、商贾百工、贩夫走卒寻花问柳的地方。按照行话，童家巷有个文绉绉的名字，不叫妓院，也不叫窑子，叫长三堂子，也叫书馆。从鼓楼街口进入童家巷，一座坐东朝西的高门楼系挂着两只大红灯笼，两扇荸荠漆大门里就是老城里的书馆。

书馆里，几个颇有姿色的上等姑娘，叫作小班儿，两个歌妓，叫唱手，还有几个卖身陪宿的妓女，叫作粉头。嫖客到书馆找乐子，叫打茶围子，在书馆过宿，叫赶水道。书馆里，又有几个可以外出陪客的妓女，叫作条子。这条子的来历，是书馆姑娘应有名头的人家或熟客写条子相邀，晚出早归，所以简称为条子。书馆里各有门类，但大多是兼而有之，看客人身份和赏钱多少而定。

旧时代，老爷、少爷逛书馆狎妓女，是常有的事情。他们手持灯笼，从鼓楼街出入童家巷，并不避讳。书馆人来人往，生意兴隆，高门楼两盏灯笼，金黄色的穗子，随着巷风晃悠，长年累月，从不落灯，表示书馆生意好，没有关门停歇的时候。

条子外出陪客过宿，一般不走街口，大多数从巷底奔河边，沿着玉带河向东向西。早年小脚女人，走路不方便，走夜路更是为难。那时交通工具不发达，书馆专门雇佣身强力壮的龟奴。条子外出陪客，由龟奴驮出来。天色向晚，书馆门闩响动，黑衣龟奴，手持灯笼，驮着披着绸缎披风的条子向河边奔去，童家巷和玉带河边的人家，就知道是条子出客了。

再说曲江巷尾玉带河边的陶家，祖上开草行，攒得几份家产家私。到了陶大大上一辈，陶大爹娶了两房太太，巷子里叫两房奶奶。陶大奶奶是陶大大的生母，而陶二奶奶的出身，人们避讳不提，因为她曾经是童家巷的条子。

英雄不问出处，容颜姣好的女人，也不问出处。陶二奶奶生得精致细巧，奶大、腰细、腿长，面容姣好，头发乌黑，皮肤雪白。整个人往外一站，细腻如玉。待人接物又十分灵巧，顾盼生波。两片弯曲的红唇和两颊浓浓的笑意，催开二十岁女人的灿烂。她是童家巷头牌姑娘。一条巷子，临近傍晚，因为她生出无限的诱惑力。把个年近五旬的陶大爹，迷得颠三倒四，深更半夜地在童家巷走动。

至于陶大爹怎么深入重围，从童家巷竞争者中胜出，跨越30年鸿沟，把陶二奶奶这样的美人从童家巷赎身带到曲江巷后河边的，细枝末节，现在无从知晓了。有人说，自从陶大爹遇见陶二奶奶，在轻红粉白的俏脸和袅娜娉婷的身子上，一亲芳泽，就再也离不开她了。换句话说，当年的陶大爹，如果离开以后的陶二奶奶，是断然无法活下去了。

面对头发花白的半百之人的真情实感，20岁的陶二奶奶受了感动，下定决心，不怕牺牲，梳好发髻，换了套藕荷色的干净衣衫，拎着装着牙粉面帕的小包袱，离开童家巷。这次她没有用龟奴，而是在太阳煌煌的大白天，顺着玉带河的风向，坐着陶大爹特意请来的黄包车，摇摇晃晃就轻驾熟地来到曲江巷底的小夹巷。

过去有句旧话："宁可找个婊子做婆娘，不找个婆娘做婊子。"童家巷的条子成了陶二奶奶后，没过多少年，陶大爹甩手西去，陶二奶奶一直守身如玉。曾经沧海难为水，她在年轻的辰光，就懂得世界上许多人经历懵懂一生也未必全能懂得的事情，在漫长的岁月里，守着花容月貌和玉带河水色，拒绝红尘世界一切撩骚，领着一个女儿，孤身终老。让东亭城一些叽叽歪歪苍蝇般的男人，带着色眯眯的眼睛，望洋兴叹。

无独有偶，陶家向西几十米，丹桂巷茶馆的王老爷，也从童家巷赎身一个梳头妈子。说是妈子，芳年十九，比陶二奶奶还小一岁。梳头妈子是西乡人，不知什么时候，乘着一条改变命运的舟楫，进了童家巷。她五大三粗，皮肤黝黑，做不了粉头条子，就做梳头妈子，帮助小班儿梳洗打扮。萝卜青菜，各有所爱，王老爷看上了她的年轻力壮，帮她赎身，带回家做了小，照顾饮食起居，胜似找个贴身侍佣，倒也是一举两得。把曲江巷的风尘往事，又扯长了一段。

宝 女

走过旧世纪小夹巷的故事，沿河西去，是顾家油灰坊。

顾家门前，西南侧是广济桥，跨桥过河，几条巷弄，通往成丛成片的蔬菜地。因为它处于老城街巷南侧，树木花草田园菜畦，点缀出青灰街巷远处的红绿之色，倒像东亭城的南花园，人们就称它为南园。园子里以菜农为主，方圆几百亩土地，种植各种蔬菜，供应玉带河对面的城镇居民。一河之隔，就有城区与农村的区别。顾宝女一家，亦工亦农，介于城镇居民和菜农之间。

宝女家的临河宅院，一排闼子门，承接玉带河含着水色的阳光。平日，这闼子门大敞四开。跨上两级台阶，一只硕大的麻石磨台，端立中央。磨台中心的木桩榫头，垂直穿插一根榆木杆，串着一只石碌碡，围着石磨中心转动，城里人叫它石滚子。整个形状，如同乡村晒场上的石碾磨。磨台旁边，支着我们在腊月里捣米划糕见过的木杵石臼。

这些器物，不是用来捣碎、碾压稻米杂粮，而是搅拌石灰膏子，制作油石灰，供造船、修船、填缝、髹漆所用。在石臼里碾磨上，把石灰捣碾成面糊状，过滤筛渣，和上桐油搅拌，如此反复，一而再，再而三，石灰膏子柔和发亮，存放在闯子门边，待价而沽。常有城西水乡船厂穿中山装、夹公文包的人，上门询问收购。顾家油石灰自产自销，产销两旺。

从宝女家临河门铺进去，又是一道闯子门，门里是宽敞天井，储存着桐油、石灰、麻丝等原材料。顾家在隔河南园上有几亩菜地，种植时鲜蔬菜，因此，天井里除置放瓦缸、长桶，还有几只粪桶、钉耙。暑天闷热，就散发臭气，苍蝇蚊虫嗡营之声，不绝于耳，让人望而却步。

顾家主人，大个子，阔脸颊，身上长着疥疮，有时一边搅拌油石灰，一边龇牙咧嘴抓挠胳膊胸背。好在不是生产进口食品，痂屑子掉在油石灰里，也无所谓。邻里给他取名，叫癞官小，其真实名字，许多人却叫不上来。癞官小的女人，满脸麻子，伢儿就喊她麻婆奶奶。有人嚼糟包，这是原疯癞遇上个大麻疯，坏锅子配上只丫锅盖。人说人的，等于放屁，老俩口充耳不闻，开开心心，嘻嘻哈哈，日子过得顺心顺意。

麻婆奶奶性情温和，待人仁厚。据说当年曲江巷里，只要有产妇生养，麻婆奶奶总要到马公桥口饺儿面馆，下一碗饺儿面，盛在瓦罐里，用旧棉袄包裹着，热气腾腾地送到产妇床边。曲江巷许多人，还记得早年瓦罐的温暖。

有人闲言，他家是半个农户，在曲江巷纯正的城镇居民中矮了半截，所以总要找些机会与曲江巷居民示好。其实顾家无求于人，麻婆奶奶为人憨厚，与人和善而已。这种妄自尊大的说法，倒体现一些老城市民揣度人心的市侩习气。

如果说，顾家老俩口有不开心的事情，就是为宝贝女儿操心。顾家后代，姊妹三人，老大阿宝，在南园上种植蔬菜，老果儿阿元，在家打理油石灰生意，两个儿子亦农亦工，相得益彰。中间一个宝贝女儿，取名宝女。当初喜得千金，老俩口满心欢喜，只是天不借势，宝女幼年因小儿麻痹症，拐手拐脚，两条腿一长一短，走路就像扭秧歌。虽然面容姣好，性情平和，但年近三十，尚无人问津。

俗话说，躲懒的做和尚，好吃的做媒妁。那些常年游走于曲江巷的媒婆，经过顾家河边，有意无意地忽略这长排闼子门里还有一位待字闺中的黄花闺女。只是马不停蹄，扬长而去，似乎从未指望在顾家女儿出阁以及花烛之喜、弄璋之喜的日子，坐到家神柜前上岗子受人尊崇的幸福时光。

媒婆不拢边，宝女不着急。平日里，宝女在家看门口，坐在闼子门户槛里长条板凳上，晒着带着水汽河光的太阳，笑意盈盈地面对来往过客，不慌不忙地打发时光。天长日久，便有一些闲话，说得有鼻子有眼，在曲江巷传开来。有调皮伢儿，夜晚经过顾家门房，看到闼子门缝里透出光亮，蹦上台阶，支在门缝里窥望，只见石碌碡边的条凳上，一男一女搂着相嘴。宝女脸色艳红，像浸过石磨边的桐油，闪烁出柔和细腻的光泽，油灯之下，跟晚霞一般，红得惊心动魄。那个年代，这种场面，着实新潮热辣。几个伢儿，像看到西洋景，齐刷刷地溜到夹巷口，拍着巴掌，乱七八糟地喊道：

女婿上门，
薄粥三盆。
咸菜一把，
不吃就打。

河对岸，南园上，隐隐约约传来应和的童声：

要得有，
慢慢守；

要得好，

到临了。

这些童谣，顾家门房里的粗陋汉子听不见，他姓张，是个板聋。据说是小时候患病留下的后遗症，人们叫他张聋子。张聋子虽然个子不高，但身壮力大，自谋职业，做了曲江浴室的挑水工。那时，东亭城未通自来水，曲江巷医药仓库对面的浴室后门口有一座大炉灶，架着一口大铁锅，几级台阶上去，锅台上矗立着巨硕木桶，盛着挑水工挑来的河水，桶底有管道通往浴池。每天清晨，炉膛里炭火熊熊，开始烧洗澡水。

比烧水师傅起得更早的，是张聋子。天才麻麻亮，他就挑着两只大木桶，从玉带河码头取水。吭唷吭唷——打着号子，沿着石板路，挑进曲江浴室炉灶间，爬上台阶，往更大的木桶里注水。每天一百担，挑到中午十二点，木桶里水温、水量达到标准，便放水进入浴池。浴客们从中午十二点到晚上十点，进浴室洗澡。

挑水工张聋子，下午有空闲时间，也给曲江巷两侧人家挑水，挑满一只大水缸，二三分钱。遇到相处好的和有困难的人家，则免费挑水。一来二去，与坐在门房里的宝女，面面相觑，两个残疾人，惺惺相惜。因此，顾家的水缸，总是满当当的。张聋子比宝女年长，又是做苦力的板聋，可是宝女的拐膀拐腿制约了她对青春爱情更美好的想象。天长日久，两人生出爱恋之情。

当年，顾家老俩口没有看出这些蛛丝马迹，还在四处托人做媒。当他们知道这对苦命人的情意后，也就默认了这桩亲事。在一个寂寞的冬天，把女儿打发出门。

那天早晨，顾家雇了两个吹鼓手，在闼子门边吹着《喜洋洋》。因为寒气的缘故，音调显得有点沉重，似乎被寒露打湿翅膀的喜鹊，贴地飞行。倒是一群凑热闹的小伢儿，跟在后面拍巴掌，敞开喉咙，死声奈气地喊道："嫁给当官的做娘子，嫁给杀猪的翻肠子；嫁给卖杏的封箱子，嫁给卖饭的端盘子；嫁给挑水的提亮子……"周围的老人嘻嘻哈哈笑起来，又一跺脚，板下脸来训斥："还不傻点儿弄家去，家里洋瓜切呃好了，搁在桌上，总冷掉了！"

张聋子孤身一人，没有讲究，一切从简，在海河边小瓦披前，点上一炷高香，烟雾缭绕之中，高高兴兴地把宝女迎娶进门。

六九儿

当《我的曲江巷》文字，从巷尾走到广济桥时，应该是宜人的春日。阳光灿烂，如同一片片金箔。桥塊有几丛柳树、桃树和歪脖子树，柳树垂挂着长长的发丝，桃树开着红红的花朵，小蜜蜂嗡嗡嘤嘤，在枝丫间穿梭。玉带河边，一溜河坎，延伸到广济桥，一间傍河小屋，孤孤零零掩映在桃红柳绿之中。

旧时代，医疗资源不足，残疾人多。人们依照生理缺陷，喊叫昵称，反而忘记名字。河边小屋主人，人称六九儿，从幼年起，躬腰驼背，两条腿呈畸形，走路一瘸一拐。有人说，他的两只脚，都长着六个趾头，故称六九。到了夏天，脚上化脓生疮，目不忍睹，不知所传真假。但到了炎夏酷暑，六九儿也是衣冠齐整，鞋袜齐全，让人又相信话出有因。

六九儿腿脚残疾，感觉、嗅觉、听觉却十分灵敏。因为自身残障，自尊心更强，因为孤独一人，更加敏感易惊。有好事的伢儿，晚上在临河小木窗边张望，想乘六九上床睡觉时辰，看六个脚趾的真相。哪知六九儿早有察觉，河边枝叶窸窣响动，他便挪到小木窗前，"嘭"一声打开隔板，呵斥一声。窗外小伢儿，顿时溃不成军，稀里哗啦作鸟兽散。

在亲戚帮助下，六九儿在广济桥河坎上搭出 10 多平方米的小瓦房，一隔为二，一间大的开爿小卖店，售卖香烟、散酒、油盐酱醋一类，维持生活，一间小屋搁着板床，作为栖身之处。到了夏日，六九儿还卖棒冰、凉粉。门口放一只木箱，里面层层棉被，包着几根彩纸裹着的棒冰。夏日正午，太阳煌煌，一条溪河，流动着热浪。枕河人家，处于半寐状态，路上行人很少，砖石小径上脚步零散。六九儿用一块惊堂木，笃笃——笃笃……敲着木箱："卖棒冰呃——三分钱一支……"敲击声、呼喊声，断断续续，很有节奏。有伢儿闻声赶来，丢下三分硬币，他便揭去半边箱盖，探手进去，摸索出一支棒冰，关照道："乖乖，慢点儿含在嘴里，外头天热，别化掉……"

在我们印象里，六九儿小店，琳琅满目，无所不包，大到米面油盐，小到农药虫剂。老巷老屋老院子，百脚老鼠梭来梭去，六九儿也卖起老鼠药，他摇着大芭蕉扇，坐在阃子门内，高声哼道：

> 老鼠药老鼠膏，老鼠一吃就报销。
> 你不买来我不怪，老鼠在家里啃锅盖，
> 锅盖啃个洞，煮饭不抿缝。
> 奶奶吃呃嚼不动，孙子吃呃屁直轰。
> ……

到了傍晚，六九儿在临河柜架边搁上一坨玉白色的凉粉，周边几只玻璃小瓶，盛放油醋、辣椒酱，香菜、萝卜丁，几只青瓷小碗。虽然六九儿行动不便，但所售食品，讲究卫生，碗筷瓢勺，都在玉带河中清洗干净。夏日傍晚，有人在巷里摆桌喝酒，总要到他小店买一盘凉粉，做下酒菜。六九儿捏着一只漏网小铜勺，大幅度地摆动胳膊，从凉粉上绕圈而过。凉粉钻过勺眼，成了晶莹剔透的粉丝，人们称之为抛凉粉。六九儿很利索地用力一抖，凉粉掉进瓷碗。

多年后，有人回想旧时六九出售棒冰、凉粉的动作，幅度很大且很娴熟，夸张得近似表演，连带着他的瘸腿，一起助劲用力。一转一甩，一收一缩，一提一抖，就完成了抛凉粉的动作。也许他人生的全部乐趣，就在这种实现自我价值的时刻。即便他有亲戚朋友，也不愿寄人篱下，依人生存，乞求嗟来之食。现在，他自我感觉，自食其力，有劳有获，与健康人无异。

六九儿也有正常人的生存乐趣。在一个夏季的夜晚，他沿着玉带河边欹斜的砖路到南园参加外甥婚礼。婚礼简朴却冗长，人们把精力，花在闹酒上。挂在屋檐口的马灯，呼哧呼哧打过几次气，大家才东倒西歪地散场。六九儿在朦胧月光下，沿着南园田畦间弯曲的小路，向西而行。当时正是微雨之后，河岸边几株月季开着，桂花香得馥郁，空气中还夹杂着说不清的草木气息。这里那里，有萤火虫在夜空中低回乱飞。六九儿有了诗情画意，只觉得心胸荡漾，喷出一口酒气，情不自禁地吟哼起酒色财气的打夯号子：

> 饮酒不醉精神好，
>
> 嗨哟好呀——
>
> 见色不贪为英豪，
>
> 嗨哟好呀——
>
> 不义之财君莫要，
>
> 嗨哟好呀——
>
> 能思自安祸自消，
>
> 嗨哟好呀——

夜色黝黑，小路黏滑，六九儿随着吟唱，弯着腰，一瘸一拐。或者说随着一瘸一拐，轻轻吟唱。为了平衡身子，两条膀臂平举起来，像在田埂上踩高跷。他沉浸在愉悦之中，竟然在南园的田埂上迷了路。大凡人们迷路，总有一个具有讽刺意味的习惯，就是当他迷路时，往往跑得更快。暗银般的月光下，四周迷迷蒙蒙，六九儿寻找奔向傍河小屋的出路，一不小心，踏到一块土坷垃。那泥团顺着斜坡滑去，六九儿一脚踩空，歪在田垄间的沟渠里。水倒不深，但雨后坡滑，六九儿挣扎着往坡岸上爬，那只瘸腿不着力。爬到半腰，驼背又不助劲，跐溜一下，滑到沟底。真是现实版的驼子跌跟头——两头不着实，弄得浑身淤泥。

六九儿很无助，在泥潭里打滚挣扎了好一会儿。突然，一双纤瘦但有力的手，从半空中伸了过来。六九儿一把抓住那只手，用力一傲，上了坡岸。月光下，他看到一个扎着头巾脸色黝黑的中年农妇。她搀扶着他，沿着河岸，跨过广济桥，一直把他送进那座孤零零的小屋。

这是南园上早年丧偶的女人，在六九儿小门口的月光下，他们四目相对，不由自主地迸出火花。尽管六九一直告诫自己：四十不多淫，五十不多情，六十不多食。可他在过了知天命的年纪，变得多情起来，没有一如既往地守住洁身自好的鳏夫情怀。他们的交往，从六九儿被外甥的喜酒撂倒在南园沟渠里正式开始。有人说，为了怕六九儿的瘸腿重蹈覆辙，南园上的女人，总是在夜深人静时分，悄悄溜进他的傍河小屋。

世界上的事情，要得人不知，除非己莫为。没过多久，事情败露，那女人家的婆婆，没有放过这对孤男寡女。她爬到广济桥上，先是朝南指手骂道："你怎呃不拍心肚子好好想想，儿女总长成大人了，你还跟一个瘸佬儿做这种伤风败俗、丢人现眼的下三烂事情，你不如去死吧——"跳过身来，又朝北边桥口的小屋骂道："你个瘸手跛脚的丑八怪，丫不尿泡尿自家照照，半截子总下呃土，还偷鸡摸狗，腐化堕落，勾引人家良家妇女……"

事件的走向，以那个心灰意冷的女人，走进西溪尼姑庵而了结。六九儿关了三天门，把自己锁在小屋里，不吃不喝。不知道是惩罚自己，还是跟世界憋气。再开门时，面黄肌瘦，精气神大不如从前。从小店门前经过的妇女，总是有意无意地说一声："想开点儿呃，自己过自己的快活日子，好呃——"还有人说："早晓得，把河边的瘸宝女说给六九儿，两个一瘸一拐，倒是相配，过了这村没得这店，不谈了，不谈了。"

六九儿坚守了半辈子，一旦动了情，十分痴心。像那个月色朦胧的晚上，陷入沟渠，没有那双温暖有力的手，再也爬不出来了。屋外来来去去行人的讥笑声，更让他感到如芒在背，如鲠在喉。这日子是没过头了！勉强挨了几十天，便悄悄地在小屋里撒手人寰。从此，玉带河边棒冰、凉粉的叫卖声就成了渐行渐远的历史。

曾经在玉带河对面南园里请喜酒的外甥，前来料理后事。在小屋里踌躇一番，铺开一张白纸，用歪歪扭扭的毛笔字，文绉绉地写下几行字，贴在广济桥口朝南的高墙上："沉痛讣告，吾辈娘舅因病医治无果，不幸休克，承慈命，兹予公告。"行人络绎，几个有学问的人，伫立在白纸前，认真研究这讣告的沉痛之处，还有吾辈与无果以及休克的含义。然后摇头晃脑地念叨："用词不当，用词不当——"大家相对一笑，各奔东西。

许家的条凳

广济桥南，向着水月庵的东南方向，一座锅耳顶、观音兜的大房宅，紧依桥口。早年，人们称它为南园第一家。

这座徽式与苏式相结合的青砖灰瓦建筑，是当年许子京宅院，据说已有 200 岁年纪。光阴流转，世事变更，几乎没有人知道，这座宅院 200 年前的往事，更没有人知道，行走在宅院往事中的古人，或欢乐或悲伤的故事。岁月流逝，冲浮出宅院里些微尘沫，人们才看到一些零散漂浮其中的市井波澜。

许子京宅院，一围高墙，紧傍玉带河，从桥塊延绵，转向东南。许家大门，不在正屋的北侧河边，却在朝西的广济桥塊，开出一爿门楼。一年到头，与门槛平行，横放一张长条凳。这种长条凳，1 米多长，20多厘米宽，两边有沟槽托条、S 状侧耳，雕镂花饰线条，极像观音兜形状，延伸到四条凳腿，顺势对称造型，比平常条凳做工讲究，霸实精致。东亭城里叫这种长条凳为乾凳，一个"乾"字，点出许多富贵意味。长乾凳、官帽椅、八仙桌，都是东亭城殷实之家摆设。

当年，许家也算是曲江巷广济桥一带富裕人家。虽然算不上李白笔下的"五花马，千金裘，呼儿将出换美酒，与尔同销万古愁。"那样的富贵奢华，但也是旧时代的小康家族。庭院里，朝南的主房，朝北的附房，窗明几净。主房家神柜上，正中一只大自鸣钟，两侧置放瓷制帽筒，左侧帽筒旁边有瓷瓶一只，右侧帽筒旁边，竖着木雕底座的清水镜。左边为东、右边为西，称之为"东瓶西镜"。这种陈设格调，来自"瓶镜"的谐音"平静"，表达主人对生存环境的期望，希望能过上平静生活，子孙满堂，平平安安。

堂屋家神柜条案前，还摆有八仙桌、太师椅。八仙桌周围，由镂雕成图案的挡板拼接，太师椅后背上，雕刻蝙蝠和牡丹花纹，扶手上也有彩云纹路。厅堂侧壁，设有雕花茶几和高背靠椅，一派中规中矩的徽派摆设。可以想象，上百年前，许家就是这样中规中矩的生活状态。不知后来怎么一反常理，乱了规矩，家道中落，糗事丛生。

写到这里，又要提到横放在许家门楼前的长条凳。条凳两侧，各有内容，一侧摆放几把扎着草绳带着绿缨的红萝卜，间或还有几包散烟糖果；另一侧，趴着一个女伢儿，留着扫帚头，大脑袋、细身子、大眼白、小瞳仁，脑袋的比例，约占身子的1/4。她是许家大头姑娘，因为行走不便，每天早上，家里把她搀扶到门楼，从早到晚，就在门口把守条凳，看家门兼做小买卖，倒也尽其所能。

曲江巷里，把许家的大头女伢，叫作"大头瘟"。走过广济桥，经过许家门口，远远望见"大头瘟"，曲江巷一群在街巷游荡的伢儿，望而生畏。有人偶尔上前询问红萝卜价格，"大头瘟"翻一下白眼，用粗犷的声音回答："一分一把！"再问："糖呢？""大头瘟"又翻一下白眼："一分一块！"完全是一种姜太公钓鱼——愿者上钩的不卑不亢不求人架势。人们丢下几分硬币，不多逗留，拿上就走。如果问了不买，你才转身，她就会拿起身旁洗锅草把，在脚边铅桶里蘸蘸河水，唰——

唰——洒在红萝卜上，又洒在询问者刚才站立的地方。抖动草把的动作，显示出强烈的不满。

有胆大的伢儿，试探过几次，在墙边挤矮子，向门口蹭去，想看看大头女伢的反应。哪知才蹭几步，就被女伢儿翻动的大白眼及时发现。她朝伢儿傝挤来的方向，噘起嘴巴："嘘——"声音很响，从她硕大脸盘上的樱桃小口发出，煞是惊人。小伢儿望而生畏，腿子发软，赶紧撤离。嘴巴却硬，高声叫道：

> 大头大头，下雨不愁，
> 人有雨伞，我有大头。
> ……

有人说，这"大头瘟"是许家近亲婚娶怀孕的结果。内战时期，许家堂哥，随同残兵败将溃退，途经东亭城曲江巷，向泰州方向逃跑。后面追兵赶来，那堂哥腿脚受伤，一瘸一拐躲进广济桥口许家宅院。本家子裔，许家当然热忱接待，两个堂妹，帮助护理。一来二去，这堂哥不知道怎么与堂妹改玉、改兰，睡到一间房里去了。在一个漆黑的深夜，腿脚养好的堂哥，神不知、鬼不觉地逃逸而去。却在年幼的尚未成长周全的改兰肚子里，种下一粒沉重的种子。

日光俯照，月光飘洒，拭动一帘春梦，却抹去许多细节。天气转暖，脱掉棉袄，年幼的改兰，肚子凸显出来，许家长辈终于知道这种混账透顶的事情，赶紧到曲江巷头种善堂大药房寻找药方。经过几次折腾，肚子里胎儿没有打下来，倒坚定了改兰保护骨肉的决心。许家奶奶，在天井里跺脚："怎呃出了这种家门不幸、伤风败俗的事情，这调子怎呃嫁得出去呃？"话音刚落，半路杀出个程咬金，许家独子，改玉、改兰的哥哥，突然从堂屋里蹦出来，十分认真并且理直气壮地说：

"妹子侪不能出阁，出门把呃人家，到人家受苦，人家就会喊我呆舅子！你侪可曾听人唱过？"他回到堂屋，蜷缩到太师椅上，竟然咿咿呀呀地哼起孟姜女的调子，而且字正腔圆，一字不漏：

正月媳妇苦难挨，沟边河旁拾草柴，
哪个到我娘家去，打把钢刀带家来。
二月媳妇苦难挨，砖头缝里挑野菜，
哪个到我娘家去，打把小锹带家来。
三月媳妇苦难挨，头上虱子爬进怀，
哪个到我娘家去，要把篦子带家来。
四月媳妇苦难挨，白衣穿出黑衣来，
哪个到我娘家去，皂角洗板带家来。
五月媳妇苦难挨，白脸晒出黑脸来，
哪个到我娘家去，顶头布儿带家来。
六月媳妇苦难挨，身上热出痱子来，
哪个到我娘家去，买只粉扑带家来。
七月媳妇苦难挨，赤着脚板穿草鞋，
哪个到我娘家去，做双鞋子带家来。
八月媳妇苦难挨，顿顿锅盖揭不开，
哪个到我娘家去，量的新米带家来。
九月媳妇苦难挨，好衣穿成破衣来，
哪个到我娘家去，做套衣裳带家来。
十月媳妇苦难挨，倚在床上病歪歪，
哪个到我娘家去，打剂中药带家来。
十一月媳妇苦难挨，病在床上起不来，
哪个到我娘家去，快把医生请家来。

十二月媳妇苦难挨，年关难得跨过来，

爹娘早来还相见，迟来几天哭乖乖。

这许家小伙不知吃错了什么药，哼到这里，竟然支支吾吾地啜泣起来。许家大小人等，全没料到会出现这种场面，面面相觑，毫无办法。

这真是水里按葫芦，这边没有定当，那边又冒出奇谈怪论。许奶奶沉下脸来，训斥道："你个伢儿家，哪根神经搭错了？你懂什哩？"哪料这个宝贝孙子，梗着颈项，斩钉截铁地放出狠话："你俫让改玉、改兰出阁，我就跳到玉带河里去，宁死也不做呆舅子。"这种凛然气节，与当年宁死不做亡国奴，有得一比。母亲奔了出来，一把搂住儿子："不能跳、不能跳，你是我俫许家的命根子——"奶奶戳着拐棒，又一次跺脚："这是哪块通到哪块呃！"

从此，只要有媒婆上门，宝贝儿子就毛糙起来，寻死觅活的闹翻天。渐渐地，许家人不再提女儿出阁的事情。同时，也就不再执意与改兰肚子里的小生命作对了。既然在家里养老姑娘，真不如生个伢儿，也算人丁兴旺，延续香火。几个月后，改兰没能生出小伙，这倒罢了，居然小丫头的脑壳子见风长，在全家一片担心、焦惧之中，长成趴伏在大门口条凳上的那番情状。

往事如烟，若干年后，许家两个老姑娘，人老珠黄，与趴在条凳上的大头女儿相依为命。人们感到诧异，居然在玉带河广济桥边，还有一对姐妹花，因为同胞兄弟哪根神经搭错了，不懈坚持莫名其妙的理由，把世界上所有的男人挡在门外，最后终老娘家。

十八、月色朦胧

黄逸峰和他的房客

　　广济桥南，一条蜿蜒向西的小路，顺着河道，通往丁公桥、三昧寺。过了线带厂，两侧葱郁林木，在院墙边枝叶摇曳，蔽护拈香祈愿人的心路。从曲江巷前往三昧寺的信众，在磨砺得平滑细腻的青砖地上，络绎往返。向北望去，几丛杂树中，一座清中期宅院，精巧玲珑，韵味十足地伫立在玉带河边。院落不大，却是穿堂三进，回廊相接，曲径通幽。据说，这是早期革命家黄逸峰的老宅第。

　　100多年前，木行商人子弟黄逸峰，出生在这座古色古香的宅院里。他似乎吸纳了玉带河灵逸之气，从小聪明过人，只用5年时间，就完成了12年的学业。因此，他的少年足迹，早早遍及南通师范、南京东南大学、上海复旦大学。从学生时代开始，担任上海学生联合会主席，投身革命。他的一生，颇为传奇：在虎口中解救过周恩来，七次被捕入狱，三次受屈离开却又重新加入他的组织，屐痕遍及党政军不同的位置，史料上称之为文武将军。

　　早年曲江巷和玉带河边的人们，曾经在广济桥南听过匆匆归来的黄逸峰作政治报告。他头戴礼帽，身着长衫，坐着一辆黄包车，吱吱嘎嘎地从曲江巷驶过。黄包车前有门帘垂挂，路人看不清里面的人物，只看到门帘外露出翘着的二郎腿，蹬着尖头皮鞋。在曲江巷石板上一阵颠簸，到了玉带河，向西拐去，跨过广济桥，在黄家宅院门边停下来。

黄逸峰提着衫角，俯身下车，掏出一块银洋钱，拍在车夫手上。抬起头来，看见自家台阶边几个嬉戏玩耍的幼童，原本遮掩在车帘后面天降大任于斯人的严肃郑重，顷刻一扫而尽。他像个大顽童，笑眯眯地跳过去，撩起长衫，蹲下身子，和几个伢儿玩了一通捏泥巴，弄得衫服溅满泥点，才嘻嘻哈哈站起身，拍拍手上的泥灰，朝门口走去。

接着，他在落地格扇窗里召集会议，商量建立地方组织的事宜。一盏油灯，若隐若现，映照出他亦庄亦谐的面容。几十年后，邻里们还在念叨黄逸峰，说他年轻的时候，清秀俊朗，超凡脱俗，身着笔挺的中山装，手夹黑色公文包，走路踏地有声，天生具有伟人的禀赋。

历史有时会与人们开点玩笑，这种玩笑，落到个人身上，是不堪重负的分量。经历几次沉浮，家乡人在沪上见到衰老的黄逸峰，已显异态。其时只是一个中等身材，不蓄须，大额头，倒挂眉，单眼皮，薄嘴唇，上弓腰，清癯健朗，生性平和的小老头。但童心未泯，爱近小孩，在亲友酒桌上，仍然喜欢与人斗酒，往往喝得面色酡红，醉意朦胧。也许他是借酒消愁，浇去半个世纪堆积在心上的块垒。在人们意象中，直到在沪上老去，他还是那种年臻耄耋心婴儿的老人。

其实，如果顺应自然规律，重新安排黄逸峰的人生，他更应该是那种心如岫云，身似黄鹤，只知九琴十砚，斗酒为乐，不晓人事，养尊处优的公子或先生。他早年舍弃家庭优厚条件，投身革命，在枪林弹雨里出生入死。夺取政权后，他却不断迷失方向。他的耿直率性，不知拙守，不入俗流的禀性，注定了他的磨难曲折。

在特殊年代，一些人主政不了自己，又何谈主政一方。个中缘由，难以辩述。经历几番宦海波折，黄逸峰客死沪上，虽然哀荣有了，日后升迁为京城的领袖们，曾前去向他告别，但他有生之年，却把世间沧桑历尽。北方沙皇和当朝天子，误判了这位忠诚先驱。圣令如雷，振聋发聩。他的特殊经历，决定了他不能告老还乡，解甲归田，回到这座宅院，只能顺着社会大潮漂流沉浮。

日月如梭，时光流逝。若干年后，在黄逸峰故居确定为文物保护单位之前，这座宅院就像宅院主人一样，收归国有，并由国家经租，里面有了新住户。政府管理市场的权威人士倪家，做了黄家的房客。日子随着玉带河水漂流，又过了若干年，倪家儿女初长成，两个女儿，出落得容貌秀丽。这不仅限于人们称呼的漂亮标致，或者学名美丽的含义，姐妹俩生动活泼，从骨子里散发出南园上浓烈的花香，让曲江巷里小伙们荷尔蒙飙升起来。

那年那月，东亭城紧跟全国节奏，开始流行高跟鞋的时候，倪家姐妹早已穿上了它，在曲江巷流淌着青春岁月的石板上像跳踢踏舞一般，的的笃笃——的的笃笃——走来走去，踩踏出新鲜明快的节奏。倪大姑娘天生丽质，瘦面颊，高鼻梁，动人之处是嘴角两边的小酒窝，盛放着绵绵情意。当她踩着高跟鞋，从曲江巷石板上香风一般经过时，足以让一条巷子心律不齐。

这时，家住下坝河边，后来成为舞蹈家的小伙子，隔着几里路，听见了曲江巷高跟鞋的节奏。他如同伴随音响出场的舞者，出现在巷道彼端。那年，他和她，也许20岁，也许19岁，有时候，惊鸿一瞥，就是一生，这是缘分。郎才女貌，紧紧相随，在曲江巷进进出出。经过彩衣街，拐入曲江巷，跨过广济桥，走进那座曾经出现大人物的百年宅院。在玉带河两岸，演绎一场男子皆欲娶，女子皆欲嫁，20世纪中叶版的炫目恋爱。

那个年代，他是这个区域有名的舞蹈演员，是歌舞团的台柱子，用业内的话说，是个名角儿。走路的步子，呈外八字的舞步，在曲江巷旮旯里随意站立，就洋溢着舞者气质。他的阳刚之气，是气质型而非生物型的，曲江巷的老老少少，站在高高低低的廊檐台上，凝神注目，打量倪家这个候补的毛脚女婿，就像欣赏一段舞台风景。

再后来，人们对倪家未来女婿，有了尊敬的称呼，叫他李老师、李馆长。他从舞台上疾步走下来，走入广济桥边的浪漫故事，又带着青春激情，用舞步演绎爱情故事。不知道是舞台的舞姿，采撷了生活韵味，还是生活的激情，注入了舞台感觉，当年的一切，都闪烁着舞台上的炫幻色彩。从此，这位李老师的舞步，带着情感的韵律，踏遍了大江南北。60 年的蹉跎岁月，转眼流过，却有 40 年，匍匐在他的舞步下。

曲江巷的小伙伴，懵懵懂懂遭遇到情场劲敌。看着舞蹈家紧贴时代又紧贴芳心的坚毅面容和优雅姿态，有如情场上不堪一击的士兵，败下阵来。缩在巷道两侧的门楼里，眼睁睁地看着舞蹈家突破黄逸峰宅院那片古旧的大门，用一种招牌式的舞蹈姿势，驭走了黄逸峰故居里好看的小酒窝。

陈家大院说"合子"

我们的文字，在广济桥边徜徉，念叨一些曲江巷渐行渐远的事情。这时，孙庄茶炉东侧，天地炮腾空而起，夹杂着木匠、瓦匠声音洪亮的说"合子"，惊动了遥远的时光。站在广济桥的记忆之上，向东俯望，喜庆的烟雾，飘浮向旧岁月上空，在陈家大院，整整弥漫了一个世纪。

陈家木行四合院的建筑，呈凹字形，占据硕大的空地。朝南一面，放出一条巷道，连接大门楼，通往玉带河。临水而居，方便筏运，水色润泽，生意兴隆。虽然码在大院当中的木堆被人们编成顺口溜，戏谑为"陈家的木头，烂呃空呃心……"但是近水楼台先得月，陈家大院的柱梁椽桁，窗格几扇，皆为上等木料。许多年后，即便房屋颓损，在厚实的木质包浆上，仍反射着早年大户人家气象。

旧日东亭城里、城外，砌建房屋，都有说"合子"的习俗。东亭城向西区域，又叫说"鸽子"。能说会道的木瓦匠，编出许多吉祥语言，讨主家高兴。做到哪里，想到哪里，说到哪里，吉利祥和的话语脱口而出，像天上的鸽子，时飞时落，阵阵不息。主家讨得好口彩，自然要分发红包，皆大欢喜。

曲江巷老人们，听到哪家砌房说"合子"，就很起劲提神。在文化匮乏年代，这种说"合子"，极具表演性和观赏性。当年陈家大院翻建朝南正屋，一切依照老规矩办事，砌房子，说"合子"，发"包子"，图个顺遂如意。宅基场地平整后，身着长袍马褂的木行主人，点燃一挂爆竹，撒下米粒、茶叶，竖起中柱，这辰光，会说"合子"的瓦匠，跳手扑脚高声吟诵起来：

> 东方日出喜洋洋，
> 八宝地上砌华堂，
> 东砌三间金银库，
> 西砌三间堆谷仓。
> 堂前插下千排柳，
> 府后栽上万棵桑，
> 千排绿柳系骥马，
> 万棵肥桑落凤凰。

当年，陈家大院主房外墙，砌到一尺高的地方，对着偏房拐角处，立置石碑一块，镌刻"泰山石敢当"几个大字，瓦匠们齐声叫道：

> 基石生来四角方，
> 出自泰山尖顶上。
> 月洗日晒天地造，
> 风霜雨雪石敢当。
> 千锤万凿奠基石，
> 今日今时到主家。

> 基石托起主人福，
> 主家基业多兴旺。

　　瓦匠们集中人力，短短几天，外墙砌筑到顶，竖好中柱排山，除堂屋正梁外，几根横梁已经架上。当晚举行暖梁仪式，陈家亲朋好友，携带鱼肉、面条、云片糕和逢六为数的馒头，到陈家大院里贺喜。亲友们还带来第二天上梁用的爆竹、红布贺幛、贴在二尺芦秆上的金花，寓意前程似锦、金光灿烂。

　　在贺喜的人们围绕中，陈家木行主人郑重地点香烛，敬喜神。从曲江巷里请来父母双全、子孙满堂的全福之人，和子女一起端着火盆，在正梁周围绕三圈，祛邪进福，迎财颂安，祈祝日子过得红红火火。负责上梁的木匠站出来，恭恭敬敬把正梁请到两张大乾凳上，悬空搁置。陈家小少爷嘻嘻哈哈，举着一张书写着硕大"福"字的红纸，贴在正梁中央。又在堂屋中柱贴上两张条幅，上面写着"竖柱喜逢黄道日，上梁正遇紫微星"；横向再贴一张"姜太公在此百无禁忌"。这时，木匠师傅左手持香火，右手握斧头，慷慨激昂地说起上梁"合子"：

> 紫金炉内一把香，
> 端端正正插中央。
> 香烟缭绕通宵汉，
> 传报主家建华堂。
> 中柱架得高又正，
> 请出神仙齐帮忙。
> 金梁架得粗又壮，
> 主家福气万年长。

　　暖梁以后是上梁。第二天恰逢吉日良辰，大清早，依次进行上梁前的照梁、浇梁仪式。照梁仪式由木匠师傅主持，在两张筛子正面，贴上写有"吉星高照"的斗方红纸，反面插上三根芦柴花，这筛子叫"千里眼"，芦柴花叫"避邪剑"。两位木匠各举一只筛子，顺时针绕梁蹦蹦跳跳跑一圈。跑到正梁两端，从筛眼里相互对视，再望望正梁，最后把筛子插在东西两面山墙顶上。木匠师傅敞开嗓子，说起"合子"：

> 八宝地上砌华堂，
> 今日吉时来照梁。
> 金筛一对两边竖，
> 大红福字贴中央。
> 金筛好比团圆镜，
> 照得金梁放金光。
> 避邪宝剑东西镇，
> 保我主家福寿康。

　　照梁以后，紧接着是浇梁。木匠师傅在锡壶里灌进酒，用红纸塞上壶嘴，等到良辰时分，拔去纸塞，把酒浇到正梁上，边浇边说"合子"：

> 美酒浇到木龙头，
> 主家世代出诸侯。
> 美酒浇到木龙眼，
> 主家八把珍珠伞。
> 美酒浇到木龙角，
> 主家住上蓬莱阁。
> 美酒浇到木龙口，

主家笑唱神仙歌。

照梁、浇梁仪式结束，开始上梁。东山墙头上站着一个木匠，西山墙头上站着一个瓦匠，木匠、瓦匠各放下一根红带缠裹的麻绳，说是"龙绳"。陈家木行小老板，在底下接住"龙绳"，叫作"接宝"。正梁两端系绳，木瓦匠在两边同时往上拉，一边拉，一边嗬唷嗬唷说"合子"：

> 金梁系在半空中，
> 摇摇摆摆成金龙。
> 我问金龙哪块去，
> 一心攀登紫微宫。
> 两条玉龙盘玉柱，
> 两只凤凰栖当中。
> 一片红云请玉皇，
> 保举主家成富翁。
> 太斧落地口朝东，
> 主家和皇上两亲公。

正梁放到墙头上，木匠师傅用木锤在两端很夸张地各敲三下，说道：

> 日出东方喜洋洋，
> 宝地上头建华堂。
> 前头砌的状元府，
> 后头造的宰相房。
> 东头筑的金银库，

西头盖的积谷仓。

凤凰不落无宝地，

诸侯出在贵府上。

这边木匠话音刚落，那边瓦匠接着说：

红的绫，绿的绸，

前檐拉到后檐头。

多子多福又多寿，

大富大贵度春秋。

糕粽馒头白如银，

散把前邻共后邻。

四邻和睦家道兴，

越富越贵越安康。

木瓦匠每说一句"合子"，底下围观的亲友邻居诸位来客，高声呼应着喊好。一片嘈杂声中，亲友送来的红布从正梁上披挂下来，金花高高地插在中柱顶端。陈家人开始噼里啪啦地放爆竹，木瓦匠站在中梁上，把糕点、馒头撒向人群，众人上前争抢，凑凑热嘈。木瓦匠把"千斤锤"挂在堂屋中柱上，用以镇宅，然后笑嘻嘻地从墙头下来，接过陈家主人递上的红包喜钱。大家坐到饭桌边喝上梁酒，共同庆贺。

陈家大院的房子，盖了一个月，"合子"说了一个月。其他部位已经砌好，单单在屋脊中间放开一个缺口，叫做"龙口"，留作举行"合龙口"仪式，宣告房屋封顶。仪式由瓦匠主持，在"龙口"里放进茶叶、稻米和太平钱，陈家又是点香烛，放爆竹，瓦匠用备好的瓦块把"龙口"盖上。只见他端立屋脊中央，很虔诚地朗声说道：

天上祥云走，我在合龙口。

天上凤凰叫，福禄寿星到。

龙口中间放金钱，

荣华富贵万万年。

我把龙口合起来，

恭喜主家发大财。

最后一道工序，是装大门及格扇，门框两边系着红绿布条，木匠挪过做好的门框和门扇，钉钉敲敲，嘴里咿咿呀呀地说着"合子"：

新建华堂金门龙，

主家世代有殊荣。

红绿布条挂两头，

日子步步登高楼。

一边红来一边绿，

儿孙个个有俸禄。

一边绿来一边红，

门里门外走金龙。

陈家大院的正房，在旧宅基上落成。几辆大拖车，从玉带河码头驳下红木家具，沿着河边拉来，跟在肩挑手提的人群后面，咚咚笃笃步入陈家木行院子，装点正屋富丽堂皇的气象。陈家大院主体建筑落成，室内粉刷装修齐整，按照惯例，陈家在天井里搭上油毡棚，挂上几盏汽油灯，摆开十几桌酒席，大宴宾朋亲友。席口上有说有笑有唱，一时人声鼎沸，引得路过玉带河边的行人驻足观望。

神神叨叨玉带河

　　陈家木行大院正屋砌建竣工，院门外，河坎上，搭建起一排临河房舍。这些房屋的年代，如今很少有人能记清了。在幼年记忆里，似乎就是远古的事情，有一种时光的距离感和岁月的朦胧感。

　　房舍东侧，纪福大桥边，有一片临河空旷地带。每逢月白风清的时辰，几位纳凉老人，倚坐在藤椅上，应和着东边水天一色中机帆船的嘶鸣，讲述许多花颜舞绿的传闻，牵扯出星月下晚风中云里雾里令人惊悚的远年传说。有一段童年时光，就这样与四合的暮霭，银色的河流，黝黑的马头墙，斑驳的石板路以及暗夜流动的莫名声响，恍惚光影，惊心动魄地紧贴在一起。

　　老人们说，很早的时候，临河房屋边水码头上，一个尼姑身着玄色长衫，乘着月色，提着箩筐，在河边汰洗碗盏。只见她挽袖伸手，在箩筐里用力搅动，青花瓷碗，在箩筐里骨碌碌旋转。她突然发力，把筐里碗盘向上高高抛起，那些碗盏被甩到半空，又哗哗啦啦落进箩筐，一堆瓷碗，成了碎片。她又一次把箩筐高高兜起，如此再三，碗盏几成碎片。接着，她把箩筐放在河水里，随着水流漾动几下，那些瓷碗，竟一个个恢复原状，完好无损。星月之下，尼姑飘飘忽忽，悠然而去。不知是去了玉带河对岸的水月庵，还是马公桥下的复胜庵。留下河边目瞪口呆、惊恐万分的过路人。

玉带河边的传说，连绵不断。又是一个星月之夜，一个彪形大汉，在河边疾步行走，突然转身，走下河码头。怪异的事情发生了，只见那大汉蹲下身子，从肩头上摘下头颅，顺好乱糟糟的头发，按在水中汰洗。随着东去的水势，在河水中荡漾了几个来回。那脑袋似乎很快活，竟然对着壮汉躯干，嘻嘻哈哈笑个不停。壮汉从水中拎起头颅，端端正正放在颈项上，起身上岸。目击这种场景的路人，吓得魂魄出窍，腿脚发软，气喘吁吁，踉跄地回到家中，爬上床铺，闷头睡了几天，才缓过神来。

灵异传说不胫而走，蔓延到巷子里。有人说，早年有人打着灯笼，走进曲江巷，看到一个系着红布兜的伢儿，跌跌绊绊在前面跑，一下子窜进呆巷。那片通向玉带河边平日关着的小门里，突然发出婴儿哇哇的哭声，有人高兴地喊叫："养下来了，养下来了——是个大小伙呃！"

有算命打卦之人，分析前因后果，认为这个小伢儿，来历怪异。很多年前，这个门里有女人难产过世，埋葬在南园乱坟地。妻儿离世，男人十分悲伤，逢年过节，上坟给女人和未出生的伢儿焚化纸钱，供祀馒头、糕点。巷口食品店的掌柜，从此常常在打烊盘账时，发现一些冥币，因为平日顾客很多，一手交钱一手交货，一时弄不清是谁这般恶作剧。

女人百天忌日，男人到南园上坟烧纸，想起阴阳两隔，伤心啜泣。地下突然传出声音："不要伤心，你烧的纸钱，全用在儿子身上。"男人大吃一惊，起身就跑，找来几个亲友，挖开墓地，看见棺材里竟然坐着一个系着红布兜胖墩墩的婴儿，笑嘻嘻地看着一群亲友，身边散放着米粉、糕点和拨浪鼓。棺材盖上，有碗口大的洞眼，女人的手指甲已经脱落。男人把婴儿紧紧抱在怀里，哪知他蹦了出来，瞬间不见踪影。原来他已溜回呆巷，找到一个孕妇托了生。

在朦胧星月映照下，这些传闻令人惊悚。坐在空场边藤椅上的老人，看着周围瞪大的眼睛，呷口茶水，谈兴更浓。话闸打开，像脚下玉带河的汩汩流水。他摇着芭蕉扇，说出一番似是而非的亲身经历。

过去，他住在南城上一片百年老屋。那年母亲身患重病，家人筹办寿衣寿材，做好后事准备。一天夜里，他迷迷糊糊地走进一座古宅深院，远远望见早已去世的本家大妈妈，朝他使劲喊道："快来呃，你妈妈也在这块呃——"他看见西厢房里，很多妇女在纳鞋底，自己的母亲也在这里。母亲见到他，大吃一惊，说："你怎呃跑到这块来了？"然后朝旁边的人哀求道："拜托你俫，给他做双鞋，慡点儿叫他家去！"于是大家赶紧做鞋，最后一针缝完，针还插在上面，母亲说："来不及了，等滴给他穿上！"说完伸出手，把他推了出去。他惊醒过来，浑身是汗，这时听到弟弟敲房门，哭叫道："姆妈走呃路了！"

老人拍一下藤椅，说道："做梦会警示人的疾病，不能不信呃——"世界上有很多难解之谜，只是还不曾有人晓得其中的奥秘而已。到了第二天，他处理母亲丧事，总觉得脑勺子疼痛难忍。平时也有这种症状，吃点药就过去了，这天，儿子坚持送他去医院，诊断结果是脑梗。医院先生说："好在来得早，要是再迟一步，人就没得呃了。"

这些传闻，在早年迷蒙之夜飘荡。夜色朦胧，传说插上了翅膀，在街巷间四处飞扬，弄得伢儿俫心惊胆战，走路前观后望。却又抑制不住好奇心，到了傍晚，便溜到纪福大桥边，听那些令人心惊胆战的传说。

临河房舍旁，有人很哲学地侃侃而谈："这个世界上，有太多的事情，现在的知识难以解释。许多未知事物，能解释的叫作科学，科学解释不了的叫作哲学，哲学解释不了的就叫神学。"早年曲江巷里玉带河边许多传说，十分玄乎，不知用什么学去解释。我侪这个有了 150 亿年岁的大地球，用现在只有 150 年岁的科学道理去解释，怎呃够用呢？

当年，曲江巷里有四多，做生意的多，教书先生多，研究学问的多，写写画画的多。巷子里就有不少深宅大院，诗礼世家，文艺人才。一位戴着眼镜，身着香云衫的教书先生，大概是藤椅上老人的后代，双手叉腰，站在纪福大桥边，指点江山，激扬文字，诗文绉绉地发表感慨："庄子说：'吾生有涯而知无涯，以有涯随无涯，殆已。'早在我们祖先时代，就有暗物质量子，曲江巷电线杆上的灯泡，种善堂办公桌上的电话机，对古人来说，就是天方夜谭。"他俯下身来，对我们说："你侪伢儿侪可晓得，著名科学家牛顿、爱因斯坦，晚年为什哩迷上神学玄学呃？"

这种神神叨叨的关乎天上人间的问题，一群小伢儿怎么晓得？他意味深长地朝一群混沌未开的伢儿侪瞥上一眼，提示道："因为有太多的科学解决不了的东西，只有用神学解释了！"接着，又哈哈笑道：你侪是早晨八九点钟的太阳，这个艰巨而又伟大的任务，就交给你侪了。

这个任务太重了。直至现在，曲江巷玉带河消逝了，钢筋水泥填补了许多想象的空间。过去的伢儿侪，几乎集体到了暮年，也未曾有人弄出个究竟来，完成这项艰巨而又伟大的任务，让人们从神神叨叨的猜测中找到答案，有失眼镜先生的厚望。

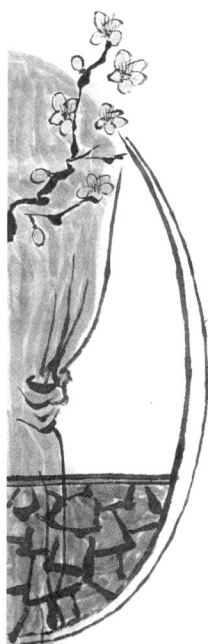

十九、失色花容

葛小小与沈姑娘

如果我们把神神叨叨玉带河以及曲江巷，看作是两条垂直的传说，那么，从曲江巷尾到纪福大桥的临河房舍，就紧贴着两条传说的交叉口。

傍河房舍，大多是在东亭城栖身的外来住户，川流不息，迁徙不定。靠近纪福大桥东侧的房舍，居住新坝搬运公司一对夫妇。早年搬运行业，以拖板车为主，工人从事繁重体力劳动，十分辛苦，生活中也养成大大咧咧、不拘小节的习惯。走近玉带河码头，远远可以听见房舍间，搁置物件乒乒乓乓的声响和大喉咙阔嗓子的喊叫："打枪毙小，你撺东索西的到哪块去的——""细草狗小，你安逸点儿——"叫骂声从门缝间冲出来，与东侧南门口机帆船的嘶鸣，遥相呼应，随波荡漾。

带着乡野之风的声源，曲江巷耳熟能详。临河房舍女主人葛小小粗大的嗓门，是制造声波的主要力量。她的男人，瘦小纤弱，说话细声细气，有人说他是婆子，婆哩婆腔，喊不出这种雄壮有力的音质。葛小小的长相，彻底突破她的名字格局，五大三粗，虎背熊腰，须发茂盛，说话有铜钟之音，嗡嗡作响。阴阳乾坤在临河小屋里，彻底颠倒过来。

大概是梅兰芳在曲江巷头人民剧场演出《霸王别姬》的时代，玉带河边沈家糟坊，有个漂亮女人，渐渐走入曲江巷的视野。她好像从舞台上走来的虞姬，大眼睛，尖下巴，身材纤细、窈窕，窄窄的旗袍，裹着玲珑的身躯。平日里绾着发髻，插一把精致的梳篦。"扬州胭脂苏州花，常州梳篦第一家。"小小的点缀，整个人都精致起来。她从暗淡摇晃的灯影里缓缓走过，流苏很长的披肩，花纹艳丽而又活泼，浅粉色的菊花间有几只蝶儿在叶间翩跹，风一吹，抖抖地拂动，十分迷人。这蝶儿不知什么时候，飞入葛小小的眼睛，演绎了一出蝶恋花的闹剧。

苏小小的屋门，正对沈姑娘的窗棚，两人是闺蜜，经常在玉带河边砖石小道上，携手而行。有人说，那年初夏，她们相约，到南园寻觅野趣。天色向晚，南园的炊烟，袅袅上升，两个女人，倒像情侣游园，竟没有回归的意思。沈姑娘内急，钻进树丛，褪下裤子小解，淅淅沥沥放松完毕，准备起身时，葛小小突然从后面搂住她，两人在草地上翻腾起来。

那天的情景，大概是一个应该出事的傍晚，天气有如人的情绪，躁动不安。夕阳在南园树尖上，一点点消失，暮霭吞没了树丛田畦。听得见小鸟在头顶盘旋发出的鸣叫，在燥热的空气里，显得有些暧昧。夏夜的风，裹着令人窒息的气味，对河曲江巷昏暗的灯光，看起来就是在水中漂浮的黄灯笼。

纤弱的沈姑娘，比粗壮的葛小小矮了一头，哪是她的对手。折腾了好一阵，沈姑娘筋疲力尽。葛小小抱着沈姑娘裹在绣花旗袍里光滑如玉的身子，一双大手，在敏感地带肆意游走。然后近似疯狂地亲嘴，含混不清地呼唤着："小心儿，小心儿……"

紧接着，葛小小把疲软的恋人带进临河房舍。跨进屋里，她朝缩在床角的男人大吼一声："睡到隔壁去！"男人带着狐疑的目光，飞快地跳起来，乖乖溜向隔壁房间。据后来知情人的回忆，当沈姑娘被裹挟着钻进葛小小热烘烘的被子，紧闭的眼前，是一片波谲云诡的红浪，再后来的一切，就迷迷糊糊全不知道了。

事情僵持了一段时间，沈姑娘默默接受葛小小侵扰加爱抚的同时，内心也在剧烈地挣扎。一家女，百家求，几个月后，有人到沈家提亲，据说还是一位风度翩翩、才华横溢的少年郎。葛小小如猫爪儿挠心，坐立不安，魂不守舍。这种畸形恋情，最不能接受的，也许不是恋人爱上另一个同性，而是恋人爱上异性。她用一句最粗俗的语言，毫无道理地劝阻沈姑娘："人家屙屎，你喉咙作什哩痒呃！"

你不就是想那种异性情爱嘛？葛小小痛下决心，心怀鬼胎地拿定主意。在一个油灯摇曳的夜晚，用甜言蜜语，把沈姑娘灌得晕晕乎乎，让自己猥琐的男人上了沈姑娘的身子。纤弱的男人，受宠若惊，在轻红粉白的身上肆意而为。沈姑娘清醒过来，看到身下一片狼藉，蹶蹦起来，含着眼泪，夺门而去。

夜深人静时分，葛小小就在沈家门窗边游走，叨叨咕咕地嗫嚅："伤心的，要紧的，讨债的，相好的，丢了你，我不好，丢了我，你可好——"沈姑娘铁了心，闭门不出，坚定地把葛小小拒之门外。沈家人知道了门外人的来由，携带棍棒，埋伏在门边，听到门口嘶哑的叫喊声，迎头一阵乱棍，把葛小小打得头破血流。

失恋的葛小小，伤心至极。一个水月朦胧之夜，在屋里一阵嚎啕，喃喃说道："个细草狗，她说她肚子疼，我看看黄历头，就晓得她是心管子疼；她说那个男人帅，我看看她的眼神，就晓得她是犯了花痴病——"她越说越冲动，猛地站起身，找出针线匾子里锋利的剪刀，非常决绝地刺向自己的喉咙，然后一头栽倒在尘埃。喉管间的鲜血，汩汩流淌。昏迷之际，她仍在不停地呼唤沈姑娘的昵称："小心儿……小心儿……"

"小心儿"来了，男人深夜里到对过嘭嘭敲门，大呼小叫，终于把沈姑娘从睡梦中呼唤而来。她看到三合土地面上，如此惨烈的情景，仿佛整个世界都沾上了星星点点的血红，面前涌起潮兮兮的腥气，呛得她直打寒战。沈姑娘一屁股坐在地上，哇哇地哭起来。哭声惊动了仰在地上的葛小小，她像电影里的英雄人物，从血泊里挣扎着支起身子，挤出几个字："我的小心儿，我们同生死、共患难——"话没说完，头一歪，昏死过去。

葛小小被人送往医院，抢救过来，沈姑娘却不见了，而且消失得十分彻底。她似乎是蒲松龄笔下的狐仙，到曲江巷底转悠一趟，当剧情到达高潮时，戛然而止，绝尘而去，再无影踪。葛小小经历了一场空前绝后的畸形恋爱，病恹恹地仰在板床上，想到伤心处，眼泪从凹陷的眼眶里滚滚而出，顺着苍白、粗糙的面颊流淌。她的嘴唇翕动着，祥林嫂般地不断嗫嚅："怎呃好呃，小心儿是跟那个打枪毙小溜掉了……"

有人分析说，人类畸形的恋情，来源于自恋情结。在文学作品里，这种情结，有时比男女之情更隐蔽、更深刻，结局也更悲凉、更凄惨。葛小小断绝念想，捆捆扎扎，带着她的小男人，离开伤心断肠之地。在一个灰蒙蒙的夜晚，悄无声息地跨上帮船，扯开风帆，从玉带河驶入泰东河，不知漂泊何方。

隔河幽梦

穿越时空，走到早年曲江巷底，触摸到一个个有悖人性的凄楚故事。它们随着巷子的物理架构，从石板路上滑向巷底，积淀在曲江巷与玉带河交叉处。在以后的岁月里，玉带河边有学问的人，很哲学地叨唠："其实呃，这世上所有的同性恋、异性恋、姐弟恋、师生恋，不就是两个人相好嘛？人影儿总没得了，别再嚼糟包了——"这种简单的归纳法，简单得亘古永恒，简单得普罗大众。

文学作品中，一些描述情感的文字重量，总是弄得沉甸甸、怪兮兮的，成为吸引人、打动人的主题。网络流行的小黄书《不二》，一本许多人认为异怪的近乎色情的小说，开篇第一句，就是尼姑鱼玄机，谑问禅宗第五代祖师弘忍："你想看我的裸体吗？"依我看来，也许她这是爱情的奉献，而不是色情的勾引，这本书，曾经创造了香港中文小说最高销量。

我们还是把文字的主线，从空泛的议论，扯向曲江巷玉带河，顺着河岸脉络，延伸早年记忆。在想象中伫守遥望，傍邻玉带河房舍的每一个段落，每一片门框，每一扇窗格，似乎都带着绵绵情意，定格着一段令人浮想联翩、心潮澎湃的故事。丝丝缕缕缠绵悱恻的情节，把早年烟雨朦胧的画面，镌刻在残存岁月里，让曲江巷蜿蜒线条，延伸成枝丫蔓延而又散发烟火气息的章节。

有人笃定地认为，曲江巷底的玉带河水，像春笋下面的沃土，特别容易滋养感情。早年发生在河岸边柳荫下你情我爱的故事，层出不穷。在玉带河两岸斜坡上，那些迎着河风抖嗦的红红绿绿、粉粉白白的小花小草，应该是过去时光里或甜美或怆楚的情感之花。这样，我们完全有理由，顺着曲江巷尾巴，沿着接引过来的玉带河，再采撷一朵凄美枝叶，种植到《我的曲江巷》里。

在苏小小与沈姑娘的故事，演绎得热火朝天的时候，无独有偶，傍河房舍间，有一对可怜人，也被爱情这东西缠上了。可叹的是，这又是一段有悖伦理的恋情。故事的主人翁，一个是斯文绉绉的姑父，一个是大龄未嫁的侄女，虽然他们之间没有血缘关系，但这种畸形恋情，颠覆传统认知，遭到家族全体成员义无反顾的激烈反对。

写到这里，旧城的遗老遗少，会好奇地询问："你这文字中的主人翁，是居住在玉带河哪一段，姓什名谁呢？你是写小说啊还是写传说呢？是猎奇啊还是传记呢？"可以告诉你，这段故事的大致方位，由曲江巷一直向南，隔河相望，可以看见编织往事的那一丛锅耳顶大屋，望见旧事走向的来龙去脉。

锅耳顶屋檐下的这位姑父，姓古，在百家姓上排名靠后，在人生境遇上也一直靠后。这位戴着眼镜的教书先生，五官清秀，修长飘逸，有仙道之风，人称古秀才。他是入赘的姑爷，从泰州嫁入玉带河边顾家。也许因为生活并不像他憧憬爱情时想象的那样诗情画意，他的抬头纹很深，连嘴角都早早地爬上了皱褶。在昏暗的灯影里，看上去有点精神萎靡，愁眉不展。但也有人欣赏这种郁郁寡欢的形态，说这是一种男人的忧郁。

古秀才的女人，瘦弱的身子，却有着强悍的性格。平时面颊紧绷，十分沉重，薄薄的骨架似乎撑不住皮肉，一层层松弛耷拉下来，俨然用旧的棉花胎。有人跨过广济桥去南园，路过顾家门口，经常听见天井里有洪亮的声音，大声呵斥古秀才："你木烛呃啦——这下子散呃板了……"浑厚的音量，全然不像从干瘪身体里发出的，倒像旁边有人在浑浊地配音，演出生活中的双簧戏。

顾家侄女，名叫兰儿。虽然与姑姑一个模子般的身材，但青春年少，面容姣好，性情温和。长长的头发，在脑勺子后面扎成两只洗锅把，紫色的短衫，粉色的府绸长裤，腰间打着许多碎褶，看上去纤弱袅娜，腰身如柳。仿佛是南园菜花中飞出的蝴蝶，轻盈得可以一把抓握。按照习惯观念，这样的身材，往往属于那种多愁善感、易受惊吓的女子。

许多故事，与英雄救美有关。在里下河水网地区，又大多与水里捞人有关。据说，有一天大清早，兰儿提着红漆马桶到西边下风码头刷洗。大概是腿脚乏力，在河码头的青苔上跐溜一下，摔了一跤，骨碌碌滚入河中。这里是三岔河道，水面宽阔，水色清幽，但深不见底。兰儿不会凫水，兀自在河里挣扎。那古秀才正骑着脚踏车，沿着傍河小道往学校赶，一眼瞥见河坎下侄女儿在水里沉浮，大吃一惊。关键时刻，他陡生雄壮之心，竟忘记自己也不会凫水，撂下脚踏车，一个鹞子翻身，英勇地跳下河坎，两人拉扯着，在河里一起咕噜咕噜地喝水。

广济桥向西的傍河小道，清晨行人罕见。这就苦了叔侄二人，在河水里起伏挣扎了好一会儿，渐渐失去知觉。也算他们命不该绝，这时恰好有帮船驶来，出手相救。先是拎起紫衣粉裤的兰儿，又张开趟网，把古秀才趟了上来。两个晕晕乎乎的人，被拖到后舱，好心的船主夫妇唠叨着："外头倒春寒的个天，这夫妻两个，大清老早的，拱到河里头做什哩，寻死啊——"赶紧手忙脚乱地帮他们剥去湿叽叽的衣衫，拥进后舱被盖。

不知过了多久，兰儿先清醒过来，感觉拥抱着一个温软的肉体。睁开眼睛一看，大吃一惊，她与姑父赤身裸体，相拥在一起。她激灵着跳起来，看见自己光裸巴巴，又急忙拉过被子，遮掩身子，拉扯之中，竟把古秀才全部暴露出来。秀才猛地惊醒，此情此景，令这位教书先生面红耳赤。他胡乱抓过一把衣衫，遮挡丑处。

偏偏这个时辰，外面船帮上的船主夫妻，隔空喊话："你俩这对夫妻，有什哩想不开的呢？大清早的，搂在一起跳河，唉，也真是的！"那边光着身子的兰儿和古秀才，脸色赧红，恨不得拱到船板底下。

从此，他们只要看到对方，就脸红心跳。这种异样情绪，竟根深蒂固起来。河边谈闲人说三道四，说兰儿在夜深人静时分，经常失眠，回想船舱间的拥抱。这种拥抱，无边无际，像天，像地，像记忆的串场河，一边把她缠绕着，一边又给她翱翔的天地，让她有一种鱼在水中游动的感觉。她经常以一种夹杂着畏惧和渴望的表情，瞪着黑暗中的门扉，头脑空洞得足以听见初夏蚊虫嗡嗡扇翅的回声。

古秀才也开始失眠，经常晕乎乎地编织想象，习惯性地将兰儿扯了进去，就有了意淫的感觉。他觉得十分羞耻，似乎做了见不得人的事情。深更半夜，突然惊醒，就拼命揪扯自己的头发。他开始刻意回避兰儿，这种刻意躲闪，反而让兰儿产生依恋之情。只要回忆起落水的经过，她就陷入迷乱。兰儿在不断重温古秀才的体温和气息，渐渐地，就没有任何诸如羞耻一类的感觉。

九龙港之殇

玉带河边，古秀才和兰儿积蓄已久的情绪，终于在一个燠热的傍晚，淋漓尽致地表现出来。

那一天，当顾家女人又一次在天井里指手画脚大声呵斥男人，并且挥起袖子，用力推搡男人时，一直蜷缩在墙角的兰儿，竟然义无反顾地冲出来，横在古秀才和嬢嬢中间，用前所未有的气力，一把推开嬢嬢。这种异常的举动，让嬢嬢大吃一惊。她愣怔了很长时间，回过神来，咬牙切齿地哼道："你俫这是弄什哩名堂三呃？"

按照女人的性格，她是过不了这道坎了。她迅速转过身子，跳跃起来，像一只大鸟，越过兰儿，扑棱着翅膀飞向男人。旁边的家人，尚未来得及劝说一句，女人黑瘦的手，已经揪住神情恍惚的古秀才的领口。男人的身子骨，显然有些单薄，玄色香云纱对襟衫，宽松出许多褶子。女人腾出另一只手，五指抻得笔直，似乎还对着霞光照了照，看看自己纹路清晰的通关手。在兰儿脸色煞白的尖叫中，狠狠地扇向对面清秀的脸颊。女人十分气愤，鼻孔里喘出的粗气，像风箱一样，十几步开外的人都能听见。

事与愿违，这个傍晚发生的一切，让事情的走向，毫无悬念地带着逆反情绪，滑向反面。女人的一巴掌，扇出了古秀才和兰儿类似破罐子破摔拼死吃河豚的想法。老虎也有打盹的时候，在一个氤氲着雾霭的暗夜，他们终于像在船舱里一样，袒露着交叉在一起，有了床笫之欢。

家丑不可外扬。在以后的日子里，顾家尽力掩盖糗事，同时齐心协力同仇敌忾地棒打鸳鸯。每天傍晚，咒骂声翻过宅院墙头，飘散在玉带河边。这对脆弱的男女，遇到了前所未有的压力。书呆子彻底陷入情感的旋涡，不可自拔，又遇上黄花闺女的痴情，更是一发不可收拾。

大概是与古秀才和兰儿同时代的一位作家，曾经说过，人生最大的遗憾，莫过于遇到一个特别的人，却明白永远不可能在一起，或早或晚，不得不放弃。到最后让人痛苦的事，不是得不到，而是舍不得。在勃发的情感、痴迷的爱恋与社会道德、家庭羞辱的挤压中，两个单薄的可怜人，几乎喘不过气来。但是，他们做不到那种往后余生，见与不见，你都在我心里近乎柏拉图式的恋情。那种日子，每时每刻都会十分煎熬。在一个激情澎湃的晚上，他们不约而同地想到一个崇高得令自己激动无比的主意，为了爱恋殉情！到另一个世界去，寻求始终不渝而又互相拥有的圆满。

据后来人们回忆，在某个激情澎湃的时刻，他们拿定了主意。接着，古秀才又心疼起兰儿。一个乌滋通黑的夜晚，他悄悄溜进兰儿的房间，问道："你这么年轻，当真陪我做块儿去寻死？"兰儿十分坚定地点着头。古秀才在黑暗中摩挲着兰儿的头发，心中仿佛打翻了五味罐，说不出的苦涩滋味。到顾家这些年，他似乎没享过一天福，甚至没有享受过一声温和的话语和一个含情的眼波。这个大宅院，连斑驳的粉墙，垂挂的瓦当，都用歧视的面孔对着他。日渐一日，古秀才感觉到自己老了，就连男女之情，也像从土里拔出的红萝卜，日渐显得干枯、萎缩起来。

　　如今，兰儿的纯真感情，足以润泽他敏感而又脆弱的心灵。风雨一生，你陪我一程，我念你一生。如果说兰儿柔弱的胸怀，是一团炽烈的火焰，自己是一只飞蛾，他也会毫不迟疑地猛扑上去。久旱逢雨，他与兰儿一番缠绵，但想想眼下的处境，愈发感到忧郁和悲凉，更加坚定为了圣洁的感情赴汤蹈火的决心。

　　他们选择的殉情地点，是三昧寺西侧九龙港。这九龙港有着传奇来历，据说早年有九条龙在这里兴风作浪，尾巴甩出九条大河，汇成一方巨大的深潭。关羽奉令前来降服九龙，一阵混战，九条龙潜入黄海，留下河道汇聚的九龙港。人们在北侧河面上驾起木桥，沟通三昧寺与泰山寺的路道。为了纪念降服孽龙的关羽，就叫它关桥。关桥木板底下，龙尾巴甩出的大河，水面开阔，浪急涡旋，深不可测。几条大船，在河边房屋树影间，时隐时现，就有一种烟波浩渺的景象。

　　那天黄昏，古秀才和兰儿溜出家门，从广济桥口，绕过许家宅院门楼，沿着南园傍河小道，奔向丁公桥。沿途人家的烟囱，在晚霞中陆陆续续冒起炊烟，空气中飘散着柴草的焦煳味以及稻米饭和蔬菜的香味。晚霞本来很好，是那种漂亮的金黄色，像天上空灵的神话，却不时被炊烟染得白雾一般，表现出既令人亲近又俗不可耐的人间烟火图景。

　　他们在南园上徜徉，等待已经贴近的夜色。路旁一丘丘长得苗壮的禾苗，池塘里浮动的灰鸭，田埂上蹀躞的白鹅，几只青蛙，在水沟里咕哝，一切都充满了他们即将摒弃的自然界生命气息。兰儿对于往昔的记忆，瞬间复活了一些。但她坚定地认为，这一切，已经与她无关，不再属于她的世界。

　　寺街的石板，延伸过来。不远处，是三昧寺，里面燃烧着袅袅烟火。几尊神像，在纵横交错的阴影里，显出郁森威严。有人看见，他们不约而同在门槛外的泥地上，并排跪下磕头。俯身尘埃，起来时额头上竟纤尘不染。想来这下面的泥土，早已被人的额头，夯得结实锃亮，像他们的心情一样坚硬。

接着，古秀才和兰儿相跟着，走上关桥。河风阵阵吹来，把天上的月亮吹得愈发暗淡。两人在关桥上拥抱，两张脸相觑着，隐隐约约的笑容，一点一点地僵硬苦涩。在四周阴郁得几乎要出水的时候，他们毅然决然地转身，手挽着手，跳了下去。周围的水波，带着夸张的声响，瞬间围拥上来，把他们吞噬进去。写到这里，人们会回忆起玉带河上船夫的话："拱到河里做什哩，寻死呃——"真是一语成谶啊！

事后兰儿回忆说，她喝了几口水，却被水波托出水面。她不甘心，紧缩身子，又往水里坠去，水波却又一次托她上来。不知过了多久，突然有种拉力，牵引着她。几根长篙，勾住她的紫衣，拖曳到船帮边。兰儿被人们拽上船，昏昏沉沉地回头望去，古秀才已经被大水淹没，不见踪影。她号啕一声，乘人不备，又一次跃入水中。离奇的是，还是漂浮在水面。这水大浪急、旋涡翻滚的九龙港，就是不肯接纳她吗？

可怜的古秀才，就这样彻底地没了，连尸首都没找到。据说，以后每年农历七月，在他们殉情的九龙港，河坎上都会出现一双黑布鞋，没有人知道是谁放在那儿的，也没有人知道具体是什么原因。只是以后每到农历七月十五，总有三昧寺僧人站在临河牌坊下御码头上，朝着九龙港方向，口中念念有词：

> 同是红尘悲伤客，
> 莫笑谁是可怜人。
> 各有渡口，各有归舟。
> 南无阿弥陀佛……

诸如许多人物故事结局，有不同归宿一样，兰儿的去向，有几种说法。最多的说法是，她遁入空门，到尼姑庵出家。青灯古佛，袈裟芒鞋，伴随一生。也有的说，一番折腾后，兰儿又被顾家拉回尘世，嫁往远方，不知所终。

王兰芳又记

半个多世纪过去了，东亭城里有些景致，有些人物，如此呈现，如此际遇，直至今日，我尚不明白缘由。古老城池，深邃街巷，熨帖乡情亲情，却也偶尔生出时代霉斑、精神碾压，勾画出几点人间扭曲风景。陆家滩甩膀子佯花唱曲的大头草，中堂巷铁笼子里赤身裸体的疯女人，大会堂蓬头垢面捡烟头的新嫁娘，新坝口黄包车上晃腿子的癞和尚——这些已经归于沉寂的人们，早年是东亭城里的观赏风景，茶余饭后的谈资笑料。

那个年代，东亭城尚无精神病专科医院。几个精神失常的可怜人，从庭院栅栏的监护里悄悄溜出来，穿红着绿手舞足蹈，在一群小伢儿簇拥跟随中，穿街过巷，很有影响、很有气势地匆匆行走。哗哗而来，笃笃而去，腾云驾雾，沸反盈天，如外星来人，如仙家下凡，如义演过街，如戏人赶场，有一种奇异之感，铭印在曲江巷的回忆之中。

许多年过去了，一些歪歪扭扭的身影，大多已经模糊。唯独一个王兰芳，却活在曲江巷老人们的口中，容颜永驻，影像清晰，经久不衰。

在旧日街巷，她是一道变形的美丽风景。据说本土作家，曾用细腻笔法，悲悯情怀，描述过王兰芳。我所零散听到和隐约记得的，也许是另一种版本。

早年的王兰芳，家住淤泥河西侧洗马池巷深处。那条石板巷，是一条印记千年唐王马蹄的长长石链，向东亭城西南延伸，一路系挂着南侧的大月塘、小月塘，王兰芳就在两个月塘之间居住。这种出生地和居住地，很有内涵，很有意境。水色润泽，滋养出一个美人胚子。

早年的王兰芳，是东亭城出众的美人，身材高挑，皮肤白皙，容颜姣好。在这座老城还没有几人知道巴黎定位在世界哪个角落的时候，她就有远方亲戚，为她万里迢迢带来巴黎香水。她从寺街经过广济桥堍，再姗姗穿过曲江巷，走上彩衣街时，就有一股浓郁的香气，沿着巷风悠悠吹拂。这样的人物，似乎上了一个档次，途经东亭城大街小巷，人们嗅着迎面过来的香薰之气，醒脑提神。

曲江巷里的老人说，美丽的黄花大闺女王兰芳，秀外慧中，心灵手巧，会做女红针线，会剪各式绣花鞋样，还会吟唱许多流行的小曲儿。她曾经与一位英俊帅气的现役军人，一见倾心，断断续续谈起恋爱。军人戎装行伍，远在军营，鸿雁往来，隔空相望。王兰芳在闺房心有所系，矢志守候。虽然相隔遥远，倒也是你情我爱，心中有了缠绵的牵挂，拉开了一段诗情画意的序幕。

有人说好事多磨，也有人说好事多舛。好事多磨能磨成正果，好事多舛的结局，往往令人扼腕叹息。王兰芳在大月塘痴心相守等待幸福的时光，却被一个粗壮的挑水工盯上了。邻里们说，那挑水工是个花痴，被王兰芳的美貌勾去了魂。从此，王家院落里的水缸，自然是满当当的，廊沿上，过道口，总是湿滋滋的。挑水工跨进王家宅院，就显得魂不守舍，摇摇晃晃起来，伸头晃颈地朝贴着花钱的窗棚间痴望。水桶跟着他的心一起颤抖，泼泼洒洒直到水缸边。

处于青春芳华的王兰芳，最大的错误，也许就是长得美丽。再有，就是喜欢摆弄那些令人心旷神怡的香水。不该发生的事，终于发生了。在一个黄昏与夜晚交接，精致的窗棚里，油罩灯孤独地亮起的时辰，挑水工乘王家长辈外出赴请，潜入她的房间。纤弱的王兰芳，哪里是粗壮挑水工的对手，经过一番无效的挣扎，挑水工成功地把王兰芳按在床上，满足了梦寐以求的夙愿。

王家父母赴宴归来，听见宝贝女儿在房间里啜泣，急忙推门，问清缘由，勃然大怒。那时连接大月塘的洗马池巷头，彩衣街永泰祥绸布庄对面有个新坝派出所，因为门楣上挂了国徽，如同挂着钟馗之像，很有些扶正祛邪的凛然之气。父母在激愤中不假思索，沿着洗马池巷飞奔上街，敲响派出所的大门，报告重大案件。

事情的结果，是一把双刃剑。挑水工因为破坏军婚，锒铛入狱。好事不出门，糗事传千里，军人很快知道了家乡的突发事件。在那个遵循传统、恪守节操的年代，军人激愤之余，提出与王兰芳分手。这边王家也有傲气，拉倒吧，别拿乔，不谈就不谈，我家如花似玉的丫头，还愁找不到下家。那个值得诅咒的傍晚，挑水工勃发的性欲，无可挽回地改变了王兰芳的人生轨迹。

这时的王兰芳，沉溺在"两情若是长久时，又岂在朝朝暮暮"诗句中，对远在他乡的军人，产生一发不可收拾的恋情。她的全部身心，虔诚地伫守在美好而圣洁的期待中。她对这段感情，寄予了太多的少女情愫和神圣向往，可以赴汤蹈火，至死不渝，却不能浅尝辄止，半途夭折。王家父母，并没有真正了解女儿的内心世界。原本娴静端庄的王兰芳，成了关汉卿笔下描述的"本是对相思若不还，则告与那能索债愁眉泪眼"，整日痴念枯坐，以泪洗面。经历了一番濒临死亡的挣扎，浴火重生，活转过来后，日渐变得生动活泼而且怪模怪样起来。

经过日复一日悲情堆积，在一个暮霭重重的黄昏，王兰芳心事重重，从寺街转悠向大月塘，走到自家门前。突然，她定定地站在廊沿下，激动地伸出手，颤抖着指着天井，喃喃说道："啊呀，这么多小伙拱在我家吃饭啊？还有他呃？"接着，她以急促的节奏，一声比一声高地惊呼道："姆妈吔，快来看看啊，快点上菜呃，还有他呢，还有他呃……"

母亲闻声，飞跑出来，拉着女儿，问道："乖乖，你说的什哩呢？还有哪个呃？"

女儿痉挛着，一惊一乍地向前指着手："你看看，这么多人在我家天井里吃饭，还有他——那个没良心的——那个军官大甩子呃！"

母亲顺着她的手指，回头望去，昏暗的天井里，空空如也，哪有人影？她打了个寒战，浑身毛孔竖张，一边跟着女儿颤抖，一边有气无力地呵斥女儿："天还不曾黑，见鬼了，别瞎嚼糟包呃！"

王兰芳挣脱母亲，跨上台阶，溜进屋里，用极快的动作，画眉毛，涂口红，抹胭脂，戴耳坠，换上粉红小袄，抻着水绿裤子，足蹬红色绣花鞋，飞快地跑出来，又朝院子里指手："他也在呃……"

一对母女，在门口唏嘘，邻居们闻声赶来，跟着她们颤抖的手指，一番张望。有人摇着头，叹口气，丢下一句话："看这景象，这丫头，是得了花嫁疯了！"

花嫁疯

过去姣美娴静的王兰芳，已经死去，复活过来的，是依然美丽却抛头露脸、东奔西走的王兰芳，街坊邻里们称之为"花嫁疯"。

王兰芳用忙乱的脚步，从不堪的往事中，走了出来，沿着长街曲巷的走向，摇晃穿红着绿的身影。顺着玉带河，向东向北，袅袅婷婷踅进曲江巷，风一般地匆匆向街头走去。她浓妆艳抹，紧身紫酱色碎花小袄外面，斜挂着小坤包，下身经常抻着红色卡其裤，衬托出高挑窈窕的腰身和没有血色的白皮肤。用火钳烫过的头发，像南园上六月的麦浪，一卷一卷地焦黄。隐隐约约，散发着焦糊味和不再标注巴黎产地的劣质香水味。

王兰芳走在曲江巷，像舞台上化了浓妆的女演员，在石板路上登了场。一群伢儿，嗷嗷地叫唤着"花嫁疯"，聚拢过来，尾随其后，不时从地上捡起泥屑石子，朝着前面扭动的背脊甩去。王兰芳穿着绣花鞋，身板笔直，在石板上橐橐橐橐很矜持地向前走，不予理睬。偶尔眼球很轻蔑地往眼角一瞟，斜瞥过去，表示自己对发生在身后不礼貌的举动，非常不屑和不满。哪知后面的小伢儿不依不饶，紧紧跟踪，从地上抠出几块烂泥，噼里啪啦地甩过来。

王兰芳感到背后的分量，她站住身子，侧头一看，身上原本洁净的碎花小袄，溅满污点，再摸摸头发，有泥渣纷纷落下。她突然回过身，翘起兰花指，直指身后一浪趄的尾巴："你俫是哪家的伢儿呃？怎呃这么乌苏，你俫看看，把我一身滑涤涤的衣裳，总弄呃脏呃了……"

调皮的伢儿，并不买账，乘隙又扔出一把泥屑。王兰芳白皙的脸颊，泛起潮红，绣花鞋一跺石板，扭动腰身，向前走出几步，有气无力地喊道："你俫怎呃还撂——还撂呃——有一点教养好不好？"伢儿们看她逼近过来，嗷嗷地一哄而散。王兰芳转过身，继续朝北边街口走，身后的尾巴又聚拢过来，她回过头，这帮对头星又一哄而散。如此一而再，再而三。王兰芳孤立无援，带着哭声，朝巷子两侧门楼求救："你俫可出来看看，求求你俫管管这帮调皮损，真真的要耽误人家的大事了！"

巷子两侧，大门响动，有人站在台阶上，高声吆喝："细拿不掉儿噫，怎呃这调儿犯嫌，跟在人家屁股后头，这西洋景好看得扎实啊？"

远处巷底河边，有粗野的喊声传来："摆箱子哎——别皮了啊，收得呃魂了呃，愗点儿噫家来嘡饭呃……"

王兰芳朝喊声投去感激的目光，眼神一瞥，显现出原本娴静的温柔。她歇下神来，挪到巷子旁边，赶紧补妆。把肩上斜挎的小坤包，转到胸前，拽开拉链，抖抖索索地摸出粉盒、粉饼、粉扑，朝溅碰泥土的脸上扑去。又摸出木制小梳，梳理焦黄的卷发，掸去两肩的灰尘。在小圆镜里上下左右打量一番，继续朝街口袅娜而去。那里不知有什么要紧事，在等着她去办理。

转眼间，到了一个动荡年代。东亭城十里长街，贴满横七竖八的大字报，显目的红色标语，跨街而过，系挂在两侧梧桐树枝丫上。有零乱的游行队伍，不时从街面上走过，口号声此起彼落。人们穿着黄军装，扎着皮腰带，手上挥舞着《红宝书》，迈着零乱匆忙的步子，到街巷间深宅大院里"破四旧"立四新。西溪犁木街泰山寺，关桥口三昧寺，七弯巷里的大圣寺，县府街上的关岳庙，改作国营粮库或是街道厂房。电线杆上的高音喇叭，偶尔会宣布北方的最新指示，街巷间更是人声鼎沸，这里那里，响起噼里啪啦的爆竹声。

这时的王兰芳，受了外界形势的鼓舞，情绪十分激动。她的头发，不再用火钳子烫得焦黄，而是编成许多小细辫。发根扎着大红绸带，辫梢用牛皮筋缠绕着。头顶上的两根发辫，飞翘朝天，耳垂两边的发梢，挂落下来。她身着染色的黄军装，勒紧皮革腰带，斜挎黄布包，举着《红宝书》，兴奋地跟在行进的队伍后面。踏足踏，齐步走，正步走，用慷慨激昂的姿态，表达她在时代潮流鼓舞下澎湃的心情。

游行队伍脚步杂乱，王兰芳显然看不下去。她在胸口挂上一只锃亮的金属口哨，随着行进的脚步，猩红的嘴唇噘起，节奏明快地吹起口哨，瞿——瞿——瞿瞿瞿……瞿——瞿——瞿瞿瞿……一二一——一二一……膝盖抬得很高，脚步落下来，都踏在哨音点子上。随着哨音，她高举右手，有节奏地挥舞《红宝书》："下定决心——不怕牺牲——排除万难——去争取胜利……"

这种激情，随着游行队伍收尾而消散。王兰芳再从曲江巷经过，那帮讨嫌的对头星又出现了。他们从街面捡来挂鞭上掉落的零散爆竹，用烟头点燃纸捻，甩在她的身后——啪——啪——小爆竹在石板上炸开，声音很响。王兰芳一个激灵，跳了起来，回头望去，硝烟弥漫。她脸色苍白，用力拍着胸口，安慰自己："不怕啊——不怕呃——"抬头朝远处嬉皮笑脸的伢儿发牢骚："我的个小祖宗呃，吓煞个我了！"在游行队伍后面吹哨子的激昂姿态，顷刻间无影无踪。

美人迟暮，时光并不眷顾姣好的容颜，更何况命运多舛的王兰芳。

渐渐地，她的脸颊、眼角，不可逆转地爬上了细密的皱纹，衣衫也不再齐整熨帖，显得凌乱起来。其时父母已经没有能力照顾这个可怜的女儿了。即便如此，王兰芳的头发，还是照例变换发型，用火钳子烫，用红绸带系，用牛皮筋扎，不同的发型，垂挂在填满脂粉的皱褶和粉红的腮帮上，就有些怪异。

王兰芳再从曲江巷经过，就有好心人捧出饭碗，倒进她系挂在腰间皮带上的搪瓷碗里。她的表情十分羞怯，两边梭巡着，留意旁边相呆之人，只怕有人看她的笑话。如果有人注目，便回过头来，向好心人鞠躬作揖，红着脸细细地说："不客气，我肚子吃呃饱了——"说着，拍拍干瘪的肚皮，抬头挺胸，急匆匆地转身离去。

这时候，她会沿着玉带河转弯，到我们说过的城河尼庵去，作揖叩头。但她十分自尊自爱，即便到了饥寒交迫的时辰，也从不主动向人家讨要，而是被动地接受路人的施舍。出家人可怜她，有时施舍饭菜，有时挽留过宿，她也坦然接受。许多人不明白，当年逐渐恢复的庵院，为什么没有收留她，是因为她已经养成东奔西走的不羁天性，还是因为有碍尼庵清净和佛门管理？不得而知。

以后的王兰芳，不知去向。有人说她又一次被人凌辱，始乱终弃，最后淹没在茅缸里。有人说她漂流远方，终老异地他乡。更多的说法是，在一个阴雨蒙蒙的傍晚，天黑路滑，她穿越城边国道，被来往车辆碾压，香消玉殒。那是一个令东亭人伤感的傍晚，肇事者逃之夭夭，只留下一摊血迹，在国道上印记她的悲情人生。

二十、妙色庄严

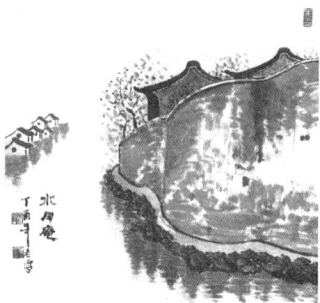

南园印象

早年，我对南园的印象，不是地域的状态，而是声音的回荡和菜地的绿色。南园上是东亭城的蔬菜园，田畦之间，又有几座青黄尼庵，在苍茫旷野上，增添玄妙之色，令人想起青灯古佛，芒鞋玄装，晨钟暮鼓，梵音飞扬。临近佛光的土地，呈现出几丛幽秘庄严的景象。

每天清晨，可以在床上听见从门缝间传来的菜担号子声。南园以菜农为主，清晨，他们挑着从地里起上来的新鲜蔬菜，到老街空旷地或是新坝口小菜场叫卖。傍晚时分，如果跨过广济桥、丁公桥，可以望见南园上大幅的草绿。绿滴滴，凉阴阴，沁人心肺。在自然界色谱中，绿色是冷暖边缘的中立者。它是盈满晨曦的蔬菜，是抚拂天空的枝叶，是铺漫大地的生命，有时则是绝处逢生的绿洲。所以，一水之隔，南园的绿，一直飘浮在曲江巷人的生命印象里。

因此，我的意象中，一直把南园，定格为一种挑担的音律，一种碧绿的色彩，虽然只有一河之隔，依然觉得十分遥远。

在《我的曲江巷》一书中，多次提到南园，东亭城里的老人，把南园说成是南园上、园田上。这个"上"字，代表"高"字。我至今也没弄明白，是因为隔河地势的高，还是民以食为天中含义的高，抑或因为南边方位为高。这块土地，与我的曲江巷，不仅有砖木路桥相通，也有文字相连，故事相接，更有血脉相融。

这一节，我们从曲江巷凡人琐事的唠叨中走出来，堆积一些残存在头脑里的美好字句，叙述与曲江巷相连的南园风景。这样，写作的心情，陡然从故事叙述中跳脱出来，就像在画案宣纸上，从人物勾描到山水涂写一样，十分畅意。在键盘上，用空灵的文字，素描南园景致，这是早年常用的笔法，别有一番意趣。

如果我们顺着广济桥口的记忆，从曲江巷延宕视野，继续向南延伸，就可以看到，丛丛灰瓦间，有连绵土垄，划出方正菜田，二三菜农，弯腰曲背，躬身劳作。金黄的土、深碧的树，鳞次栉比的房舍，夹道而生的野花，太阳的光点，闪烁跳动。这就有了从古老的城镇到新鲜的农村，无间隔的过渡。

南园景致，四时皆有，但莫过于小雨刚过，四野拂动晶莹的绿，带着近处河流气息的长风，在南园空旷而又新鲜的土地上，缓缓穿行。小风里混杂着新翻的泥土味、青草味以及淡淡的野花香，在湿润的空气里飘浮。人们的视觉和听觉，也从曲江巷幽深往事中敞开，步步拓展，铺漫向莽莽旷野、清清池水、密密芦苇、青青新篁。

南园上，有粉线勾缝的瓦房，正对曲江巷河边。几条纵横相接的小巷，几座黛瓦相依的老屋，在一片片竹叶树杈间，一坐，就是几百年。苍然气息伴随着墙头青苔，弥漫了几个世纪。那些莳草弄花，寻求逸致的远年情景，不动声色地簇拥在玉带河对面的巷弄间，被河边长长的仄径串连成古老的记忆。

南园河边，一座尼姑庵，树木繁茂，清雅幽静。玲珑小院的花墙，正对着曲江巷，隔河相望，恍若仙俗两界。小时候，在一个初秋黄昏，曾走进这座庵堂，于是它不断浮现在大片青绿色背景的梦境中，出现在旧岁月堆码的文字里。曲江巷的老人们，把这座庵院与南园清澈的水面和朦胧的月色联系在一起，称它为水月庵。可惜这方清雅之地，在动荡年代，受到粗暴的践踏。

走向南园水月庵，有一段酝酿情绪的前奏。跨过广济桥，长长的芦花小径，傍依玉带河蜿蜒的腰身，接引过来，领你向前。岸边杨柳垂枝，在头上飘拂，连绵起伏的枝头，莫名小鸟，叽叽喳喳地啼叫，告诉你的走向。再远处，长蛇似的砖石小径，隐隐约约盘曲在杨柳、刺槐、榆树、银杏之间。有香火气息飘来，抬头望去，是几面竹篱黄墙，半截乌瓦飞檐。淡淡炊烟，从树丛中升起，才知道，这里也有人间烟火。

水月庵的院落，古雅幽深。庵门旁，竹篱墙，半圆门，几株垂柳拥立，把低矮的房舍，笼罩在绿荫下。朝着清碧的溪河，筑起一道延绵女墙。两行树木萧森，一道砖坡欹斜，那酱紫色穿门，掩映在树荫中。跨过庵前蜂腰桥，一群岩石，在小池里面，叠起假山，举着一座简朴小亭。正当秋蝉声苦，月桂香清，一丛夹竹桃，倚着假山晃动，暮云里蝉声风声，噪成一片。

从庵院青枝绿叶间，可以望见，丝丝云絮，簇拥着一弯新月，也在低首垂望。一桁檐廊，承接月色，人影在淡月中朦胧得像烟像雾。南园上，有一群善于摆弄吹奏器乐的菜农，在新月东升之际，广济桥、丁公桥之间，吹奏器乐。一种吹角的声音，像商音低回，含着凉寂的古意，好像谁在讲述既缥缈又贴近的往事，委婉曲折，禅意绵绵。当最后一个音符在空中飘动远去时，从曲江巷到南园上散步的人们，才如梦初醒，回过神来。

走出花木荫深的院落，水月庵的栅门，在身后轻轻掩上。庵里晚祷钟磬，慢慢响起。木鱼钲钹的残声，从女墙顶上传出。响声中，分明还有另一种声韵，似乎是月光落进庵内的清音。

正月里采花无花采，要采鲜花二月来。

三月的桃花红似火，四月里蔷薇靠墙栽。

五月的石榴红满树，六月里荷花满池开。

七月里菱花浮水面，十月芙蓉十一月衰。

冬腊月里哪有花采，雪地里独出蜡梅开。

　　站在庵堂外，南园上，静听风动绿叶，水过池塘，送出柔曼和音。下晚一场杏花雨，昏黄的路灯下，传来南园姑娘的卖花声。这脆脆的声音，不知喊了几个世纪，呼应着南园的古老图景，连缀玉带河悠长音律，从岁月彼端传来，穿过迷蒙空间，慢慢消逝在莫名的远方。

　　如梦年代，城池虽老，尚未坍塌。南园庵院东侧，住着本家大大。几间瓦房，临河而筑，树木环绕，西侧一方小池塘，四围青石驳岸，盛满清新诗意，调动暮色中的恋旧情绪。平日里，人们不去打扰庵院清净，而是在南园高地上，沿着女墙河边，顺着仙俗分界线，安静地绕墙行走。到东边池塘周围树木花草间，寻找街巷里缺失的清新感觉。

城河边的庵院

在《我的曲江巷》一书中，几次提到小人物的悲剧。一番悲情之后，她们的去向，要么命归黄泉，阴阳相隔；要么远走他乡，杳无音信；要么蓬头垢面，精神失常。更多的却是超脱红尘，了结凡间孽缘，皈依佛门净土。当年，东亭城寺庙、庵堂众多，与东侧的安丰古镇一样，都是七十二座庙堂。一座寺庵，一堆故事，写满了仙凡两界无边的沧桑。

往事烟尘中，玉带河边，零零散散，左落着几座玲珑尼庵。黑瓦黄墙，钟磬鼓钹，在暗淡的半空中，划出长长的感应符号。黄墙内外，灯火朦胧，月光飘洒，熨帖许多人间情节，拭响一帘情怨幽梦。蒙蒙亮的天地里，河坎边的蛙声，总是伴随着感应，朗声欢叫。这种召唤，因为有了玉带河水的滋润，有了水色渲染，有了钟磬的磁力辐射，很柔软，很坚韧。在曲江巷和玉带河两岸，回荡着贴近心灵的声响。

我们已经知道，正对着曲江巷的河对面，有座水月庵，清净的庵堂篱院，蕴藏着悲情故事。顺着往事脉络，从曲江巷向东，走到纪福大桥，桥墩那边，是南城高高隆起的土城遗迹。我们的故事，暂不过桥，沿着河边转身向北，朝东北方向抛弯转去。

与马公桥向南的河岸连接处，有一块凸向河面的空旷场地。空场上高举一座玲珑庵院，像高擎着一方土地上的虔诚信仰。这庵院坐北朝南，面对河道转弯口被拓展的清流。再远处，是纪福大桥下三岔河口，显得源远流长，视野开阔，气象壮观。几汪水涡，匍匐在庵院脚下宁静之处，就有了天空般的澄明灿然。

城河边的庵院，两侧是陆放翁的楹联：“万卷古今消永日，一窗昏晓送流年。”雅是雅了，总有些暮秋悲凉之气。庵堂上供奉德化瓷观音菩萨，常年香火旺盛。这庵院处于鳞次栉比的瓦檐之中，周围红尘飞扬的人间烟火，密密匝匝包裹着几幅黛瓦。它却在马公桥和纪福大桥之间，顺着城河玉带河，弥漫出尘气息。庵院前临河空场上，一座宝塔顶的香火铁炉，当空矗立，信徒善众不绝于途，络绎而来，焚香化表，烟气蒸腾缭绕。当家师太身披袈裟，面南而坐，偶尔喃喃念诵不明之词，令人生出敬畏之心。

有几回，长辈领着我们，沿着河边，走向庵堂。河边有榆柳和银杏两行，在记忆中栽种。河风起处，风在宝蓝色的叶子上，抚来抚去，抚出许多清雅景象。走近庵门，轻轻叩响，木门吱溜一阵，姗姗开启。一位小师姑拉开门扉，低头作揖，又怯生生地躲了进去。庵院内天井不大，却有几丛竹林，气象清森。西侧竹篱围栏里，长满树木花草，篱笆之间，有青砖小径，通向褐色刻画瓷缸，据说里面坐着老师太真身。在很长时间里，人们总喜欢把她与玉带河对岸的兰儿联系起来。但是，我更愿意把端坐庵堂的师太，想象为现实生活中的兰儿，素衣袈裟里，藏掖着一段前朝悲情。

不知什么原因，这种悲情，总让人联想起玉带河边传唱的孟姜女歌谣，苦滋滋、酸涩涩的：

正月里来是新春，家家户户点红灯，

别人家夫妻团圆聚，孟姜女丈夫造长城。

二月里来暖洋洋，双双燕子到南方，

燕子成双又成对，孟姜女单独不成双。

三月里来是清明，家家祭扫到坟前，

别人家坟上飘白纸，孟姜女家坟冷清清。

四月里来养蚕忙，姑嫂二人去采桑，

孟姜女想起万杞良，揩把眼泪抹把桑。

五月里来是端阳，家家户户插秧忙，

人家都把黄秧插，孟姜女田里草成行。

六月里来热难当，蚊虫飞来叮臂膀，

宁可咬我千口血，莫咬我夫万杞良。

七月里来秋风凉，手拿钥匙开皮箱，

孟姜女想起事一件，要为丈夫缝衣裳。

八月里来雁门开，孤雁脚下带霜来，

我同孤雁一样苦，鸳鸯分开苦难捱。

九月里来进重阳，重阳美酒菊花香，

人家夫妻同饮酒，孟姜女举杯想夫郎。

十月里来北风起，孟姜女为夫送寒衣，

乌鸦喜鹊来引路，哭倒长城万里长。

冬月里来雪飞扬，孟姜女寻夫泪汪汪，

一心要把寒衣送，哪有我夫万杞良。

腊月里来过年忙，家家杀猪又宰羊，

人家都把猪羊宰，孟姜女家中空堂堂。

民间乡俚小调，语言组织并不严谨，但唱出了一种情感。漫声而来的音律，带着玉带河的水声，拂动眼前孤寂场景，声声不息，让人心生戚然。

再往里走，几间庵堂，坐落在绿荫丛中。庵堂前，也凿着小池，点缀山石，池中种植荷花，残存的红莲、白莲，飘浮池面。屋侧厢房前，一架青莲色紫藤攀缘而上。这紫藤正逢开花时节，一球一球地重叠，盖在架上，俯垂在架旁的尽是花朵，花心艳黄，花瓣洁白，衬在淡淡的青莲中。

院墙边，有上了年纪的杨柳，柔条摇曳，伸到院墙外面，牵来不尽的婉约情怀。成丛的垂柳翠竹，冬青篱墙，在斜阳中过滤墙外噪声。庵院神秘，恍若梦境，让人感受到要在心境上写诗的意趣。忽然想起，这些垣墙边的古木，冬青间的花草，篱笆外的竹径，砖阶上的苔痕，不正是从前郑板桥游历东亭庵院的诗料？

绕过院落小径，是萧墙粉壁的中式厅堂。几堆柴木斜斜，倚靠在檐廊前。薄薄的阳光，照在屋檐上，把屋里阴影拉得很长。师太起身，从屋内迎出，手捻念珠，合十行礼。清俊面容上，淡淡的漠然，还是从眼角流溢，看得出许多遁世情怀。一袭玄色袈裟，连接着身后墙壁上的阴影。有人说，玉带河边的兰儿，曾经走进庵堂，向年迈师太诉说衷肠。师太丢下一句话："白发镊不尽，根在愁肠中。"她听进这句话，毅然削去一头青丝，飘出尘世，皈依佛门。

庵堂内镙底砖地，花格长窗，香案上，佛像衣褶流利自然，面容端庄慈祥，不愧为德化名瓷。周围佛像佛饰，却有点绚丽失真，看得出后人用泥彩修补的痕迹。北面与后院相隔的左右腰壁，垂挂绛色帷幕经幡。木格窗外，几丛芭蕉绿叶，代替了窗帘，遮蔽去屋内光亮。梁柱上垂挂几盏八角宫灯，烛光浅浅地洒在窗格彩色玻璃上，支撑起庵堂黑穹穹的黄昏。

庵堂两侧，粉线水墙，有几幅字画、卷轴，在淡淡的日光、烛光中，一直垂挂在记忆里。一幅画框里，题着瘦金体的行书："月到天心处，风来水面时。一般轻意味，料得少人知。"这种朦胧意境，令人费解。靠墙茶几旁方椅上，一位年迈师太，撑着倦眼端坐，不知是在静观来客，还是在默祷祈念。看她气定神闲，动作舒缓，仿佛接待郑板桥之后，已经这样端坐了几百年。

那位出尘师姑，端上清茶盖碗，请访客歇脚。长辈静坐茶几侧旁，小声谈心，幼童四处溜达，捕捉飞虫。用心观望，廊檐格扇，把外界时空，框围在一方方小小木格间。窗格外，一株芭蕉，一棵石榴，摇晃着绿肥红瘦。院后竹园里，颤抖的鸡啼，无力的蝉鸣，飞落到窗上帘外，撞在庵院斑驳的墙壁上，碰着四周的寂静，令人生出无尽的想象。

推窗远眺，是对岸几块零散的田亩，疏疏竹篱，袅袅炊烟，红蜻蜓轻轻停歇在窗外萱草上。如果把视野超越时空构建的阻隔，循着纪福大桥、玉带桥、广济桥、丁公桥、关桥流连，便滑落到溪河上架设的所有传说中。这时，院外的喜怒哀乐，都恍然如梦。这一刻，我们笃信，曲江巷河对岸的悲情兰儿是走入这座庵院了。

南城上

　　曲江巷底，玉带河边，在大大小小、高高低低的寺庵旁，一道土城，400 年来，沿着清清亮亮的玉带河，逶迤东去，通向南门口，恰好做了曲江巷诗情画意的结尾。这段旧城围，人们称它为南城。

　　曲江巷的书生和东亭城的秀才，津津有味地考证曲江巷向东延展的历史，巷尾连接向土城的年纪，可以上溯到明代隆庆二年（1568）。那时，蜀中的马会晋，来东亭城任泰州盐运司运判。当年的泰州盐运司，是全国六大盐运司之首，下辖东台、安丰、富安、何垛、丁溪、梁垛、草堰、小海、角斜、拼茶等 10 个盐场，盐赋税收，是朝廷财政的重要支柱。

　　明朝隆庆年间，东亭城经常遭受倭寇入侵。倭寇进城，抢夺盐粮，奸淫妇女，烧毁民房，无恶不作。马会晋到任的次年，为了抵御倭寇，决定和老百姓一起，修筑城墙。马会晋带头捐出俸银，当地士绅名流、商贾平民积极响应。富商曹汝言捐出熟田，购置义冢、移葬乱坟，开辟城基。家庭贫寒的平民百姓，主动到工地上参加筑墙劳动。经过几个月日夜辛劳，建成一座周长六里的土城墙，圈围起东衙门至西城河的府衙民舍。

当年，城墙四周修建四道城门，分别叫迎春门、奎拱门、西屏门、南屏门。倭寇来犯时，城墙成为保卫这方土地的屏障。为了纪念带领百姓修筑城墙的马会晋，人们在城西护城河上，建造马公桥，勒碑立铭，留存后世。

从曲江巷底，向东拐弯，过了纪福大桥，远远看见，一道古老城围，挺立着400年弯腰驼背的身躯，在玉带河边，向东渐渐隆起，临流蜿蜒，临风矗立，似丘陵起伏的高旷之地。城围两侧，砖石剥落，欹侧的老树，披离的宿草，俯伏在垒土上。在蒙蒙天色中，一段段延伸东去。这里那里，散落几户人家，房屋依坡势而建，背倚城围，面向城河，前低后高，排列在东亭老城的制高点。

走上旧时城围，河风轻轻迎过来，悄悄说话。然后，漫过绿树成丛的黄金坝、玉带桥，把旧日南门古渡，一点一点，从迷蒙中清理出来。一丛丛斜向河面的树木，点缀着灰墙乌瓦，枕河人家，在弯弯曲曲的河岸上，与水流一同婉约延展。有人坐在临水院落平台上，看河中一拨拨船只，从里下河水墨画中慢慢摇出，在沿河树丛、水埠间摇晃，听弋动的浆楫，咿咿呀呀地搅动流水。

沿着东亭旧城围的土丘，向东行走，一座玲珑亭台，连着竹林砖径，通向散落民居。两侧竹丛，青枝绿叶，日影不泄。萧萧微风，吹动沙沙竹叶，潺潺溪水，和着婉转鸟鸣，向你解释，什么叫幽情雅趣。路边一株樟树，通体碧翠，枝叶间绽蕊吐芳，缀满白中带绿，与叶片一般素雅的花朵。空间浮动着缕缕莫名暗香，沁人心脾的气息环绕左右，带你走向青枝绿叶后面那些深邃的明清时光。

在南城上，继续往老城深处行走，步入双鹄守卫的庄门，昔日东亭城的名门望族，明代万历年间贡生周竹墟的庄园，在脚下一步步展开。

巷弄、民宅、苗圃，还是旧时布局。放眼望去，小桥流水，田园竹篱，铺点诗情画意；弯巷仄径，木橼屋瓦，涵盖厚重文化。宅第相连的锅耳顶大屋，聚族而居的深宅重院，水磨青砖砌成的门墙，盖着青瓦的马头墙和观音兜，都泛着历经岁月的青光。在八九株槐柳映衬下，裁划出起伏变化的巷弄轮廓。正午时光，南城一侧的夹巷深院，处于半寐状态，路上行人很少，砖石小径上零散的脚步，便踏出了孤寂的回音。

经历几朝沧桑，南城边许多古旧的建筑，已经灰飞烟灭。残缺墙垣中，砖石坍圮，苍颜斑驳，但斑驳的雕花窗格，粗朴的石刻辟邪，灰黑的滴水瓦当，还是保留着大户人家气概，把你的想象，牵延进当年亭台楼阁，假山荷池，"青砖小瓦马头墙，回廊桂落花格窗"的胜景，引领进许多遗落在湮远年代的故事。

在南城东部，有人指点周氏旧宅，顺着剥蚀的倾斜粉墙，一楹五间平屋，泥金匾额，乌瓦灰墙，院落深处，雕门镂扉，但窗格寂寞，尽现"庭院深深深几许"的景象。东边一间书房，窗槛上一排花格长窗，房中摆放清式长条几、罗圈椅。当年，周家孙辈周逊之，博学多才，交游甚广，入清后弃官还乡，隐居南庄。冒辟疆、李映碧、黄仙裳等名流雅士，从迎风晃动的大红灯笼下，跨进宅院，走入书房，诗酒流连，击节唱和，留下了众多的灿然手迹。如今，灯阑月老，红柱黛瓦上，重檐悬顶下，早已物老人非。旧时留下的笔墨，虽然滞涩残缺，但融泄其间的时光，却像覆盖在南城上凝固的音乐，后人只要拉动记忆的琴弦，承载历史的音符，便会在心头跳跃。

踏着南城的记忆，临河眺望，是对岸南园大片在日光下发亮的田野和隐身于疏朗林木间的水光。带着远处田野和近处河流气息的长风，肆意地穿行。举目四望，南园里，野鸭沉浮，黄雀乱飞，菜田红绿，果木参差，一头老牛，在水边慢慢咀嚼夕阳，把对岸的景致，张扬向野趣的极致，描绘出一幅万物闹春的中国风情。

站在南城的高坡上，静听风动绿叶，水过池塘，依依送出柔曼和音。夜来一场杏花雨，传来了南园姑娘在渡口的卖花声。这脆脆的声音，喊了几个世纪。呼应着东亭城南侧、南城、南门、南庄、南园的古老图景，连缀南城夕阳的悠长音律，从岁月的彼端隐隐传来，穿过迷蒙的空间，慢慢消逝在莫名的远方。

螺钿盒

　　东亭城北侧的汤家园，大致在旧城改造后的东亭二村东北部，是母亲的娘家。

　　小时候，脚步很快，出了曲江巷口，从人民剧场与手工业局两幢楼宇中间，向北穿行，经过工商联覆盖着细密黛瓦的院墙，向东北走一段弯弯曲曲鸡鸣狗吠的小巷小径，沿着四季常青的椭圆形灌木丛转过去，就到了汤家园外婆家。

　　那座三间宽敞的大屋，若干年后，也矗立在童年的记忆里。正屋对面，有一排堆放杂物的附房，两边房屋呈"凹"字形，夹出一座长方形的大天井。叫它天井，并不完整，它还有一口地井。一围井栏，笆着一泓朝天的碧水，端立在主房与附房之间。让回忆旧宅的亲人，生出时光灵动和祖先润泽之感。我们常生发不着边际、虚无缥缈的联想，这围井栏里的深碧色水面，不就是祖先盛放在两幢大屋之间驱邪避秽的玉块吗？

　　在这栋旧宅里衍生出的晚辈们，经常围着井栏，眨眼咧嘴，观望井水微微漾动的碧波，映照出形态不一的倒影。外婆奶奶在窗棚里朝外一瞄，就会咋咋呼呼地跑出来，把伢儿们拉进大屋。然后和颜悦色地教导说："乖乖肉呃，不能在井边伸头晃颈的，万一掉下去怎呃弄？还有，不能老是在老井旁边照镜子，井里头有不好的东西，弄得不好，会把魂灵儿勾进去的！"

外婆奶奶的话，让人惊悚。难道碧玉一般的井底，还有什么野东西吗？这以后，我们走过井边，只敢匆匆忙忙地朝黝黑的井栏里瞥上一眼，生怕有什么邪瘴突然冒出来，让人猝不及防。

外婆家有三个舅舅，一个姨娘。大舅20世纪60年代下放城北，二舅去了无锡，三舅很小的时候，就跟着外婆到沪上豫园小东门定居。东亭城里，只有嫁出门的母亲和小姨娘。既然大家都离开了汤家园，若干年后，作为孙家长子，大舅把祖居拆了，用木料砖瓦，到城北乡下盖房子。过去说皮之不存，毛将焉附，当时的状况是，毛之不存、皮亦荒矣。房舍群中一块荒地，没有长期存在的理由，周围人家打个招呼，附房延伸过来，外婆的老家就这样湮没了。连那口水井，都成了早年模糊的记忆。这种记忆经年累月，一直储守在后代人的心里。

母亲在20岁那年，嫁到曲江巷。经过许多年生活的颠簸，母亲一直念叨的最为伤心的事情，是她几乎所有心爱的金银首饰，包括随着大花轿吹吹打打抬进曲江巷的嫁奁，都随着私营资产不断消失殆尽。或典当贱卖，用以接济家用，或赊换米面，裹腹充饥，或被父亲另作他用。包括她心存侥幸藏匿在墙缝里、地砖下的金银饰件，也无可奈何地悉数掏出。这些曾经给她带来闺房欢乐的首饰嫁奁，在50年代绵长的岁月里，帮助家人度过了饥荒和灾难。但也给她的人生，留下了许多遗憾。

在儿女都成年后，母亲还在喋喋不休地回忆那些黄金做的日子。她从床头柜里，搬出一只做工精致的首饰盒。小盒通体髹着红漆，用螺钿片嵌成花卉图案。盒面上嵌牡丹花卉及飞蝶，盒壁嵌缠枝花卉纹。螺钿五光十色，斑斓绚丽，精巧别致。打开元宝形铜扣，里面却空空如也。她长叹一声，叨唠着："老早啊，里头有绿头如水的耳坠，猫眼镶金的戒指，成色绝好的翡翠手镯，玉如意的金项链，钻石鼻钉，有 24K 足金手链、脚链，景泰蓝配饰的金簪子、金耳扒，还有两块和田碧玉吊坠，几串珍珠项链。盒子里满满当当的，心里也满满当当的，不曾想到，就这调子一天天没得呃了……"

母亲含着眼泪，鼻翼悲哀地翕动着，沉重地咽着唾沫，神情像一个丢掉宝贝的伢儿。她失去了她自以为会一直拥有的东西，这种表情，让我们也跟着心痛起来。其实，汤家园那座大屋，何尝不是她心中宝贵的镙钿盒呢？还有那眼水井，井底闪动着玉石般的宝蓝色光点，像是储存在镙钿盒中的大块碧玉。万物皆有灵性，烟雾与月光，大屋与水井，自然，金银玉钻也不例外，有时候，它们会牵引你，找到你自己的形象和你的人生价值。

许多年后，为了安慰这位孩童般的老人，我们从深圳、香港特意给她带回耳坠、戒指。她欣喜地抚摸了一会，赶紧放进从汤家园带出来的那只硕大的镙钿盒，扣上黄铜搭扣。只有出门做客或是晚辈办事时，才会郑重地取出来，对着镜子挂戴妥当，顿时容光焕发。因为镙钿盒子里有了新的内容，母亲的精神显得充盈、饱满起来。看来哲学家们总结的物质决定精神，此言不虚。

母亲是一位旧时代的家庭主妇，上有公婆，下有儿女，恪守妇道，尽贤尽孝。在她身上，曾经有过闺房的偏爱，有过雅致的追求，有过生活的情趣，有过美好的憧憬。如果不是父亲早逝，她是可以按照自己的心愿，安静地坐在兰闺中，温馨地绣上一辈子花卉的女人。但是，她不能如愿，她所处的年代，这种民俗画般的景致，已经过去。就连她钟爱的首饰玩件，都在她无可奈何的叹息中，消失殆尽。

旧时家中帮佣，专做服装女红的吴姨娘，赶在我开始记事之前就提着包袱离开了我家。听说，她既是帮佣，又是母亲的闺蜜好友。她们经常在一起，商议家里大小人等的服装款式，裁剪缝纫珩线，笃边锁扣绣花，打发静谧琐碎而又温馨的时光。那吴姨娘个头不高，圆脸大眼，衣衫整洁，两只耳垂上别着两枚嵌着小块碧玉的耳钉。这是那种虽然上了年纪，但不失刷清和精致的女佣。两个清爽的女人，总能在共同兴趣爱好上，结交深厚的友情。

每隔一个月，纪福大桥东边，南城上的赵三姑娘，总会应约挎着装满粉饼、镊子、梳子、剃刀、头油之类工具的小方筐，来帮助薛家大少奶奶扎脸。她沿着玉带河边，春风杨柳般款款而来，跨上四层台阶，朝端坐靠椅等候的母亲脸上轻敷铅粉，然后弯下瘦瘦高高的腰身，抽出两根细线，在母亲脸上有节奏地扯动起来。无名指上镶玉的金戒指，在屋檐上泄进的阳光中闪动着熠熠光芒。

那是一些有了年份的带有温馨声响的下午，两根长线，在赵三姑娘灵巧细长的手指间上下翻动，绷绷作响。随着脸上的汗毛纷纷褪去，母亲眯起眼睛，面颊惬意地颤动着。丹桂巷的张大奶奶，隔三岔五也来到曲江巷，帮助母亲扒耳朵，梳发髻，在温水木桶里，泡软脚趾，修剪趾甲。朦胧之中，看到这些情景，我们把它称之为母亲早年的幸福时光。

血浓于水

岁月缱绻，以梦为归。在旧时光的映衬下，那些出远门的人，再也找不回来，那些逝去的岁月，再也追不回来，但曾经温馨的声息，却在记忆里消散不开。最好的怀念，莫过于时过境迁，物是人非之后，你珍爱的旧人旧物、旧时感觉还藏在心里。人的情感中，有重量的东西，一定经得起时间的冲刷淘洗。

那年，父亲去世，曲江巷十一号的顶梁柱倒了，失去了生活来源和精神支撑，家庭状况急转直下。母亲丢弃了所有安逸的生活，到城西工厂上班，全力以赴，支撑家庭。姐姐也作为顶替，进了父亲的单位。虽然工资微薄，聊胜于无，尚可弥补无米之炊。

当年，彩衣街、中十字街一带，商行店铺，鳞次栉比。新坝银行朝南的院墙外，一围宽阔的凸形人行道边，连接着祝家银楼、糖烟酒门市和旧货商店，对面是张复盛茶馆和新坝菜场。这是老城中心的热闹地带，类似上海的南京路、北京的王府井、南京的新街口。小砖铺设的人行道边，摆设了许多花花绿绿的摊点。有扛着草把卖糖人、糖球的民间艺人，有推着玻璃车叫卖薄荷糖、棒棒糖、藕粉、酒糟的小商贩，更有倚着墙角支着书架，租售连环画和儿童杂志的摊点。

从曲江巷到新坝，经延生庵巷到启平小学，这块热闹地带是必经之地。放学以后，一群小学生，背着书包，从延生庵巷鱼贯而出，涌到路边书摊前，在书架和玻璃柜之间流连忘返。一分钱可以租借三本书，坐在书摊摆设的长条矮凳上，可以看到连环画里各种人物来龙去脉的精彩故事。那时，年龄尚小，不能理解家庭变故的苦衷。总是向母亲伸手要零花钱，到书摊看书。有时，母亲叹口气，安慰我说："等月底发了工资，多给你点儿钱。"

但是，连环画、薄荷糖之类，对幼童诱惑力太大。薄荷糖可以不吃，书架上不断翻新的连环画小人书，不可不看。天寒地冻时节，为了不耽误做早饭的时间，前一天晚上，母亲会在茶瓶里放上米和水，第二天早上倒出来，就是热烫烫的稀粥。也有热水瓶不保温的时候，第二天米没涨开，米是米，水是水，看看上学的时辰到了，来不及做早饭，母亲就塞给我一两粮票、三分钱，让我顺路到新坝烧饼店买一只烧饼。这笔预算外收入，被我节省下来，放学后到书摊租书。有时饿得发晕，捱到中午放学，也要坐在书架边矮凳上，借着朝南墙角阳光的温暖，看几本书再回家。这样，粮票就节省下来。有一天，母亲在洗衣服时，翻出衣兜里揉皱的粮票，明白了三分钱的去向，黯然神伤。跑进房间，小声啜泣。弄得我手足无措，觉得做错了事情。

在被时光拉远的岁月里，我们的生命，有过不能遗忘的温情陪伴，那是我们成长的重要部分。母亲上班的轧花厂，在北关桥西侧，接近四塘地界，离家很远。她每天带着星星起床，收拾逸当，然后揽着我，穿过老大街，跨过北关桥，向北蹒跚而行。走上近一个小时，才远远望见那座高大的厂门。母亲不让我跟她到车间，说那里噪声很大，空气浑浊，我就在工厂幼儿园周围溜达。过了一段时间，厂里照顾她，也是照顾我，调她到幼儿园上班。

在母亲宿舍里漫长的等待，显得十分无聊，一帮伢儿不安分起来，进进出出，爬上落下，溜来溜去。有时在板床上翻跟头竖蜻蜓，有时爬到饭桌上，朝窗外眺望。同宿舍的姨娘，喜欢安静，讨厌小孩吵闹。十分无奈又十分无助地捂住耳朵唠叨："比厂背后的马达还响，烦煞呃了，烦煞呃了……"有一次，看到我们站到桌子上，她显得有些愤慨，说道："你偢可是站到望乡台上？可曾望见远处的家了？"

一群伢儿，哪里懂得望乡台，还以为这是一种夸赞，显得更加兴奋，更加张狂，高呼着："上望乡台呃……"大人们下班回来，伢儿还在兴高采烈地乱叫。母亲苦笑着，替我们掸去身上的灰尘，说："以后你偢不能打起伙来厌，望乡台离我偢十万八千里呢……"以后我才知道，据说人过世后，去阴曹地府，一路流连，到了传说的望乡台，会站在那里，回望家乡。这样说其实在诅咒人，是东亭城旧时代妇女骂人的狠话。

在城西轧花厂，最快乐的时光，莫过于果园葡萄熟了的季节。那是初秋的傍晚，橙红色的阳光抚拂大地，葡萄园藤架上，一串串硕大的葡萄，晶莹剔透，垂挂下来，反衬出太阳清碧的光点。那时我才知道，太阳不总是红彤彤、白花花的，有时也有绿荫荫的光泽。我们按照厂里规定的数量，采摘几串，放进竹篮。母亲看我蹦来蹦去，对我笑着，在秋后的艳阳下，她弯弯的嘴唇很好看。她说："我偢只吃一串，其他的带家去，把姐姐吃，可好？"我点点头，按照母亲的意思，过一会儿吃上一粒，品哑着甜美的滋味，把它作为整个秋日美好的记忆。

其实，早年母亲在食品冷冻厂工作时，我就是她的"二尾子"。那时我年龄小，小到可以朦胧地任意想象。我坐在北关桥马路对面的土墩上，远远望见，母亲站在冷库土窑顶上，也在朝我的方位遥望。望着土坡上恍恍惚惚的人影，我就想，这个世界上，什么人都可以少，母亲永远不能少，如果没有母亲，怎么活得下去呢？这是无论如何不能想象的事情。如果那样，我认为是没有单独生存的希望了。

　　想到这里，不知道是因为冷冰冰的想象，还是因为库房冷冰冰的气息，我竟然打了个寒战。多少年后，我还记得那个寒战。那时尚未明白，永远——对任何人都只是虚幻想象，不管庙堂之上，江湖之远，或则万人之上，庶民之下，概莫能外。人生在世，流星一般，许多年后，我们总会天人相隔，但在那时，这是不可想象的十分残酷、十分可怕的事情。

　　当然，在那些迷蒙的幼童时代，不乏有我差点丢失母亲，或者母亲差点丢失我的经历。有一次，外婆和母亲带着我，到上海西郊动物园游玩，却在人群中走散了。我在人缝中钻来钻去，找不到母亲，那时的感觉，天崩地裂，四野苍茫，便哇哇大哭起来。

　　有好心人过来，搀着我的手，沿着园区大路寻找，一个小时的失联，我却觉得遥遥无期，渺渺无边。当我看到母亲和外婆的身影时，似乎突然有了生命。母亲把我紧紧抱住怀里，即刻出园上车，在静安寺转车，一直到外婆的小东门学院路，再也不敢松手。

舐犊之情

时光如梭，恰似一条奔涌不息的河流，去而不返。人生匆匆，有时还来不及在温情中徜徉流连，它便滚滚而去，留下不尽的怀想和叹息。所幸，当失去最宝贵的情感，记忆总会适时出来，给它做一些心灵上的弥补。

母亲在50多岁时，由于精神打击和生活压力，心律失常，早搏悸动。用她的话说，"这心里啊，像五马乱奔，滴滴笃笃，呼吸气总接不上来呃……"每次跟母亲到医院检查，白大褂先生们总是说，"这是心悸，是房颤，不碍大事，不过，一定要注意多休息、多营养，少作躁，少哀愁。"

大概是基因遗传的缘故，有一年夏天，睡到半夜，我的心脏也剧烈地跳动起来，在床上辗转反侧，爬上落下。母亲听到响动，笑着安慰我："你是我养的，这病也是我过的，不碍大事——睡不着，就起来跑跑，听说东边鼓楼路政府门口，不少学生伢儿搭棚子静坐绝食，我俫做块儿去望望，看看那些伢儿可曾吃饭。"

母亲挽着我，在稀疏昏暗的路灯下，过了马公桥，走到丁字街。远远望见，政府大门前，沿街搭起了许多油毡帐篷。男男女女的学生，煞有介事地端坐在帐篷里的木板上，那种姿势，那些神情，颇有学生课本上革命先烈的悲壮感。也许他们心里，真的怀揣着日后让人哑然失笑，当时却无限崇高的目标。时而有学生因饥饿晕倒，被簇拥在周围的人们迅速用担架抬走。那时年幼，弄不懂外面的社会气候，想不通到底什么原因，这些比我大不了几岁的学生，要在这里静坐绝食，催生出沿街的悲情场面。

那个年代，许多人处于大字报、大批判、大辩论的亢奋状态，经常出现示威游行，绝食抗议的场面。至于要诉求什么，那些年少学生，未必可知，只是把它作为一种时代的召唤，斗争的形式，革命的壮举而已。

看到无聊时分，母亲又挽起我的手，沿着梧桐树叶覆盖的人行道，回转曲江巷。在马公桥上，我们依偎在一起，凭栏望去，河面向南，越来越开阔，连接向远处的夜空。纪福大桥，隐隐约约，在月色朦胧中跨向南城，把玲珑的倒影，映衬在灰暗的天空和沉郁的水面上。几只夜行船，在水波上慢慢荡漾，发出滋滋的声响。世界本来静好，但人心不知为些什么，像我当时躁动不定的心律，总是安静不下来。

母亲弯下腰，小声问我："可曾把岔打掉，现在心口膛儿怎呃说？"我告诉她，心口还是跳得厉害，闷热难受。她重重叹了口气，沉默了一会儿，转过脸来，却笑着对我说："不要紧，硬铮起来。我俫娘儿俩相依为命，养儿防老，将来还要指望你养老呢，你一定要平平安安，不然，我在这世上有什哩过头呃。"

母亲是个坚强干练的女性，是我童年全部的依赖。她这样说，让我惶然不安，我紧紧抓着她的手臂，生怕有什么闪失。拐进曲江巷，在石板上一路踯躅，走进家门。也许是母亲的话，有了灵验，从那时起，几十年过去了，再不曾有过心悸状态。但心律失常的症状，又一次回到母亲身上。

有一次复诊，医生针对母亲症状，开出中药处方。只见他用笔尖点着桌子上的处方，很郑重地强调说："记住呃，要用陈年老丝瓜筋，浸泡后做药引子。"接着，坐在远处板凳上的我，听到他们一番惊心动魄的对话。

母亲问："先生，我这个病可是不得呃好了？"

医生沉吟着："这个——你注意调养吧，平时遇事不要作躁，一定要注意休息，注意营养，慢慢来，慢慢来……"

母亲往桌边靠了靠，小声嗫嚅道："这个毛病不得好，我要早做安排，伢儿还小……"

隐隐约约听到母亲的话音，我心里咯噔一下，窗外寒风呼啸，我的心情十分悲凉。父亲早早离世，如果再失去母亲，这个世界还有什么留恋的呢？迷蒙之中，似乎世界末日正在临近，让我惊悚起来。在以后的岁月里，每当回忆起这段往事，街头上曾经飘移的一段声情并茂的歌声，就萦绕在我耳边：

> 第一次睁开眼睛，看见的是你；
>
> 第一次哭泣，为我擦干眼泪的是你；
>
> 第一次跌倒时，搀扶的是你；
>
> 第一次离开家，送我的是你；
>
> 第一次有成绩，最激动的是你；
>
> 第一次绝望时，呼唤的是你；
>
> 第一次懂事时，夸奖的是你；
>
> 没有你的时候我好孤寂；
>
> 我时常把你惦记；
>
> 妈妈累了你就好好休息。

你走后的天空一直下着雨，

带上你心爱的油纸伞，

妈妈你要照顾自己。

……

在一个寒冷的冬日，放学后，我迎着凛冽的寒风，在海河边奔波，我一定要为母亲找到药引子。跑遍了曾经种过丝瓜的同学们的庭院，颠簸到中午，未能发现医生所说的老丝瓜筋。捱到下午放学，我从教室里奔出来，又到牛集场、汤家园四处寻找。天近傍黑，终于在同学家灶台上方吊着的竹篮边，喜出望外地发现了救命稻草。朦胧的暮色里，那根踏破铁鞋无觅处的落满灰尘的老丝瓜筋，悄悄地躺在高高的竹篮里。这个有着亲情牵挂的傍晚，我理解了欣喜若狂的词性。似乎母亲康复的希望，全在这根被锅灶烟熏火燎过的焦皮老丝瓜上。

过了一阵子，母亲带着我，去沪上看外婆，顺便找弄堂里的老中医，开出一副药方。这次药引子是车前子草，俗称打官司草。我自告奋勇，承担找药引子的任务。浦西老城，楼宇成丛，没有生长野草的空隙之地。我找到小伙伴三华，一番商量。他说："这些野草，城里厢没有的，只有到浦东农村寻找。"

第二天清晨，我俩拎着蛇皮袋，早早地从十六铺跨上渡船。汽笛响起，面对奔涌的黄浦江，陡增出许多责任感和使命感。像完成一项重大使命，满怀信心地向浦东进发。

当年的浦东，成片成丛农田里，稻浪起伏，抚拂着几处零散农舍，隔江遥对浦西高楼大厦。我们踏上田垄，这才想起，根本不认识打官司草。乡间田畦，三五农人，也摇头摆手，不知道打官司草的含义。我俩茫然望着田埂上、小路边形状各异的野草，无从下手。转悠了一圈，无奈之下，急中生智，每种形态不一的小草，各拔几株，揣进蛇皮袋。但愿能碰上几株打官司草，遂了我们此行心愿。

下午时分，我俩提着装得鼓鼓的蛇皮袋，又乘渡船，回到浦西。在外婆家地板上，倒出全部野草，忐忑不安地等待鉴定。对门阿婆，拄着拐杖过来，戴起老花镜，认真打量一地野草。一边分拣，一边唠叨："两个小伶好白相，采了嘎许多野草，真真是难为了两个小伶……"

突然，她伸出手，捏起一株小草，高声说："嘎就是打官司草，老好老好的——"我引颈俯望，阿婆手上的小草，三叶散开，一杆根茎，向上挺立，顶起毛茸茸的须头。阿婆又用上海话讲："嘎草中关顺须，像个犟头犟脑额小伶，勿服气哇，打官司哇！"

永远的母亲

永远，只有简短的两个字，却无人能用文字说得清楚，永远到底有多远？

真正的永远，应该珍藏在心底，镌刻在灵魂里，不会随着时光的推移而消散。尽管天会变，人会老，人世间有一种永远，如影随形，不会消逝。这种永远的载体，就是经年不衰的记忆。

先秦的《诗经》，中国最早的诗歌总集，现在看来，就是远年了。流传千古的先秦《诗经·邶风·凯风》，有一段温馨柔情歌颂母亲的诗句：

凯风自南，吹彼棘心。棘心夭夭，母氏劬劳。

凯风自南，吹彼棘薪。母氏圣善，我无令人。

爰有寒泉？在浚之下。有子七人，母氏劳苦。

睍睆黄鸟，载好其音。有子七人，莫慰母心。

远古的《诗经》，像穿透时空的音乐，弹动现代人的心弦：飘飘和风自南来，吹拂酸枣树心。树心还细太娇嫩，母亲实在很辛勤。和风飘飘自南来，吹拂酸枣粗枝条。母亲明理有美德，我不成器难回报。寒泉寒泉水清凉，源头就在那浚土。儿子纵然有七个，母亲仍是很劳苦。小小黄雀婉转鸣，声音悠扬真动听。儿子纵然有七个，不能宽慰慈母心。

母亲逝去，已经多年了。但是她往日的音容笑貌，一直存留在我们隽永的记忆里。我的曲江巷，其实是可以取名"父亲母亲的曲江巷""从汤家园到曲江巷"诸如此类的题目。因为，是母亲赐予了我们的生命，曲江巷才有了我们的存在，也才有了我们记忆里的曲江巷。在这里，我还要继续不厌其烦地叙述一些有关母亲的往事。

有一阵子，为了改善家庭经济状况，母亲除了正常上班，还打听着找零活做。有一天，她听说冷冻厂有一批外销的禽蛋，给人外派加工，曲江巷里有人领回家处理。便也去申领一份，但又怕肉腥气味在家中熏染，便起早带晚，蹲在冷冻厂车间一角打理。第一次领工钱，跑到仙桥口永泰祥布店，扯上几尺灰色卡其布，做了一件我喜欢的立领上衣。我带着复杂的心情，穿上这件中山装，很是显摆了一阵。一直穿到参军入伍换上军装时，依依不舍地拍了几张照片才脱下。让我在不堪回首的窘迫岁月里，留下几张温馨影像。

有人说，经济基础决定上层建筑，物质决定精神，这句话值得商榷。但我的生活经历中，似乎也有这样的过程。在贫瘠困乏的童年时代，母亲知道我所有的负面情绪。有一天，她告诉我，带我到外地姐姐家走走。记得那是初冬时节，北风呼啸，天寒地冻。我们清晨五点起床，去东关桥汽车站赶早班车。从曲江巷走到玉带河边，向东拐弯，经过陈家庭院大敞四开的门口，一阵阵凛冽的西北风，从纪福大桥塊河口呼呼地刮过来。把我单薄的裤腿吹荡起来。

母亲欠下身子，蹲在地上，从包裹里抽出两根布带，扎紧我的裤腿。然后转到我的北侧，用单薄的身子掩护着我，一路向东，拖曳而行。客车到了大中集，她又用身体挡在我的北侧，向十里开外的裕华镇走去。其实，她那瘦弱的身子，怎能挡住肆虐的寒风，鸡翅护雏，跪乳护犊，只不过求取一点心理安慰而已。

我们常常怀念过去，这是因为，过去的时光里，包含着很多已经失去的亲情、友情，一旦遗失，就无从寻找。"子在川上曰，逝者如斯夫……"但是，我们可以用自己的笔迹，留下斑斑点点的记忆。这些回忆，俨然老式留声机上的旧唱片，尘埃沾染，蚀痕遍布。咿咿呀呀，呀呀咿咿，倾诉支离破碎的人生荒凉，漫阅无尽无止的岁月沧桑，抚拂曲折人生中的温馨情愫。

若干年后，我从黄海滩的红战校参军入伍，接到入伍通知书，我的第一感觉，是从此可以吃饱饭了。没有捱过饥饿的人，不会知道这种人类生存最基本的需求，对于生命无可替代的意义。它是人类一切理想、信仰等精神层面东西的基点，否则，全是空话。带着不知天高地厚的雄心壮志，我告别曲江巷，乘坐东方红轮船，沿着滚滚长江，溯流而上。当时，就有一种背水一战的意味。同舟而渡的，除了东亭城的战友，还有五烈、廉贻等范公堤西乡镇一带，同样壮怀激烈却乳臭未干的战友们。

当年堤西乡镇，多为水洼之地。入伍三年以后，乡村战友陆续回乡探亲，从东关桥边车站下车，已近傍晚，来不及转乘小轮船回家。他们都记得曲江巷十一号，高台阶大门楼，有一位慈祥的老母亲。便到曲江巷食宿，第二天清晨，登船返乡。母亲看到他们，自然十分高兴。她知道，远方的儿子，也像他们一样，穿着黄军装、蓝裤子，戴着领章、帽徽，奔走在鄂中豫南的飞机场边。他们身上，带着儿子的气息。在那些频繁出现在曲江巷的黄军装身上，母亲找到了自己想念的影像。她像对待儿子一样，悉心照料安排食宿，第二天清晨，送到曲江巷头二轮车上或是纪福大桥边小帮船上，挥手作别。

入伍十多年后的一个夏季，母亲千里迢迢，抱着孙儿，到部队探亲。那年夏天，天气燥热，湖北的假牛，叫得十分起劲，瞿瞿瞿瞿——把六月的天气，渲染得沸腾起来。每天中午，收拾好锅碗瓢勺，母亲就说要出去走走，理由是有助于消化。她抱着舞手蹬脚哇哇哭叫的孙儿，走出门外，沿着林荫小道，走向前院。我们午休起床，她也抱着孙儿到家。日复一日，每天如此。

一天中午，我们在沙发上打盹，部队文书咚咚敲门，通知开会。我赶紧起身，跑向前院。穿过长长的冬青丛，拐向楼梯口，扭头一瞥，看见了母亲，心头一颤。她佝偻着腰身，倚在廊沿立柱边，蹲坐在台阶上，紧紧搂着孙儿，花白的头发一俯一仰，打着瞌睡。我一阵心痛，鼻子酸酸的。老母亲为了我们安静地午休，在这炎热的夏日，每天抱着哭闹的孙儿，蹲在外面廊沿下打盹。我趋前一步，喊道："姆妈——"

母亲显然吃了一惊，睁开眼睛，茫然四顾，看到了我，问道："你不好好在宿舍午睡，跑到这块做什哩？"

我接过儿子，把她搀扶起来，催促她回宿舍休息。母亲嗫嚅着："中饭把肚子撑得饱饱的，跑出来消消食呃——人家不是说，饭后走百步，活到九十九……"

母亲没能活到九十九，但也算是长寿人，过了93岁生日以后，在秋末的一个深夜，无疾而终。心愿拉不住岁月，她还是按照自然规律，先行离开了这个世界。我们永远失去了母亲，但她慈祥、善良的形态，永远定格在我们的记忆里。当我们向她告别时，我想起多年前冷冻厂地窖顶上那个映衬在蓝天、白云下的模糊身影，想起童年时代幼稚的愿望。时光不缓，故人也散，令人心潮起伏，泪眼婆娑。

岁月无情，撕裂年少幻想，只留下亲人身边的泪行。旧日的风景，随着年轮不停变换，唯独早年依恋的影像，始终伴随在身边。因为，只有他们，才是我们过往生命中永远的主角。

多年后，我听到李海颖唱起《妈妈的脊背》。歌曲的旋律，有一种时光的穿透力，似乎穿越了几个世纪。听到这高亢的音调，从屋瓦上飞过，神思缥缈，热泪盈眶。一些悠远的心思，追随着起伏的音律，奔向岁月的彼岸：

一只破唢呐

吹落了片片红霞

一只瘦毛驴儿

驮来十八岁年华

瘦瘦的脊背

背着沉重的家

——

你把你的孩儿背大

一头白发两肩霜花

饱尝了人间酸甜苦辣

历尽了岁月风吹雨打

几十年没见你流一滴泪

窄窄的脊背哎天天弯下

……

上南庄

东亭城里，有许多特定的语言表达方式。譬如，把我要去哪里，说作我要上哪里、下哪里，上大街、下河边，上菜场、下馆子，上南园、下海里，既有地势缘故行业原因，又有约定俗成习惯说法。小时候，经常沿着石板路，走出曲江巷，跟着母亲看亲戚，走动最多的是上南庄看姨娘。

在我的记忆里，有两个姨娘，一个是母亲的亲妹子小姨娘，一个是母亲的堂妹子，叫狗姨娘——姨娘生肖属相是狗。旧时代年长妇女，也称呼年幼的弟妹和晚辈为小狗儿。痛啊、惯呃——这类称呼，充满亲昵娇宠意味。曲江巷的伢儿，总在称呼的字根上加个前缀，我们便亲热地称呼她为狗姨娘。

狗姨娘虽然不是母亲嫡亲妹子，可是在外婆奶奶孙氏家人中，她们是最亲密的姐妹。不仅容貌相似，性情也相投。两人的情感，比许多嫡亲姐妹有过之而无不及。

南庄狗姨娘，长相精干，举止雅致。清秀的脸颊，瘦削的身子，衣着清爽，做事干练，走路利索慑快，说话脆声脆气。伢儿在她身边，自然多了一种亲热感。

狗姨娘的家，住东亭南庄。三间砖房，临河而居。大门两边，砖墙半腰，有两排囡子格扇，承接漾动水色的灿烂阳光。冬去春来，天气转暖，母亲下午有空，就挽着我的手，说："走，上南庄望望狗姨娘。"

到狗姨娘家，从曲江巷向南，沿着玉带河向东，经过南城上，南门口，临近泰东河时，向北拐弯，走过林家桥，到达南庄。弯弯曲曲，晃晃荡荡，沿河而行，倒是很有意趣。因为有了亲情的牵引，通往南庄的景致，显得亲切灵动起来。每次上南庄，等于是一次春游。

沿着玉带河，顺水向东，过了纪福大桥，一道古老城围，傍河渐渐隆起。旧城围上，这里那里，散落三五户人家。房屋依坡势而建，背倚城围，面向玉带河，前低后高。青砖小瓦，竹篱小院，都排列在古城制高点，横切风水，俯视人生。在童年想象里，曾经把天上几朵云絮，挂在嫩嫩的树梢，在南城高坡上仰望生命的高度。年年岁岁，就沿着延展的半拱砖道和脚边坡侧人家层叠的瓦楞，向南门流淌。

遥望对河南园上，有人在菜地里耕作播种，轻悠悠的小调，顺水流动，为春上的河堤田畦，增添动人的韵律。多年以后，母亲还会用男声和女声，在通向南庄的砖道上，轻轻吟诵《大补缸》的歌谣：

> 男：今天天气真晴朗，到处一派好风光。
>
> 挑起担子往前走，口口声声喊补缸。
>
> 转弯抹角来得快，前面马上到南庄。
>
> 女：我在家中洗衣裳，忽听有人喊补缸，
>
> 连忙来到大门外，东一张来西一望。
>
> 尊声师傅快点跑，来替我家补破缸。
>
> 男：你家破缸在哪里，把它拿来我望望。

女：一个人我拿不动，还请师傅来帮忙。

男：我俩两人齐用力，脚步要稳心不慌。

女：这缸左边有个洞，洞虽不大能漏粮。

男：右边还有一条缝，量量足有八寸长。

女：既要补洞又补缝，这才叫作大补缸。

男：现在我就替你补，还要请你拉风箱。

女：我拉风箱是可以，你把工钱讲一讲。

男：工钱随你把多少，不过我要敲敲缸。

女：这个破缸不能敲，缸全破了没用场。

男：敲缸听声才好修，敲掉旧缸赔新缸。

女：新缸没得旧缸好，旧缸要比新缸光。

男：大娘说话真神气，说的实话是内行。

女：我俩文化水平低，承蒙师傅来夸奖。

男：请问大娘叫什么，男将为何不在旁？

女：暂时人称王大娘，男将离婚上香港。

男：为啥原因要离婚，大娘才貌世无双。

女：结婚三年未生养，他说我是公婆娘。

男：那你可有男朋友，如若没有想不想。

女：不曾有人来介绍，现在一人睡牙床。

男：如此说来真凑巧，我也是个光棍堂。

女：请问师傅姓和名，你家住在啥地方？

男：小的姓张名志强，家住西乡张岳庄。

女：你的手艺这么好，为何至今没婆娘？

男：婆娘本来是有的，去年病故见阎王。

女：你我都是单身汉，有句话我不好讲。

男：你不好说我好说，我俩相处配鸳鸯。

女：我既好吃又懒做，你看错人会上当。

男：不管多丑我不嫌，白头到老不改章。

女：望望你是老实人，这话说到我心上。

男：拣日没得撞日好，去请红娘配成双。

合：好在今天来补缸，好比织女会牛郎；

　　也就不要请红娘，手搀手儿进洞房。

一路走，一路哼，转眼间，就到了南门口。泰东河与玉带河在这里交汇并流，清粼粼的水，亮闪闪的波，顺着旧时歌谣，抚拥着岸边几座渡口码头。在宽广平展的河面，摊开南门古渡画面，再连结起两侧南城、南庄、南园的画页。河风轻轻迎过来，拂过绿树成丛的黄金坝、玉带桥。一丛丛斜向河面的树木，点缀灰墙乌瓦。枕河人家，与河岸水流一起婉约延展。河中一拨拨船只，从里下河水墨画中摇出，在沿河树丛、水埠间摇晃，弋动的桨楫，咿咿呀呀地搅动流水。这种古老永恒的风景，充满了诗情画意。

临近南门口的河帮边，停靠着众多木船，有丈把长的，也有二三丈长的。船身用杉木做成，涂着黄润的桐油，船棚用芦叶、竹片编起，低低地罩在船上，前后装着门板，左右开着方窗，像半月倒挂，像拱桥飞跨。一位老船工，摇着橹，船后插着油布黄伞，伞旁放着黄铜水烟袋子。大船上，有撑篙把舵的，有打浆摇橹的。傍河停靠的舢板小船，有的在河里穿梭来往，飘泛徜徉。船儿顺着河道飘移，岸边垂柳披拂到船篷上，有荇藻攀住船底，发出嘶嘶声响。

路途中间，隔着一个码头上，一座玉带桥，一爿煤炭厂。当年码头上，灯火迷蒙，仄巷崎岖。20世纪80年代，政府办配置手摇电话，每晚秘书轮流值班。一个星月朦胧的仲夜，从值班室迷迷盹盹地出来，沿着中堂巷，找人处理上访，却在码头上迷了路。在孩童时代熟稔的角落，晕头转向兜了几个来回，却找不到出路。那种腾云驾雾、恍若脱尘的感觉，至今仍是不解之谜。

紧依南门口，400 岁的南庄，端坐在繁枝茂叶中。苍茫的屋顶，远远近近，构成久远的庄园风光。沿着麻石小径走去，一座拱形小桥，灰灰的，桥栏匍匐藤萝，一棵高高的老榆树，遮覆桥面。桥堍连着一片竹林，萧萧微风，吹动沙沙竹叶。空间浮动着缕缕莫名暗香，清幽的气息环绕左右，带你走向青枝绿叶后面，那些深邃的时光。

我们顺着沿河砖道，就这样期期艾艾，经过一路风景，走向南庄。远远看到，狗姨娘站在门口，朝路上张望。看到我们，她招着手，脸上漾动着笑容，老远就喊："姐姐嗳，你偗来呃啦——"话音之中，带着娇嗔。母亲老远地应答："妹子，来望望你呃！"

岁月流逝，往事如烟。狗姨娘仙逝时，表弟站在南庄老屋门口，暮色苍茫，香火晃动，他拉着我的手，哭泣着："我没得妈妈了……"哀伤之情，念人动容。

生活细碎，万物成章。如今，偶尔遇到南庄姨姐，可以清晰地看到早年狗姨娘的音容笑貌，言谈举止。人类遗传基因的强大，令人惊叹。

二十二、暮色苍茫

端午黄昏

曲江巷底，通向南城、南庄的砖道，把往日的记忆拉得情深意长，也把曲江巷的景致，拓展得很远。现在，我们从散落在石板上、门楼间、夕阳下、炊烟中冗长的叙述里，呼唤出一段温馨的亲情，这同样是一个亘古不变的久远话题。

旧时曲江巷，已经十分寂静寥廓的年少时光，许多温馨的身影渐行渐远，归于朦胧暗淡。在渐渐长大的岁月，我们在时光流逝的惆怅和无奈中，走在缺失了让人怀念的身影和亲情的岁月里。

我的父亲，是曲江巷薛家的长房长孙。他生于富裕之家，从小说不上锦衣玉食，也是饭来张口，衣来伸手。这一切倒像他的名字：宽宏。生活对于他的少年和青年，是宽宏大量，宽裕恢宏的。有人也称他为薛家的公子哥、小老板。

长兄们回忆，父亲年轻时，是东亭城彩衣街上风流倜傥的人物。头戴礼帽，身披绸缎长袍马褂，足蹬尖头皮鞋。宽额大眼，隆鼻丰唇，清爽整洁，潇洒精干。有人说："你伯伯那时有洁癖呃。一天到晚，身上收拾得刷刷清清，格格铮铮，沿路走过，一阵子皂角香味——"这些议论，多年以后，还可以从旧镜框里泛黄的照片上得到证实。

20世纪50年代，经过公私合营，父亲由聚东门巷西侧的渔行小老板，转变为人民剧场对面水产商店助理。由商业经营的主角，转变成公营商店的配角。在以后若干年里，大家一致认为，早年因税额重负，产权变更，公私合营，渔行变迁，家道中落，并非不是好事。起码在政治上站稳脚跟，没有同化进"五类分子"的队伍。否则，极有可能与他的好友——书画家吕荫春们，一起跪伏在八鲜行天井的烈日下，那些情景，不堪入目，日后想来，也十分后怕。

父亲留给我的印象，是在堂屋间方桌边，划亮油罩灯，俯伏在昏黄的光晕下，伴随着算盘珠儿滴滴答答十分好听水滴一般的响声，用毛笔书写厚厚的账册。搁下毛笔，他轻松地叹口气，端起紫砂壶，呷一口茶。看到我在旁边相呆，就翻出靠近壁板的古文拓印本，故意摇头晃脑，读出抑扬顿挫的声音，给我做出认真学习的示范。我摇摇头，明确表示听不懂，他又翻出《百家姓》《三字经》，还是摇头晃脑地诵读。他从小私塾家教，有点旧学基础，我一直认为，那些写在毛边纸上的毛笔字，横竖撇捺，字字清秀，比我以后的老师都要写得好。文学艺术这东西，你不把它们作为专业事业，而作为自得其乐的学养附庸，或是茶余饭后的雅兴消遣，倒是一件十分有趣、十分可爱的事情。

我尚年幼时，父亲就过早地离开了这个世界，而且走得十分仓促。前几个月，他才脱下尖头皮鞋，换上圆口布鞋，家人说，那是因为腿脚水肿。俗话说，男怕穿靴，女怕戴花，男人怕脚肿，女人怕脸肿，这都是不好的兆头。但他还是夹着账册，在曲江巷石板路上走来走去。有时夜幕降临，远远地听见他从巷头传来空洞的咳嗽，这种声音，转弯抹角穿透而来，代替了原先石板上皮鞋的橐橐响声。他在这种变化的声响中，渐渐地走向永远的沉寂。

听家人说，父亲是肺炎感染。在今天看来，这是不大的毛病，关键是他讳疾忌医，耽误了治疗，以致成为沉疴痼疾。半个世纪过去了，有一个场面，一直定格在记忆里。父亲站在呆巷口，几个亲戚朋友围着他，要陪他到医院打针，他脸色苍白，左躲右闪，不肯就范。周围的人们面露愠色，毫无办法。听得旁边有人说："怎呃像个伢儿家，还怕打针？到底从小是个惯宝儿！"

也有人说，父亲的早逝，是因为到城北给奶奶送葬时，跌了跟头。送葬路上，因为我年龄小，走不动，他就把我骑在肩上，用东亭话说，叫作"骑角马"。那是雨后初霁一个清冷的上午，乡村小道凸凹不平，路面很滑，他脚下一趔，为了不让我从肩上摔下来，他用力向前倾斜，跌跪在地。旧日东亭城有一种说法，给上人送葬，下人不作兴跌跟头。照此说法，父亲三年后过世，似乎冥冥天意如此。

父亲在世时，对我十分宠爱，经常抱在怀里。他身上散发的北京"大前门"淡淡烟草味，陪伴我走了许多年。但是，家庭的宠爱，要有经济条件支撑，在我出生之前，家道中落，经济拮据。而且这种宠爱，尚未维持几年，父亲就撒手人寰。把对世界所有的爱意，归寂于一个春日的黄昏。进入初中时，我曾经写过这样几句话，记叙那个忧伤的傍晚：

五月初五，老父亲在天上人间忙于赶路。丢下我们，和蒲草和艾蒿一起，守着农历那个悲痛的日子。这幢青灰色的老屋，在春天里阴沉着脸，没能留住那个粽香节日。古老的祭祀，已经风干，挂在门楣上，成了一味远年的中药，每到端午，淅淅沥沥，涂抹难愈的哀伤……

那个端午时节，家人们忙碌着，围在天井中间椭圆形的长木桶边，分拣包裹粽子的柴叶。木桶边散放着几只淘箩，分装着糯米、红豆、豆瓣、棉线。当时的情形是，天色渐渐昏沉，父亲已经病入膏肓，脸色惨白，歪倚在堂屋间藤条躺椅里，身上盖着厚厚的棉被。他眼巴巴地朝天井里忙碌的家人望着，又不时朝被瓦当框围的天空仰望，一副孤立无援的样子。

其实，他很留恋这个世界，十分害怕最后时刻的到来。突然，他朝天井里有气无力地喊出一声："你俫还包什哩粽子呃，我倒是要走了……"大家感到奇怪，不知谁说了一句："走？上哪块去啊？你安逸躺着吧，等歇刻儿吃粽子呃。"父亲感到不被人理解，绝望地摇摇头，叹息一声，继续朝天井上方眺望，好像心存畏惧地等待着什么。

大约下午五点多钟，似乎天空中有什么异样的东西出现了，父亲的眼神惊悚起来。他大汗淋漓，气喘吁吁。家人们丢下粽叶，奔进堂屋，他说不出话来，像一只搁浅后干渴的鱼，鼓起嘴巴，困难地喘着气。迷离的眼神，在周围簇拥的亲人中寻找着。接着，抖抖索索地伸出手，朝母亲指指，又朝我指指，手一垂，头一歪，就断了气。我们围在他身边，号啕大哭。曲江巷邻居们听到哭声，涌到天井里。有些经历的老人，指指点点，在地面铺上凉席，把渐渐僵硬的父亲从藤椅里抬放在地面上，等待收殓祭奠。

少年不知愁滋味。在那个灰暗的下午，我还不大懂得，父亲的离世，对这个家庭意味着什么。有时也跟着大人们泪流几行，有时跟着跑来跑去凑热嘈。看着几个白事班子的人，忙碌着为父亲穿上色彩鲜艳的寿衣，我突然意识到什么，心痛起来。

人们把父亲抬放到棺材盖上，元宝枕头前放上长明灯，点起香火，供奉饭菜。天井里烧纸钱的花缸，散发出呛人的烟雾，然后旋转着飞入被瓦当包围的上空。那种场面，一直铭刻在少年时代记忆里。随着岁月推移，愈发体会到那个端午的黄昏，生离死别阴阳相隔的意味。

多年以后，我在电视屏幕上，看到一个八九岁的幼童，用稚嫩的声音唱着一支关于父亲的歌。那么小的年纪，情真意切地怀念一位面目苍老的父亲，这种年龄的巨大反差，令人生出一种感同身受的切肤之痛。我突然想起父亲用娟秀的小楷，书写的那些账簿：

> 这是我父亲日记里的文字
> 这是他青春留下的散文诗
> 多年以后我看着泪流不止
> 我在懵懵懂懂的时候
> 我的父亲已经老得像个影子
> ……

阅读与苦难

庚子年夏天，应邀到新华书店与读者见面，讲述创作与读书的经历。仰望着四面层层叠叠的书架，我联想起当年从曲江巷到竹牌巷舅爹家借阅图书的情景，感慨万千。

书店和图书馆，是幼年心目中的圣殿。在这里，我十分羡慕地看着那些书堆里平静如水的读者，书架间挂着胸牌和颜悦色的店员，想起曲江巷里幼儿时代与书籍的距离。早年记忆，便泛起苦涩滋味。我讲述了创作《绣禅》和《狐雕》过程以及儿时阅读经历。记诵之法，学问之舟，阅读是认识世界，拓展思维，获取知识的过程。我的阅读，却是与借书的苦难联系在一起。

最早记忆，应该是一次亦借亦抢的纷争。大概在 5 岁左右，我们几个端着饭碗的细伢儿，坐在门楼前台阶上看小人书。为了方便翻阅，便把筷子含在嘴上。在童年的眼睛里，那本小人书十分精彩，吃着早饭，浮光掠影地看一遍，显然不够，大家都争着借回家看。那本小人书的主人，一个胖乎乎的伢儿，断然拒绝，一把捂住小人书，不要说借，合看也是不允许的了。

那是一个雨后的早晨。六月的雨，下得很急促，有点夏天烦躁的气息，哗哗啦啦一阵子，连燠热的气息都没驱散掉，就来无影去无踪的消逝了。几个伢儿在燥热的气息中，毫无来由手忙脚乱地争抢起来，我脚下一跳，一头栽在台阶下，嘴里的筷子，深深地扎进喉咙，鲜血溅洒出来。我闭上眼睛，四周渐渐浑浊起来。一会儿，才觉得趴在母亲瘦削的背脊上，颠簸着往裤裆巷医院跑去。

出了曲江巷，沿路经过百货公司、小猪行、金家墩，喉咙里的血珠，一滴一滴，流落在母亲衣衫上。沿路行人，同情地啧嘴："点点大的伢儿，丧良心、丧良心……"母亲一边颤抖着呼唤我，一边在凸凹的砖石小道上疾奔。道路有点泥泞，不时有溅砖响动。两边人家玻璃窗上缀满水珠，那不是整合的珠点，而是散落的精灵，像小人书上隐约可见的人物。

到了上学的年龄，母亲挽着我的手，到吕祖宫巷的启平小学报名上学。这座学校，原先是纪念八仙过海中的吕洞宾，路经东亭城而建的道观。当院八角形的砖台上，一棵硕大的白果树，枝叶茂盛，据说有几百岁的年纪，是东亭城树木之王。到了秋天，伞形黄叶，铺满院落，开学季节，踩在杏叶上，似乎有一种养分，从脚底向上溢出。

在呈现杏叶黄的秋季，我和母亲在油罩灯下，翻着散发油墨香的新书。在半生不熟啃了几个字后，小心翼翼地用马粪纸，把新书一本一本包好，装入母亲用旧衣衫缝制的书包，放在枕边。在经历了一个激动人心的夜晚后，第二天天色微明，早早起床，走向吕祖宫历史悠久的学校。从曲江巷到新坝元宝石，再到吕祖宫巷，一路上，有不少年轻的母亲们，挽着身边兴奋异常、活蹦乱跳的幼童，清脆地唱着儿歌：

新书包，新学堂，
送我呃乖乖上学堂，

一包果子，一包糖，

糖把先生吃，

果子把我呃乖乖尝。

……

小学的启蒙老师，教会了我阅读。从小学二年级开始，为了放学后能在到中十字街银行门口书摊上看几本小人书，我把买早饭的一两三分钱，节省下来。一分钱两本书，可以与在图文并茂、内容丰富的书页里，享受愉快的体验。巷子对面八鲜行里，偶尔有摊放在乒乓球桌上的画报刊物，更是稀罕之物。有时放学早，便蹭到藏书丰富的同学家玩耍，直到天幕低垂，暮色四合。偶尔能够把书借回家，更是幸运无比的事情。

那时，竹牌巷的舅爹家，有只红漆大书柜，整整齐齐码着不少书本杂志。有四大名著、《三言二拍》，有欧阳山的《三家巷》《苦斗》，冯德英的《苦菜花》《迎春花》，杨沫的《青春之歌》，吴强的《红日》，杨益言的《红岩》，梁斌的《红旗谱》……还有不少外国名著，《静静的顿河》《复活》《悲惨世界》《笑面人》《安娜卡尼列娜》《青年近卫军》《简·爱》《一个陌生女人的来信》以及巴尔扎克的人间喜剧系列等。那只红色漆柜，在我的眼中，显得十分丰富，十分诱人。

有天傍晚，我和姐姐到舅爹家，在书柜旁磨蹭到夜幕降临，顺便借出两本书，挟着走出堂屋。经过黑黝黝的庭院，走进黑黝黝的巷道。这条与曲江巷平行的巷道，竟然连一盏昏黄的路灯也没有。只听见墙顶瓦楞上哗哗啦啦一阵响，胆小的姐姐，缩着肩膀，抬头一望，惊慌失色地喊叫一声，墙顶上有不好的东西呃！便抱头鼠窜，向街头上奔去。

我走在后面，背后一阵发麻，头皮发炸，好像周围有几只血盆大口，一齐张开。跑在前面的姐姐，颤抖着吆喝："快跑呃……"我似乎肝胆俱裂，全身血液涌上头顶。勉强捱到曲江巷口，人也接近瘫痪。从此，我经常在睡梦中突然惊醒，声嘶力竭地大叫大喊。这种状况，延续了一个春夏，再加上半个秋季的仲夜。老人们说，这是被吓破了胆，于是拈香祷告，在桌子上站筷子、竖鸡蛋，忙碌了几个季节。

东亭城里有句老话，叫"事不过三"，说的是苦难厄运，有时要出现三次。第三次遭遇，还是随着借阅书籍，带着血腥气，不请自来。也是这年夏天，曲江浴室修缮院墙，与大药房外墙之间的夹巷上，搭建着高高的脚手架。我和姐姐一起出去，挟着几本书，边走边看，兴高采烈地回家。走进巷口，我一边翻书，一边跟着姐姐在脚手架下穿行。突然，一块砖头，像长了眼睛，不偏不倚十分准确地掉落在我的头顶上。

那一块整砖，实在是太沉重了，把许多年的回忆，弄得沉甸甸的。当时的情形是，我觉得头顶上沉重的一击，接着感到一阵眩晕，便哇哇大哭起来。头顶上裂开大口子，鲜血随着哭声，喷泉一般向上涌出。姐姐后来回忆说，看到我头顶一股血柱，向上喷出，一下子就懵了。脚手架上的工人，蹬蹬蹬地滑下来，用沾满泥浆的手，捂住我的头顶。一个瓦工，驮起我，飞快地向西十字街北关桥巷工人医院跑去。

有人说，苦难使人得到升华，上天为了坚强你的意志，才在道路上设下重重障碍，这种说法不太确切。太多的苦难，也会使人失望消沉。风可以把篝火吹旺，也可以把蜡烛吹灭，就看你是篝火还是蜡烛。世界上的事情，永远不是绝对的，苦难对于天才，是一块垫脚石，对于强人，是一笔财富，对于弱者，则是万丈深渊。我非天才，亦非强人，却在幼年时代，屡遭磨难，那时的彷徨与悲哀，可想而知。

我躺在手术床上，头顶上发出空洞遥远的嘣嘣响声。有人在缝线绞针，然后用纱布，从头顶到下颚，严严实实地包扎好。那瓦工又驮起我，跑回曲江巷。有人从石板两边的门楼间，探出头来，讪笑道："可是从上甘岭家来的，光荣负伤了？"我跟着他们的话音，想起电影里硝烟弥漫、战火纷飞的场景，竟然从悲哀中生出莫名其妙的壮烈意识，心情舒缓起来。

　　岁月流逝，往事缥缈。这道伤疤，却一直凹凸有致地留在我的头顶。托歌德的福，他说过，人生小小不幸，能帮助人们度过重大的不幸。如此说来，累累的伤痕，倒是生命给你的祝福。因为在一些年轻的伤痕上，也许会开出生命之花。

苍茫的照壁墙

现在，我们把弥散到千里外的零散思念，收回东亭城，聚拢到昔日曲江巷带着亲人气息的石板上。

冬春季节的阳光，之所以温暖，是因为空气中有亲人的呼吸。童年的回忆，之所以甜蜜，是因为生活中有亲人的印记。在东亭城一隅繁枝茂叶摇曳出的斑斑点点细碎的阳光里，我们总是扯动回忆，想起庭院中那堵恰似缀满早年往事的斑斑点点的照壁墙，想起在荏苒岁月中渐行渐远的旧年旧景，故事故人。

那些年月，曲江巷的几个小伢儿，在东亭城街巷到处乱窜，上树下河，上屋下沟，无所不能，无所不在。夏天晒得黑黑乎乎，冬天冻得瑟瑟缩缩，但还是匆匆忙忙四处奔跑，似乎在用忙忙碌碌的身影，填补空空洞洞的日程。特别是漫长的暑期，在假牛声嘶力竭的鸣叫中，伢儿们打起帮来，下河游泳，从高高的广济桥和纪福大桥上，一个鹞子翻身，跳入河心。接着一个猛子，汩水远远去，与迎面而来的桥东伢儿们，在水里搅成一团。有时从家里扛出长木桶，拱入水中，摸螺蛳，扒河蚌，满载而归。当炉灶边飘出河鲜味时，大家聚在一起，闻到的不仅是菜肴香气，还有一种小小的成就感。

那时正处于闹饥荒的时期，人们营养不良，普遍存在一种饥饿感。我们每天处于剧烈运动之中，但身子稚嫩虚弱。父亲去世以后，生活上、精神上对全家产生影响。那些年月，似乎阴雨天气特别多，黄昏时分来得特别早，几个小伢儿在大街小巷转一圈，暮色就从曲江巷两侧的马头墙上，沉甸甸地压下来。有一段时间，我竟然毫无来由地抑郁起来，倚在门框边，在昏暗的天色中，痴痴地望着巷中人来人往，陡然生出天下熙熙，皆为利来，天下攘攘，皆为利往，最后曲终人散，走向永远归寂的莫名愁绪。多年以后，听到电视剧《红楼梦》的插曲，就想起当年沉浸其中的场景和萦回于心的绪念。

当年，我并不懂得哲人之语的深刻含义。但想到他们最终会像父亲一样，奔向一个杳然的方向，永远地消失，就觉得十分悲凉，甚至有些恐怖。若干年后，回想起当年的情境，令人诧异。早年为什么毫无来由地生发这些乱七八糟的想法，这应该是当时的心理状态和生活状态衍生的情绪，在稚嫩而又苍凉地行走。

当然，在物质生活贫困的年代，并不缺乏相濡以沫的温暖亲情。有一年夏季，天气炎热，到了晚上，我们照例把房门卸下来，搁在天井地面上乘凉睡觉。我躺在门板上，仰望屋檐滴水凸凹不平的线条，照壁墙顶崎岖高低的轮廓以及被这些线条勾画的一方飘移的湛蓝色的天空和与直角线条对应的柔软云絮，觉得很有意境。长空渺渺，生出许多令人憧憬的幻觉。一会儿，照壁墙下的蟋蟀，一声接一声，嚾嚾嚾嚾地使劲叫唤，像一段段催眠曲，弹奏在疲软的神经上。在这种音画图像中，眼皮渐渐耷拉下来。

时近三更，睡意蒙胧，我突然觉得腹部疼痛，一阵接着一阵，搅动肠胃。以后才知道，那叫胃痉挛，大概率是平时饮食清汤寡水，缺乏营养，加之忍饥受寒去看小人书，是典型的饿出来的病症。倘若当时喝点红糖水，加点润滑剂，缓解蠕动，便可见效。这些生活常识，哪里懂得？我睁开眼睛，看着暗淡的月色，灰蒙蒙的天空，游走的云絮。高大的照壁墙，顶天立地，墙脚下的蟋蟀，一如既往地叫个不停，搅动着夏夜的清寂，我突然感到悲凉起来。

厅屋间，传来家人低微的鼾息。我看着朦胧天色，忍耐着腹痛，心想天亮以后，总会好转。但渐渐地，疼痛不可遏止地一阵阵袭来。我哼出了声。母亲听到呻吟，急忙从里屋奔出来，抱着我说："乖乖，不要紧、不要紧，让哥哥驮你，我俫到裤裆巷医院去找先生看看。"

哥哥应声，从天井一侧的木板床上爬起来，驮着我，顺着曲江巷，转向广济桥，经过大月塘，拐弯抹角，往西街金家墩裤裆巷跑去。东亭城里的镇医院，就在裤裆巷。这条巷子，从竹木街柿轩巷起步，向西延伸，到了金家墩北侧，向西北、西南分岔出两条巷道，像人字形，又像大裤衩。镇医院在人字的交叉点上，似乎是裤衩中间的一个点。人们把到医院看病，简称为到裤裆巷看先生。

一位老先生，白发皓首，须髯飘动，居中而坐，像童话插图里的老爹爹。数年后，我才知道，那是城里著名老中医姜先生。当时的情形是，他伸出白皙但青筋裸露的手，搭在我手腕上。在我弯曲着腰身呻吟的过程中，冷静地沉吟片刻，扬手说道："别焦惧、别焦惧，这是饿的寡的，缺少营养呃。我开两包冲剂，家去喝喝，就没得事了。"大哥拿起处方，又驮起我，出门抓药。老中医在背后高声关照："伢儿，以后再这调儿，先弄点红糖水喝喝缓缓！"

驮在大哥背脊上，颠簸着走出裤裆巷，感受到亲情的体温。这体温穿越岁月，久久地存留在我恋旧而又敏感的性情里。我还时常联想起他那辆旧式"永久牌"脚踏车。他经常不停地揿着车铃，滴铃铃铃——沿着刚铺了黑色柏油的老街，由东向西，由西而东，慷慨激昂地疾速飞奔。小时候，我经常坐在他车前大杠上，趴伏着车龙头，俯瞰前面一只轮胎，在柏油路面上向前飞速转动，心里就有莫名的温暖与自豪。那状况，像早年乘坐豪车，在副驾驶座上向前引颈张望，两边行人，熙熙攘攘，向身后退去，就产生不同凡响的气概。

大哥年轻时，是水产行业干部，偶尔在家里召集员工，围着堂屋方桌说些业务上的事情。家里窘迫，大面子是要的。这样他就很有理由穿得格铮一点，并携带一只很庄重的黑色公文包。骑上"永久牌"脚踏车时，那公文包就十分显眼、十分张扬地在车龙头上摇来晃去。那个年代，名牌自行车尚是稀有之物，加之车龙头上这些零散行头，两侧行人听到车铃声音，驻目张望。哥哥少年豪气，便有些趾高气扬，挺直腰板，脚下更加起劲，耳边呼呼生风，奔向前方。

路边人行道上，偶尔有几个打扮时髦的清丽女子，凝神侧目。大哥分神，龙头摇摆，呈"S"形向前移动。我感到车身异常，仰头张望，虽然年幼，但似乎火眼金睛，通晓大人心中秘密，感觉十分快活，嘻嘻笑出声来。只听头顶上方，大哥小声训斥："坐好坐好，有什哩好笑的？别弄呃跌下来……"这种场景，作为幼时有趣的记忆，也作为大哥有趣的往事，存留在以后的岁月里。

二十三、暖色家事

外婆奶奶

东亭城里的人们说，伢儿倈，小时候修个外婆家，成年了修个丈母娘家，就是人的福气呃！

原先，我总认为，记叙外婆的文字，是写风花雪月作者们的事情。因为外婆总是与童年的记忆、敏感的情怀、细腻的描述联系在一起，适合一些青年女作者记叙描写。这种文字，倘然过分渲染，过度代入，容易给人以煽情、矫情的感觉。

但是，我写曲江巷，却也绕不开这段柔软的情绪，绕不过蜷伏在外婆身边，听她唠唠叨叨讲故事的回忆。在童年世界里，外婆就是天上匀和而又遥远的云絮，就是冬日西门楼子里斜斜的温暖阳光，就是丝瓜棚下的动人光点和伸手可及的缥缈仙人。还有就是磨得发亮的藤条椅上，带着老人清香的温馨气息。

这座老城里，人们称呼外祖母，不叫外婆，不叫婆婆，叫外婆奶奶。小时候，修个外婆奶奶家，有人疼爱，有得耍子；长大成人了，修个丈母娘家，有人照应，有得吃喝。外婆奶奶，总是与童年的依偎、少年的温馨，成年的记忆，联系在一起。

外婆奶奶老家，在东亭城东北角。小时候，去外婆奶奶家，出了曲江巷头，向东走到人民剧场。剧场和手工业局两座楼房，是旧日城里精湛的建筑，也是马公桥口彩衣街一侧的重要景观。沿着两座楼房中间的巷道，向北，向东，再向北，再向东，在砖石小径上拐几个弯口，就到了汤家园外婆奶奶家。

这块邻近望海桥偏于东亭城一隅的低洼之地，为什么姓汤，未曾考证。它的西侧是牛集场，东侧是小花园，隔河相望，是城北体育场和中学堂。北边是古老的望海桥，南边是城河拖曳的河尾，还有一段盖着密密匝匝青黛细瓦的逶迤院墙，那是陈家旧式宅院。汤家园地势，像个锅底，蹾在不同朝向、不同年代的民居之间。

自古以来，城北体育场是市民开大会的操场。喜庆祝贺在这里聚会，批斗审判也在这里集会。许多判了死刑的罪犯，押解到操场上，开完审判大会，就近拉到中学东北边的土堆旁，执行枪决。学校门前的城河上，有一条土坝，叫作叹气桥。五花大绑的死刑犯，被押解着跌跌撞撞走到这里，并不挣扎，只叹一口气。过了这道桥，"砰"的一声枪响，便魂归西天，走完人生之路，绝无生还的希望。

城里的人们，经常谈论这些骇人的情节。天黑时分，学校里放学了，居住在汤家园和牛集场一侧的学生，宁可绕着弯子，从丁字街奔向马公桥，再沿着城河边向东北进入汤家园牛集场，也断然不敢抄近路，从学校大门直接向西，经过城北操场，过望海桥到汤家园回家。

还是上初中时，一次下课后自习，回家很晚。按照中午母亲的吩咐，到外婆奶奶家吃晚饭。从学校到汤家园，如果不想从老街外围兜弯子，大操场是必经之地。天色向晚，饥肠辘辘，我壮着胆子，出校门直接向西，沿着院墙外的树丛，抄近路走向操场。几盏昏黄路灯，在遥远的望海桥边晃动。沿途树影，远远近近，影影绰绰。青蛙很张扬地鼓噪，鸦雀不时从低空掠过，发出一两声沙哑的鸣叫，夜色中，一切都让人产生惊悚的联想。

我硬着头皮向前走，腿脚发软，背脊发麻。望着周围怪模怪样黑黝黝的树木，十分后悔为了抄点近路，流落在恐怖之中。走到毛茸茸的草坪上，身边的枝叶，竟然毫无规律地晃动起来，一阵一阵的声响，触摸人心，弄得心里咯噔咯噔狂跳不止。我僵着身子，直挺挺地走下去，不时发出一两声佯咳，好惊动过往的幽灵。谢天谢地，好不容易走过操场，回头望去，几处黑影闪动，像做了一场令人悚然的梦。坐到外婆奶奶家的饭桌上，才感到灯光下的回暖。

外婆奶奶有三个儿子、两个女儿，大舅下放农村，二舅迁徙无锡，很少回乡。早年外婆把三舅带到上海，定居在小东门。过了好些年，外婆从上海回来，三舅留在沪上。因为汤家园老屋已经拆迁，外婆奶奶就住在曲江巷，偶尔到上海住些时辰。学校放假时，我和母亲有时去上海，与外婆奶奶会合。东亭城曲江巷和上海小东门，连结在一起，和外婆奶奶的感情，也格外亲近起来。有一阵子，当我想起晚上放学后在大操场的经历，就暗自庆幸外婆奶奶老屋的拆除和汤家园的变迁。

那时，每逢春夏之交，我会在曲江巷老宅的天井东侧种上丝瓜。丝瓜棚架绿叶翻飞，把天上的阳光和云絮，挤兑成一个个白色的摇摆的光点，或者一个个闪光的神话传说。这种感觉十分美妙。高高的院墙边，密密的枝叶下，确实是一个放飞想象，回忆往事的好地方。为外婆奶奶的讲述，营造出深深浅浅的绿色氛围，像戏剧舞台上的舞美背景，把台口的剧目映衬得绚丽多彩。

长夏午后，外婆奶奶会蜷缩在藤条躺椅上，呷一口躺椅把手边的绿茶，仰望着天上变幻的云彩，给我绘声绘色地讲述天上人间发生过和从未发生过的事情。她讲李慧娘、孟丽君、王宝钏、杜十娘，讲孙悟空、武松、贾宝玉、关云长。天井里，遥远年代甚至迷蒙年代飘浮的人物形象，时隐时现。特别是那个令人捧腹的猪八戒，虽然他在西行路上，经常有粗俗不堪的表现，但他不会做作的本真姿态，毫不掩饰的真实性情，连棚架上的枝叶，都笑得直晃。外婆奶奶的讲述，像天上变幻的云彩，形态各异，翻滚不定。让围在她身边的童年想象，跟着翻江倒海起来。

许多个暑假，我们就这样倚在外婆奶奶的故事里，飘浮在许多刀枪剑戟和裙裾叮咚间，把无边无际的向往，拓展向浩渺的时空。许多幻象，一直延展到睡梦中。这倒为以后的写作，铺垫了基础。

外婆奶奶年迈时，还会断断续续地告诉家人她的许多想象。说得最多的，是生病后的幻觉。她说，经常看到一群小红人，戴着红毡帽，穿着红袍服，长着白胡子，从天井东边的山墙上，三蹦两跳，跳到天井北边的大水缸边，随着不知从哪里飘来的音乐，扭动着身子，翩翩起舞，十分有趣。然后，又跳到天井砖地上，旮旮旯旯，四处游荡。跑得气喘吁吁，就飘向东边，逾墙而去。说着，还扭过头去，朝天井水缸边，痴痴凝望。惹得我们又惊又喜，顺着她迟滞的目光，伸头朝天井和东山墙张望，和她一起想象那些神话场面。

在我参军入伍的第三年，外婆奶奶仙逝了。回到家乡，只看到她的黑白照片，挂在墙上。我久久地站在水缸边，心里翻腾着，是不是当年那些频繁出现的小红人，带着外婆奶奶，飞过了东山墙，飞过了玉带河，飞向了莫名的远方？

小姨娘

旧城改造前，小姨娘是曲江巷的常客。

自古美人叹迟暮，不许英雄见白头。小姨娘在风烛残年的时候，腰躬了，手抖了，头发白了，眼睛花了，显现出岁月公平地分摊给一切凡人的衰老之态。但在我的记忆里，她一直是那个穿着干练，清爽脱俗，内涵丰富，沉稳端庄的模样。

东亭城有句俚语，叫作"妈妈、姨娘一个样"，是说姨娘与妈妈一样亲。母亲娘家只有姐妹二人，小姨娘无儿无女，便经常到曲江巷来，看望她的母亲和姐姐，我们姊妹也经常感受到她母亲般的关心和慈爱。

小姨娘叫孙蓉，在姊妹中年龄最小，与大舅相差 18 岁，是孙家的老果儿，所以我们喊她小姨娘。外婆爹爹虽然对老果儿姑娘很娇惯，送她到新坝元宝石一带私塾读书，但骨子里还是重男轻女，认为女子无才便是德，又不要她求取功名，又不要她研究学问，又不要她养家糊口。只要认得字记得账便好，多读无益，不必花那些无用功。大概在十三四岁时，便让小姨娘辍学从商，跟着做水产杂货生意。

据老人们回忆，那时候，小姨娘就显示出过人的禀赋。海鲜水果，一勺子绰起，就知道几斤几两，放在秤盘上，果然丝毫不差。几样物品，加减乘除，顷刻算出。几摞数字，过目不忘，张家送货，陈家等货，李家赊欠，王家结账，头脑里清清爽爽。母亲开妹子的玩笑："你呃，眼睛就是秤盘，头脑就是账本，没得哪个比你精钻了！"小姨娘打点店铺事务，让外婆爹爹轻松了许多。他将着花白胡子，打量着宝贝女儿，眼睛里闪动着愉快的光点，笑笑嘻嘻、哼哼唧唧："抵得款，有呃用，得呃济，不曾白养呃……"

若干年后，社会变革，行业重组，资产归纳。人们也经历了大浪淘沙，在崭新的社会里，以不同的姿态和面貌登场。小姨娘喝过墨水，温文尔雅，做事干练，善于交流。随着变革大潮，适应社会发展，随波逐流，涌向潮头，得到了新社会的认可。公私合营以后，转入饮食服务行业做管理工作。

那个时代的小姨娘，习惯穿着中式葡萄扣藏青对襟衫，中缝凸起的深色直筒裤，着一双黑皮鞋。短短的头皮，呈自然波浪卷，从额头前向后梳去，梳出许多优雅气质。加上她有汤家园孙家姑娘典型的和善面容，柔润五官，秀气线条，身材不胖不瘦，走路不疾不徐，行走在东亭老街上，就是一道出类拔萃的女干部风景线。长街曲巷映衬在背后，勾画成一段旧时岁月，一帧云烟情怀。

我一直认为，在母亲家族中，小姨娘的天赋极高，思维缜密细致，做事有条不紊，说话有板有眼，待人温和妥帖，处世不卑不亢，所到之处，受人敬重。我之所以用这些连贯的词句形容小姨娘，并非可以枳句来巢，空穴来风。正如曲江巷和十里长街上的老人们说："你家小姨娘，是人中龙凤，不可再见。"我用劲地点着头，由衷地赞同他们的说法，并不认为他们有任何吹捧的成分。

随着年岁增长，阅历延深，身边亲人凸起的形象，在这座老城狭长的人文背景上，映衬得更加凹凸有致。我一直认为，用什么样的文学语言来形容小姨娘，都不为过。她在这个凡俗社会，就是神仙一般地存在。她离开以后的岁月里，从政界到商界，在杂乱的人群中，我再也没有见到像她一样卓越干练的女性。她走以后，她的人物形象随着她所处的年轮，在凡世消逝得干干净净。

虽然小姨娘早年弃学从商，但她极爱读书，床头边、柜架上，到处是书。她从书籍中汲取营养，在文字里陶冶提升。再加上社会历练，见识又多了一层。她经常笑眯眯地对我们姊妹说："男人多看书，多见识，就能减少傲气、燥气和痞气，多一些大气、锐气和英气；女人多看书，多见识，就少了俗气、娇气和怨气，自然多一些雅气、秀气和灵气。"

在我小时候的记忆乃至成年后的观察中，一个女人身上难以融合得恰到好处的优雅与干练，小姨娘却把它们糅合得很好。这种糅合，并不是一加一的呆板累积，也不是一乘三的刻意夸张，而是在平日言谈举止中，不经意地流露出来，没有一点刻意做作。像一个由内而外散发的磁场，日积月累，厚积薄发。对我们这些平时喜欢在曲江巷四围屁颠屁颠地散漫游荡的晚辈，具有一种吸附力乃至威慑力，同时也形成潜移默化的人生影响。

如果没有人为地遮掩阻拦，金子总会散发它的光芒。小姨娘年纪轻轻，被委以重任，担任饮服公司总支书记。别看这个官不大，民间影响却不小。计划经济年代，饮服行业门点，延绵铺展开去，覆盖了城里半爿街面。大街小巷的饭店、酒楼，剃头的、洗澡的、拍照的和一些五花八门的饮食零售店面，都是公司下属单位。鱼龙混杂的行业，在一个女人领导下，逸逸当当行云流水般运行。若干年后，我在部队和地方，都做过干部工作，这就可以有理性地坚定相信，只有小姨娘这样内敛、含蓄的女性，以静制动，才能胜任旧城池里这份嘈杂的工作。

那个年代，全国各行各业，实行党组织领导下的民主集中制。总支书记，是公司的一把手。小姨娘走到大街上，小城民俗风景就出来迎接她。有人堆起笑容，老远点头哈腰打招呼。到了曲江巷，远远的有人打招呼："孙书记来啦——可曾吃饭啊……"这孙书记也不矜持也不俗套，露出与母亲一样真诚的线条柔美的笑容，一一作答，从不疏漏。互相礼貌客气之中，人们就生出许多尊重来。

小姨娘没有子女，对娘家人特别亲近。她比母亲年岁小了很多，姐妹俩感情很深。那些年份，外婆奶奶又长期住在我家，所以她与曲江巷，更加贴近。这个世界上，人们在不同的环境和状态下，总会显示不同的姿态。别看她在外面呼风唤雨，释疑解难，逸事逸当，走进曲江巷，就成了小女儿和小妹子。在年迈的母亲和年长的姐姐面前，汤家园上老果儿的样子，便流露出来。坐在藤榻上，翘起双脚，妈妈嗳、姐姐嗳喊个不停。

小姨娘三四十岁时，为人处世，便有了看山是山，看水是水，人生无求品自高的姿态。许多职场追逐的东西，她都冷静淡泊，无欲无求，这让她在职场和家庭之中，赢得更多的尊重和爱戴。我们知道，她属于不事张扬、不露头角的智者，说话温文尔雅，处事有条不紊。相比之下，在以后的年代里，那些背着手挺着胸走在大街上的部长、局长们，虽然前呼后拥，虽然高深莫测，虽然收入丰盈，若论风光气派，还是大为逊色，远远不及当年的公司支书。当然，各人造化德行、内涵气质不尽相同，不宜一概而论……

往事流连

自然界和人生进入秋季，人们的思绪，就会泛滥起来，将岁月彼端泛黄的往事，读出许多感叹、感怀和感动。在生命中，总有些人，随着绵长的怀旧思绪，久久萦怀，静静陪伴，与我们的生命不离不弃。譬如小姨娘的慈爱情怀，睿智谈吐，和母亲一样幽默的调侃、灿然的笑容，与旧年曲江巷的石板一起，延绵在我的记忆里。

为了维系姐姐的家庭，小姨娘也偶尔会动用自己的社会优势。少年时代，家中有时出现处理不了的事情，母亲就叫我们去找小姨娘。有一年夏天，天空陡然破了一块，大雨如注，连续下个不停。堂屋间的后壁墙，被雨水浸泡了百十年，突然坍塌，檐口也挂落下来。

母亲束手无策，照例叫我们找来小姨娘。她一进门，就安慰母亲："姐姐嗳，你不要愁、不要急，我来找人……"她拉开抽屉，找出一张纸，倚在桌边哗哗写上几行字，叫我们送给南园的工程队长。那队长马上带着几个瓦匠赶来，叮叮笃笃，一个下午，把后壁墙重新砌好，粉上白石灰，修葺一新。

有一回，我到饮服公司找小姨娘，只见她在讲台上正襟危坐，作工作报告。虽然她坐得端正，说话有力，但面容柔和，笑容可掬，那是一种令人如沐春风的和颜悦色，既温暖人心，也具有凝聚人心的磁力。时光流逝，从未消弭早年这个场面。

我被当时的场景吸引，顺势坐在台下等她。她在台上看到我，点头笑笑，继续专心说事。她有条有理，侃侃而谈，虽然声音不高，但口齿清爽，干脆利落，台下除了几处烟雾缭绕，偶尔浮动几声轻微咳嗽，倒是鸦雀无声，专注听讲。

小姨娘的习惯，总是先肯定别人的长处，这是那种温煦如水的肯定，让人听着心里安逸。大家提起神来，她话锋一转，接着说道："但是，也有些同志，老是抱怨遇不到好人，工作不开心、不得志，一次两次不要紧，抱怨多了就有问题。首先你要检讨本身可有缺陷，也许没有，那你就要调整自己的眼光，为什哩每次这些坏人，恰好总被你碰到？如果我们用理解的、欣赏的眼光去看别人，你看到的或许是另一种风景……"

听到"风景"二字，突然想起，有几次在堂屋方桌上做作业，小姨娘站在我身后看着，对我说过类似的道理："你很用功，成绩也好。不过有些字，跟你在外面玩一样，跳跳蹦蹦的——一个人肚子里有多少修养，看谈吐，看着装，也可以看写字。这写在纸上的字，就是一个人的风景，可以看出一个人的性情呃……"哪里有爱，哪里就有不顾一切的依顺。那个年月，我们除了对小姨娘的崇敬，还有一种信任，一种依赖。

在台上讲话结束，小姨娘合上笔记本，顺起一摞表格，台下一阵噼里啪啦地鼓掌。我站起身迎接小姨娘，这时，旁边有人挤上去，拉着小姨娘，苦滋滋地说知心话。一会儿说儿子不学好，儿媳不孝顺，一会儿说工资太低，入不敷出……小姨娘很有耐心，微笑着，静静地听她诉苦。

公司有人走过来，劝那女人："清官难断家务事，别耽搁领导的时间了，这些事你先找工会去说吧……"小姨娘朝那人摆手："没得事，她愿意找我说，就让她慢慢说。"那女人反倒不好意思起来，打着招呼，让到一边。

经历了一些事情一些场面，我更加明白，小姨娘是那种容可容事，观可观事，语可语人的智者仁者。这也是公司里参差不齐的员工，街巷间偶然相遇的行人，庭院中朝夕相处的家人，都十分敬重小姨娘的由来。

许多人说，小姨娘在公司，对下属关心体贴，处理事情，既有男人的果断，又有女人的细腻，不卑不亢，不徐不躁，在商业界令人称道。但百人百性，形形色色，没有人能在包容三教九流的行业，达到人人称心满意的效果。

有一天傍晚，天色迷蒙，小姨娘走进曲江巷，一个单位下属，穿着短衣短裤，突然窜出来，抢在她面前，奔向巷底河边。一路奔跑，一路呼喊："公司再不解决我的问题，我就寻死淹杀呃了——"暮色中，他那敞开的白衬衫，向两边飘起，像一只飞翔的大鸟，从码头上向玉带河中扑去，"扑通"一声，溅起一片水花。

一时间，石破天惊，巷道哗然。一些站在两侧台阶上嗒呱的人，溜到河边张望。河水很浅，只淹及那男人胸部，他便三番五次蹲下身子，做溺水状。憋不住了，又站起身，嚎叫几声，情状十分狼狈。

小姨娘跑到岸边，很镇静地说："你在公司，工作也顺当，你是个男人，为了一己私利，用这种可怜的方式，要挟公司，不可取，惹人发笑而已！"

有人下河拉人，那男人赖在河里，不肯上岸，拉劝的人反倒作躁起来，指着河里男人喊道："你这鸟男人，做这种女人才做得出来的事情，真没出息，丢人现眼——"小姨娘对拉劝的邻里说："打扰各位了，谢谢你俫，我俫公司的事情，我俫解决。他不愿意上来，就让他在水里想想……"说着，转身离开岸边，朝巷里走去。

站在水里的男人，有点尴尬，期期艾艾爬上岸。暮色降临，小姨娘朝浑身滋湿且面目不清的下属说："天气很凉，你先家去，公司有什哩对不起你的地方，明朝到公司再谈。"那人蹦跶了一阵，没想到竟是这样的结果，一时惶恐，在石板上跺一脚，仓皇朝巷里奔去。

流年似水，岁月荏苒，我们从时光的一端辗转向时光另一端，然后遥望彼端的冷暖往事。年少时，我的成长经历，总有小姨娘的身影衬托。当年从部队回乡探亲，理所当然成了她的"二尾子"，如影随形，在路灯昏黄的曲江巷和牛集场，来来回回，走过多少个温馨的黄昏和悠闲的街巷。

丁酉年冬天，十分寒冷。小姨娘在西北风哀鸣般的哨音里，追随她依恋的姐姐，悄悄地走了。如今，在老城改造的烟尘中，曲江巷和牛集场，俱往矣，只留下记忆深处模糊的印象。小姨娘渐行渐远，随着东亭城体量扩展，那座孤寂的坟茔，也越迁越远。天人永隔，哀恸逾恒，虽然世界上再没有她的身影，但在这个深秋，对往日的思念，未尝不是一种温暖的亲情抚慰。

人们总希望时光清浅，故人不散，但岁月无情，逝者如斯。记住那些对你好的人吧，因为他们本可以不这样。这样做，对自己，对亲朋，对社会，都是一种情感净化、道德修行。

故园沧桑

夜色苍茫、月色朦胧，远方沉浮，我在《我的曲江巷》书稿中卧游。

这是壬寅年深秋，又一个自然与社会互动的秋收冬藏季节，硕果丰盈，文化绽放。人们拾掇整理传统文化的精神与物质形态，把它们存放在史册脉络中，赓续传承。

一年来，我撰写的《我的曲江巷》，应季杀青。这部文稿，记载东亭老城旧时形态，描述这方土地来时之路、来时之人。在我的意象中，它和我的《过去的月亮》《狐雕》《绣禅》一样，是梓里铺展在历史底蕴上的岁月画面。

远方的系念

这个命题中的"远方"，是时空意义上的远方。

旧时东亭城，为里下河重镇，是商贾士绅、文人雅士的聚居地。随着岁月流转，由唐至宋，由明及清，从时空远处延伸而来。纵横交错的长街曲巷、深宅大院，店肆茶社、会馆庙宇，建筑形态和宗族文化，联接着江南姑苏和皖南徽州的马头墙，崇本堂，青砖黛瓦花格窗。山高水长，文化流筋，令人隔空遥想。

从西溪古镇，经海大口，过宁树街，向东南延展，许多标注为历史景点的建筑，带着江南、皖南文化在里下河的隽永印记。旧式宅院里，居住着元末明初"洪武赶散"从苏州阊门迁徙而来的江南后裔，从皖南颠簸而来的徽州族人。历史烟云深处，迁徙流民、贩夫走卒，引车卖浆，却没有磨灭650年根深蒂固的文化情结。族人中的文人雅士，在回廊曲折的庭院间，滋养出许多文化情怀。琴棋书画，道德文章，满庭芬芳。他们饱览诗书，研墨临帖，把一座老城的文化底蕴，铺垫得丰盈实在，百里流香。

流淌于血脉之中的文化系念，是东亭城先人对旧日历史文物的整体情怀。如果我们从文稿上，把梓里图文渊源的视角，推得深远一些，推向吴中胜地和徽州腹地。那些国画般的清秀镇市，是东亭城先贤繁衍生息的地方。

20世纪末一个初春，我曾经走入徽州棠樾村。山清水秀的村镇，青砖黛瓦的檐廊，一位白髯飘拂的长者，俯伏在硕大书案上，认真查询族谱，然后，捧出一卷泛黄纸页，东亭名人，赫然在目。老者抬起头来，一双泪目，似乎在遥望远方的游子。那种场景，至今想来，仍然动容。

坐在旧日联想中，翻阅《我的曲江巷》一摞纸张，远远近近的景物，接踵而来。市声漠漠，在不远处流动，像一条混沌迷蒙的时间河流。只有书页中的文化遗存，闪动灵逸光芒，从历史深处向现代张望。月光中，隐隐约约，沈氏大楼、鲍氏大楼旁那些早年银杏，枝杈纵横，绿影扶疏，擎着小折扇似的叶瓣，抚弄镇市街巷，溪河桥屋的轮廓，向书桌上投下幽远的文化念想。

但凡东亭城后辈，对旧时城池建筑形态、历史文物、传统文化，都有根深蒂固的情结。我于 20 世纪从事文博工作，与老城的文物遗迹曾经谋面。现在，翻阅这本记叙旧时岁月的文字，浏览千年底蕴，回望文化遗址，摩挲古代建筑，触摸岁月音像，在温淳平和、静谧空远的线条上，读出了江南、皖南与苏中、苏北文化融合的颠簸沧桑。

因为经历的铺垫，我写《我的曲江巷》的视角，有些不同。这本文稿的形状，原本是东亭城博物馆的方砖地上，那些穿过雕花窗格的隙缝，透进来的唐宋明清一弯月亮、一簇星光，呈现出永恒的光芒。

一座城市，记录着人们思想情感、个人成长的片段，是传统习俗、文化建树构成的整体。由此说来，远方的系念，是一种文化的自觉，文化的情怀。《我的曲江巷》是一代人对古老文化的流连回望。

土地的故事

我曾经在一本旧作的扉页，展示过一张完整的东亭版图，它宛若一块长方形玉石，横亘在里下河边缘。它的西侧，是衍生历史文化的土地。斗转星移，文史东渐，按照时序，最早的记叙，是新石器时代的开庄遗址，它标注着东亭大地的来历。

一张行政版图，注释一段关于土地的古老故事。《我的曲江巷》按照土地延漫淤积的年轮，推进由西渐东的叙述。

说起这块土地，老人们总带着神圣感。他们回忆说："很久以前，西溪东侧的东亭老城，还是一片汪洋。到了夜晚，海潮打着雷鸣般的鼾声，一次次涌向西溪古镇梨木街。潮水西漫，一直涌向开庄先民栖身之处。"

岁月荏苒，先民们在海潮侵袭中繁衍生息。唐代贞观年间，长安城里的唐太宗，朝东指指手，这种指向，与山西朔州慈母的指向，惊人的一致。两种传说，凝结成一座唐塔——海春轩塔。当年，大将尉迟恭肩负忠孝两全的重任，日夜兼程，到西溪建造七层八角砖塔。这座多檐古塔，从此巍然屹立在东亭城千年烟云间。

海水似乎被唐塔镇住了，西溪一天天热闹起来，犁木街青砖古道，延伸向海大口，海鲜店、杂货铺一爿挨一爿，圆拱八字桥双胞胎似的，倚头搁脑，通圣桥飞跨晏溪河，泰山寺黄墙高矗，铜钟木鱼，重一声、轻一声，拌和着香烟，飘散向董永七仙女留下的遗迹。《我的曲江巷》开篇，记叙了这些旧时影像。

据说，那个年代，有更多的七仙女络绎而来，到这里寻找董永，西溪的人住不下了，向东迁移。忽一日，天摇地动，太阳"扑通"一声掉进海里，天地一片漆黑，脚底下轰轰隆隆颤抖。好一会，阳光熹微，茫茫大海向天边退去，留下一眼望不到海水的地块。

岁月流逝，久远缥缈的故事，留给了老巷童谣，也幻化成更多的神奇传说。从黄河故道、长江源头走来的人们，讲述着新的故事。

早在新石器时期，从开庄遗址到西溪古镇，已是一马平川。从先秦至北宋天圣年间的 1800 年，黄海南端 400 多公里海岸线没有变动，临海线勾画在东亭西南一侧。海潮常常被台风煽刮得冲动起来，漫涌向田园村舍，因此，便有李承、范仲淹修筑的漫漫长堤。后人为纪念先贤，称之为"范公堤"。

天工开物，造物主从来不甘寂寞。800 多年前，黄河从阳武决口，夺淮入海，它吸纳黄土高原的泥沙，顺着淮河倾向海岸，南黄海滩涂在680 个春秋冬夏，向东伸展了 60 多公里。170 年前，黄河又决定离开苏北，放弃淮河，在铜瓦厢决口入海。原本伸入黄海的三角洲，乘着东北方位的风浪南下，在范公堤东侧，与长江口向北飘移的泥沙流会师。

于是，黄河精魂长江生灵，怀着对太阳升起地方的向往，在东方逐渐沉淀。东亭城向东的海岸，也成为百年来淤涨最快的岸段，每天朝气蓬勃地向大海生长新的土地，向早晨的太阳不断靠拢。

浩浩环宇，幽幽渊薮，造物主怂恿着黄河、长江去创造，又在黄海边灿烂的阳光里，收纳这种创造，点画出老城东渐的轮廓。开庄遗址不再临海，西溪古镇不再临海，苍茫大地，带着一路文史遗址，逶迤东去。

这是一门动荡江河的自然地理，如果我们尝试从《我的曲江巷》描述的古老建筑里走出来，会更愿意把它读成激荡心灵的地域文化历史。

历史的磁场

大江大河千年不歇的流泻，铺陈开东亭老城广袤的身影。顺着地理历史的演绎，在《我的曲江巷》一书里，可以找见世代传承的脉络，历史传续的磁场，千年传颂的文化。

1000年前，那道莽莽长堤，把东亭分隔成两片不同年龄的土地，东边年轻，西边年迈。堤东为沙岸地带，由海水调拌华夏历史汇聚而成，沃野滩涂，一直舒展到天边。不要认为，这块土地与文化史料无关，任何时候，一锹下去，极有可能挖出上游冲刷而下的秦风汉韵，敦煌三峡来。

范公堤西，为潟湖地带，港汊河流环绕堡庄舍墩，古镇淳朴、小巷阡陌的人文景观令人流连遐想。新石器时期开庄遗址的石斧、石锛、陶盆、陶罐，证实这块大地5000年的文明史。年迈的土地上，印记着沧桑岁月的痕迹。一望无垠的平畴间，延漫着岁月深处的经络。这块土地朴实无华，没有频繁的历史叹息，不容易产生雁门关、马陵道之类的豪壮之感。它的历史路程和旧日风貌，就显得凝重平实，耐久悠长，一如汉晋唐宋明清流转的山水、如梭的日月。

迄今为止，在东亭土地上，已发现论证，整理修缮的废墟遗址近百处。《我的曲江巷》撷取其中精华，把史料级的地面构建和可移动文物，呈现在读者面前。汉元帝六年动人情怀的天仙配传说，留下了终年不枯的缲丝井，春风黄花中的董贤祠；宋真宗年间东邑佛教首刹泰山寺，曾经黄墙如峰，佛号如雷，至今钟磬阵阵，香烟袅袅。寺塔相对，重现

"西溪塔影寒山月，东海钟声古寺风"的佛教圣景；西溪梨木街，店铺酒肆傍河而筑，叫卖千年。北宋入朝为相的晏殊、吕夷简、范仲淹，都在这里留下足迹；八字桥青砖圆拱，古朴苍老，斑驳的青灰色，有如横卧在晏溪河、雄河上的残梦；东淘七里古街，苏北早已绝迹，苏南难以遇见，至今石板小径坚固如磐，旧日人家仍可叩寻，碧霞东岳等道教宫殿，远年经鼓余韵萦绕；富安明宅建筑群，构筑精致，风格迥异；明清遗存的徽式鲍氏大楼、沈氏大楼，构成幽幽历史的一座座造型组合；近代东明股份有限公司、红兰别墅、卢秉枢故居、黄逸峰故居，作为近代史的浓缩体，引发人们种种追忆。

地灵人杰，悠久历史、厚重文化，孕育了东亭城一代代名人。沿着《我的曲江巷》历史脉络向前追寻，明代哲学家王艮、清初著名诗人吴嘉纪、水利学家冯道立、早期新闻学家戈公振、知名翻译家戈宝权、著名画家戈湘岚，传之史册，诵之后人。他们的画碑和故居，古风蕴藉，灵气沛然。

日起日落，月望月朔。历史的遗迹，越过长长的时间隧道，在范公堤划出的空间驻存，这似乎是一种昭示。面对世代承袭的人文景观，思往昔、观沧桑、达荣辱，在《我的曲江巷》点画的风物风貌、风情风韵中，游历一次，便是一次心智的启悟，一次乡情的升华。

古老的使者

顺着《我的曲江巷》的叙述，在旧岁月里继续行走，那些带着古老痕迹的物件，深沉悠长的传说，市井烟火的气息，很容易催生一段怀旧的梦乡。

如果我们在《我的曲江巷》的画面上，去探究旧时影像，寻找文字线条的源头，可以走进这座老城史料的存放之处。20世纪，在东亭城乡集镇的街巷里，有教授历史的众多课堂，有编写历史的建制单位，也有收藏历史的旧式院落，可以引领人们，浏览朦胧记忆中远年的线条色彩。

许多忙碌的人们，也许不会去费心寻找与现代生活脱节的历史影像，在哪儿寄居存放。如果我们在《我的曲江巷》中穿越时光，走入旧日兰香巷砖石仄径，会发现一块刷写着楷书的匾额，这是一处晚清馈赠给现代的青砖小瓦建筑，曾洒满戈公振以及戈宝权、周巍峙先生童年的印迹。当年做了戈先生房客的博物馆，收拾珍藏着东亭城的文化遗存。

早年，旧式院落里众多文物藏品中，不乏珍品。细细观赏，如读一部编年史。其中，新石器时期的骨镞陶罐、石斧石锛、麋鹿角架，汉代新莽货币，唐代鹧鸪斑茶盏，宋代黑釉鹧鸪斑茶盏，青白釉瓷碗，清代福寿双全款大铜镜，黑底龙纹景泰蓝盉，双耳三足铜炉，霁蓝大瓷盘，弥足珍贵。尤其是白釉铁绣花婴戏图开光罐、青花纹瓷笔筒，造型端庄，纹饰优美，画意洒脱自然，呈宋代遗风，省内罕见。

作为书画艺术之乡，馆藏文物中，历代书画居多。除孙中山、黄炎培、张謇书法手迹，若论珍品，当推明代董其昌所题南庄匾额拓片，郑燮《竹石图》，高其佩指画《荷鸭图》《三甲传胪图》，戈湘岚《秋林双骏图》。"扬州八怪"之一郑燮，以画竹见长，《竹石图》新篁数竿，拔地而起，画面巨石居中，笔力坚挺遒劲，神韵具足。竹用浓墨，石用淡墨，浓淡相映，妙趣横生，是文人画中借景抒情，别有寓意的佳作。清代著名指画家高其佩，系指画法创始人，其指画《荷鸭图》描绘出初秋荷塘生机，画面自右下角伸出四条荷梗，荷花掩映下，两只灰鸭徜徉，一只低首欲睡，一只凝神远望，其意境令人回味无穷。东淘画家戈湘岚的《秋林双骏图》，马的体形姿态、风神气质，都匠心独具。画面上除黑白双马外，衬以秋树数株，笔意豪放，堪称大家之作、艺术精品。

老城博物馆里，还收录了图书馆藏的古籍善本，林林总总，不下百余册。这些大地深处和先人心血凝成的馈赠，吸附着两条大河顺流而下的远古魂魄，散发着令人流连的张力。我一直认为，历史的馈赠，是古人派往现代的使者，它沿着众多的曲江巷，引导人们流连旧寻，穿过早年的图像，古老的标本，去采集岁月深处不老的精神，不朽的蕴藏。

岁月的典籍

遥想当年，旧景如梦。如果把记忆中的景致一一铺开，便是现在《我的曲江巷》中一幅幅带着稳定线条、沉幽色彩的画页。

画面上，老屋当院而立的蔽天枝叶，荫覆半院，看得出，有风吹过，树叶摇曳，就有特别的灵动。白云苍狗间，有董永挑担，七女机杼；有唐太宗、尉迟恭、薛仁贵金戈铁马，披风挟霜，仗戟沙场；有北宋三丞相乌帽青衫，长髯飘逸，把酒当歌，风神爽朗。古人闲吟的身影，捻须的笑容，都有出尘脱俗之相。从《我的曲江巷》一书中老人们的讲述中，我们可以一次次找到他们遥远的身影。

现在，寻找东亭城历史最直接的方式，是打开《我的曲江巷》一书，走近溪河，走进深巷，走入画面上的老宅。砖路石径，会把你引领到时光深处。先到开庄遗址、五星遗址，那里闪烁史前文明的灵光，鸟声寂寂，四野悄悄，太阳凝望着田野上5000年的金色梦幻。那里没有人声喧哗，没有城市烦嚣，只有春燕在文物标志碑旁呢喃，为静谧岁月加注荒情野趣。

我还要又一次提起，开元钟声响过以后，汉唐在这块临海土地上建塔筑堤的壮举。海春轩塔就像它的主人，宏伟中带挺健，古朴中现神韵，一站便是千年。那时，大海漫漶，它是海上归舟的标志。岁月流转到宋代，先后映照过三任丞相放达的脚步，沉思的面容。他们在盐仓监任上，固堤铺路，筑桥建寺，留下范公堤龙脊蜿蜒，夯土耸立；留下八字桥玲珑精致，古风苍然；留下通圣桥拱顶高耸，禅意分明。桥堍泰山寺碧霞宫的檐铃声、钟磬声、经鼓声、祈颂声，从高檐翘角飞起，绕着东亭城打转，把一座城池，缭绕在祥气瑞光之中。元代傍附在古城脚边的玉带河岸，这条清秀动人的河流，流进东亭人的灵魂。河床上，闪烁着元代瓷泥腥幽青光，它献给20世纪的礼物，就是《我的曲江巷》一书中，许家、陈家大院的白釉瓷罐，罐面上缠枝婴戏图，构画出元代童趣世界。

明代以降，古老镇市上建起高瓴大屋，明代建筑群巨大的廊柱，站成一段悠长的历史。清代徽州盐商、茶商，从黄山脚下把青砖小瓦马头墙，搬进东亭城。粗大的冬瓜梁，圆浑的桶状柱和通体雕刻的格扇门扉，构建成一丛丛人文景观。董氏深院、鲍氏大楼、沈氏老屋，窗扉寂寞，古宅空庭。斜落而下的小瓦上，几只花斑麻雀、灰白野鸽，叽叽喳喳、嘀嘀咕咕，说着许多年的旧事。

夜色苍茫、月色朦胧，一座古老镇市，带着层层斑驳的岁月，在月华下散发淳厚柔婉的光芒，让流失的时光，在光芒中联结。石砖古道上，人们踏出历史隐约模糊的耳语，触摸圣贤风化千年的名言，采撷民族逐年层累的蕴藏。仰天俯地，纵览历史，在故乡的土地上，获得超然的力量。

倚在南向窗边，浏览《我的曲江巷》，放飞的思绪，不时成为未调焦距的镜头，放大了模糊年代的景深，推远了清晰时空的画面。过去的风景，铺展在一页页文字上，便成了往昔漫长的记叙，岁月经典的收藏。

图书在版编目（CIP）数据

我的曲江巷 / 薛德华著 . -- 北京 : 中国文史出版社 ,
2023.12

ISBN 978-7-5205-4433-7

Ⅰ . ①我… Ⅱ . ①薛… Ⅲ . ①散文集－中国－当代
Ⅳ . ① I267

中国国家版本馆 CIP 数据核字（2023）第 212543 号

责任编辑：梁　洁

出版发行 : 中国文史出版社

社　　址 : 北京市海淀区西八里庄路 69 号　邮编 : 100142

电　　话 : 010-81136606　81136602　81136603（发行部）

传　　真 : 010-81136655

印　　装 : 北京地大彩印有限公司

经　　销 : 全国新华书店

开　　本 : 787mm×1092mm　1/16

字　　数 : 360 千字

印　　张 : 28.25

版　　次 : 2024 年 1 月北京第 1 版

印　　次 : 2024 年 1 月第 1 次印刷

定　　价 : 89.00 元